T0258698

Contemporánea

William Faulkner nació en 1897 en New Albany, Mississippi, y murió en 1962 en este mismo condado. Su primera novela, *La paga de los soldados*, es de 1926. Tras una breve estancia en Europa, publicó *Mosquitos* (1927) y *Sartoris* (1929), pero su gran periodo creativo comenzó sin duda con *El ruido y la furia* (1929), a la que siguieron *Mientras agonizo* (1930), *Santuario* (1931), *Luz de agosto* (1932), *Pilón* (1935), *¡Absalón, Absalón!* (1936), *Los invictos* (1938), *Las palmeras salvajes* (1939), *El villorrio* (1940), *Intruso en el polvo* (1948), *Réquiem por una monja* (1951), *Una fábula* (1954, Premio Pulitzer 1955), *La ciudad* (1957), *La mansión* (1959) y *La escapada* (Premio Pulitzer 1962), publicada poco antes de su muerte. También fue autor de cuentos, poemas, ensayos, obras teatrales y guiones cinematográficos, y está considerado uno de los mayores escritores estadounidenses del siglo xx. En 1949 recibió el Premio Nobel de Literatura.

PREMIO NOBEL DE LITERATURA

William Faulkner

El ruido y la furia

Traducción de
Ana Antón-Pacheco

DEBOLS!LLO

Papel certificado por el Forest Stewardship Council®

Penguin
Random House
Grupo Editorial

Título original: *The Sound and the Fury*

Primera edición en Debolsillo: junio de 2015
Octava reimpresión: agosto de 2023

© 1929, William Faulkner. Renovado en 1956.
Publicado mediante acuerdo con Random House, Inc.
© 2015, Penguin Random House Grupo Editorial, S.A.U.
Travessera de Gràcia, 47-49. 08021 Barcelona
© Ana Antón-Pacheco, por la traducción
Diseño de la cubierta: Adaptación de la cubierta original de Vintage Classics /
Penguin Random House Grupo Editorial
Fotografía de la cubierta: © Colin Jarvie / Millenium

Printed in Spain – Impreso en España

ISBN: 978-84-9062-818-8
Depósito legal: B-9.672-2015

Impreso en Liberdúplex
Sant Llorenç d'Hortons (Barcelona)

P 6 2 8 1 8 D

Índice

Siete de abril de 1928   9

Dos de junio de 1910   77

Seis de abril de 1928   175

Ocho de abril de 1928   253

Apéndice   307

Siete de abril de 1928

A través de la cerca, entre los huecos de las flores ensortijadas, yo los veía dar golpes. Venían hacia donde estaba la bandera y yo los seguía desde la cerca. Luster estaba buscando entre la hierba junto al árbol de las flores. Sacaban la bandera y daban golpes. Luego volvieron a meter la bandera y se fueron al bancal y uno dio un golpe y otro dio un golpe. Después siguieron y yo fui por la cerca y se pararon y nosotros nos paramos y yo miré a través de la cerca mientras Luster buscaba entre la hierba.

«Eh, caddie.» Dio un golpe. Atravesaron el prado. Yo me agarré a la cerca y los vi marcharse.

«Fíjese.» dijo Luster. «Con treinta y tres años que tiene y mire cómo se pone. Después de haberme ido hasta el pueblo a comprarle la tarta. Deje de jimplar. Es que no me va a ayudar a buscar los veinticinco centavos para poder ir yo a la función de esta noche.»

Daban pocos golpes al otro lado del prado. Yo volví por la cerca hasta donde estaba la bandera. Ondeaba sobre la hierba resplandeciente y sobre los árboles.

«Vamos.» dijo Luster. «Ya hemos mirado por ahí. Ya no van a volver. Vamos al arroyo a buscar los veinticinco centavos antes de que los encuentren los negros.»

Era roja, ondeaba sobre el prado. Entonces se puso encima un pájaro y se balanceó. Luster tiró. La bandera ondeaba sobre la hierba resplandeciente y sobre los árboles. Me agarré a la cerca.

«Deje de jimplar.» dijo Luster. «No puedo obligarlos a venir si no quieren, no. Como no se calle, mi abuela no le va a hacer una fiesta de cumpleaños. Si no se calla, ya verá lo que voy a hacer. Me voy a comer la tarta. Y también me voy a comer las velas. Las treinta velas enteras. Vamos, bajaremos al arroyo. Tengo que buscar los veinticinco centavos. A lo mejor nos encontramos una pelota. Mire, ahí están. Allí abajo. Ve.» Se acercó a la cerca y extendió el brazo. «Los ve. No van a volver por aquí. Vámonos.»

Fuimos por la cerca y llegamos a la verja del jardín, donde estaban nuestras sombras. Sobre la verja mi sombra era más alta que la de Luster. Llegamos a la grieta y pasamos por allí.

«Espere un momento.» dijo Luster. «Ya ha vuelto a engancharse en el clavo. Es que no sabe pasar a gatas sin engancharse en el clavo ese.»

Caddy me desenganchó y pasamos a gatas. El Tío Maury dijo que no nos viera nadie, así que mejor nos agachamos, dijo Caddy. Agáchate, Benjy. Así, ves. Nos agachamos y atravesamos el jardín por donde las flores nos arañaban al rozarlas. El suelo estaba duro. Nos subimos a la cerca, donde gruñían y resoplaban los cerdos. Creo que están tristes porque hoy han matado a uno, dijo Caddy. El suelo estaba duro, revuelto y enredado.

No te saques las manos de los bolsillos o se te congelarán, dijo Caddy. No querrás tener las manos congeladas en Navidad, verdad.

«Hace demasiado frío.» dijo Versh. «No irá usted a salir.»

«Qué sucede ahora.» dijo Madre.

«Que quiere salir.» dijo Versh.

«Que salga.» dijo el Tío Maury.

«Hace demasiado frío.» dijo Madre. «Es mejor que se quede dentro. Benjamin. Vamos. Cállate.»

«No le sentará mal.» dijo el Tío Maury.

«Oye, Benjamin.» dijo Madre. «Como no te portes bien, te vas a tener que ir a la cocina.»

«Mi mamá dice que hoy no vaya a la cocina.» dijo Versh. «Dice que tiene mucho que hacer.»

«Déjale salir, Caroline.» dijo el Tío Maury. «Te vas a matar con tantas preocupaciones.»

«Ya lo sé.» dijo Madre. «Es un castigo. A veces me pregunto si no será que...»

«Ya lo sé, ya lo sé.» dijo el Tío Maury. «Pero estás muy débil. Te voy a preparar un ponche.»

«Me preocuparé todavía más.» dijo Madre. «Es que no lo sabes.»

«Te encontrarás mejor.» dijo el Tío Maury. «Abrígalo bien, chico, y sácalo un rato.»

El Tío Maury se fue. Versh se fue.

«Cállate, por favor.» dijo Madre. «Estamos intentando que te saquen lo antes posible. No quiero que te pongas enfermo.»

Versh me puso los chanclos y el abrigo y cogimos mi gorra y salimos. El Tío Maury estaba guardando la botella en el aparador del comedor.

«Tenlo ahí afuera una media hora, chico.» dijo el Tío Maury. «Sin pasar de la cerca.»

«Sí, señor.» dijo Versh. «Nunca le dejamos salir de allí.»

Salimos. El sol era frío y brillante.

«Dónde va.» dijo Versh. «No creerá que va a ir al pueblo, eh.» Pasamos sobre las hojas que crujían. La portilla estaba fría. «Será mejor que se meta las manos en los bolsillos», dijo Versh, «porque se le van a quedar heladas en la portilla y entonces qué. Por qué no los espera dentro de la casa». Me metió las manos en los bolsillos. Yo oía cómo hacía crujir las hojas. Olía el frío. La portilla estaba fría.

«Tenga unas nueces. Eso es. Súbase al árbol ese. Mire qué ardilla, Benjy.»

Yo no sentía la portilla, pero olía el frío resplandeciente.

«Será mejor que se meta las manos en los bolsillos.»

Caddy iba andando. Luego iba corriendo con la cartera de los libros que oscilaba y se balanceaba sobre su espalda.

«Hola, Benjy.» dijo Caddy. Abrió la portilla y entró y se agachó. Caddy olía como las hojas. «Has venido a esperarme.» dijo. «Has venido a esperar a Caddy. Por qué has dejado que se le queden las manos tan frías, Versh.»

«Le dije que se las metiera en los bolsillos.» dijo Versh. «Es por agarrarse a la portilla.»

«Has venido a esperar a Caddy.» dijo, frotándome las manos. «Qué te pasa. Qué quieres decir a Caddy.» Caddy olía como los árboles y como cuando ella dice que estamos dormidos.

Por qué jimpla, dijo Luster. Podrá volver a verlos en cuanto lleguemos al arroyo. Tenga. Una rama de estramonio. Me dio la flor. Cruzamos la cerca, entramos al solar.

«Qué te pasa.» dijo Caddy. «Qué es lo que quieres decir a Caddy. Es que le han obligado a salir, Versh.»

«No podía hacer que se quedara dentro.» dijo Versh. «No paró hasta que lo dejaron salir y vino aquí directamente, a mirar por la portilla.»

«Qué te pasa.» dijo Caddy. «Es que creías que iba a ser Navidad cuando yo volviese de la escuela. Eso es lo que creías. Navidad es pasado mañana. Santa Claus, Benjy. Santa Claus. Ven. Vamos a echar una carrera hasta casa para entrar en calor.» Me cogió de la mano y corrimos sobre las hojas brillantes que crujían. Subimos corriendo los escalones y salimos del frío brillante y entramos en el frío oscuro. El Tío Maury estaba metiendo la botella en el aparador. Llamó a Caddy. Caddy dijo,

«Acércalo al fuego, Versh. Vete con Versh.» dijo. «Enseguida voy yo.»

Fuimos al fuego. Madre dijo,

«Tiene frío, Versh.»

«No.» dijo Versh.

«Quítale el abrigo y los chanclos.» dijo Madre. «Cuántas veces tengo que decirte que no lo metas en casa con los chanclos puestos.»

«Sí, señora.» dijo Versh. «Ahora estese quieto.» Me quitó los chanclos y me desabrochó el abrigo. Caddy dijo,

«Espera, Versh. Madre, puede volver a salir. Quiero que venga conmigo.»

«Mejor lo dejas aquí.» dijo el Tío Maury. «Ya ha salido bastante por hoy.»

«Creo que los dos deberíais quedaros.» dijo Madre. «Por lo que dice Dilsey, cada vez hace más frío.»

«Ande, Madre.» dijo Caddy.

«Tonterías.» dijo el Tío Maury. «Lleva todo el día en la escuela. Necesita tomar el aire. Vete, Candace.»

«Déjele salir, Madre.» dijo Caddy. «Por favor. Sabe que se pondrá a llorar.»

«Y por qué has tenido que decirlo delante de él.» dijo Madre. «Para qué has entrado. Para darme motivos que me hagan volver a preocuparme. Creo que deberías quedarte aquí dentro jugando con él.»

«Que se vayan, Caroline.» dijo el Tío Maury. «Un poco de frío no les va a sentar mal. Recuerda que tienes que reposar.»

«Ya lo sé.» dijo Madre. «Nadie puede imaginarse cómo temo las Navidades. No soy una mujer fuerte. Ojalá lo fuera por el bien de Jason y de los niños.»

«Tan sólo tienes que limitarte a hacer lo que puedas y no te agobies.» dijo el Tío Maury. «Vamos, marchaos. Pero no os quedéis ahí fuera mucho tiempo. Se preocuparía vuestra madre.»

«Sí, señor.» dijo Caddy. «Ven, Benjy. Vamos a volver a salir.» Me abrochó el abrigo y fuimos hacia la puerta.

«Es que vas a sacar al niño sin los chanclos.» dijo Madre. «Quieres que se ponga malo con la casa llena de gente.»

«Se me han olvidado.» dijo Caddy. «Creía que los tenía puestos.»

Volvimos. «Para qué tienes la cabeza.» dijo Madre. *Ahora estese quieto* dijo Versh. Me puso los chanclos. «Un día faltaré yo y tú tendrás que pensar por él.» *Empuje* dijo Versh. «Ven a dar un beso a tu madre, Benjamin.»

Caddy me llevó al sillón de Madre y Madre cogió mi cara entre sus manos y luego me apretó contra ella.

«Mi pobrecito niño.» dijo. Me soltó. «Cuidad bien de él Versh y tú, cariño.»

«Sí, señora.» dijo Caddy. Salimos. Caddy dijo,

«No hace falta que vengas, Versh. Yo me ocuparé de él un rato.»

«Bueno.» dijo Versh. «Para qué voy a salir sin motivo con este frío.» Él siguió andando y nosotros nos detuvimos en el vestíbulo y Caddy se arrodilló y me rodeó con los brazos y su cara fría y brillante contra la mía. Olía como los árboles.

«No eres ningún pobrecito. A que no. Tienes a Caddy. A que tienes a tu Caddy.»

Es que no puede dejar de jimplar y de babear, dijo Luster. No le da vergüenza, armar este follón. Pasamos al lado de la cochera, donde estaba el birlocho. Tenía una rueda nueva.

«Ahora entre y estese quieto hasta que venga su mamá.» dijo Dilsey. Me empujó para subirme al birlocho. T. P. sujetaba las riendas. «No sé por qué Jason no compra otro coche.» dijo Dilsey. «Porque éste se va a hacer añicos el día menos pensado. Mire qué ruedas.»

Madre salió, bajándose el velo. Llevaba unas flores.

«Dónde está Roskus.» dijo.

«Hoy Roskus no se puede tener de pie.» dijo Dilsey. «T. P. conducirá.»

«No me fío.» dijo Madre. «Me parece que no es mucho pedir que uno de vosotros me sirva de cochero una vez por semana, por Dios.»

«Usted sabe tan bien como yo que Roskus tiene un reúma que no le deja hacer más de lo que hace, señorita Caroline.» dijo Dilsey. «Vamos, suba, que T. P. puede llevarla igual que Roskus.»

«No me fío.» dijo Madre. «Y con el niño.»

Dilsey subió los escalones. «Dice que esto es un niño.» dijo. Tomó a Madre del brazo. «Es un hombre tan grande como T. P. Vamos, si es que se decide a ir.»

«No me fío.» dijo Madre. Bajaron por la escalera y Dilsey ayudó a Madre a subir. «Quizás sería lo mejor para todos.» dijo Madre.

«No le da vergüenza decir esas cosas.» dijo Dilsey. «Es que no sabe que un negro de dieciocho años no puede hacer correr a Queenie. Es más vieja que él y Benjy juntos. Y no te pongas a hacer tonterías con Queenie, me oyes T. P. Como a la señorita Caroline no le guste como conduces te las verás con Roskus. Porque de eso sí que podrá ocuparse.»

«Sí, señora.» dijo T. P.

«Sé que algo va a pasar.» dijo Madre. «Ya está bien, Benjamin.»

«Dele una flor», dijo Dilsey, «que eso es lo que quiere». Metió la mano.

«No, no.» dijo Madre. «Que desharás el ramo.»

«Sujételas.» dijo Dilsey. «Que le voy a sacar una.» Me dio una flor y su mano se fue.

«Vamos ya, antes de que Quentin los vea y también quiera ir.» dijo Dilsey.

«Dónde está.» dijo Madre.

«Está en la casa jugando con Luster». dijo Dilsey. «Vamos, T. P. Y lleva el coche como te ha dicho Roskus.»

«Sí, señora.» dijo T. P. «Arre, Queenie.»

«Quentin.» dijo Madre. «No la dejes.»

«Claro que no.» dijo Dilsey.

El birlocho saltaba y crujía por el sendero. «Me da miedo marcharme y dejar a Quentin.» dijo Madre. «Creo que es mejor que no vaya. T. P.» Salimos por la portilla, donde dejó de saltar. T. P. pegó a Queenie con el látigo.

«Eh, T. P.» dijo Madre.

«Ya la tengo en marcha.» dijo T. P. «No la dejaré dormirse hasta que volvamos al establo.»

«Da la vuelta», dijo Madre. «Me da miedo irme dejando a Quentin.»

«Aquí no puedo dar la vuelta.» dijo T. P. Luego era más ancho.

«Puedes dar aquí la vuelta.» dijo Madre.

«Está bien.» dijo T. P. Empezamos a dar la vuelta.

«Cuidado, T. P.» dijo Madre sujetándome.

«De alguna forma tengo que dar la vuelta.» dijo T. P. «So, Queenie.» Nos detuvimos.

«Nos vas a hacer volcar», dijo Madre.

«Qué quiere que haga si no.» dijo T. P.

«Me da miedo que intentes dar la vuelta.» dijo Madre.

«Andando, Queenie.» dijo T. P. Seguimos.

«Yo sé que acabará pasándole algo a Quentin por culpa de Dilsey mientras estemos fuera.» dijo Madre. «Tenemos que darnos prisa en volver.»

«Arre, Queenie.» dijo T. P. Pegó a Queenie con el látigo.

«Cuidado, T. P.» dijo Madre, sujetándome. Yo oía los cascos de Queenie y las figuras brillantes pasaban suaves y constantes por los dos lados, y sus sombras resbalaban sobre el lomo de Queenie. Pasaban como la parte de arriba de las ruedas, brillando. Entonces las de un lado se detuvieron junto al poste blanco y alto donde estaba el soldado. Pero por el otro lado continuaron suaves y constantes, pero un poco más lentas.

«Qué quieres.» dijo Jason. Tenía las manos en los bolsillos y un lápiz detrás de la oreja.

«Vamos al cementerio.» dijo Madre.

«Bueno.» dijo Jason. «Yo no tengo intención de retrasaros, eh. Es eso todo lo que quieres de mí, sólo decírmelo.»

«Ya sé que no vas a venir.» dijo Madre. «Me encontraría más segura si lo hicieras.»

«Por qué.» dijo Jason. «Ni Padre ni Quentin van a hacerte nada.»

Madre se metió el pañuelo por debajo del velo. «Cállate, Madre.» dijo Jason. «O es que quieres que ese maldito idiota se ponga a berrear en mitad de la plaza. Adelante, T. P.»

«Arre, Queenie.» dijo T. P.

«Es un castigo de Dios.» dijo Madre. «Pero yo también me iré pronto.»

«Vamos.» dijo Jason.

«So.» dijo T. P. Jason dijo,

«El Tío Maury ha cargado cincuenta en tu cuenta. Qué quieres hacer al respecto.»

«Para qué me preguntas a mí.» dijo Madre. «Yo no importo. Intento no preocuparos ni a ti ni a Dilsey. Pronto me habré ido, y entonces tú.»

«Adelante, T. P.» dijo Jason.

«Arre, Queenie.» dijo T. P. Las figuras volaban. Las del otro lado empezaron otra vez, brillantes, rápidas y suaves, como cuando Caddy dice que vamos a dormirnos.

Llorón, dijo Luster. No le da vergüenza. Atravesamos el establo. Los pesebres estaban abiertos. Ya no tiene un caballo pinto para montar, dijo Luster. El suelo estaba seco y polvoriento. El tejado se estaba cayendo. Los orificios inclinados estaban todos llenos de remolinos amarillos. Por qué quiere ir por ahí. Quiere que le partan la cabeza con una pelota de ésas.

«No saques las manos de los bolsillos», dijo Caddy, «o se te congelarán. No querrás tener las manos congeladas en Navidad, verdad».

Dimos la vuelta al establo. La vaca grande y la pequeña estaban en la puerta y oíamos a Prince, Queenie y Fancy pateando dentro del establo. «Si no hiciera tanto frío montaríamos a Fancy.» dijo Caddy. «Pero hoy hace demasiado frío para cabalgar.» Luego vimos el arroyo, donde volaba el humo. «Allí están matando el cerdo.» dijo Caddy. «Podemos ir a verlo.» Bajamos por la colina.

«Quieres llevar la carta.» dijo Caddy. «Pues hazlo.» Se sacó la carta del bolsillo y la metió en el mío. «Es un regalo de Navidad.» dijo Caddy. «El Tío Maury va a dar una sorpresa a la señora Patterson. Tenemos que dársela sin que nadie lo vea. Mete bien las manos en los bolsillos.» Llegamos al arroyo.

«Está helado.» dijo Caddy. «Mira.» Rompió la parte de arriba del agua y me puso un trozo sobre la cara. «Hielo. Fíjate lo frío que está.» Me ayudó a cruzar y subimos por la colina. «Ni siquiera podemos decírselo a Padre y a Madre. Sabes qué creo que es. Creo que es una sorpresa para Padre, para Madre y para el señor Patterson, porque el señor Patterson te mandó caramelos. Te acuerdas de que el señor Patterson te mandó caramelos el verano pasado.»

Había una cerca. La hierba estaba seca y el viento la hacía crujir.

«Lo que no entiendo es por qué el Tío Maury no mandó a Versh.» dijo Caddy. «Versh no diría nada.» La señora Patterson estaba mirando por la ventana. «Espera aquí.» dijo Caddy. «Ahora espérame aquí. Enseguida vuelvo. Dame la carta.» Sacó la carta de mi bolsillo. «No te saques las manos de los bolsillos.» Saltó la cerca con la carta en la mano y atravesó las flores secas y crujientes. La señora Patterson vino a la puerta y la abrió y se quedó allí.

El señor Patterson estaba cortando las flores verdes. Dejó de cortar y me miró. La señora Patterson cruzó el jardín corriendo. Cuando vi sus ojos empecé a llorar. Imbécil, dijo la señora Patterson, le he dicho que no vuelva a enviarte a ti solo. Dámela enseguida. El señor Patterson vino deprisa, con la azada. La señora Patterson se inclinó sobre la cerca, con la mano extendida. Ella intentaba saltar la cerca. Dámela, dijo, dámela. El señor Patterson saltó la cerca. Cogió la carta. La

señora Patterson se enganchó el vestido en la cerca. Volví
a ver sus ojos y corrí colina abajo.

«Por allí sólo hay casas.» dijo Luster. «Vamos a bajar al arroyo.»

Estaban lavando en el arroyo. Una de ellas estaba cantando. Yo olía la ropa ondulante y el humo que volaba atravesando el arroyo.

«Quédese aquí.» dijo Luster. «Ahí no tiene nada que hacer. Además, esa gente le querrá pegar.»

«Qué quiere ése.»

«No sabe lo que quiere.» dijo Luster. «Cree que quiere ir allí arriba donde están jugando con la pelota. Siéntese aquí a jugar con su ramita de estramonio. Mire cómo juegan los niños en el arroyo, si quiere entretenerse con algo. Por qué no podrá portarse como las personas.» Me senté en la orilla, donde estaban lavando y volaba el humo azul.

«Habéis visto veinticinco centavos por aquí.» dijo Luster.

«Qué veinticinco centavos.»

«Los que tenía aquí dentro esta mañana.» dijo Luster. «Los he perdido en alguna parte. Se me cayeron por este agujero del bolsillo. Si no los encuentro, esta noche me quedo sin ir a la función.»

«De dónde has sacado veinticinco centavos, chico. De los bolsillos de los blancos cuando estaban distraídos.»

«Los saqué de donde los tenía que sacar.» dijo Luster. «Y todavía hay más en donde estaban. Pero tengo que encontrarlos. Os los habéis encontrado.»

«No me interesan tus veinticinco. Yo me ocupo de mis cosas.»

«Ande, venga.» dijo Luster. «Ayúdeme a buscarlos.»

«Ése no distinguiría una moneda de veinticinco ni aunque la viera, verdad.»

«Pero sí que puede ayudarme a buscarla.» dijo Luster. «Vais a ir todos a la función esta noche.»

«No me hables de la función. Cuando acabe con este balde estaré tan cansada que ni voy a poder moverme.»

«Ya verás como acabas yendo.» dijo Luster. «Seguro que estuviste anoche. Me juego algo a que todos estaréis allí para cuando abran la carpa.»

«Ya habrá suficientes negros sin que esté yo. Como anoche.»

«Pues el dinero de los negros vale tanto como el de los blancos.»

«Los blancos dan dinero a los negros porque como los que vienen a tocar son blancos, vuelven a dejarles el dinero y así los negros tienen que seguir trabajando para ganar más.»

«Pero es que no vas a ir a la función.»

«Por ahora no. Tengo que pensármelo.»

«Qué tienes contra los blancos.»

«No tengo nada en contra. Yo voy a lo mío y que los blancos vayan a lo suyo. No me interesa esa función.»

«Pues hay uno que toca una canción con un serrucho. Lo toca como si fuera un banjo.»

«Tú fuiste anoche.» dijo Luster. «Y yo voy esta noche. Si encuentro la moneda.»

«Supongo que tendrás que llevarte a ése.»

«Quién, yo.» dijo Luster. «Es que te crees que lo voy a llevar para que se ponga a berrear.»

«Qué haces cuando empieza a berrear.»

«Le sacudo.» dijo Luster. Se sentó y se arremangó los pantalones del mono. Ellos jugaban en el arroyo.

«Habéis encontrado alguna pelota.» dijo Luster.

«No te hagas el chulo. A que no te gustaría que tu abuela te oyese decir esas cosas.»

Luster se metió en el arroyo por donde estaban jugando. Se puso a buscar dentro del agua, junto a la orilla.

«Los tenía esta mañana cuando andábamos por aquí.» dijo Luster.

«Por dónde se te han caído.»

«Por este agujero del bolsillo.» dijo Luster. Buscaban dentro del arroyo. Entonces todos se pusieron de pie y se pararon, luego se salpicaban y se peleaban dentro del arroyo. Luster la cogió y se agazaparon en el agua, mirando hacia la colina por entre los arbustos.

«Dónde están.» dijo Luster.

«Todavía no se los ve.»

Luster se la metió en el bolsillo. Ellos bajaron por la colina.

«Habéis visto una pelota por aquí.»

«Se habrá caído al agua. No la habéis visto ni oído pasar, chicos.»

«No he oído nada por aquí.» dijo Luster. «Pero algo ha pegado contra aquel árbol de allí. No sé por dónde ha caído.»

Miraron dentro del arroyo.

«Demonios. Mira por el arroyo. Venía hacia aquí. Yo la vi.»

Miraron por el arroyo. Luego se volvieron por la colina.

«Tú has cogido la pelota.» dijo el chico.

«Para qué la iba a querer yo.» dijo Luster. «No he visto ninguna pelota.»

El chico se metió en el agua. Siguió. Se volvió a mirar a Luster. Siguió río abajo.

El hombre dijo «caddie» sobre la colina. El chico salió del agua y se fue por la colina.

«Pero, bueno.» dijo Luster. «Cállese.»

«Por qué se pone a jimplar ahora.»

«Y yo qué sé.» dijo Luster. «Porque le da por ahí. Lleva así toda la mañana. Supongo que porque es su cumpleaños.»

«Cuántos cumple.»

«Treinta y tres.» dijo Luster. «Treinta y tres hace esta mañana.»

«O sea que hace treinta años que cumplió tres.»

«Eso dice mi abuela.» dijo Luster. «Yo no lo sé. Pero vamos a poner treinta y tres velas en la tarta. Es pequeña. No van a caber. Cállese. Venga aquí.» Vino y me cogió del brazo. «Imbécil.» dijo. «Quiere que le sacuda.»

«Cómo que le vas a pegar.»

«Pues no será la primera vez. Cállese.» dijo Luster. «Es que no le he dicho que no puede subir allí arriba. Le abrirán la cabeza de un pelotazo. Venga aquí.» Tiró de mí. «Siéntese.» Me senté y él me quitó los zapatos y me arremangó los pantalones. «Ahora se mete en el agua y se pone a jugar y deja de jimplar y de echar babas.»

Yo me callé y me metí en el agua *y vino Roskus y dijo que fuéramos a cenar y Caddy dijo, todavía no es hora de cenar. Yo no voy.*

Se había mojado. Estábamos jugando en el arroyo y Caddy se agachó y se mojó el vestido y Versh dijo,

«Su madre la va a zurrar por mojarse el vestido.»

«No lo hará.» dijo Caddy.

«Y tú qué sabes.» dijo Quentin.

«Porque lo sé.» dijo Caddy. «A ti qué te importa.»

«Pues dijo que lo haría.» dijo Quentin. «Además, soy mayor que tú.»

«Tengo siete años.» dijo Caddy. «Sé lo que hago.»

«Yo soy más mayor.» dijo Quentin. «Ya voy a la escuela. Verdad, Versh.»

«Usted sabe que la pegan cuando se moja el vestido.» dijo Versh.

«No está mojado.» dijo Caddy. Se puso de pie dentro del agua y se miró el vestido. «Me lo voy a quitar.» dijo. «Para que se seque.»

«A que no.» dijo Quentin.

«A que sí.» dijo Caddy.

«Mejor no lo hagas.» dijo Quentin.

Caddy se acercó a mí y a Versh y se volvió.

«Desabróchamelo, Versh.» dijo.

«No lo hagas, Versh.» dijo Quentin.

«No tengo nada que ver con su vestido.» dijo Versh.

«Desabróchamelo, Versh.» dijo Caddy. «O le digo a Dilsey lo que hiciste ayer.» Así que Versh se lo desabrochó.

«Como te quites el vestido.» dijo Quentin. Caddy se quitó el vestido y lo tiró sobre la orilla. Entonces se quedó solamente con el corpiño y los pantalones y Quentin le dio una bofetada y ella se resbaló y se cayó al agua. Cuando se levantó, empezó a echar agua a Quentin y Quentin echaba agua a Caddy. A Versh y a mí nos salpicaron un poco y Versh me cogió y me puso sobre la orilla. Dijo que se iba a chivar de Quentin y de Caddy y entonces Quentin y Caddy empezaron a salpicar a Versh. Se metió detrás de un arbusto.

«Voy a chivarme a mi mamá de todos ustedes.» dijo Versh.

Quentin subió a la orilla y quiso atrapar a Versh, pero Versh se escapó y Quentin no pudo. Cuando Quentin se dio la vuelta, Versh se paró y dijo gritando que se iba a chivar. Caddy le dijo que si no se chivaba, le dejarían volver. Así que Versh dijo que no lo haría y ellos le dejaron.

«Supongo que ahora estarás contenta.» dijo Quentin. «Nos pegarán a los dos.»

«No me importa.» dijo Caddy. «Me voy a escapar.»

«Ya.» dijo Quentin.

«Me escaparé y no volveré nunca.» dijo Caddy. Yo empecé a llorar. Caddy se volvió y dijo, «Cállate». Así que me callé. Luego jugaron en el arroyo. Jason también estaba jugando. Estaba él solo un poco más abajo. Versh vino por el otro lado del arbusto y me volvió a dejar en el agua. Caddy estaba toda mojada y llena de barro por detrás y yo me puse a llorar y ella vino y se agachó en el agua.

«Cállate.» dijo. «No me voy a escapar.» Así que me callé. Caddy olía como los árboles cuando llueve.

Qué le pasa, dijo Luster. Es que no puede dejar de llorar y jugar con el agua como los demás.

Por qué no te lo llevas a la casa. Es que no te han dicho que no lo saques de allí.

Todavía se cree que el prado es de ellos, dijo Luster. De todas formas esto no se ve desde la casa.

Pero nosotros sí que lo vemos. Y a la gente no le gusta tener delante a un tonto. Trae mala suerte.

Vino Roskus y dijo que fuéramos a cenar y Caddy dijo que todavía era pronto.

«Sí.» dijo Roskus. «Pero Dilsey dice que vayan todos a la casa. Tráelos, Versh.» Subió por la colina por donde estaba mugiendo la vaca.

«A lo mejor ya estamos secos cuando lleguemos a casa.» dijo Quentin.

«Tú has tenido la culpa.» dijo Caddy. «Ojalá nos peguen.» Se puso el vestido y Versh se lo abrochó.

«No se darán cuenta de que se han mojado.» dijo Versh. «No se les nota. Como no nos chivemos yo y Jason.»

«Te vas a chivar, Jason.» dijo Caddy.

«De qué.» dijo Jason.

«No se chivará.» dijo Quentin. «Verdad, Jason.»

«Seguro que sí.» dijo Caddy. «Se lo contará a la Abuelita.»

«No puede.» dijo Quentin. «Está mala. Si vamos despacio, no se darán cuenta porque estará muy oscuro.»

«No me importa si se dan cuenta o no.» dijo Caddy. «Se lo voy a decir yo misma. Cógelo en brazos para subir la colina, Versh.»

«Jason no se chivará.» dijo Quentin. «Acuérdate del arco y las flechas que te he hecho, Jason.»

«Se me han roto.» dijo Jason.

«Que se chive.» dijo Caddy. «Me importa un rábano. Coge a Maury, Versh.» Versh se agachó y yo me subí a su espalda.

Nos veremos en el teatro esta noche, dijo Luster. Vamos. Tenemos que encontrar la moneda.

24

«Si vamos despacio, ya será de noche cuando lleguemos.» dijo Quentin.

«Yo no pienso ir despacio.» dijo Caddy. Subimos por la colina, pero Quentin no vino. Estaba junto al arroyo cuando llegamos a donde se olían los cerdos. Gruñían y olisqueaban junto al abrevadero del rincón. Jason venía detrás de nosotros con las manos en los bolsillos. Roskus estaba ordeñando a la vaca en la puerta del establo.

Las vacas salieron corriendo del establo.

«Siga.» dijo T. P. «Vuelva a gritar. Yo voy a gritar también. Yuhu.» Quentin volvió a dar una patada a T. P. Lo tiró dentro del abrevadero donde comían los cerdos y T. P. se quedó allí metido. «Vaya suerte.» dijo T. P. «Es que no me había pegado ya. Usted ha visto cómo me pegó ese blanco. Yuhu.»

Yo no lloraba, pero no me podía parar. Yo no lloraba, pero el suelo no se estaba quieto y luego lloré. El suelo no dejaba de subir y las vacas corrían colina arriba. T. P. intentó levantarse. Volvió a caerse y las vacas bajaron corriendo por la colina. Quentin me cogió del brazo y fuimos hacia el establo. Entonces el establo no estaba allí y tuvimos que esperar a que volviera. No lo vi llegar. Vino por detrás de nosotros y Quentin me sentó en la artesa donde comían las vacas. Me agarré. Aquello también se marchaba y me agarré. Las vacas volvieron a bajar corriendo por la colina después de atravesar la puerta. Yo no me podía parar. Quentin y T. P. subían peleándose por la colina. T. P. rodaba colina abajo y Quentin lo arrastraba hacia arriba. Quentin golpeó a T. P. Yo no me podía parar.

«Ponte de pie.» dijo Quentin. «Quédate aquí. No te vayas hasta que yo vuelva.»

«Yo y Benjy nos volvemos a la boda.» dijo T. P. «Yuhu.»

Quentin volvió a golpear a T. P. Luego empezó a empujarle contra la pared. T. P. se reía. Cada vez que

Quentin lo empujaba contra la pared él intentaba decir Yuhu, pero no podía decirlo con la risa. Yo dejé de llorar pero no me podía parar. T. P. se me cayó encima y la puerta del establo desapareció. Bajó por la colina y T. P. seguía forcejeando solo y volvió a caerse. Seguía riéndose pero yo no me podía parar y yo intenté levantarme y me caí y no me podía parar. Versh dijo,

«La ha hecho buena. Vaya que sí. Deje de gritar.»

T. P. todavía estaba riéndose. Se dejó caer contra la puerta y se reía. «Yuhu.» dijo. «Yo y Benjy nos volvemos a la boda. Zarzaparrilla.» dijo T. P.

«Cállate.» dijo Versh. «De dónde la has sacado.»

«Del sótano.» dijo T. P. «Yuhu.»

«Cállate.» dijo Versh. «De qué sitio del sótano.»

«Está todo lleno.» dijo T. P. Se rió un poco más. «Quedan más de cien botellas. Más de un millón. Cuidado, negro, que voy a gritar.»

Quentin dijo, «Levántalo».

Versh me levantó.

«Bébete esto, Benjy.» dijo Quentin. El vaso quemaba. «Cállate ahora.» dijo Quentin. «Bébetelo.»

«Zarzaparrilla.» dijo T. P. «Déjeme echar un trago, señor Quentin.»

«Cierra el pico.» dijo Versh. «Ya te dará a ti el señor Quentin.»

«Sujétalo, Versh.» dijo Quentin.

Ellos me sujetaron. Yo tenía la barbilla y la camisa calientes. «Bebe.» dijo Quentin. Me sujetaron la cabeza. Sentí calor por dentro y volví a empezar. Ahora yo estaba llorando y me estaba pasando algo por dentro y lloré más y me sujetaron hasta que dejó de pasarme. Entonces me callé. Todavía daba vueltas y empezaron las figuras. «Abre el pesebre, Versh.» Iban despacio. «Extiende esos sacos vacíos en el suelo.» Ellas iban más deprisa, casi demasiado. «Eso es. Cógelo por los pies.» Ellas siguieron, suaves y brillantes. Yo oía reírse a T. P. Las seguí colina arriba.

En lo alto de la colina, Versh me bajó. «Venga aquí, Quentin.» gritó él, mirando hacia atrás. Quentin todavía estaba de pie junto al arroyo. Se perdía entre las sombras por donde estaba el arroyo.

«Pues que se quede ahí, el muy burro.» dijo Caddy. Me cogió de la mano y pasamos frente al establo y atravesamos la portilla. Había una rana agazapada en medio del sendero de ladrillos. Caddy pasó sobre ella de un salto y tiró de mí.

«Vamos, Maury.» dijo. Se quedó agazapada hasta que Jason le dio con el dedo del pie.

«Le saldrá una verruga.» dijo Versh. La rana se alejó saltando.

«Vamos, Maury.» dijo Caddy.

«Tienen visita esta noche.» dijo Versh.

«Tú qué sabes.» dijo Caddy.

«Con todas esas luces encendidas.» dijo Versh. «Hay luz en todas las ventanas.»

«Puedes encender todas las luces sin que haya visita, si quieres.» dijo Caddy.

«Seguro que son visitas.» dijo Versh. «Mejor entran por la parte de atrás y suben sin que los vean.»

«No me importa.» dijo Caddy. «Pienso entrar en el salón, donde están todos.»

«Pues su papá la pegará como haga eso.» dijo Versh.

«No me importa.» dijo Caddy. «Voy a entrar al salón. Voy a entrar a cenar en el comedor.»

«Y dónde va a sentarse.» dijo Versh.

«En la silla de la Abuela.» dijo Caddy. «Ella cena en la cama.»

«Tengo hambre.» dijo Jason. Nos adelantó y corrió por el sendero. Llevaba las manos en los bolsillos y se cayó. Versh fue a levantarlo.

«Si lleva las manos en los bolsillos, no pierda el equilibrio.» dijo Versh. «No le dará tiempo a sacárselas para agarrarse, con lo gordo que está.»

Padre estaba de pie junto a la escalera de la cocina. «Dónde está Quentin.» dijo.

«Viene por el camino.» dijo Versh. Quentin venía despacio. Su camisa era una mancha blanca.

«Ah.» dijo Padre. La luz descendía sobre las escaleras y sobre él.

«Caddy y Quentin se han estado echando agua.» dijo Jason.

Esperamos.

«Ah, sí.» dijo Padre. Quentin llegó y Padre dijo, «Esta noche vais a cenar en la cocina.» Se paró y me cogió en brazos y la luz descendió por las escaleras también hasta mí y yo veía a Caddy y a Jason y a Quentin y a Versh más abajo. Padre se volvió hacia la escalera. «Pero tenéis que estar sin hacer ruido.» dijo.

«Por qué no podemos hacer ruido, Padre.» dijo Caddy. «Es que hay visita.»

«Sí.» dijo Padre.

«Ya le he dicho que había visita.» dijo Versh.

«Tú no has dicho nada.» dijo Caddy. «Soy yo quien lo ha dicho. Lo he dicho yo.»

«Silencio.» dijo Padre. Se callaron y Padre abrió la puerta y cruzamos el porche trasero y entramos en la cocina. Allí estaba Dilsey y Padre me dejó en la silla y bajó el batiente y la acercó a la mesa, donde estaba la cena. Echaba humo.

«Obedeced a Dilsey.» dijo Padre. «No les dejes hacer ruido, Dilsey.»

«Sí, señor.» dijo Dilsey. Padre se marchó.

«No olvidéis que debéis obedecer a Dilsey.» dijo detrás de nosotros. Acerqué la cara hacia la cena. El humo me dio en la cara.

«Que me obedezcan a mí esta noche, Padre.» dijo Caddy.

«Yo no.» dijo Jason. «Yo obedeceré a Dilsey.»

«Tendrás que hacerlo si lo dice Padre.» dijo Caddy. «Que me obedezcan a mí, Padre.»

«Yo no.» dijo Jason. «Yo no te obedeceré.»

«Callaos.» dijo Padre. «Obedeced a Caddy. Cuando acaben, súbelos por la escalera de atrás, Dilsey.»

«Sí, señor.» dijo Dilsey.

«Ves.» dijo Caddy. «Supongo que ahora me obedecerás.»

«Cállense todos.» dijo Dilsey. «Esta noche tienen que portarse bien.»

«Por qué tenemos que portarnos bien esta noche.» susurró Caddy.

«Eso no le importa.» dijo Dilsey. «Lo sabrá cuando Dios disponga.» Me trajo el plato. El humo vino y me hizo cosquillas en la cara. «Ven, Versh.» dijo Dilsey.

«Y cuándo dispone Dios, Dilsey.» dijo Caddy.

«Los domingos.» dijo Quentin. «Es que no lo sabes.»

«Shhhhhh.» dijo Dilsey. «No han oído decir al señor Jason que se estén callados. Tómense la cena. Ven, Versh. Coge su cuchara.» La mano de Versh llegó con la cuchara y la metió en el plato. La cuchara subió hasta mi boca. El vapor me hizo cosquillas en la boca. Luego dejamos de comer y nos miramos unos a otros y estuvimos callados y luego lo volvimos a oír y yo empecé a llorar.

«Qué es eso.» dijo Caddy. Puso su mano sobre mi mano.

«Era Madre.» dijo Quentin. La cuchara vino y yo comí, luego volví a llorar.

«Cállate.» dijo Caddy. Pero yo no me callé y ella vino y me rodeó con los brazos. Dilsey fue a cerrar las dos puertas y entonces no lo podíamos oír.

«Cállate.» dijo Caddy. Me callé y comí. Quentin no comía pero Jason sí.

«Era Madre.» dijo Quentin. Se levantó.

«Siéntese inmediatamente.» dijo Dilsey. «Hay visita y usted tiene la ropa llena de barro. Siéntese también usted, Caddy, y acabe de comer.»

«Estaba llorando.» dijo Quentin.

«Era alguien que estaba cantando.» dijo Caddy. «Verdad, Dilsey.»

«Tómense todos la cena, como dijo el señor Jason.» dijo Dilsey. «Lo sabrán cuando Dios disponga.» Caddy volvió a su silla.

«Ya os he dicho que es una fiesta.» dijo.

Versh dijo, «Ya se ha comido todo».

«Tráeme su plato.» dijo Dilsey. El plato se fue.

«Dilsey.» dijo Caddy. «Quentin no se está tomando la cena. Es que no me va a obedecer.»

«Tómese la cena, Quentin.» dijo Dilsey. «Acaben y salgan de mi cocina.»

«No quiero más.» dijo Quentin.

«Te lo tienes que comer si te lo mando yo.» dijo Caddy. «Verdad, Dilsey.»

El plato me echaba humo a la cara y la mano de Versh metió la cuchara y el humo me hizo cosquillas en la boca.

«No quiero más.» dijo Quentin. «Cómo van a dar una fiesta si la Abuela está mala.»

«En el piso de abajo.» dijo Caddy. «Ella puede asomarse al rellano a mirar. Es lo que pienso hacer yo en cuanto me ponga el camisón.»

«Madre estaba llorando.» dijo Quentin. «A que estaba llorando, Dilsey.»

«No me dé la lata, niño.» dijo Dilsey. «Tengo que preparar la cena para toda esa gente en cuanto ustedes acaben la suya.»

Un rato después hasta Jason había acabado de cenar y empezó a llorar.

«Ahora le toca a usted.» dijo Dilsey.

«Llora todas las noches desde que la Abuela se puso mala y no puede dormir con ella.» dijo Caddy. «Llorica.»

«Me voy a chivar de ti.» dijo Jason.

Estaba llorando. «Ya te has chivado.» dijo Caddy. «Ya no puedes chivarte de nada.»

«Lo que necesitan es irse a la cama», dijo Dilsey. Vino y me bajó y me limpió la cara y las manos con un paño húmedo. «A ver si puedes subirlos por la escalera de atrás sin hacer ruido, Versh. Usted, Jason, deje de llorar.»

«Es demasiado temprano para meternos en la cama.» dijo Caddy. «Nunca nos acostamos tan pronto.»

«Esta noche, sí.» dijo Dilsey. «Su papá dijo que subieran inmediatamente después de que acabasen de cenar. Ya lo han oído.»

«Ha dicho que hay que hacer lo que yo diga.» dijo Caddy.

«Yo no voy a hacer lo que tú digas.» dijo Jason.

«Pues tienes que hacerlo.» dijo Caddy. «Vamos. Tenéis que hacer lo que yo diga.»

«Que se callen, Versh.» dijo Dilsey. «Van a portarse bien, verdad.»

«Por qué tenemos que estar tan callados esta noche.» dijo Caddy.

«Su mamá no se encuentra bien.» dijo Dilsey. «Ahora vayan todos con Versh.»

«Ya os dije que Madre estaba llorando.» dijo Quentin. Versh me cogió en brazos y abrió la puerta trasera del porche. Salimos y Versh cerró y la puerta se puso negra. Yo olía a Versh y lo sentía. «Ahora quedaos callados. Todavía no vamos a subir. El señor Jason dijo que subierais enseguida. Dijo que me obedecierais. Yo no te voy a obedecer a ti. Dijo que a mí. Verdad, Quentin.» Yo sentía la cabeza de Versh. Yo nos oía. «Verdad, Versh. Sí, claro. Y yo digo que vamos a salir un rato. Vamos.» Versh abrió la puerta y salimos.

Bajamos los escalones.

«Creo que será mejor que bajemos a casa de Versh para no hacer ruido.» dijo Caddy. Versh me puso en el suelo y Caddy me cogió de la mano y descendimos por el sendero de ladrillos.

«Vamos.» dijo Caddy. «Ya no está la rana. Se habrá ido dando saltos y ya estará en el jardín. A lo mejor en-

31

contramos otra.» Roskus vino con los cubos de la leche. Siguió. Quentin no venía con nosotros. Estaba sentado en la escalera de la cocina. Bajamos a casa de Versh. Me gustaba el olor de la casa de Versh. *El fuego estaba encendido y T. P. estaba agachado en camisa, atizándolo.*

Entonces me levanté y T. P. me vistió y fuimos a la cocina y comimos. Dilsey estaba cantando y yo empecé a llorar y ella se paró.

«No dejes que se acerque a la casa.» dijo Dilsey.

«No podemos ir por ahí.» dijo T. P.

Jugamos en el arroyo.

«No podemos ir por allí.» dijo T. P. «Es que no sabe que mi mamá ha dicho que no.»

Dilsey estaba cantando en la cocina y yo empecé a llorar.

«Cállese.» dijo T. P. «Vamos. Bajaremos hasta el establo.»

Roskus estaba ordeñando en el establo. Estaba ordeñando con una mano y se quejaba. Algunos pájaros estaban sentados en la puerta del establo y le miraban. Uno de ellos vino y se puso a comer con las vacas. Me puse a mirar cómo ordeñaba Roskus mientras T. P. echaba de comer a Queenie y a Prince. La ternera estaba en la pocilga. Se frotaba el morro contra la alambrada y mugía.

«T. P.» dijo Roskus. T. P. dijo «Señor», desde el establo. Fancy tenía la cabeza asomada por encima de la portilla, porque T. P. todavía no le había echado de comer. «Acaba con eso.» dijo Roskus. «Tienes que ordeñar. Ya ni puedo mover la mano derecha.»

T. P. vino y se puso a ordeñar.

«Por qué no llama al médico.» dijo T. P.

«El médico no sirve para nada.» dijo Roskus. «Aquí, no.»

«Por qué aquí no.» dijo T. P.

«Aquí hay mucha mala suerte.» dijo Roskus. «Si has acabado, mete a la ternera.»

Aquí hay mucha mala suerte, dijo Roskus. El fuego se elevó y bajó por detrás de él y de Versh, deslizándose sobre su cara y sobre la cara de Versh. Dilsey acabó de meterme en la cama. La cama olía como T. P. Me gustaba.

«Y qué sabrás tú.» dijo Dilsey. «Qué te ha dado.»

«No me ha dado nada.» dijo Roskus. «Acaso no hay una prueba tumbada en esa cama. Es que aquí no ha habido pruebas de ello durante quince años.»

«Supongo que sí.» dijo Dilsey. «Pero ni a ti ni a los tuyos os ha hecho ningún daño, no. Con Versh trabajando y con Frony casada y sin depender de ti y con T. P. creciendo tanto como para sustituirte cuando el reúma acabe contigo.»

«Es que por ahora, ya van dos.» dijo Roskus. «Y va a haber uno más. Yo ya he visto una señal y tú también.»

«Anoche oí ulular a una lechuza.» dijo T. P. «Y Dan no quería venir a comer. No pasaba del establo. Empezó a aullar nada más oscurecer. Versh le oyó.»

«Conque va a haber más de uno.» dijo Dilsey. «Alabado sea Dios, acaso no tenemos todos que morirnos.»

«Morirse no es lo único.» dijo Roskus.

«Sé lo que estás pensando.» dijo Dilsey. «Y pronunciar ese nombre sí que no te va a dar buena suerte, a no ser que quieras estarte con él cuando se ponga a llorar.»

«Aquí no hay buena suerte.» dijo Roskus. «Me di cuenta enseguida pero cuando lo cambiaron de nombre lo di por seguro.»

«Cierra esa boca.» dijo Dilsey. Tiró de las sábanas. Olían como T. P. «Ahora callaos todos hasta que se quede dormido.»

«Yo he visto una señal.» dijo Roskus.

«Como no sea señal de que T. P. te va a hacer todo el trabajo.» dijo Dilsey. *Llévate a él y a Quentin a la casa y ponlos a jugar con Luster cerca de Frony, T. P., y vete a ayudar a tu papá.*

Acabamos de comer. T. P. levantó a Quentin y bajamos a casa de T. P. Luster estaba jugando en el suelo. T. P. bajó a Quentin y ella también se puso a jugar en el suelo. Luster tenía unos carretes y él y Quentin se pelearon y Quentin se quedó con los carretes. Luster lloró y vino Frony y dio a Luster una lata para que jugase y luego yo tenía los carretes y Quentin se peleó conmigo y yo lloré.

«Cállese.» dijo Frony. «No le da vergüenza. Quitar los juguetes a una niña.» Cogió los carretes y se los devolvió a Quentin.

«Cállese.» dijo Frony. «Le digo que se calle.»

«Cállese.» dijo Frony. «Lo que necesita son unos azotes, eso es.» Cogió en brazos a Luster y a Quentin. «Vamos.» dijo. Fuimos al establo. T. P. estaba ordeñando la vaca. Roskus estaba sentado sobre la caja.

«Qué le pasa ahora.» dijo Roskus.

«Tenéis que quedároslo aquí.» dijo Frony. «Otra vez se ha peleado con los niños. Les quita los juguetes. Quédese aquí con T. P. y a ver si se calla un poco.»

«Y limpia bien esa ubre.» dijo Roskus. «A esa ternera la dejaste seca con tanto ordeñarla el invierno pasado. Como seques a ésta nos quedaremos sin leche.»

Dilsey estaba cantando.

«Por allí no.» dijo T. P. «Es que no sabe que mi abuelita dice que no puede ir allí.»

Estaban cantando.

«Vamos.» dijo T. P. «Vamos a jugar con Quentin y Luster. Vamos.»

Quentin y Luster estaban jugando en el suelo delante de la casa de T. P. En la casa había un fuego que subía y bajaba y Roskus estaba sentado delante.

«Ya son tres, Dios nos proteja.» dijo Roskus. «Te lo dije hace dos años. Esta casa trae mala suerte.»

«Y entonces por qué no te vas.» dijo Dilsey. Me estaba desnudando. «Con tanto hablar de mala suerte le metiste a Versh la idea de Memphis. Deberías estar satisfecho.»

«Si ésa es toda la mala suerte de Versh.» dijo Roskus.

Frony entró.

«Ya habéis acabado.» dijo Dilsey.

«T. P. está acabando.» dijo Frony. «La señorita Caroline quiere que acueste usted a Quentin.»

«Voy todo lo deprisa que puedo.» dijo Dilsey. «Ya debería saber que no tengo alas.»

«A eso iba yo.» dijo Roskus. «No puede haber buena suerte en una casa donde nunca se pronuncia el nombre de uno de los hijos.»

«Cállate.» dijo Dilsey. «Es que quieres que empiece.»

«Criar a una niña sin que sepa el nombre de su propia madre.» dijo Roskus.

«No te rompas la cabeza preocupándote por ella.» dijo Dilsey. «Yo he criado a todos ellos y creo que puedo criar a uno más. Y ahora cállate. A ver si quiere dormirse.»

«Por decir un nombre.» dijo Frony. «Si él ni sabe cómo se llama nadie.»

«Pues dilo y ya verás si lo sabe.» dijo Dilsey. «Díselo cuando esté dormido y seguro que te oye.»

«Sabe muchas más cosas de lo que se cree la gente.» dijo Roskus. «Sabía que les estaba llegando su hora, igual que ese pointer. Si él pudiese hablar te diría cuándo le va a tocar. O a ti. O a mí.»

«Saque a Luster de la cama, mamá.» dijo Frony. «Ese chico le va a embrujar.»

«Calla esa boca.» dijo Dilsey. «Es que no se te ocurre nada mejor. Qué falta te hará oír a Roskus. Adentro, Benjy.»

Dilsey me empujó y me metí en la cama, donde ya estaba Luster. Estaba dormido. Dilsey cogió un trozo largo de madera y lo puso entre Luster y yo. «No se mueva de su sitio.» dijo Dilsey. «Luster es pequeño y no querrá hacerle daño.»

Todavía no puede ir, dijo T. P. Espere.

Nos asomamos a la esquina de la casa y vimos cómo se iban los coches.

«Ahora.» dijo T. P. Cogió en brazos a Quentin y salimos corriendo hasta la esquina de la cerca y los vimos pasar. «Ahí va.» dijo T. P. «Ven el del cristal. Mírenlo. Está tumbado ahí dentro. Lo ven.»

Vamos, dijo Luster, voy a llevarme esta pelota a mi casa para que no se me pierda. No señor, no es para usted. Si esos hombres se la ven, dirán que la ha robado. Cállese. No es para usted. Para qué demonios la quiere. No sabe jugar a la pelota.

Frony y T. P. estaban jugando en el suelo junto a la puerta. T. P. tenía un frasco con luciérnagas.

«Por qué habéis vuelto a salir.» dijo Frony.

«Tenemos visita.» dijo Caddy. «Padre dijo que esta noche me obedecierais a mí. Supongo que T.P y tú también tendréis que obedecerme.»

«Yo no voy a obedecerte.» dijo Jason. «Frony y T. P. tampoco tienen que hacerlo.»

«Lo harán si lo digo yo.» dijo Caddy. «A lo mejor no lo digo.»

«T. P. no hace caso a nadie.» dijo Frony. «Ha empezado ya el velatorio.»

«Qué es un velatorio.» dijo Jason.

«Es que mamá no te ha dicho que no se lo dijeras.» dijo Versh.

«Donde uno va a llorar.» dijo Frony. «En el de la Hermana Beulah Clay estuvieron llorando dos días.»

En casa de Dilsey estaban llorando. Dilsey lloraba. Cuando Dilsey lloraba, Luster dijo, Cállense, y nos callamos y entonces yo empecé a llorar y Blue aulló debajo de las escaleras de la cocina. Entonces Dilsey se calló y nosotros nos callamos.

«Ah.» dijo Caddy. «Eso es de negros. Los blancos no tienen velatorios.»

«Mamá dijo que no se lo dijéramos, Frony.» dijo Versh.

«Que no nos dijerais qué.» dijo Caddy.

Dilsey lloraba y cuando aquello llegó hasta la casa yo empecé a llorar y Blue aulló debajo de las escaleras. Luster, dijo Frony desde la ventana, Bájalos al establo. No puedo guisar con tanto barullo. Y también al perro. Sácalos de aquí.

No pienso bajar, dijo Luster. A lo mejor me encuentro allí a mi papá. Anoche lo vi agitando los brazos en el establo.

«Me gustaría saber por qué.» dijo Frony. «Los blancos también se mueren. Su abuelita está tan muerta como lo estaría un negro, digo yo.»

«Se mueren los perros.» dijo Caddy. «Y Nancy cuando se cayó a la zanja y le dio un tiro Roskus y vinieron los buitres y la desnudaron.»

Los huesos salían redondos de la zanja; donde estaban las zarzas oscuras dentro de la zanja negra, hacia la luz de la luna, como si algunas figuras se hubiesen parado. Entonces se pararon todas y estaba oscuro y cuando yo me paré para volver a empezar oí a Madre y unos pies que caminaban muy deprisa y lo olí. Entonces vino la habitación pero se me cerraron los ojos. No me paré. Yo lo olía. T. P. me aflojó las ropas de la cama.

«Cállese.» dijo. «Shhhhhh.»

Pero yo lo olía. T. P. me levantó y me puso la ropa muy deprisa.

«Cállese, Benjy.» dijo. «Nos vamos a nuestra casa. Verdad que quiere ir a nuestra casa, con Frony. Cállese. Shhh.»

Me ató los zapatos y me puso la gorra y salimos. Había una luz en el vestíbulo. Al otro lado del vestíbulo oíamos a Madre.

«Shhhhh, Benjy.» dijo T. P. «Enseguida salimos.»

Se abrió una puerta y yo lo olía más que nunca y salió una cabeza. No era Padre. Padre estaba enfermo allí dentro.

«Es que no puedes sacarlo de la casa.»

«Eso vamos a hacer.» dijo T. P. Dilsey subió por las escaleras.

«Cállese.» dijo. «Cállese. Bájale a la casa, T. P. Frony le está preparando una cama. Cuidad todos de él. Cállese, Benjy. Vaya con T. P.»

Ella se fue hacia donde oíamos a Madre.

«Que se quede allí.» No era Padre. Cerró la puerta, pero yo todavía lo olía.

Bajamos por las escaleras. Las escaleras bajaban hasta la oscuridad y T. P. me cogió de la mano y salimos por la puerta, fuera de la oscuridad. Dan estaba sentado en el patio trasero aullando.

«Lo ha olido.» dijo T. P. «También usted se enteró así.»

Bajamos por las escaleras, hacia donde estaban nuestras sombras.

«Se me ha olvidado su abrigo.» dijo T. P. «Tendría que ponérselo. Pero no voy a volver.»

Dan aulló.

«Cállese ahora.» dijo T. P. Nuestras sombras se movieron, pero la sombra de Dan no se movía excepto cuando se ponía a aullar.

«No puedo llevarlo a la casa si berrea de esta manera.» dijo T. P. «Antes de ponérsele esa voz de sapo ya berreaba lo suyo. Vamos.»

Fuimos andando por el sendero de ladrillos, con nuestras sombras. La pocilga olía como los cerdos. La vaca estaba en el cercado mirándonos mientras rumiaba. Dan aulló.

«Va a despertar a todo el pueblo.» dijo T. P. «Es que no se va a callar usted nunca.»

Vimos a Fancy comiendo junto al arroyo. La luna brillaba sobre el agua cuando llegamos allí.

«No, señor.» dijo T. P. «Estamos demasiado cerca. No podemos pararnos aquí. Vamos. Pero, fíjese. Se ha mojado toda la pierna. Vamos, venga.» Dan aulló.

La zanja salió de la hierba susurrante. Los huesos salían redondos de las zarzas negras.

«Bueno.» dijo T. P. «Hártese de berrear si quiere. Tiene toda la noche y ocho hectáreas de prado para berrear.»

T. P. se tumbó en la zanja y yo me senté mirando a los huesos donde a Nancy se la habían comido los buitres que salían aleteando de la zanja. Eran negros y lentos y torpes.

Pues yo la tenía cuando estuvimos aquí antes, dijo Luster. Se la enseñé. Usted la vio. Me la saqué del bolsillo aquí mismo y se la enseñé.

«Crees que los buitres van a desnudar a la Abuelita.» dijo Caddy. «Estás loca.»

«Eres una asquerosa.» dijo Jason. Se puso a llorar.

«Y tú estás gordo.» dijo Caddy. Jason lloraba. Tenía las manos en los bolsillos.

«Jason va a ser un hombre rico.» dijo Versh. «Lleva todo el rato sin soltar el dinero.»

Jason lloraba.

«Ya le has hecho llorar.» dijo Caddy. «Cállate, Jason. Cómo van a entrar los buitres donde está la Abuelita. Padre no los dejaría. Es que tú dejarías que te desnudara un buitre. Cállate.»

Jason se calló. «Frony ha dicho que es un velatorio.» dijo.

«Pues no lo es.» dijo Caddy. «Es una fiesta. Frony no sabe nada. Quiere tus luciérnagas, T. P. Déjaselas un ratito.»

T. P. me dio el frasco de las luciérnagas.

«Seguro que si nos acercamos a la ventana del salón podremos verlo.» dijo Caddy. «Entonces me haréis caso.»

«Yo ya lo sé.» dijo Frony. «No necesito ver nada.»

«Más vale que cierres el pico, Frony.» dijo Versh. «Mamá te va a sacudir.»

«Y qué es.» dijo Caddy.

«Yo sé lo que me digo.» dijo Frony.

«Vamos.» dijo Caddy. «Vamos a la parte de delante.»

Empezamos a ir.

«T. P. quiere las luciérnagas.» dijo Frony.

«Déjaselas un ratito más, T. P.» dijo Caddy. «Te las traeremos luego.»

«Ustedes no las han cogido.» dijo Frony.

«Si yo digo que tú y T. P. también podéis venir, se las dejarás.» dijo Caddy.

«Nadie nos ha dicho a mí y a T. P. que tengamos que obedecerte.» dijo Frony.

«Si digo que no tenéis que hacerlo, se las dejarás.» dijo Caddy.

«Bueno.» dijo Frony. «Déjaselas, T. P. Vamos a ir a ver cómo lloran.»

«No están llorando.» dijo Caddy. «Te he dicho que es una fiesta. Verdad que no están llorando, Versh.»

«Si nos quedamos aquí, no sabremos qué es lo que están haciendo.» dijo Versh.

«Vamos.» dijo Caddy. «Frony y T. P. no tienen que obedecerme. Pero los demás sí. Cógelo, Versh. Está oscureciendo.»

Versh me cogió en brazos y dimos la vuelta por la cocina.

Al mirar por el otro lado de la esquina vimos las luces que subían por el sendero. T. P. volvió a la puerta del sótano y la abrió.

Ya sabe lo que hay ahí abajo, dijo T. P. Gaseosas. He visto al señor Jason subir con los brazos llenos. Espere un momento.

T. P. se fue a mirar por la puerta de la cocina. Dilsey dijo, Qué haces aquí fisgando. Dónde está Benjy.

Ahí fuera, dijo T. P.

Pues vete a ver qué hace, dijo Dilsey. Que no entre en la casa.

Enseguida, dijo T. P. Han empezado ya.

Vete y procura que no se acerque, dijo Dilsey. Ya tengo bastantes cosas que hacer.

Por debajo de la casa salió una serpiente. Jason dijo que no le daban miedo las serpientes y Caddy dijo que a él sí que se lo daban, pero que a ella no, y Versh dijo que se lo daban a los dos y Caddy dijo que se callaran, como había dicho Padre.

No se irá a poner ahora a berrear, dijo T. P. Si quiere que le dé zarzaparrilla.

Me hacía cosquillas en la nariz y en los ojos.

Si no se la va a beber, démelo a mí, dijo T. P. Bueno, aquí está. Mejor cogemos otra botella ahora que no nos molesta nadie. Ahora estese callado.

Nos paramos bajo el árbol que hay junto a la ventana del salón. Versh me dejó sobre la hierba húmeda. Estaba fría. Había luces en todas las ventanas.

«La Abuelita está ahí.» dijo Caddy. «Ahora siempre está mala. Cuando se ponga buena vamos a ir de excursión.»

«Yo sé lo que me digo.» dijo Frony.

Los árboles susurraban, y la hierba.

«En la de al lado es donde pasamos el sarampión.» dijo Caddy. «Frony, dónde pasáis T. P. y tú el sarampión.»

«Lo pasamos según donde estemos, digo yo.» dijo Frony.

«Todavía no han empezado.» dijo Caddy.

Están a punto de empezar, dijo T. P. Usted quédese aquí mientras yo voy a por esa caja para poder mirar por la ventana. Venga, vamos a terminarnos esta zarzaparrilla. Me hace sentirme como si tuviese una lechuza dentro.

Nos bebimos la zarzaparrilla y T. P. metió la botella entre la celosía y la empujó por debajo de la casa y se marchó. Yo los oía en el salón y me agarré a la pared. T. P. arrastró la caja. Se cayó y empezó a reírse. Se quedó tendido riéndose sobre la hierba. Se levantó y arrastró la caja hasta la ventana, intentando no reírse.

«Mira que si me pongo a gritar.» dijo T. P. «Súbase a la caja y mire a ver si han empezado.»

«No han empezado porque todavía no ha llegado la orquesta.» dijo Caddy.

«No va a venir ninguna orquesta.» dijo Frony.

«Tú qué sabes.» dijo Caddy.

«Yo sé lo que me digo.» dijo Frony.

«Tú no sabes nada.» dijo Caddy. Fue hacia el árbol. «Súbeme, Versh.»

«Su papá ha dicho que no se acerquen al árbol.» dijo Versh.

«Eso lo dijo hace mucho tiempo.» dijo Caddy. «Supongo que ya se le habrá olvidado. Además, ha dicho que esta noche me teníais que obedecer. Es que acaso no ha dicho que me obedecierais.»

«Yo no te voy a obedecer.» dijo Jason. «Y Frony y T. P. tampoco.»

«Súbeme, Versh.» dijo Caddy.

«Bueno.» dijo Versh. «Es a usted a quien van a sacudir. No a mí.» Se fue a empujar para que Caddy se subiese a la primera rama del árbol. Vimos la culera de sus pantalones manchados de barro. Después no la veíamos. Oímos cómo se sacudían las ramas del árbol.

«El señor Jason ha dicho que si rompía el árbol la pegaría.» dijo Versh.

«Me voy a chivar también de eso.» dijo Jason.

El árbol dejó de sacudirse. Miramos hacia las ramas quietas.

«Qué se ve.» susurró Frony.

Los vi. Luego vi a Caddy con flores en el pelo y un velo largo brillante como el viento. Caddy Caddy

«Cállese», dijo T. P., «le van a oír. Bájese enseguida». Tiró de mí. Caddy. Clavé las manos en la pared. Caddy. T. P. tiró de mí. «Cállese.» dijo. «Cállese. Venga aquí enseguida.» Tiró de mí. Caddy. «Cállese, Benjy. Que le van a oír. Venga, vamos a beber más zarzaparrilla, luego, si se calla volveremos. Como no cojamos otra botella, terminaremos gritando los dos. Podemos decir que se la ha bebido Dan. Como el señor Quentin siempre dice que es muy listo nosotros podemos decir que también es un perro que bebe zarzaparrilla.»

La luz de la luna bajaba por las escaleras del sótano. Bebimos más zarzaparrilla.

«Sabe qué me gustaría.» dijo T. P. «Que un oso bajase por la escalera del sótano. Sabe qué haría yo. Le escupiría en un ojo. Páseme la botella antes de que me ponga a gritar.»

T. P. se cayó. Empezó a reírse y la puerta del sótano y la luz de la luna brincaron y algo me golpeó.

«Cállese.» dijo T. P., haciendo por no reírse. «Dios mío, nos van a oír. Levántese.» dijo T. P. «Levántese, Benjy, deprisa.» Él daba traspiés y yo intenté levantarme. Las escaleras del sótano subían por la colina bajo la luz de la luna y T. P. se cayó colina arriba, bajo la luz de la luna, y yo corrí contra la cerca y T. P. salió corriendo detrás de mí diciendo «Cállese, cállese». Entonces se cayó entre las flores, riéndose, y yo me fui contra la caja. Pero cuando intenté subirme se me escapó y me dio un golpe en la nuca y mi garganta hizo un ruido. Luego volvió a hacer el ruido y me paré para intentar levantarme, y volvió a hacer el ruido y empecé a llorar. Pero mi garganta seguía haciendo ruido mientras T. P. tiraba de mí. Yo seguía haciéndolo y no sabía si estaba llorando o no, y Quentin dio una patada a T. P. y Caddy me rodeó con los brazos, y su velo brillante, y yo ya no podía oler los árboles y empecé a llorar.

Benjy, dijo Caddy, Benjy. Volvió a rodearme con los brazos, pero me fui. «Qué pasa, Benjy.» dijo. «Es el sombrero.» Se quitó el sombrero y volvió a venir y yo me fui.

«Benjy.» dijo. «Qué pasa, Benjy. Qué ha hecho Caddy.»

«No le gusta ese vestido cursi.» dijo Jason. «Te crees que ya eres mayor, verdad. Te crees que eres mejor que nadie, eh. Cursi.»

«Cierra el pico.» dijo Caddy. «Eres un asqueroso. Benjy.»

«Te crees que ya eres mayor porque tienes catorce años, verdad.» dijo Jason. «Te crees alguien. Eh.»

«Calla, Benjy.» dijo Caddy. «Vas a molestar a Madre. Calla.»

Pero no me callé y cuando ella se fue yo la seguí y ella se detuvo en la escalera y esperó y yo también me paré.

«Qué pasa, Benjy.» dijo Caddy. «Díselo a Caddy. Ella hará lo que sea. Anda.»

«Candace.» dijo Madre.

«Sí.» dijo Caddy.

«Por qué le haces rabiar.» dijo Madre. «Tráelo aquí.»

Fuimos a la habitación de Madre, donde ella estaba tumbada con la enfermedad metida en un paño que tenía sobre la cabeza.

«Qué pasa ahora.» dijo Madre. «Benjamin.»

«Benjy.» dijo Caddy. Ella volvió, pero me fui.

«Algo le has hecho.» dijo Madre. «Por qué no le dejarás en paz, a ver si puedo estar tranquila. Dale la caja y hazme el favor de marcharte y dejarle en paz.»

Caddy cogió la caja y la puso en el suelo y la abrió. Estaba llena de estrellas. Cuando me quedaba quieto, estaban quietas. Cuando me movía, brillaban y echaban destellos. Me callé.

Entonces oí andar a Caddy y volví a empezar.

«Benjamin.» dijo Madre. «Ven aquí.» Fui hasta la puerta. «Ay, Benjamin.» dijo Madre.

«Qué sucede ahora.» dijo Padre. «Dónde vas.»

«Llévatelo abajo y que alguien se ocupe de él, Jason.» dijo Madre. «Ya sabes que estoy enferma, pero tú.»

Padre cerró la puerta detrás de nosotros.

«T. P.» dijo.

«Señor.» dijo T. P. desde abajo.

«Benjy va a bajar.» dijo Padre. «Vete con T. P.»

Fui a la puerta del cuarto de baño. Se oía el agua.

«Benjy.» dijo T. P. desde abajo.

Se oía el agua. La escuché.

«Benjy.» dijo T. P. desde abajo.

Yo escuchaba el agua.

Yo no oía el agua, y Caddy abrió la puerta.

«Hola, Benjy.» dijo. Me miró y yo fui y me rodeó con los brazos. «Has vuelto a encontrar a Caddy.» dijo. «Creías que Caddy se había escapado.» Caddy olía como los árboles.

Fuimos a la habitación de Caddy. Se sentó delante del espejo. Dejó quietas las manos y me miró.

«Eh, Benjy. Qué pasa.» dijo. «No debes llorar. Caddy no piensa irse. Mira.» dijo. Cogió el frasco y le quitó el tapón y lo acercó a mi nariz. «Qué rico. Huele. Qué bien.»

Yo me fui y no me callé y ella tenía el frasco en la mano, mirándome.

«Ah.» dijo. Dejó el frasco y vino y me rodeó con los brazos. «Así que era eso. Y estabas intentando decírselo a Caddy y no podías. Querías pero no podías, verdad. Claro que Caddy no lo hará. Claro que Caddy no lo hará. Espera que voy a vestirme.»

Caddy se vistió y volvió a coger el frasco y fuimos juntos a la cocina.

«Dilsey.» dijo Caddy. «Benjy tiene un regalo para ti.» Se agachó y me puso el frasco en la mano. «Ahora se lo das a Dilsey.» Caddy extendió mi mano y Dilsey cogió el frasco.

«Vaya, qué sorpresa», dijo Dilsey, «que mi niño regale a Dilsey un frasco de perfume. Fíjate, Roskus».

Caddy olía como los árboles. «A nosotros no nos gusta el perfume.» dijo Caddy.

Ella olía como los árboles.

«Vamos.» dijo Dilsey. «Es usted demasiado grande para dormir con otro. Ya es usted un chico mayor. Tiene trece años. Ya puede dormir solo en la habitación de Tío Maury.» dijo Dilsey.

El Tío Maury estaba enfermo. Tenía un ojo enfermo y la boca. Versh le subía la sopa en la bandeja.

«Maury dice que va a pegar un tiro a ese canalla.» dijo Padre. «Le he dicho que no se lo diga a Patterson antes de tiempo.» Bebió.

«Jason.» dijo Madre.

«A quién va a pegar un tiro, Padre.» dijo Quentin. «Por qué le va a pegar un tiro el Tío Maury.»

«Porque no es capaz de aguantar una broma.» dijo Padre.

«Jason.» dijo Madre. «Cómo has podido. Serías capaz de quedarte sentado viendo cómo meten a Maury en una encerrona y reírte encima.»

«Pues que Maury no se deje meter en encerronas.» dijo Padre.

«A quién va a pegar un tiro, Padre.» dijo Quentin. «A quién va a pegar un tiro el Tío Maury.»

«A nadie.» dijo Padre. «Yo no tengo pistola.»

Madre empezó a llorar. «Si escatimas a Maury la comida, por qué no tienes valor de decírselo en la cara. Reírte de él delante de los niños, a sus espaldas.»

«Naturalmente que no me río.» dijo Padre. «Admiro a Maury. Según mi opinión sobre la superioridad racial, Maury es estimable. No lo cambiaría ni por una pareja de purasangres. Y sabes por qué no, Quentin.»

«No, señor.» dijo Quentin.

«*Et ego in Arcadia* se me ha olvidado cómo se dice heno en latín.» dijo Padre. «Vamos, vamos.» dijo. «Sólo era una broma.» Bebió y dejó el vaso y puso la mano sobre el hombro de Madre.

«No es una broma.» dijo Madre. «Mi familia tiene tanta clase como la tuya. Sólo que Maury no tiene buena salud.»

«Naturalmente.» dijo Padre. «La mala salud es la razón primordial de la vida. Engendrado por la peste, en el seno de la corrupción, en decadencia. Versh.»

«Señor.» dijo Versh por detrás de mi silla.

«Coge la botella y llénala.»

«Y dile a Dilsey que venga a acostar a Benjamin.» dijo Madre.

«Ya es usted un chico grande.» dijo Dilsey. «Caddy está cansada de dormir con usted. Cállese, a ver si puede

46

dormirse.» La habitación se fue, pero yo no me callé y la habitación volvió y vino Dilsey y se sentó en la cama, mirándome.

«Es que no quiere ser un buen chico y callarse.» dijo Dilsey. «No, verdad. Entonces espérese un momento.»

Se fue. No había nada en la puerta. Luego Caddy estaba allí.

«Cállate.» dijo Caddy. «Ya voy.»

Me callé y Dilsey quitó la colcha y Caddy se metió entre la colcha y la manta. No se quitó el albornoz.

«Bueno.» dijo. «Aquí estoy.» Dilsey vino con una manta y la echó sobre ella y la arropó.

«Caerá en un momento.» dijo Dilsey. «Dejaré encendida la luz de su habitación.»

«Muy bien.» dijo Caddy. Acercó su cabeza a la mía sobre la almohada. «Buenas noches, Dilsey.»

«Buenas noches, preciosa.» dijo Dilsey. La habitación se puso negra. *Caddy olía como los árboles.*

Miramos hacia arriba, hacia el árbol en donde estaba ella.

«Qué ve, Versh.» dijo Frony en voz baja.

«Shhhhh.» dijo Caddy desde dentro del árbol. Dilsey dijo,

«Venga aquí.» Vino dando la vuelta por la esquina de la casa. «Por qué no suben arriba, como les ha dicho su papá, en vez de escaparse a mis espaldas. Dónde están Caddy y Quentin.»

«Le dije que no se subiera a ese árbol.» dijo Jason. «Voy a chivarme.»

«Quién en qué árbol.» dijo Dilsey. Vino y miró hacia el árbol. «Caddy.» dijo Dilsey. Las ramas empezaron otra vez a sacudirse.

«Satanás.» dijo Dilsey. «Baje del árbol.»

«Cállate», dijo Caddy, «es que no sabes que Padre dijo que no hiciéramos ruido». Aparecieron sus piernas y Dilsey levantó los brazos y la bajó del árbol.

«Es que no se os ha ocurrido nada mejor que dejarlos venir aquí.» dijo Dilsey.

«No pude hacer nada.» dijo Versh.

«Qué están haciendo aquí.» dijo Dilsey. «Quién ha dicho que vengáis a la casa.»

«Ella.» dijo Frony. «Ella nos dijo que viniéramos.»

«Quién ha dicho que tenéis que hacer lo que ella diga.» dijo Dilsey. «Vamos a casa, venga.» Frony y T. P. se fueron. Mientras se iban no los veíamos.

«Aquí fuera en plena noche.» dijo Dilsey. Me cogió y fuimos a la cocina.

«Escapándose a mis espaldas.» dijo Dilsey. «Y sabían que ya tenían que estar en la cama.»

«Shhh, Dilsey.» dijo Caddy. «No hables tan alto. Tenemos que estar callados.»

«Entonces cierre la boca y cállese.» dijo Dilsey. «Dónde está Quentin.»

«Quentin está furioso porque esta noche tenía que obedecerme.» dijo Caddy. «Todavía tiene el frasco de luciérnagas de T. P.»

«Supongo que T. P. puede pasarse sin ellas.» dijo Dilsey. «Vete a buscar a Quentin, Versh. Roskus dice que lo ha visto ir hacia el establo.» Versh se fue. No lo veíamos.

«Ahí dentro no hacen nada.» dijo Caddy. «Están sentados en las sillas mirando.»

«No necesitan que ustedes les ayuden.» dijo Dilsey. Dimos la vuelta por la cocina.

Dónde quiere ir ahora, dijo Luster. Va a volver para ver cómo le pegan a la pelota. Ya la hemos buscado por allí. Eh. Espere un momento. Espere aquí mientras vuelvo a por la pelota. Se me ha ocurrido una cosa.

La cocina estaba oscura. Los árboles eran oscuros contra el cielo. Dan salió culebreando por debajo de los escalones y me mordisqueó el tobillo. Di la vuelta por la cocina, por donde estaba la luna. Dan salió forcejeando bajo la luna.

«Benjy.» dijo T. P. dentro de la casa.

El árbol de las flores de junto a la ventana del salón no estaba oscuro, pero sí lo estaban los árboles grandes. La hierba susurraba bajo la luz de la luna por donde mi sombra caminaba sobre la hierba.

«Eh, Benjy.» dijo T. P. desde dentro de la casa. «Dónde se ha metido. Se ha escapado. Lo sé.»

Luster regresó. Espere, dijo. Eh. No vaya hacia allí. La señorita Quentin y su novio están allí en el columpio. Venga aquí. Vuelva aquí, Benjy.

Estaba oscuro bajo los árboles. Dan no quería venir. Se quedó bajo la luz de la luna. Entonces vi el columpio y empecé a llorar.

Quítese de ahí, Benjy, dijo Luster. Ya sabe que la señorita Quentin se pondrá furiosa.

Ahora eran dos y luego uno sobre el columpio. Caddy vino deprisa, blanca en la oscuridad.

«Benjy.» dijo. «Cómo te has escapado. Dónde está Versh.»

Me rodeó con los brazos y yo me callé y me agarré a su vestido e intenté apartarla.

«Pero Benjy.» dijo. «Qué pasa. T. P.» gritó.

El del columpio se levantó y vino y yo lloraba y tiraba del vestido de Caddy.

«Benjy.» dijo Caddy. «Sólo es Charlie. Es que no conoces a Charlie.»

«Dónde está su negro.» dijo Charlie. «Por qué le dejan andar solo por ahí.»

«Calla, Benjy.» dijo Caddy. «Vete, Charlie. No le gustas.» Charlie se fue y yo me callé. Yo tiraba del vestido de Caddy.

«Vamos, Benjy.» dijo Caddy. «No vas a dejar que me quede un rato aquí hablando con Charlie.»

«Llama al negro.» dijo Charlie. Él volvió. Yo lloré más y tiré del vestido de Caddy.

«Vete, Charlie.» dijo Caddy. Charlie vino y puso las manos encima de Caddy y yo lloré más fuerte. Muy alto.

«No. No.» dijo Caddy. «No. No.»

«No sabe hablar.» dijo Charlie. «Caddy.»

«Estás loco.» dijo Caddy. Empezó a respirar con fuerza. «Puede ver. No. No.» Caddy forcejeaba. Los dos respiraban con fuerza. «Por favor. Por favor.» susurró Caddy.

«Dile que se vaya.» dijo Charlie.

«Sí.» dijo Caddy. «Suéltame.»

«Le dirás que se vaya.» dijo Charlie.

«Sí.» dijo Caddy. «Suéltame.» Charlie se fue. «Calla.» dijo Caddy. «Se ha ido.» Yo me callé. Yo la oía y sentía cómo se movía su pecho.

«Tendré que llevarlo a casa.» dijo. Me cogió de la mano. «Ya voy.» susurró.

«Espera.» dijo Charlie. «Llama al negro.»

«No.» dijo Caddy. «Volveré. Vamos, Benjy.»

«Caddy.» susurró Charlie más alto. Seguimos. «Será mejor que vengas. Vas a volver.» Caddy y yo íbamos corriendo. «Caddy.» dijo Charlie. Salimos corriendo a la luz de la luna camino de la cocina.

«Caddy.» dijo Charlie.

Caddy y yo corríamos. Subimos corriendo las escaleras de la cocina, hasta el porche, y Caddy se arrodilló en la oscuridad y me abrazó. Yo la oía y sentía su pecho. «No lo haré.» dijo. «No lo haré nunca más, nunca. Benjy. Benjy.» Entonces ella estaba llorando y yo lloré y nos abrazamos uno al otro. «Calla.» dijo. «Calla. No lo haré nunca más.» Entonces me callé y Caddy se levantó, y entramos en la cocina y dimos la luz y Caddy cogió el jabón de la cocina y se lavó la boca en la pila, fuerte. Caddy olía como los árboles.

Le he dicho que no se acerque allí, dijo Luster. De repente ellos se sentaron en el columpio. Quentin tenía las manos en el pelo. Él tenía una corbata roja.

Eres un imbécil, dijo Quentin. Le voy a decir a Dilsey que le dejas seguirme por todas partes. Voy a encargarme de que te den una buena tunda.

«No pude detenerle.» dijo Luster. «Venga aquí, Benjy.»

«Sí que pudiste.» dijo Quentin. «Ni lo has intentado. Los dos me andabais espiando. Os ha mandado la Abuela para que me espiéis, eh.» Se bajó del columpio de un salto. «Como no te lo lleves inmediatamente y no lo tengas lejos, yo me encargaré de que Jason te zurre.»

«No puedo con él.» dijo Luster. «Inténtelo usted si cree que es capaz.»

«Cierra el pico.» dijo Quentin. «Te lo vas a llevar o no.»

«Que se quede.» dijo él. Tenía una corbata roja. El sol era rojo sobre ella. «Eh, Jack, mira.» Encendió una cerilla y se la metió en la boca. Luego se sacó la cerilla de la boca. Todavía estaba encendida. «Quieres probar tú.» dijo. Abrí la boca. Quentin dio un manotazo a la cerilla y desapareció.

«Estúpido.» dijo Quentin. «Es que quieres que empiece. Acaso no sabes que puede pasarse el día berreando. Voy a chivarme a Dilsey de ti.» Se marchó corriendo.

«Eh, chica.» dijo él. «Eh. Vuelve. Que no voy a meterme con él.»

Quentin siguió corriendo hacia la casa. Dio la vuelta por la cocina.

«Menuda la has liado, Jack.» dijo él. «Eh.»

«No entiende lo que usted dice.» dijo Luster. «Es sordo y tonto.»

«Sí.» dijo él. «Desde cuándo.»

«Hoy hace treinta y tres años que está así.» dijo Luster. «Tonto de nacimiento. Es usted de los cómicos.»

«Por qué.» dijo él.

«No recuerdo haberlo visto antes por aquí.» dijo Luster.

«Bueno, y qué.» dijo él.

«Nada.» dijo Luster. «Voy a ir esta noche.»

Él me miró.

«No será usted el que toca una canción con un serrucho, verdad.» dijo Luster.

«Tendrás que pagar veinticinco centavos para averiguarlo.» dijo él. Me miró. «Por qué no lo encierran.» dijo él. «Para qué lo has traído aquí.»

«A mí no me pregunte.» dijo Luster. «Yo no puedo con él. He venido buscando veinticinco centavos que he perdido para ir a la función de esta noche. Pero parece que no voy a poder ir.» Luster miró al suelo. «Usted no tendrá veinticinco centavos de sobra, verdad.» dijo Luster.

«No.» dijo él. «No los tengo.»

«Pues entonces voy a tener que seguir buscando los otros veinticinco.» dijo Luster. Se metió la mano en el bolsillo. «Tampoco querrá comprar una pelota de golf, verdad.» dijo Luster.

«Qué clase de pelota.» dijo él.

«Una de golf.» dijo Luster. «Sólo pido veinticinco centavos.»

«Por qué.» dijo él. «Para qué voy a quererla.»

«Ya suponía yo que no.» dijo Luster. «Venga aquí, pedazo de animal.» dijo. «Venga a ver cómo le dan a la pelota. Eh. Aquí hay una cosa para que usted juegue con la rama de estramonio.» Luster la cogió y me la dio. Era brillante.

«De dónde has sacado eso.» dijo él. Su corbata era roja bajo el sol, se movía.

«Debajo de ese arbusto de ahí.» dijo Luster. «Por un momento creí que eran los veinticinco centavos que he perdido.»

Él vino y la cogió.

«Cállese.» dijo Luster. «Se la devolverá cuando termine de mirarla.»

«Agnes Mabel Becky.» dijo él. Miró hacia la casa.

«Cállese.» dijo Luster. «Que ya se la devolverá.»

Él me la dio y yo me callé.

«Quién vino a verla anoche.» dijo él.

«No lo sé.» dijo Luster. «Vienen todas las noches que ella se escapa por ese árbol. Yo no llevo la cuenta.»

«Pues hay quien ha dejado una pista.» dijo él. Miró hacia la casa. Luego fue y se tumbó en el columpio. «Vete.» dijo él. «No me molestes.»

«Venga.» dijo Luster. «Ahora sí que la ha hecho buena. La señorita Quentin ya se habrá chivado.»

Fuimos hasta la cerca y miramos a través de los huecos de las flores ensortijadas. Luster buscaba entre la hierba.

«Aquí la tenía.» dijo. Vi ondear la bandera y reflejarse el sol sobre la extensa hierba inclinada.

«Pronto vendrá alguien.» dijo Luster. «Los de ahora se marchan. Venga a ayudarme a buscarla.»

Fuimos junto a la cerca.

«Cállese.» dijo Luster. «Cómo quiere que yo los haga venir hacia aquí si ellos no quieren venir. Espérese. Enseguida habrá alguien. Mire por allí. Ahí vienen.»

Seguí por la cerca hasta la portilla, hasta donde pasaban las niñas con los libros. «Eh, Benjy.» dijo Luster. «Vuelva aquí.»

A usted no le va a servir de nada mirar por la portilla, dijo T. P. Además, ya hace mucho que se fue la señorita Caddy. Se casó y le abandonó. No sirve de nada que se agarre a la portilla y se ponga a llorar. Ella no le va a oír.

Qué es lo que quiere, T. P., dijo Madre. Por qué no juegas con él a ver si se calla.

Quiere ir allí a mirar por la portilla, dijo T. P.

Pues no puede, dijo Madre. Está lloviendo. Tendrás que jugar con él para que se esté callado. Eh, Benjamin.

No hay forma de que se calle, dijo T. P. Cree que si baja a la portilla regresará la señorita Caddy.

Tonterías, dijo Madre.

Yo las sentía hablar. Salí por la puerta y las sentía y bajé hasta la portilla, hasta donde pasaban las niñas con los libros. Ellas me miraban, andando deprisa, con las cabezas vueltas. Yo intenté decir, y ellas iban más deprisa. Luego corrían y yo llegué hasta el extremo de la cerca y no podía ir más lejos y me agarré a la cerca, mirando cómo se iban e intentando decir.

«Eh, Benjy.» dijo T. P. «Qué hace escapándose. Es que no sabe que Dilsey le zurrará.»

«No va a conseguir nada con tanto gemir y berrear en la cerca.» dijo T. P. «Ha asustado a las niñas. Mírelas, van por el otro lado de la calle.»

Cómo ha podido salir, dijo Padre. Es que has dejado abierta la portilla al llegar, Jason.

Claro que no, dijo Jason. Como si no supieras que no soy tan tonto como para hacer una cosa así. Acaso crees que yo quería que pasara esto. Ya hay bastantes problemas con esta familia, bien lo sabe Dios. Yo podría habéroslo advertido hace tiempo. Espero que ahora lo mandaréis a Jackson. Si la señora Burgess no le pega un tiro antes.

Cállate, dijo Padre.

Os lo debería haber advertido hace tiempo, dijo Jason.

Estaba abierta cuando la toqué, y me agarré allí, bajo la luz del atardecer. Yo estaba llorando y no quería hacerlo, mirando venir a las niñas bajo la luz del atardecer. Yo no estaba llorando.

«Ahí está.»

Se pararon.

«No puede salir. De todas formas no hará nada a nadie. Vamos.»

«Tengo miedo. Tengo miedo. Voy a cruzar la calle.»

«No puede salir.»

Yo no estaba llorando.

«No seas miedica. Vamos.»

Venían bajo la luz del atardecer. Yo no estaba llorando, y me agarraba a la portilla. Venían despacio.

«Tengo miedo.»

«No te va a hacer nada. Yo paso todos los días por aquí. Sólo se pone a correr por el otro lado de la cerca.»

Vinieron. Yo abrí la portilla y se pararon, dando la vuelta. Yo intentaba decir, y la cogí, intentando decir, y ella gritó y yo estaba intentando e intentando decir y las figuras brillantes empezaron a pararse y yo intenté salir. Yo intentaba apartármelas de la cara, pero las figuras brillantes volvían a moverse. Subían hacia donde se caía la colina y yo intenté llorar. Pero cuando respiré, no podía respirar para llorar y yo intenté no caerme de la colina y me caí de la colina sobre las figuras brillantes que giraban.

Eh, idiota, dijo Luster. Aquí vienen unos. Deje ya de berrear y de jimplar.

Vinieron hasta la bandera. Él la sacó y ellos dieron un golpe, luego él volvió a poner la bandera.

«Señor.» dijo Luster.

Él miró a su alrededor, «Qué.» dijo.

«Quiere comprar una pelota de golf.» dijo Luster.

«Vamos a ver.» dijo. Se acercó a la cerca y Luster le ofreció la pelota.

«De dónde la has sacado.» dijo.

«Me la he encontrado.» dijo Luster.

«Eso ya lo sé.» dijo. «Dónde. Dentro de alguna bolsa de golf.»

«Me la he encontrado aquí tirada dentro del cercado.» dijo Luster. «Se la doy por veinticinco centavos.»

«Y por qué crees que es tuya.» dijo.

«Yo la he encontrado.» dijo Luster.

«Pues búscate otra.» dijo. Se la metió en el bolsillo y se fue.

«Que esta noche tengo que ir a la función.» dijo Luster.

«Ah, sí.» dijo. Se acercó a la tabla. «Adelante, caddie.» dijo. Tiró.

«Vaya.» dijo Luster. «Usted la arma cuando no los ve y la arma cuando los ve. Es que no se puede callar. No se da cuenta de que la gente se harta de oírlo todo el rato. Eh. Que se le ha caído la ramita de estramonio.» La cogió y me la devolvió. «Necesita otra. Ésta está mustia.» Nos quedamos junto a la cerca y los observamos.

«No es fácil tratar con ese blanco.» dijo Luster. «Ha visto usted cómo me ha quitado mi pelota.» Siguieron. Nosotros les seguimos desde la cerca. Llegamos al jardín y no podíamos ir más lejos. Me agarré a la cerca y miré a través de los huecos de las flores ensortijadas. Ellos se fueron.

«Ahora no tiene por qué jimplar.» dijo Luster. «Cállese. Yo sí que tendría que ponerme a llorar, no usted. Eh. Por qué no coge la ramita. Ya verá como luego acaba llorando.» Me dio la flor. «Adónde va ahora.»

Nuestras sombras estaban sobre la hierba. Llegaron a los árboles antes que nosotros. La mía llegó la primera. Después llegamos nosotros y se fueron las sombras. Había una flor en la botella. Yo metí la otra flor.

«Acaso no es usted ya una persona mayor.» dijo Luster. «Jugar con dos flores y una botella. Sabe qué van a hacer con usted cuando se muera la señorita Caroline. Pues lo van a mandar a Jackson, que es donde debería estar usted. Eso dice el señor Jason. Allí se podrá agarrar a los barrotes con los demás locos y ponerse a jimplar durante todo el día. Qué le parece.»

Luster tiró las flores de un manotazo. «Esto es lo que van a hacer con usted en Jackson cuando empiece a berrear.»

Yo intenté coger las flores. Luster las cogió y desaparecieron. Empecé a llorar.

«Berree.» dijo Luster. «Berree. Ya tiene motivos para berrear. Vale. Caddy.» susurró. «Caddy. Berree ahora. Caddy.»

«Luster.» dijo Dilsey desde la cocina.

Las flores regresaron.

«Cállate.» dijo Luster. «Aquí están. Mire. Están igual que antes. Cállese ya.»

«Eh, Luster.» dijo Dilsey.

«Mande usted.» dijo Luster. «Ya vamos. Buena la ha liado. Levántese.» Tiró de mi brazo y me levanté. Salimos de los árboles. Nuestras sombras se habían ido.

«Cállese.» dijo Luster. «Fíjese cómo le mira esa gente. Cállese.»

«Tráelo aquí.» dijo Dilsey. Bajaba por la escalera. «Qué le has hecho ahora», dijo.

«No le he hecho nada.» dijo Luster. «Se puso a berrear.»

«Sí que le has hecho.» dijo Dilsey. «Algo le habrás hecho. Dónde habéis estado.»

«Allí, bajo los cedros.» dijo Luster.

«Sacando de quicio a Quentin.» dijo Dilsey. «Es que no lo puedes tener lejos de ella. No sabes que no le gusta tenerlo cerca.»

«Pues tiene tanto tiempo para estar con él como yo.» dijo Luster. «Que no es de mi familia.»

«No me contestes, negro.» dijo Dilsey.

«No le he hecho nada.» dijo Luster. «Estaba allí jugando, y de repente se puso a berrear.»

«Has estado hurgando en su cementerio.» dijo Dilsey.

«No he tocado su cementerio.» dijo Luster.

«No me mientas, chico.» dijo Dilsey. Subimos las escaleras de la cocina. Dilsey abrió la puerta del horno y acercó una silla y me senté. Me callé.

Es que quiere que ella se enfade, dijo Dilsey. Por qué no lo tiene lejos de allí.

Él estaba mirando el fuego, dijo Caddy. Madre le estaba diciendo lo de su nuevo nombre. No queríamos que ella se enfadara.

Ya sé que no, dijo Dilsey. Él en una punta de la casa y ella en la otra. Y ahora deje mis cosas quietas. No toque nada hasta que yo vuelva.

«No te da vergüenza.» dijo Dilsey. «Meterte con él.» Puso la tarta sobre la mesa.

«No me he metido con él.» dijo Luster. «Estaba jugando con esa botella llena de yerbajos y de repente se puso a berrear. Usted lo ha oído.»

«Seguro que no has hecho nada con sus flores.» dijo Dilsey.

«No he tocado su cementerio.» dijo Luster. «Para qué voy a querer yo su camión. Estaba buscando los veinticinco centavos.»

«Los has perdido, verdad.» dijo Dilsey. Encendió las velas de la tarta. Algunas eran pequeñas. Otras eran grandes cortadas en pedazos. «Te dije que los guardaras. Ahora querrás que yo pida otra moneda a Frony.»

«Pues tengo que ir a la función, pase lo que pase con Benjy.» dijo Luster. «No voy a andar día y noche detrás de él.»

«Harás lo que él quiera que hagas, negro.» dijo Dilsey. «Me oyes.»

«Es que no lo hago siempre.» dijo Luster. «Es que no hago siempre lo que él quiere. Eh, Benjy.»

«Pues sigue haciéndolo.» dijo Dilsey. «Tráelo aquí, que con tanto berrear la va a poner nerviosa. Venga, comeos esta tarta de una vez antes de que venga Jason. No quiero que se ponga a protestar por una tarta que he comprado con mi propio dinero. Cómo iba yo a hacer aquí una tarta cuando él cuenta cada huevo que entra en esta cocina. A ver si ahora lo dejas en paz, si no quieres quedarte sin ir a la función esta noche.»

Dilsey se fue.

«Usted no sabe apagar las velas.» dijo Luster. «Mire cómo las apago yo.» Se inclinó e hinchó la cara. Las velas se fueron. Yo empecé a llorar. «Cállese.» dijo Luster. «Eh. Mire el fuego mientras corto la tarta.»

Yo oía el reloj y oía a Caddy de pie detrás de mí, y oía el tejado. Todavía está lloviendo, dijo Caddy. Odio la lluvia. Odio todo. Y entonces su cabeza se puso sobre mis piernas y ella lloraba abrazándome, y yo empecé a llorar.

Luego volví a mirar al fuego y las figuras suaves y brillantes estaban otra vez. Yo oía el reloj y el tejado y a Caddy.

Comí un poco de tarta. Vino la mano de Luster y cogió otro trozo. Yo lo oía comer. Miré al fuego.

Un trozo largo de alambre vino por encima de mi hombro. Fue hacia la puerta y entonces se fue el fuego. Empecé a llorar.

«Y ahora por qué berrea.» dijo Luster. «Mire.» El fuego estaba allí. Me callé. «Es que no puede estarse sentado mirando al fuego calladito como le ha dicho mi abuela.» dijo Luster. «Debería darle vergüenza. Eh. Aquí tiene más tarta.»

«Y ahora qué le has hecho.» dijo Dilsey. «Es que no puedes dejarlo en paz.»

«Yo sólo quería que se callara para que no molestase a la señorita Caroline.» dijo Luster. «Le ha debido pasar algo.»

«Yo sé muy bien qué le ha pasado.» dijo Dilsey. «Voy a decir a Versh cuando llegue que te enseñe un buen palo. Estás tú bueno. Llevas así todo el día. Lo has llevado al arroyo.»

«No.» dijo Luster. «Hemos estado aquí todo el día en el cercado, como usted dijo.»

Su mano vino a por otro trozo de tarta. Dilsey le pegó en la mano. «Hazlo otra vez y te la corto con este mismo cuchillo.» dijo Dilsey. «Seguro que no le has dado ni un trozo.»

«Sí que ha comido.» dijo Luster. «Ya se ha comido el doble que yo. Pregúntele si no.»

«Tú intenta coger más.» dijo Dilsey. «Inténtalo.»

Es verdad, dijo Dilsey. Supongo que seré yo la próxima en llorar. Supongo que Maury también me dejará que llore por él.

Ahora se llama Benjy, dijo Caddy.

Y por qué, dijo Dilsey. No se le ha gastado todavía el nombre con que nació, verdad.

Benjamin es de la Biblia, dijo Caddy. Le va mejor que Maury.

Y por qué, dijo Dilsey.

Porque lo dice Madre, dijo Caddy.

Ah, dijo Dilsey. El nombre no le va a servir de nada. Ni tampoco le va a hacer ningún daño. Hay gente que no tiene suerte ni aunque le cambien el nombre. Yo me he llamado Dilsey desde antes de que pueda acordarme y seguiré siendo Dilsey cuando ya se hayan olvidado de mí.

Y cómo van a saber que es Dilsey si ya se les ha olvidado, dijo Caddy.

Estará en el libro, preciosa, dijo Dilsey. Escrito.

Y tú sabrás leerlo, dijo Caddy.

No hará falta, dijo Dilsey. Ya me lo leerán. Yo sólo tendré que decir que estoy allí.

El alambre largo vino por encima de mi hombro, y el fuego se fue. Yo empecé a llorar.

Dilsey y Luster se peleaban.

«Te he pillado.» dijo Dilsey. «Ay, que te he visto.» Sacó a rastras del rincón a Luster. Zarandeándolo. «Conque no había nada que le molestase, eh. Tú espera a que vuelva tu papá a casa. Ojalá fuera yo tan joven como antes, que ibas a ver lo que es bueno. Te voy a encerrar en el sótano y esta noche no te voy a dejar ir a la función. Puedes estar seguro.»

«Ay, abuela.» dijo Luster. «Ay, abuela.»

Extendí la mano hacia donde había estado el fuego.

«Sujétalo.» dijo Dilsey. «Sujétalo.»

Mi mano saltó hacia atrás y yo me la puse en la boca y Dilsey me sujetó. Yo todavía oía el reloj entre mi voz. Dilsey extendió el brazo hacia atrás y golpeó a Luster en la cabeza. Mi voz era cada vez más alta.

«Coge esa gaseosa.» dijo Dilsey. Me sacó la mano de la boca. Entonces mi voz se hizo más alta y mi mano intentó volver a la boca, pero Dilsey la sujetó. Mi voz se hizo más alta. Me echó gaseosa sobre la mano.

«Vete a la alacena y corta un trozo de ese trapo que hay colgado del clavo», dijo. «Cállese. No querrá que yo vuelva a ponerme mala, verdad. Bueno, mire el fuego. Dilsey hará que la mano deje de dolerle dentro de un momento. Mire el fuego.» Abrió la puerta del fuego. Miré al fuego, pero la mano no se paró y yo no me paré. Mi mano intentaba volver a la boca pero Dilsey la sujetaba.

Ella me la envolvió en el trapo. Madre dijo,

«Qué sucede ahora. Es que ni cuando estoy enferma podéis dejarme en paz. Es que tengo que levantarme de la cama para bajar con él, a pesar de que hay dos negros mayores cuidándolo.»

«Ya está mejor.» dijo Dilsey. «Ya se calla. Es que se ha quemado la mano un poquito.»

«Aunque haya dos negros, lo tenéis que meter berreando en casa.» dijo Madre. «Seguro que lo hacéis a propósito porque sabéis que estoy enferma.» Vino y se puso a mi lado. «Calla.» dijo. «Ahora mismo. Le habéis regalado esta tarta.»

«La he comprado yo.» dijo Dilsey. «No viene de la despensa de Jason. Le he preparado una fiesta de cumpleaños.»

«Es que quieres que se intoxique comprándole tartas baratas.» dijo Madre. «Es eso lo que pretendéis. Es que ni siquiera voy a tener un minuto de tranquilidad.»

«Suba a acostarse.» dijo Dilsey. «Enseguida termino de curarlo y se callará. Vamos.»

«Dejándolo aquí para que volváis a hacerle algo.» dijo Madre. «Cómo voy a acostarme si lo tengo berreando aquí abajo. Benjamin. Cállate ahora mismo.»

«No podemos llevarlo a otro sitio.» dijo Dilsey. «Ya no tenemos tanto sitio como antes. No va a estar berreando en el jardín para que lo vean todos los vecinos.»

«Ya lo sé, ya lo sé.» dijo Madre. «Yo tengo la culpa. Pero pronto me habré ido y Jason y tú os apañaréis mejor.» Empezó a llorar.

«Cállese ya.» dijo Dilsey. «Va a ponerse peor otra vez. Vuélvase arriba. Luster se lo llevará a jugar a la biblioteca hasta que yo termine de prepararle la cena.»

Dilsey y Madre salieron.

«Cállese.» dijo Luster. «Cállese. Quiere que le queme la otra mano. No le duele. Cállese.»

«Eh.» dijo Dilsey. «Deje ya de llorar.» Me dio la zapatilla y me callé. «Llévatelo a la biblioteca.» dijo. «Y como vuelva a oírlo, seré yo quien te zurre.»

Fuimos a la biblioteca. Luster dio la luz. Las ventanas se pusieron oscuras, y aquello negro alto y oscuro de la pared vino y yo fui y lo toqué. Era como una puerta, pero no era una puerta.

El fuego vino por detrás de mí y yo fui al fuego y me senté en el suelo, agarrando la zapatilla. El fuego subió más alto. Se fue hacia el almohadón del sillón de Madre.

«Cállese.» dijo Luster. «Es que no puede callarse ni un minuto. Mire, he hecho fuego, y usted ni siquiera lo mira.»

Te llamas Benjy, dijo Caddy. Me oyes. Benjy. Benjy.

No le digas eso, dijo Madre. Tráelo aquí.

Caddy me levantó por debajo de los brazos.

Levántate, Mau... digo, Benjy, dijo.

No lo cojas, dijo Madre. Es que no lo puedes acercar. No es tan difícil.

Puedo con él, dijo Caddy. «Déjame que lo coja, Dilsey.»

«Bueno, un momento.» dijo Dilsey. «Usted no podría ni con una pulga. Váyanse y no hagan ruido, como ha dicho el señor Jason.»

Había una luz en lo alto de la escalera. Allí estaba Padre, en mangas de camisa. Miraba de una forma que decía Silencio. Caddy susurró,

«Es que Madre está enferma.»

Versh me dejó en el suelo y entramos en la habitación de Madre. Había fuego. Subía y bajaba sobre las paredes.

Había otro fuego en el espejo. Yo olía la enfermedad. Era un paño doblado sobre la cabeza de Madre. Su pelo estaba sobre la almohada. El fuego no lo alcanzaba, pero brillaba sobre su mano, donde saltaban sus anillos.

«Ven a dar las buenas noches a Madre.» dijo Caddy. Fuimos a la cama. El fuego salía del espejo. Padre se levantó de la cama y me cogió y Madre me puso la mano en la cabeza.

«Qué hora es.» dijo Madre. Tenía los ojos cerrados.

«Las siete menos diez.» dijo Padre.

«Es demasiado pronto para acostarlo.» dijo Madre. «Se despertará al amanecer, y no puedo ni pensar en otro día como hoy.»

«Bueno, bueno.» dijo Padre. Tocó la cara de Madre.

«Ya sé que para ti sólo soy una carga.» dijo Madre. «Pero pronto me habré ido. Entonces te librarás de mis quejas.»

«Calla.» dijo Padre. «Lo bajaré un rato.» Me levantó. «Vamos, amiguito. Vamos a bajar un rato. Pero tendremos que no hacer ruido mientras Quentin está estudiando.»

Caddy fue e inclinó su cara sobre la cama y la mano de Madre se puso bajo la luz del fuego. Sus anillos saltaban sobre la espalda de Caddy.

Madre está enferma, dijo Padre. Dilsey te acostará. Dónde está Quentin.

Versh ha ido a por él, dijo Dilsey.

Padre estaba de pie y nos miraba pasar. Oímos a Madre en su habitación. Caddy dijo «Shhh». Jason subía por la escalera. Llevaba las manos en los bolsillos.

«Esta noche tenéis que ser buenos.» dijo Padre. «Y estar callados para no molestar a Madre.»

«Estaremos callados.» dijo Caddy. «Ahora tienes que estarte callado, Jason.» dijo. Nos fuimos de puntillas.

Oíamos el tejado. Yo veía el fuego también en el espejo. Caddy volvió a cogerme.

«Vamos.» dijo. «Luego podrás volver al fuego. Ahora cállate.»

«Candace.» dijo Madre.

«Calla, Benjy.» dijo Caddy. «Madre quiere verte un momento. Pórtate bien. Luego podrás volver, Benjy.» Caddy me bajó y yo me callé.

«Déjele quedarse aquí, Madre. Cuando se canse de mirar el fuego, se lo podrá decir usted.»

«Candace.» dijo Madre. Caddy se paró y me cogió. Nos tambaleamos. «Candace.» dijo Madre.

«Calla.» dijo Caddy. «Todavía lo puedes ver. Calla.»

«Tráelo aquí.» dijo Madre. «Es demasiado grande para que lo lleves en brazos. Tienes que dejar de hacerlo. Te harás daño en la espalda. Todas nuestras mujeres han estado siempre orgullosas de su porte. Es que quieres parecer una fregona.»

«No pesa tanto.» dijo Caddy. «Puedo con él.»

«Bueno, pues no quiero que lo cojas.» dijo Madre. «Un niño de cinco años. No, no. No me lo pongas en las rodillas. Que se quede de pie.»

«Si lo coge, se callará.» dijo Caddy. «Calla.» dijo. «Puedes volver enseguida. Ves. Aquí está tu almohadón. Mira.»

«Candace, no.» dijo Madre.

«Deje que lo mire y se estará callado.» dijo Caddy. «Levántese un poquito para que yo lo saque. Mira, Benjy. Mira.»

Yo lo miré y me callé.

«Le consentís demasiado.» dijo Madre. «Tanto tú como tu padre. No os dais cuenta de que yo soy quien paga las consecuencias. También la Abuela consintió a Jason y él tardó dos años en superarlo, y yo no tengo suficientes fuerzas para pasar por lo mismo con Benjamin.»

«Usted no tiene que ocuparse de él.» dijo Caddy. «A mí me gusta cuidarlo. Verdad, Benjy.»

«Candace.» dijo Madre. «Te he dicho que no le llames así. Ya tuve suficiente con que tu padre se empeñase en llamarte de esa forma tan boba, y no estoy dispuesta a que también le pongáis un mote. Esos nombres son una vulgaridad. Sólo los usa la gente ordinaria. Benjamin.» dijo.

«Mírame.» dijo Madre.

«Benjamin.» dijo. Cogió mi cara entre sus manos y la volvió hacia ella.

«Benjamin.» dijo. «Llévate ese almohadón, Candace.»

«Se pondrá a llorar.» dijo Caddy.

«Haz lo que te he dicho.» dijo Madre. «Tiene que aprender a obedecer.»

El almohadón se fue.

«Calla, Benjy.» dijo Caddy.

«Siéntate allí.» dijo Madre. «Benjamin.» Acercó mi cara a la suya.

«Ya está bien.» dijo. «Cállate.»

Pero yo no me paré y Madre me cogió en brazos y empezó a llorar, y yo lloré. Entonces volvió el almohadón y Caddy lo levantó sobre la cabeza de Madre. Ella apoyó a Madre en el respaldo de la silla y Madre se recostó llorando sobre el almohadón rojo y amarillo.

«Cállese, Madre.» dijo Caddy. «Suba a acostarse, que no se encuentra bien. Voy a buscar a Dilsey.» Me llevó al fuego y yo miré las formas suaves y brillantes. Yo sentía el fuego y el tejado.

Padre me levantó. Olía como la lluvia.

«Bien, Benjy.» dijo. «Hoy te has portado bien.»

Caddy y Jason se estaban peleando en el espejo.

«Eh, Caddy.» dijo Padre.

Se peleaban. Jason empezó a llorar.

«Caddy.» dijo Padre. Jason estaba llorando. Ya no se peleaba, pero nosotros veíamos a Caddy forcejeando en el espejo y Padre me bajó y entró en el espejo, y también forcejeaba. Levantó a Caddy. Ella forcejeaba. Jason estaba tendido en el suelo llorando. Tenía las tijeras en la mano. Padre sujetó a Caddy.

«Ha roto las muñecas de Benjy.» dijo Caddy. «Le voy a sacar las tripas.»

«Candace.» dijo Padre.

«Ya lo verás.» dijo Caddy. «Ya lo verás.» Ella forcejeaba. Padre la sujetó. Ella dio una patada a Jason. Él rodó hasta el rincón, fuera del espejo. Padre trajo a Caddy al fuego. Todos estaban fuera del espejo. Sólo el fuego estaba dentro. Como si el fuego tuviese una puerta.

«Ya está bien.» dijo Padre. «Es que queréis que Madre se ponga enferma en su habitación.»

Caddy se paró. «Ha roto todos los muñecos que habíamos hecho Mau... Benjy y yo.» dijo Caddy. «Lo ha hecho a mala idea.»

«No.» dijo Jason. Estaba sentado llorando. «No sabía que eran suyos. Yo creía que eran papeles viejos.»

«Claro que lo sabías.» dijo Caddy. «Y lo has hecho.»

«Silencio.» dijo Padre. «Jason.» dijo.

«Mañana te haré otros.» dijo Caddy. «Haremos muchos. Toma, mira el almohadón.»

Jason entró.

Le he estado diciendo que se calle, dijo Luster.

Qué pasa ahora, dijo Jason.

«Está inaguantable.» dijo Luster. «Lleva así todo el día.»

«Entonces, por qué no lo dejas en paz.» dijo Jason. «Si no consigues que se calle, tendrás que llevártelo a la cocina. Porque los demás no podemos encerrarnos en una habitación como hace Madre.»

«Mi abuela me ha dicho que lo tuviera fuera de la cocina hasta que terminara de hacer la cena.» dijo Luster.

«Entonces ponte a jugar con él y que se esté callado.» dijo Jason. «Es que después de estar trabajando todo el día tengo que venir a una casa de locos.» Abrió el periódico y lo leyó.

Puedes mirar el fuego y el espejo y también el almohadón, dijo Caddy. Ya no tienes que esperar a cenar para

poder mirar el almohadón. Oíamos el tejado. También oía-
mos a Jason, llorando muy alto al otro lado de la pared.

Dilsey dijo, «Venga aquí, Jason. Haz el favor de
dejarlo en paz, eh».

«Sí, señora.» dijo Luster.

«Dónde está Quentin.» dijo Dilsey. «La cena ya
está casi lista.»

«No sé.» dijo Luster. «No la he visto.»

Dilsey se marchó. «Quentin.» dijo en la entrada.
«Quentin. La cena está lista.»

Oíamos el tejado. Quentin también olía como la lluvia.

Qué ha hecho Jason, dijo él.

Ha roto las muñecas de Benjy, dijo Caddy.

Madre te ha dicho que no le llames Benjy, dijo Quen-
tin. Se sentó a nuestro lado sobre la alfombra. Ojalá no llo-
viese, dijo. No se puede hacer nada.

Te has estado peleando, verdad, dijo Caddy.

No ha sido nada, dijo Quentin.

Pues no se nota, dijo Caddy. Padre se va a dar cuenta.

No me importa, dijo Quentin. Ojalá no lo viese.

Quentin dijo, «No ha dicho Dilsey que la cena
estaba lista».

«Sí.» dijo Luster. Jason miró a Quentin. Luego
volvió a leer el periódico. Quentin entró. «Dice que está
casi lista.» dijo Luster. Quentin se dejó caer en el sillón de
Madre. Luster dijo,

«Señor Jason.»

«Qué.» dijo Jason.

«Deme dos monedas.» dijo Luster.

«Para qué.» dijo Jason.

«Para ir esta noche a la función.» dijo Luster.

«Creía que Dilsey iba a decir a Frony que te diera
veinticinco centavos.» dijo Jason.

«Se los ha pedido.» dijo Luster. «Pero yo los he
perdido. Yo y Benjy hemos estado buscándolos todo el
día. Pregúntele usted.»

«Pues que te los preste él.» dijo Jason. «Que yo tengo que trabajar para ganarme los míos.» Leyó el periódico. Quentin miraba el fuego. El fuego estaba dentro de sus ojos y sobre su boca. Su boca era roja.

«He hecho lo que he podido para que no fuese allí.» dijo Luster.

«Cierra el pico.» dijo Quentin. Jason la miró.

«Qué te he dicho que iba a hacer si volvía a verte con el cómico ese.» dijo. Quentin miró al fuego. «Me has oído.» dijo Jason.

«Te he oído.» dijo Quentin. «Por qué no lo haces.»

«No te preocupes.» dijo Jason.

«No me preocupo.» dijo Quentin. Jason volvió a leer el periódico.

Yo oía el tejado. Padre se inclinó hacia delante y miró a Quentin.

Hola, dijo. Quién ha ganado.

«Nadie.» dijo Quentin. «Nos separaron. Los profesores.»

«Quién ha sido.» dijo Padre. «Me lo vas a decir.»

«No pasó nada.» dijo Quentin. «Era tan mayor como yo.»

«Menos mal.» dijo Padre. «Me vas a decir por qué ha sido.»

«Por nada.» dijo Quentin. «Decía que si a ella le metía una rana en el pupitre, no se atrevería a pegarle.»

«Ah.» dijo Padre. «Por ella. Y qué más.»

«Pues nada.» dijo Quentin. «Y yo entonces fui y le pegué.»

Oíamos el tejado y el fuego y como una especie de resoplidos al otro lado de la puerta.

«Y de dónde iba a sacar una rana en noviembre.» dijo Padre.

«No sé, señor.» dijo Quentin.

Los oíamos.

«Jason.» dijo Padre. Oíamos a Jason.

«Jason.» dijo Padre. «Ven aquí y cállate.»

Oíamos el tejado y el fuego y a Jason.

«Cállate ahora mismo.» dijo Padre. «Es que quieres que vuelva a pegarte.» Padre subió a Jason a la silla que había a su lado. Jason resopló. Oíamos el fuego y el tejado. Jason resopló un poco más alto.

«Ni una vez más.» dijo Padre. Oíamos el fuego y el tejado.

Dilsey dijo, Bueno. Ya pueden todos venir a cenar.

Versh olía como la lluvia. También olía como un perro. Oíamos el fuego y el tejado.

Oíamos a Caddy caminando deprisa. Padre y Madre miraron hacia la puerta. Caddy pasó, caminando deprisa, no miró. Caminaba deprisa.

«Candace.» dijo Madre. Caddy dejó de andar.

«Sí, Madre.» dijo.

«Calla, Caroline.» dijo Padre.

«Ven aquí.» dijo Madre.

«Calla, Caroline.» dijo Padre. «Déjala en paz.»

Caddy vino a la puerta y se quedó allí, mirando a Padre y a Madre. Sus ojos volaron hacia mí y luego se fueron. Yo empecé a llorar. Se me hizo más alto y me levanté. Caddy entró y se quedó de espaldas a la pared, mirándome. Yo fui llorando hacia ella, y ella retrocedió hacia la pared y yo vi sus ojos y lloré más alto y tiré de su vestido. Extendió las manos pero yo tiré de su vestido. Sus ojos corrieron.

Versh dijo, Ahora usted se llama Benjamin. Y sabe por qué se llama Benjamin. Pues porque se va a convertir en un hechicero. Mi mamá dice que hace mucho tiempo su abuelo de usted cambió a un negro de nombre y que se hizo predicador y que cuando lo miraban se quedaban hechizados. Y antes no era hechicero. Y que cuando las mujeres preñadas lo miraban a los ojos en luna llena, el niño les nacía hechizado. Y que una noche en que había muchos niños hechizados jugando cerca de la casa, no volvió. Lo encontraron unos caza-

dores de zorros devorado en el bosque. Y sabe usted quién se lo había comido. Pues los niños que él había hechizado.

Estábamos en el vestíbulo. Caddy seguía mirándome. Tenía la mano sobre la boca y yo vi sus ojos y lloré. Subimos las escaleras. Ella volvió a detenerse, contra la pared, mirándome, y yo lloré y ella continuó y yo fui y ella se agazapó contra la pared, mirándome. Abrió la puerta de su habitación, pero yo le tiré del vestido y fuimos al cuarto de baño y ella se apoyó en la puerta, mirándome. Entonces se tapó la cara con el brazo y yo la empujé llorando.

Qué le estás haciendo, dijo Jason. Es que no puedes dejarlo en paz.

Ni siquiera lo estoy tocando, dijo Luster. Lleva así todo el día. Le irían bien unos latigazos.

Lo que sí le vendría bien es mandarlo a Jackson, dijo Quentin. Cómo se puede vivir en una casa como ésta.

Si no te gusta, jovencita, ya te puedes ir marchando, dijo Jason.

Es lo que pienso hacer, dijo Quentin. No te preocupes.

Versh dijo, «Échese hacia atrás para que pueda secarme un poco las piernas». Me empujó. «No se ponga a berrear. Todavía lo ve. Que es lo único que usted hace. No tiene por qué estar calándose bajo la lluvia como me pasa a mí. Usted ha nacido con suerte aunque no se dé cuenta.» Se tumbó de espaldas frente al fuego.

«Sabe usted por qué se llama Benjamin ahora.» dijo Versh. «Pues porque su mamá se avergüenza de usted. Eso dice mi mamá.»

«Quédese ahí quieto y déjeme secarme las piernas.» dijo Versh. «Porque si no, sabe qué voy a hacer. Le voy a arrancar una oreja.»

Oíamos el tejado, el fuego y a Versh.

Versh se levantó rápidamente y echó las piernas hacia atrás. Padre dijo, «Está bien, Versh».

«Esta noche le daré yo de cenar.» dijo Caddy. «A veces llora cuando le da de comer Versh.»

«Sube esta bandeja.» dijo Dilsey. «Y date prisa para darle la comida a Benjy.»

«Es que no quieres que te dé la cena Caddy.» dijo Caddy.

Por qué tiene que tener esa zapatilla vieja y sucia sobre la mesa, dijo Quentin. Por qué no le dais de comer en la cocina. Es igual que comer con un cerdo.

Si no te gusta cómo comemos, no hace falta que vengas a la mesa, dijo Jason.

Salía vapor de Roskus. Estaba sentado delante del fogón. Luego el plato se quedó vacío. La puerta del horno estaba abierta y dentro los pies de Roskus. Del plato salía humo. Caddy me puso suavemente la cuchara en la boca. Había una mancha negra dentro del plato.

Vamos, vamos, dijo Dilsey. Él ya no la molestará más.

Descendió por debajo de la marca. Entonces el plato se quedó vacío. Se fue. «Esta noche tiene hambre.» dijo Caddy. El plato volvió. Yo no podía distinguir la mancha. Luego sí. «Esta noche está muerto de hambre.» dijo Caddy. «Mira todo lo que ha comido.»

Claro que lo hará, dijo Quentin. Todos lo mandáis para que me espíe. Odio esta casa. Voy a escaparme.

Roskus dijo, «Va a estar toda la noche lloviendo».

Tendrás que correr lo tuyo para no llegar tarde a las comidas, dijo Jason.

Ya lo verás, dijo Quentin.

«Pues no sé qué voy a hacer.» dijo Dilsey. «Se me ha agarrado tan fuerte a la cadera que casi no me puedo mover. Toda la noche subiendo y bajando escaleras.»

No me extrañaría, dijo Jason. No me extrañaría de nada que puedas hacer.

Quentin tiró su servilleta sobre la mesa.

Cierra el pico, Jason, dijo Dilsey. Se acercó a Quentin y le puso el brazo sobre los hombros. Siéntate, preciosa, dijo Dilsey. Vergüenza debería darle echándote en cara cosas de las que tú no tienes la culpa.

«Está otra vez preocupada, verdad.» dijo Roskus.

«Cierra el pico.» dijo Dilsey.

Quentin apartó a Dilsey. Miró a Jason. Su boca era roja. Cogió el vaso de agua y echó el brazo hacia atrás, mirando a Jason. Dilsey la cogió del brazo. Forcejearon. El vaso se rompió sobre la mesa, y el agua se desparramó sobre la mesa. Quentin iba corriendo.

«Madre está otra vez enferma.» dijo Caddy.

«Claro.» dijo Dilsey. «Este tiempo enferma a cualquiera. Cuándo va a terminar de comer, muchacho.»

Maldito seas, dijo Quentin. Maldito seas. La sentíamos correr por las escaleras. Fuimos a la biblioteca.

Caddy me dio el almohadón, y yo miraba el almohadón y el espejo y el fuego.

«Tenemos que estar callados mientras Quentin estudia.» dijo Padre. «Qué estás haciendo, Jason.»

«Nada.» dijo Jason.

«Pues entonces ven aquí a hacer lo que sea.» dijo Padre.

Jason salió del rincón.

«Qué tienes en la boca.» dijo Padre.

«Nada.» dijo Jason.

«Está comiendo papeles otra vez.» dijo Caddy.

«Ven aquí, Jason.» dijo Padre.

Jason escupió al fuego. El fuego silbó, se desenroscó, se volvió negro. Luego se puso gris. Luego se fue. Caddy y Padre y Jason estaban en el sillón de Madre. Los ojos de Jason estaban hinchados y cerrados y su boca se movía como si estuviese chupando algo. La cabeza de Caddy estaba sobre el hombro de Padre. Su pelo era como el fuego, y había en sus ojos puntitos de fuego, y yo fui y Padre también me subió al sillón, y Caddy me abrazó. Ella olía como los árboles.

Ella olía como los árboles. Estaba oscuro en el rincón, pero yo veía la ventana. Me acurruqué allí, agarrando la zapatilla. Yo no la veía, pero mis manos sí la veían, y yo oía

cómo se iba haciendo de noche, y mis manos veían la zapa-
tilla, y yo me acurruqué allí, escuchando cómo se hacía de
noche.

Ah, está aquí, dijo Luster. Mire lo que tengo. Me lo
enseñó. Sabe de dónde lo he sacado. Me lo ha dado la seño-
rita Quentin. Ya sabía yo que no iban a dejarme sin ir. Qué
está haciendo usted aquí dentro. Creía que se había escapado
por la puerta de atrás. Es que no ha tenido bastante hoy con
tanto berrear y lloriquear que ha tenido que venir a escon-
derse a esta habitación vacía. Venga, a la cama, que tengo
que llegar antes de que empiece. No me puedo pasar la noche
haciendo el tonto con usted. En cuanto suene el primer aviso,
me largo.

No fuimos a nuestra habitación.

«Aquí es donde pasamos el sarampión.» dijo
Caddy. «Por qué tenemos que dormir aquí esta noche.»

«Qué más le da dormir en un sitio que en otro.»
dijo Dilsey. Cerró la puerta y se sentó y empezó a desnu-
darme. Jason empezó a llorar. «Cállese.» dijo Dilsey.

«Quiero dormir con la Abuela.» dijo Jason.

«Está enferma.» dijo Caddy. «Ya dormirás con ella
cuando se ponga buena, verdad, Dilsey.»

«Cállese, vamos.» dijo Dilsey. Jason se calló.

«Si hasta nuestros camisones y todo están aquí.»
dijo Caddy. «Parece que estamos de mudanza.»

«Pues pónganselos.» dijo Dilsey. «Usted desabro-
che a Jason.»

Caddy desabrochó a Jason. Él empezó a llorar.

«Es que quiere que le zurren.» dijo Dilsey. Jason
se calló.

Quentin, dijo Madre desde la entrada.

Qué, dijo Quentin al otro lado de la pared. Oímos a
Madre cerrar la puerta con llave. Miró en nuestra habitación
y entró y se inclinó junto a la cama y me besó en la frente.

Cuando lo metas en la cama, ve a preguntar a Dilsey
si podría llenarme una bolsa de agua caliente, dijo Madre.

Dile que si no puede, intentaré pasarme sin ella. Dile que sólo quiero saber si puede.

Sí, señora, dijo Luster. Vamos, quítese los pantalones.

Quentin y Versh entraron. Quentin tenía vuelta la cara. «Por qué lloras.» dijo Caddy.

«Cállese.» dijo Dilsey. «Desnúdense ya. Márchate a casa, Versh.»

Me desnudé y me miré y empecé a llorar. Cállese, dijo Luster. No se los busque, que no le va a servir de nada. Ya no están. Como siga así, no va a tener más fiestas de cumpleaños. Me puso el camisón. Yo me callé, y luego Luster se paró, con la cabeza hacia la ventana. Después fue hacia la ventana y miró hacia afuera. Volvió y me cogió del brazo. Ahí viene, dijo. Ahora cállese. Fuimos a la ventana y miramos. Salió de la ventana de Quentin y saltó hacia el árbol. Vimos cómo se agitaba el árbol. Se agitaba hacia abajo, luego salió y la vimos cruzar la pradera. Luego ya no pudimos verla. Vamos, dijo Luster. Vamos. Oye los avisos. Métase en la cama, que yo me voy zumbando.

Había dos camas. Quentin se metió en la otra. Volvió la cara hacia la pared. Dilsey metió a Jason a su lado. Caddy se quitó el vestido.

«Mire qué pantalones.» dijo Dilsey. «Menos mal que su mamá no la ha visto.»

«Ya me he chivado yo.» dijo Jason.

«Estaba segura de que lo haría usted.» dijo Dilsey.

«Pues ya ves lo que has conseguido.» dijo Caddy. «Acusica.»

«Y qué he conseguido.» dijo Jason.

«Haga el favor de ponerse el camisón.» dijo Dilsey. Fue a ayudar a Caddy a quitarse el corpiño y los pantalones y la frotó por detrás con ellos. «Se han calado y está usted toda mojada.» dijo. «Pero esta noche no se bañará. Venga.» Puso a Caddy el camisón y Caddy se metió en la cama y Dilsey fue hacia la puerta y se quedó con la mano sobre la luz. «Y ahora todos se están callados.» dijo.

«Está bien.» dijo Caddy. «Madre no va a venir esta noche.» dijo. «Así que todavía tenéis que obedecerme.»

«Sí.» dijo Dilsey. «Ahora duérmanse.»

«Madre está enferma.» dijo Caddy. «Ella y la Abuela están las dos enfermas.»

«Cállese.» dijo Dilsey. «A dormir.»

La habitación se volvió negra, excepto la puerta. Luego la puerta se volvió negra. Caddy dijo, «Calla, Maury», poniendo su mano encima de mí. Así que me quedé callado. Nos oíamos a nosotros mismos. Oíamos la oscuridad.

Se marchó, y Padre nos miraba. Miró a Quentin y a Jason, luego vino y besó a Caddy y puso su mano sobre mi cabeza.

«Es que Madre está muy enferma.» dijo Caddy.

«No.» dijo Padre. «Vas a cuidar bien de Maury.»

«Sí.» dijo Caddy.

Padre fue a la puerta y volvió a mirarnos. Luego regresó la oscuridad y él permaneció en la puerta, negro, y luego la puerta volvió a ponerse negra. Caddy me abrazó y yo nos oía a nosotros, y a la oscuridad, y a algo que se podía oler. Y después, vi las ventanas, donde los árboles susurraban. Después la oscuridad comenzó a moverse con formas suaves y brillantes, como pasa siempre, incluso cuando Caddy dice que he estado durmiendo.

Dos de junio de 1910

Cuando la sombra del marco de la ventana se proyectó sobre las cortinas, eran entre las siete y las ocho en punto y entonces me volví a encontrar a compás, escuchando el reloj. Era el del Abuelo y cuando Padre me lo dio dijo Quentin te entrego el mausoleo de toda esperanza y deseo; casi resulta intolerablemente apropiado que lo utilices para alcanzar el reducto absurdum de toda experiencia humana adaptándolo a tus necesidades del mismo modo que se adaptó a las suyas o a las de su padre. Te lo entrego no para que recuerdes el tiempo, sino para que de vez en cuando lo olvides durante un instante y no agotes tus fuerzas intentando someterlo. Porque nunca se gana una batalla, dijo. Ni siquiera se libran. El campo de batalla solamente revela al hombre su propia estupidez y desesperación, y la victoria es una ilusión de filósofos e imbéciles.

Estaba apoyado sobre el estuche del cuello de la camisa y yo yacía escuchándolo. Es decir, oyéndolo. Supongo que nadie escucha deliberadamente un reloj de pulsera o de pared. No hay por qué. Se puede ignorar el sonido durante mucho tiempo, pero luego un tictac instantáneo puede recrear en la mente intacta el largo desfilar del tiempo que no se ha oído. Como dijo Padre, como se puede ver a Jesús descender por los largos y solitarios rayos de luz. Y al buen San Francisco que dijo Hermanita Muerte, quien nunca tuvo una hermana.

A través de la pared oí los muelles de la cama de Shreve y luego el deslizarse de sus zapatillas sobre el suelo. Me levanté y fui a la cómoda y pasé la mano sobre ella y toqué el reloj y lo puse boca abajo y me volví a la cama.

Pero todavía estaba allí la sombra del marco de la ventana y yo había aprendido a predecir la hora casi al minuto, por eso tendría que volverme de espaldas, sintiendo que me escocían unos ojos idénticos a los que antes tenían los animales en la parte posterior de la cabeza cuando la llevaban erguida. Siempre se lamenta haber adquirido hábitos frívolos. Lo dijo Padre. Que Cristo no fue crucificado: fue desgastado por el diminuto tictac de unas ruedecillas. Quien no tenía una hermana.

Y por tanto, en cuanto supe que no lo podía ver, comencé a preguntarme qué hora sería. Padre decía que la constante especulación sobre la posición de unas manecillas mecánicas sobre una arbitraria esfera es síntoma de actividad mental. Una secreción, dijo Padre, como el sudor. Y yo diciendo Bueno. Inaudito. Siempre inaudito.

Si hubiera estado nublado podría haber mirado hacia la ventana, pensando en lo que él había dicho de los hábitos frívolos. Pensando que en New London se alegrarían de que el tiempo continuase así. ¿Y por qué no? El mes de las novias, la voz que alentaba   *Ella salió corriendo del espejo, de la concentración de perfume. Rosas. Rosas. Los señores de Jason Richmond Compson anuncian el matrimonio de*   Rosas. La dulcamara y la viborana gustan a las no vírgenes. He dicho que he cometido incesto, Padre, dije. Rosas. Astuto y sereno. Si pasas un año en Harvard pero no vas a la regata, deberías recibir un reembolso. Para Jason. Que Jason pase un año en Harvard.

Shreve estaba en la puerta, poniéndose el cuello de la camisa, sus gafas brillaban sonrosadas, como si también las hubiera lavado a la par que su rostro. «¿Es que esta mañana vas a hacer novillos?»

«¿Tan tarde es?»

Consultó su reloj. «La campana suena dentro de dos minutos.»

«No sabía que fuera tan tarde.» Todavía continuaba mirando al reloj, haciendo un gesto con los labios.

«Voy a tener que apretar. No puedo hacer más novillos. La semana pasada me dijo el decano...» Se metió el reloj en el bolsillo. Entonces yo dejé de hablar.

«Más vale que te pongas los pantalones y salgas pitando», dijo. Salió.

Me levanté y anduve por allí, escuchándole a través de la pared. Pasó al saloncito, hacia la puerta.

«¿Todavía no estás listo?»

«Todavía no. Corre. Ya llegaré.»

Salió. La puerta se cerró. Sus pies se alejaron por el pasillo. Entonces volví a oír el reloj. Dejé de moverme y me acerqué a la ventana y abrí las cortinas y los vi correr hacia la capilla, todos luchando con las flotantes mangas de sus chaquetas, todos con los mismos libros y los mismos cuellos sueltos en las camisas fluyendo como arrastrados por una riada, y Spoade. Llamar mi marido a Shreve. Ah, déjalo en paz, dijo Shreve, si tiene que hacer algo mejor que perseguir a esas mujerzuelas, a quién le importa. En el Sur es motivo de vergüenza ser virgen. Muchachos. Hombres. Mienten. Porque significa menos para las mujeres, dijo Padre. Dijo que fueron los hombres quienes inventaron la virginidad, no las mujeres. Padre dijo: es como la muerte: un estado en que quedan los demás y yo dije, Pero creerlo no importa y él dijo Eso es lo peor de todo: no sólo de la virginidad, y yo dije, Por qué no pude ser yo y no ella quien no fuera virgen y él dijo, Eso es también lo malo: nada merece la pena cambiarse, y Shreve dijo que tiene que hacer algo mejor que perseguir a esas asquerosas mujerzuelas y yo dije ¿Tienes una hermana? ¿Eh? ¿Eh?

Spoade estaba en medio de todos como una tortuga en mitad de una calle cubierta de hojas secas arrastradas por el viento, con el cuello de la camisa alrededor de las orejas, moviéndose con su acostumbrado caminar pausado. Era de Carolina del Sur, del último año. Su club presumía de que él jamás corría para llegar a la capilla y de que jamás había llegado puntualmente y de que en cuatro años no había faltado nunca y de que jamás había llegado ni a la capilla ni a la primera clase con la camisa ni con los calcetines puestos. Hacia las diez en punto solía entrar en Thompson, pedir dos cafés, sentarse y sacarse los calcetines del bolsillo y quitarse los zapatos y ponérselos mientras se enfriaba el café. Hacia mediodía se le veía con la camisa y el cuello puestos, como todos los demás. Los otros le adelantaban corriendo, pero él jamás apresuraba el paso. Un momento después el patio estaba desierto.

Un gorrión se inclinaba hacia la luz del sol, sobre el alféizar de la ventana, y me miraba con la cabeza ladeada. Tenía el ojo redondo y brillante. Primero me observaba con un ojo, luego ¡flick! y con el otro, su garganta latía más rápidamente que cualquier pulso. Empezó a sonar la hora. El gorrión dejó de alternar los ojos y me miró fijamente con el mismo ojo hasta que cesaron las campanadas, como si él también las hubiera oído. Luego saltó del alféizar y desapareció.

Transcurrió un rato hasta que la última campanada dejó de vibrar. Suspendida en el aire, más que oída percibida, durante mucho rato. Como si todas las campanas que alguna vez sonaron todavía sonasen bajo los largos rayos de la luz mortecina y Jesús fuese todo. Se acabó. Si es que las cosas acababan. Nadie más sólo ella y yo. Si hubiéramos podido hacer algo tan espantoso que hubiera hecho que todos excepto nosotros huyesen del infierno. *He cometido incesto dije Padre fui yo no fue Dalton Ames* Y cuando él puso Dalton Ames. Dalton Ames. Dalton Ames. Cuando él puso la pistola en mi mano yo no. Por eso yo no. Él estaría allí y ella y yo. Dalton Ames. Dalton Ames. Dalton Ames. Si hubiéramos podido hacer algo tan espantoso y Padre dijo Eso también es una pena, que no se puede hacer nada tan espantoso no no se puede hacer nada demasiado espantoso ni siquiera se podrá recordar mañana lo que hoy parecía espantoso y yo dije Todo se puede eludir y él dijo Ah sí. Y miraré hacia abajo y veré mis huesos rumorosos y las aguas profundas como el viento, como un tejado de viento, y un momento después la solitaria arena sin mácula. Hasta el Día en que Él diga Levántate solamente la plancha de hierro subirá flotando. No es cuando adviertes que nada sirve de ayuda —religión, orgullo, nada— es cuando adviertes que no necesitas ayuda. Dalton Ames. Dalton Ames. Dalton Ames. Si yo hubiera podido ser su madre yaciendo con el cuerpo abierto exaltada riendo, sujetando a su padre con mi mano, conteniendo, viendo, observándole morir antes de haber vivido. *Ella permaneció en la puerta durante un segundo*

Fui a la cómoda y cogí el reloj, todavía boca abajo. Golpeé el cristal contra la esquina de la cómoda y cogí con la mano los fragmentos de cristal y los puse en el cenicero y arranqué las manecillas y las dejé en el cenicero. Continuó oyéndose el tictac. Lo puse boca arriba, con la esfera vacía sonando y sonando en su interior, despreocupadamente. Jesús caminando por Galilea y Washington no diciendo mentiras. Padre trajo a Jason un dije de la Feria de Saint Louis; unos diminutos prismáticos de teatro dentro de los cuales, guiñando un ojo, se veían un rascacielos, una noria girando, las cataratas del Niágara sobre la punta de un alfiler. Había una mancha roja sobre la esfera. Cuando la vi me empezó a escocer un dedo. Dejé el reloj y entré en la habitación de Shreve y cogí el yodo y me limpié el corte. Con la toalla quité del borde el resto del cristal.

Extendí dos juegos de ropa interior, incluyendo calcetines, camisas, cuellos y corbatas, y los metí en mi baúl. Metí todo menos el traje nuevo y otro viejo y dos pares de zapatos y dos sombreros, y mis libros. Llevé los libros a la salita y coloqué sobre la mesa los que me había traído de casa y los que *Padre había dicho que antes se reconocía a un caballero por sus libros: ahora se le reconoce por los que no ha devuelto* y cerré con llave el baúl y le puse la dirección. Sonó el cuarto de hora. Me detuve y lo escuché hasta que cesaron las campanadas.

Me bañé y me afeité. El agua hizo que el dedo sangrara un poco, por lo que volví a ponerle yodo. Me puse el traje nuevo y el reloj e hice un paquete con el otro traje y metí en una bolsa de mano las cosas de aseo y mi navaja de afeitar y mis cepillos, y envolví la llave del baúl en una hoja de papel y la metí en un sobre y puse la dirección de mi padre, y escribí las dos notas y las sellé.

La sombra no había desaparecido del alféizar. Me detuve en el umbral observando cómo se movía la sombra. Se movía casi perceptiblemente, reptando hacia el otro lado de la puerta, impulsando la sombra hacia dentro de la puerta. *Pero ella ya iba corriendo cuando yo lo oí. Ella ya corría por el espejo antes de que yo me diera cuenta de qué se trataba. Muy deprisa, con la cola del vestido recogida sobre el brazo, ella salió corriendo del espejo como una nube, el velo lanzando un torbellino de destellos la velocidad de los frágiles tacones sujetándose el vestido sobre el hombro con la otra mano, saliendo velozmente del espejo los olores rosas rosas la voz que alentaba al Edén. Después cruzó el porche entonces yo no oía sus tacones como una nube bajo la luz de la luna, flotando la sombra del velo que corría sobre la hierba, hacia los gritos. Se desprendía de su vestido de novia corriendo hacia los gritos hacia donde T. P. sobre el rocío Yuhu Zarzaparrilla Benjy gritaba bajo la caja. Padre llevaba una loriga de plata en forma de V sobre su pecho agitado.*

Shreve dijo, «Bueno, no has... ¿Se trata de una boda o de un velatorio?»

«No he llegado», dije.

«Cómo ibas a llegar con tanto acicalarte. ¿Qué pasa? ¿Es que crees que hoy es domingo?»

«Supongo que no me irán a detener porque por una vez me ponga el traje nuevo», dije.

«Estaba pensando en el patio lleno de estudiantes. ¿No te vas a dignar ir hoy a clase?»

«Primero voy a desayunar.» La sombra había desaparecido del alféizar. Salí hacia la luz del sol, reencontrándome con mi sombra. Al bajar las escaleras la llevaba detrás. Pasó la media hora. Luego cesaron las campanadas y se desvanecieron.

Tampoco el Diácono estaba en la oficina de correos. Puse sellos a los dos sobres y envié uno a Padre y me metí el de Shreve en el bolsillo interior, y entonces recordé cuándo había visto al Diácono por última vez. Fue el día del Aniversario de la Guerra Civil, vestido con un uniforme del Ejército de la República, en medio del desfile. Si te paras un rato en alguna esquina lo verás aparecer participando en cualquier desfile que pase. La vez anterior fue el Día de Colón o el de Garibaldi o en algún otro aniversario. Iba con los barrenderos, con un sombrero de copa, portando una bandera italiana de seis centímetros, entre palas y escobas fumando un puro. Pero la última vez fue en el de la Guerra Civil, porque Shreve dijo:

«Mira. Mira lo que tu abuelo hizo por ese pobre negro.»

«Sí.» dije. «Ahora puede estar desfilando día tras día. Si no hubiera sido por mi abuelo, tendría que trabajar como los blancos.»

No lo veía por ninguna parte. Pero yo nunca había conocido a un solo trabajador negro a quien se pudiera encontrar cuando se le necesitase, y mucho menos a ninguno que viviese de las rentas. Llegó un tranvía bajé al centro y fui a Parker y pedí un buen desayuno. Mientras lo tomaba oí un reloj dar la hora. Pero supongo que se necesita al menos una hora para perder el tiempo, por lo menos quien ha tardado toda su historia en penetrar su mecánica progresión.

Cuando terminé de desayunar compré un puro. La chica me dijo que el mejor costaba cincuenta centavos, así que cogí uno y lo encendí y salí a la calle. Permanecí allí en pie y di un par de chupadas, después lo sujeté entre los dedos y me dirigí hacia la esquina. Pasé frente al escaparate de una joyería, pero aparté la vista a tiempo. En la esquina se me acercaron dos borrachos, uno por cada lado, bronquistas y gritones, como cuervos. Di el puro a uno y cinco centavos al otro. Entonces me dejaron en paz. El que tenía el puro intentaba vendérselo al otro por cinco centavos.

Arriba en el sol había un reloj, y yo pensaba en cómo, cuando no se quiere hacer algo, el cuerpo intenta embaucarte para que lo hagas, como sin darte cuenta. Sentía los músculos de la nuca, y luego oí el interrumpido tictac de mi reloj dentro del bolsillo y un momento después todos los demás sonidos habían desaparecido, quedando solamente el de mi reloj dentro del bolsillo. Volví a subir la calle, hacia el escaparate. Estaba trabajando en la mesa que había junto a la ventana. Se estaba quedando calvo. Llevaba una lente en un ojo —un tubo de metal incrustado en su rostro—. Entré.

La tienda estaba llena de tictacs, como de grillos la hierba en septiembre, y oí un gran reloj colgado en la pared que había sobre su cabeza. Levantó la mirada, el ojo grande, borroso e inquisitivo tras la lente. Saqué el mío y se lo di.

«Se me ha roto el reloj.»

Le dio un golpecito con la mano. «Eso parece. Debe de haberlo pisado.»

«Sí, señor. Se me cayó de la cómoda y lo pisé en la oscuridad. Sin embargo, todavía funciona.»

Lo abrió y escudriñó su interior. «Parece estar bien. No lo podré saber hasta que no lo examine. Esta tarde.»

«Lo traeré luego», dije. «¿Le importaría decirme si alguno de los relojes del escaparate va bien?»

Con mi reloj sobre la palma de la mano me miró con su ojo borroso e inquisitivo.

«He hecho una apuesta con un amigo», dije. «Y se me han olvidado las gafas esta mañana.»

«Naturalmente», dijo. Dejó el reloj y se incorporó de la banqueta y miró por encima de la mesa. Luego miró hacia la pared. «Son las...»

«No me lo diga», dije, «por favor. Sólo dígame si alguno va bien».

Volvió a mirarme. Volvió a sentarse en la banqueta y se levantó la lente sobre la frente. Dejó un círculo púrpura alrededor del ojo y cuando se la quitó parecía tener el rostro desnudo. «¿Qué están celebrando hoy?», dijo. «La regata no es hasta la semana que viene, ¿no?»

«Sí, señor. Se trata de una fiesta privada. Un cumpleaños. ¿Va alguno bien?»

«No. Pero todavía no los he puesto en hora. Si está considerando comprar uno...»

«No, señor. No necesito reloj. Tenemos uno de pared en la salita. Ya me arreglarán éste cuando lo necesite.» Extendí la mano.

«Mejor lo deja ahora.»

«Luego lo traeré.» Me dio el reloj. Me lo metí en el bolsillo. Ahora no lo oía entre todos los demás. «Muchísimas gracias. Espero no haberle hecho perder el tiempo.»

«No se preocupe. Tráigalo cuando le parezca. Y dejen la fiesta para cuando hayamos ganado la regata.»

«Sí, señor. Sería mejor.»

Salí, encerrando los tictacs tras la puerta. Volví a mirar el escaparate. Él me miraba desde el otro lado del cristal. En el escaparate había una docena de relojes, doce horas distintas, y cada uno con la certeza segura y contradictoria que mostraba el mío, sin manecillas. Contradiciéndose. Oía el mío, su tictac dentro del bolsillo, aunque nadie pudiera verlo, aunque nada pudiese deducir quien lo viera.

Y me dije a mí mismo que cogiera aquél. Porque Padre decía que los relojes asesinan el tiempo. Él dijo que el tiempo está muerto mientras es recontado por el tictac de las ruedecillas; sólo al detenerse el reloj vuelve el tiempo a la vida. Las manecillas estaban extendidas, ligeramente inclinadas haciendo un leve ángulo, como una gaviota suspendida en el viento. Aglutinando todo aquello que antes me hacía sentir lástima como anuncia agua la luna nueva, según los negros. El joyero había vuelto a su tarea, inclinado sobre la mesa, el tubo perforando su rostro. Llevaba el cabello dividido en el centro. La raya le llegaba hasta la calva, sugiriendo una ciénaga desecada en diciembre.

Desde el otro lado de la calle vi la ferretería. No sabía que las planchas se pueden comprar al peso.

El dependiente dijo, «Éstas pesan diez kilos». Pero eran más grandes de lo que había imaginado. Por eso compré dos más pequeñas de seis kilos porque tendrían la apariencia de un paquete de zapatos. Juntas parecían pesar suficiente, pero volví a pensar en cómo había dicho Padre lo del reducto absurdum de la experiencia humana, pensando en la única oportunidad que yo parecía tener para solicitar la admisión en Harvard. Puede que el año que viene; pensando puede que sean necesarios dos años de escuela para aprender a hacerlo adecuadamente.

Pero al levantarlas parecían pesar suficiente. Llegó un tranvía. Subí. No vi la placa delantera. Iba lleno, sobre todo de gente con aspecto próspero que leía el periódico. El único asiento libre estaba al lado de un negro. Llevaba bombín y zapatos lustrosos y en la mano la colilla de un puro. Antes yo pensaba que los sureños siempre habían de ser conscientes de la presencia de los negros. Creía que eso era lo que esperarían los del Norte. La primera vez que vine al Este no cesaba de pensar Tienes que recordar que son de color no negros, y si no hubiese dado con tantos, habría perdido mucho tiempo y me habría metido en muchos líos hasta haberme dado cuenta de que la mejor forma de tratar a la gente, blanca o negra, es tomándola por lo que creen ser, y luego dejarlos en paz. Fue entonces cuando me di cuenta de que un negro no es tanto una persona como una forma de comportarse; una especie de impresión negativa de los blancos entre los que vive. Pero al principio yo creía que tendría que echar de menos no tenerlos a mi alrededor porque pensaba que los del Norte creerían que los echaría de menos, pero no me di cuenta de que echaba de menos a Roskus y Dilsey y a los demás en realidad hasta aquella mañana en Virginia. Al despertarme el tren estaba parado y levanté la cortinilla y miré hacia el exterior. El coche estaba bloqueando un paso a nivel, dos cercas blancas descendían por una colina y luego se abrían hacia los lados como la cornamenta de un esqueleto, y había un negro sobre una mula en medio de las rodadas secas, esperando a que el tren se pusiera en movimiento. Yo no tenía idea de cuánto tiempo llevaría allí, pero estaba despatarrado sobre la mula, con la cabeza envuelta en un trozo de manta, como si lo hubiesen tallado allí a la par que la cerca y el camino, o formando parte de la colina, esculpido en la colina, como un cartel que significase Ya has regresado a casa. No llevaba silla y sus pies colgaban casi hasta el suelo. La mula parecía un conejo. Subí el cristal.

«Eh, Tío», dije. «¿Se va por aquí?»

«Claro.» Me miró, luego se aflojó la manta y se descubrió una oreja.

«¡Un regalo de Navidad!», dije.

«Gracias, amo. Me ha pillado, ¿eh?»

«Por esta vez no importa.» Saqué mis pantalones de la red y cogí veinticinco centavos. «Pero la próxima mira bien. Volveré a pasar por aquí dos días después de Año Nuevo, y fíjate bien entonces.» Le tiré la moneda por la ventana. «Cómprate un regalito.»

«Sí, claro», dijo. Se bajó y cogió la moneda y se la frotó contra la pierna. «Gracias, amito. Gracias.» Entonces el tren empezó a moverse. Me asomé a la ventanilla, hacia el aire frío, mirando hacia atrás. Seguía allí junto a aquella mula flaca como un conejo, ambos andrajosos, inmóviles y pacientes, serenamente estáticos: esa mezcla de diligente incompetencia infantil y de paradójica precisión que firmemente los atiende y protege y les zafa de responsabilidades y obligaciones por medios demasiado evidentes para denominar subterfugios y que en caso de robo y evasión solamente les causa una admiración tan franca y espontánea para con el vencedor como la que un caballero sentiría hacia quien le derrotase limpiamente, y por otra parte una afectuosa y perceptible tolerancia para con las extravagancias de los blancos como un abuelo hacia los niños caprichosos e impertinentes, que yo había olvidado. Y durante todo aquel día mientras el tren serpenteaba siguiendo los contornos de abruptas quebradas donde el movimiento era solamente el sonido trabajoso de las exhaustas y gimientes ruedas y las montañas eternas se alzaban desvaneciéndose en el denso cielo, pensé en mi casa, en la helada estación y en el barro y en los negros y los campesinos amontonándose en la plaza, con burros de juguete y carretas y sacos llenos de caramelos de los que sobresalían velas, y se me encogió el corazón como cuando la campana sonaba en la escuela.

Yo no empezaba a contar hasta que el reloj daba las tres. Entonces empezaba, contando hasta sesenta y doblando un dedo y pensando en los otros catorce por doblar, o trece o doce u ocho o siete, hasta que repentinamente advertía el silencio y las mentes expectantes, y yo decía «¿Señora?» «Te llamas Quentin, ¿verdad?» decía la señorita Laura. Luego más silencio y las crueles mentes expectantes y las manos vibrando en el silencio. «Henry, di a Quentin quién descubrió el río Mississippi.» «De Soto.» Después se desvanecían las mentes, y un rato más tarde yo temía haberme retrasado y contaba deprisa y doblaba otro dedo, y entonces tenía miedo de ir demasiado deprisa e iba más despacio, luego me asustaba y volvía a contar deprisa. Por eso yo nunca conseguía salir a la par que la campana, y la oleada de pasos moviéndose ya en libertad, sintiendo el áspero suelo de tierra, y el día como una cristalera que recibiese un golpe suave e incisivo, y se me encogía el corazón, sentado e inmóvil. *Moviéndome sentado inmóvil. Ella permaneció en la puerta durante un segundo. Benjy.*

Gritando. Benjamin el hijo de mi vejez gritando. ¡Caddy! ¡Caddy!

Voy a escaparme. Él empezó a llorar ella se acercó y le tocó. Calla. Que no. Calla. Él se calló. Dilsey.

Huele lo que tú le digas cuando él quiere. No necesita oír ni hablar.

¿Huele el nuevo nombre que le han puesto? ¿Huele la mala suerte?

¿Y por qué ha de preocuparse por la suerte? La suerte no le va a servir de nada.

¿Para qué le han cambiado de nombre si no es para que cambie su suerte?

El tranvía se detuvo, se puso en movimiento, se volvió a detener. Yo observaba, bajo sus sombreros de paja todavía no descoloridos, las cabezas de la gente que pasaba. Ahora había mujeres en el coche, con sus cestas de la compra, y los hombres con ropas de trabajo estaban empezando a superar el número de zapatos lustrosos y de cuellos duros.

El negro me tocó la rodilla. «Perdone», dijo. Aparté las piernas y le dejé pasar. Íbamos junto a una pared blanca, el ruido repiqueteando en el interior del coche, contra las mujeres con las cestas de la compra sobre las rodillas y un hombre con un sombrero lleno de manchas y con una pipa en la cinta. Olía a agua, y a través de una grieta de la pared vi un destello sobre el agua y dos mástiles, y una gaviota inmóvil suspendida en el aire, como sobre un cable invisible entre ambos mástiles, y levanté la mano y a través de la chaqueta toqué las cartas que había escrito. Me bajé cuando se detuvo el tranvía.

El puente estaba levantado para dejar pasar una goleta. Iba a remolque, el remolcador chocando contra su cuadra, dejando una estela de humo, pero el barco parecía moverse sin medios visibles. Un hombre desnudo hasta la cintura estaba enrollando un cabo sobre la popa. Tenía el cuerpo tostado del color de una hoja de tabaco. Al timón iba otro hombre con un sombrero de paja sin copa. El barco pasó bajo el puente, moviéndose con los palos desnudos como un fantasma en pleno día, tres gaviotas revoloteando sobre la popa cual juguetes suspendidos de invisibles hilos.

Cuando se cerró, crucé al otro lado y me apoyé en la barandilla que pendía sobre las barcazas. La almadía estaba vacía y las puertas cerradas. La tripulación solamente trabajaba al caer la tarde y descansaba hasta entonces. La sombra del puente, los rieles de las barandillas, mi sombra horizontal sobre el agua, tan fácilmente la había yo desorientado que no me abandonaba. Por lo menos tenía cinco metros, y si hubiese tenido yo algo con que sumergirla en el agua y que la sujetase hasta ahogarla, la sombra del paquete como el envoltorio de un par de zapatos descansando sobre el agua. Los negros dicen que la sombra de un ahogado siempre está al acecho bajo el agua. Centelleaba y relucía, como el aliento, la almadía también tan lenta como el aliento, y las basuras flotando entre dos aguas para purificarse en el mar y en sus grutas y cuevas. El desplazamiento del agua es igual al algo de nosequé. Reducto absurdum de toda experiencia humana, y dos planchas de seis kilos pesan más que una plancha de sastre. Qué pecado desperdiciarlas diría Dilsey. Benjy supo que la Abuela había muerto. Lloró. *Lo olió. Lo olió.*

El remolcador regresó río abajo, seccionando el agua en largos cilindros giratorios, la almadía meciéndose finalmente con el eco de su paso, la almadía cabeceando sobre el cilindro giratorio con un plop-plop y al girar la puerta sobre los goznes un sonido vibrante y emergieron dos hombres portando una canoa. La dejaron en el agua, y un momento después salió Bland, con las palas. Llevaba unos pantalones de franela, una chaqueta gris y un sombrero de paja. Él o su madre habían leído que los estudiantes de Oxford remaban vestidos con ropas de franela y con sombrero de paja, por tanto a primeros de marzo compraron a Gerald un par de canoas y con sus pantalones de franela y su sombrero de paja salía al río. Los tipos que vivían en las barcazas amenazaron con llamar a la policía, pero a él le dio igual. Su madre llegó en un automóvil alquilado, con un traje de piel como los de los exploradores del Ártico y le vio partir con un viento de quince kilómetros en medio de una multitud de hielos flotantes que parecían ovejas sucias. Desde entonces he creído que Dios no solamente es un caballero y un tipo leal; también es de Kentucky. Cuando él partió ella tomó una desviación y bajó hasta el río y continuó conduciendo paralelamente a la orilla, con el coche en primera. Dicen que nadie hubiera podido creer que se hubiesen visto antes, como un Rey y una Reina, sin mirarse siquiera, avanzando juntos a través de Massachusetts en cursos paralelos como dos planetas.

Se metió y salió remando. Ya remaba bastante bien. Era natural. Decían que su madre intentó hacerle dejar de remar para que se dedicara a algo que los demás de su clase no pudiesen o no quisiesen hacer, pero por una vez él se negó. Si es que se puede considerar una negativa el sentarse en actitud de príncipe aburrido, con sus rizos dorados y sus ojos de color violeta y sus pestañas y sus ropas de Nueva York, mientras su mamaíta nos hablaba de los caballos de Gerald, de los negros de Gerald y de las mujeres de Gerald. Maridos y padres de Kentucky debieron de llevarse una alegría cuando ella se lo llevó a Cambridge. Ella tenía un apartamento en el centro, y Gerald también tenía otro allí, además de sus habitaciones en la Universidad. A ella le parecía bien que Gerald me frecuentase a mí porque yo al menos revelaba un disparatado sentido de noblesse oblige al haber nacido por debajo de la línea Mason Dixon, y a algunos otros cuya geografía se adecuaba a los requisitos (mínimos). Perdonados, al menos. O condonados. Pero desde que conoció a Spoade al salir de la capilla Él dijo que ella no podía ser una señora ninguna señora estaría en la calle a semejante hora de la noche ella nunca le había podido perdonar que tuviese cinco apellidos, incluyendo el de una auténtica casa ducal inglesa. Estoy seguro de que ella se consolaba pensando que alguna oveja negra de los Maingault o de los Mortemar se había liado con la hija del guarda. Lo que era bastante probable, tanto si se lo había inventado como si no. Spoade era el campeón mundial de los pelmazos, nada ajeno le estaba prohibido y hacía trampas según le convenía.

La barca era ya una manchita, los remos reflejaban el sol brillando intermitentemente, como si la canoa hiciese guiños. *¿Tienes una hermana? No pero son todas unas zorras. Zorra no durante un segundo ella permaneció en la puerta* Dalton Ames. Dalton Ames. Dalton Camisas. Siempre creí que eran color caqui, como las del ejército, hasta que vi que eran de gruesa seda china o de la más fina franela porque le hacían la cara tan morena y los ojos tan azules. Dalton Ames. Sólo que carecía de clase. Guardarropía teatral. Papier-maché, toca. Ah. Asbestos. Ni siquiera bronce. *Pero no le verás en casa.*

Caddy también es una mujer, no lo olvides. Debe hacer las cosas por razones femeninas.

¿Por qué no lo traes a casa, Caddy? Por qué te comportas como las negras en los prados en las zanjas en la oscuridad de los bosques ardientes escondidas rabiosas en la oscuridad de los bosques.

Y un momento después yo llevaba un buen rato escuchando el reloj y sentía cómo las cartas crujían bajo la chaqueta, contra la barandilla, y me apoyé en la barandilla, contemplando mi sombra, cómo la había engañado. Anduve junto a la barandilla, pero mi traje también era oscuro y me podía restregar las manos, cómo la había desorientado. Me adentré en la sombra del muelle. Entonces me dirigí hacia el este.

Harvard mi niño de Harvard Harvard Harvard Aquel chico con espinillas que ella había conocido en la fiesta campestre con cintas de colores. Remoloneando junto a la cerca intentando atraerla con sus silbidos como si fuese un cachorrito. Como no conseguían hacerle entrar al comedor Madre creía que poseía algún hechizo especial que podría embrujarla cuando estuviesen a solas. Pero cualquier canalla *Él estaba tumbado junto a la caja gritando* podría aparecer en un automóvil con una flor en el ojal. *Harvard. Quentin éste es Herbert. Mi niño de Harvard. Herbert será como un hermano mayor ya ha prometido a Jason un empleo en el banco.*

Cordial, como un viajante de celuloide. La cara llena de dientes blancos que no sonreían. *He oído hablar allí de él.* Todo dientes que no sonreían. *¿Vas a conducir tú?*

Sube Quentin.

Vas a conducir tú.

El coche es de ella no estás orgulloso de que tu hermanita tenga el primer automóvil de la ciudad regalo de Herbert. Louis le ha estado dando clases por las mañanas no recibiste mi carta Los señores de Jason Richmond Compson le anuncian el matrimonio de su hija Candace con el señor Sydney Herbert Head el veinticinco de abril de mil novecientos diez en Jefferson Mississippi. A partir del uno de agosto se encontrarán en su hogar en la Avenida nosequé número nosecuántos de South Bend Indiana. Shreve dijo ¿Es que ni siquiera la vas a abrir? *Tres días. Veces. Los señores de Jason Richmond Compson* El joven Lonchivar ha abandonado el Oeste demasiado pronto, ¿verdad?

Soy del Sur. Eres algo extraño, no.

Ah, es verdad ya sabía que de alguna parte tenías que ser.

Eres algo extraño, no. Vas a dedicarte al circo.

Ya lo he hecho. Por eso tengo los ojos hechos polvo de dar de beber a las pulgas de los elefantes. *Tres veces* Estas campesinas. Nunca se sabe, verdad. Bueno, por lo menos Byron nunca vio cumplido su deseo, gracias a Dios. *Pero no pegues a un hombre con gafas* ¿Es que ni siquiera la vas a abrir? *Estaba sobre la mesa con una vela encendida en cada esquina encima del sobre atadas con una liga sucia de color rosa dos flores artificiales. No pegues a un hombre que lleve gafas.*

Campesinos pobre gente nunca han visto un automóvil toca el claxon Candace para que *Ella no me miraba* se aparten *no me miraba* a tu padre no le gustaría que fueras a atropellar a alguien desde luego tu padre va a tener que comprarse un automóvil casi siento que lo hayas traído Herbert he disfrutado tanto claro que está el birlocho pero frecuentemente cuando quiero salir el señor Compson tiene a los negros ocupados con otra cosa me mataría si insistiese repite que siempre tengo a Roskus a mi disposición pero ya sé lo que quiere decir sé muy bien que se hacen promesas para tener la conciencia tranquila es que vas a tratar así a mi niña Herbert pero ya sé que no Herbert nos ha mimado demasiado Quentin te dije en la carta que va a llevarse a Jason al banco en cuanto termine el bachillerato Jason será un espléndido banquero es el único de mis hijos que tiene sentido práctico eso me lo tienes que agradecer a mí sale a mi familia los demás son todos Compson *Jason preparaba el engrudo. Hacía cometas en el porche trasero y las vendían a cinco centavos, él y el hijo de los Patterson. Jason era el tesorero.*

En este tranvía no había negro alguno, y los sombreros no descoloridos fluían bajo la ventanilla. Ir a Harvard. Hemos vendido *Estaba tumbado bajo la ventana, gritando. Hemos vendido el prado de Benjy para que Quentin pueda ir a Harvard* será para ti como un hermano. Tu hermanito.

Deberías tener un coche te ha hecho mucho bien no crees Quentin enseguida le he llamado Quentin sabe he oído hablar a Candace tanto de él.

Y por qué no quiero que mis hijos sean más que amigos sí Candace y Quentin más que amigos *Padre he cometido* qué lástima que no tengas hermanos ni hermanas *Hermana hermana no tenía una hermana* No pre-

94

guntes a Quentin él y el señor Compson siempre se consideran algo ofendidos cuando me encuentro con fuerzas suficientes para bajar a la mesa ahora me siento capaz ya lo pagaré después de que todo termine y me hayas quitado a mi niña *Mi hermanita no tenía. Si yo pudiera decir Madre. Madre.*

A no ser que haga lo que me está apeteciendo y en su lugar me la lleve a usted no creo que el señor Compson pudiese alcanzar el coche.

Oh Herbert Candace has oído *Ella no me miraba la suave determinación de su mandíbula sin mirar hacia atrás* pero no te pongas celosa sólo está siendo amable con una anciana una hija mayor y casada no lo puedo creer.

Tonterías usted parece una muchacha mucho más joven que Candace tiene las mejillas como una muchacha *Un rostro lleno de reproche y de lágrimas olor a alcanfor y a lágrimas una voz que lloraba continua y suavemente al otro lado de la puerta a media luz el olor a color de media luz de las madreselvas. Sonaban como féretros los baúles vacíos al bajar por las escaleras del desván. French Lick. No bailó la muerte en las salinas.*

Con sombreros no descoloridos todavía y sin sombrero. No puedo llevar sombrero durante tres años. No podría. Existí. Habrá sombreros entonces puesto que yo no existiría y entonces tampoco Harvard. Donde las mejores reflexiones dijo mi padre penden cual hiedras secas sobre los viejos ladrillos. Entonces, Harvard no. De todos modos, no para mí. Otra vez. Más triste de lo que fui. Otra vez. Más triste de lo que fui. Otra vez.

Spoade llevaba una camisa puesta; entonces deben ser. Cuando vuelva a ver mi sombra si se descuida como cuando la desorienté en el agua hollaré de nuevo mi impenetrable sombra. Pero hermana no. Yo no lo habría hecho. *No consentiré que espíen a mi hija* No consentiré.

Cómo voy a controlarlos si tú les has enseñado a no respetarme ni a mí ni a mis deseos ya sé que desprecias a mi familia pero acaso es ésa razón para enseñar a mis hijos a los hijos que me hicieron sufrir al venir al mundo a no respetar-me Pisoteando los huesos de mi sombra sobre el asfalto con los duros tacones oí el reloj, y palpé las cartas a través de la chaqueta.

No consentiré que espíen a mi hija ni tú ni Quentin ni nadie no me importa lo que creas que ha hecho

Al menos admites que hay razón para tenerla vigilada

No consentiré no consentiré. *Ya sé que no yo no quería ser tan dura pero las mujeres no se respetan ni entre ellas ni a sí mismas.*

Pero por qué ella Las campanadas comenzaron cuando pisé mi sombra, pero eran los cuartos. No se veía al Diácono por parte alguna. *Pensar que yo podría haber*

Ella no quería decir eso así hacen las mujeres las cosas es porque ella quiere a Caddy

Las farolas de la calle bajaban por la colina luego subían hacia el pueblo Pisé el vientre de mi sombra. Si extendía la mano sobresaldría. *Sintiendo a mi padre a mi espalda más allá de la estridente oscuridad del verano y de agosto las farolas de la calle* Padre y yo protegíamos a las mujeres unas de otras de ellas mismas nuestras mujeres *Así son las mujeres no adquieren conocimiento de otras personas para eso estamos nosotros ellas nacen con una práctica fertilidad para la sospecha que da fruto de vez en cuando y normalmente con razón tienen una cierta afinidad con el mal para procurarse aquello de lo que el mal carezca para rodearse instintivamente de ello como tú te arropas entre sueños fertilizando la mente hasta que el mal logra su propósito tanto si existía como si no* Venía entre dos de primer curso. No había acabado de recuperarse del desfile, porque me saludó, como si fuera un oficial de alto rango.

«Quiero hablar contigo un segundo», dije, deteniéndome.

«¿Conmigo? Está bien. Hasta luego amigos», dijo, deteniéndose y dando la vuelta; «me alegro de haber podido charlar con ustedes.» Así era el Diácono. Hablando de psicología natural. Decían que no se había perdido un solo tren a principio de curso desde hacía cuarenta años, y que a primera vista podía distinguir a los del Sur. Jamás se equivocaba, y en cuanto te oía hablar, podía decir de qué Estado procedías. Tenía un uniforme especial para esperar los trenes, una especie de disfraz de Tío Tom, con sus remiendos y demás.

«Sí, señor. Por aquí amito, esto es», cogiendo las maletas. «Eh, chico, ven aquí y coge esto.» Tras lo cual aparecía una montaña de maletas, un chico de unos quince años emergiendo bajo ellas, y el Diácono le cargaba con otra más y lo despedía. «Y no las dejes caer. Sí, señor, amito, dele a este viejo negro el número de su habitación y para cuando usted llegue ya tendrán polvo.»

A partir de entonces te tenía completamente sojuzgado siempre estaba entrando y saliendo de tu habitación, ubicuo y parlanchín, aunque sus modales gradualmente tendían hacia el Norte al ir mejorando su vestuario, hasta que finalmente ya te había desangrado hasta tal punto que te dabas cuenta de que empezaba a llamarte Quentin o lo que fuera, y la próxima vez que lo veías llevaba un traje regalado de Brooks y un sombrero de un club de Princeton y no recuerdo qué fajín que alguien le había regalado y que él grata y firmemente convencido tomaba por un fajín del ejército de Lincoln. Hace años alguien difundió el cuento de que, cuando apareció por primera vez en la Universidad procedente de donde fuese, tenía una licenciatura en Teología. Y cuando él se dio cuenta de lo que significaba se quedó tan complacido que él mismo comenzó a recontar la historia, hasta que finalmente debió creérselo él mismo. De todas formas, contaba largas anécdotas absurdas de sus años de estudiante, hablando con familiaridad de profesores que hacía tiempo se habían ido o habían muerto, citándolos por sus nombres de pila, habitualmente incorrectos. Pero había sido guía, mentor y amigo de innumerables promociones de inocentes y solitarios estudiantes de primer año y me imagino que, a pesar de sus mezquinas trapacerías y de su hipocresía, ante las narices del Señor no olería peor que algunos otros.

«Llevo sin verle tres o cuatro días», dijo, mirándome desde su aura militar. «¿Ha estado enfermo?»

«No. Estoy bien. Estudiando, supongo. Pero yo sí te he visto.»

«¿Sí?»

«El otro día en el desfile.»

«Ah, sí. Sí, estuve allí. Esas cosas no me interesan, me entiende, pero a los muchachos les gusta tenerme con ellos, a los veteranos. Las damas quieren que los veteranos participen, ya sabe. Por eso tengo que complacerlas.»

«Y en la fiesta de los emigrantes también», dije. «Supongo que entonces irías por complacer a la Asociación de Damas de la Templanza Cristiana.»

«¿Cómo? Allí estuve por mi yerno. Quiere que le den un empleo de barrendero. Lo que yo le digo es que quiere la escoba para apoyarse y descansar. Me vio usted, ¿eh?»

«Las dos veces. Sí.»

«Quiero decir de uniforme. ¿Qué tal me caía?»

«Muy bien. Mejor que a nadie. Deberían ascenderte a general, Diácono.»

Me tocó en el brazo, suavemente, con ese tacto suave y ajado que tienen las manos de los negros. «Oiga. No es para hablarlo en la calle. No me importa decírselo porque usted y yo somos iguales, después de todo.» Se inclinó un poco hacia mí, hablando con presteza, sin mirarme. «Ya he echado los cables. Verá al año que viene. Ya verá. Ya verá dónde voy a desfilar. No hace falta que le diga cómo lo estoy organizando; ya le digo, espere y verá, muchacho.» Ahora me miraba y me dio una palmadita en el hombro y se balanceó sobre los tacones asintiendo. «Claro que sí. No iba yo a hacerme demócrata hace tres años por nada. Mi yerno en el ayuntamiento; yo... Sí, señor. Si ese hijo de puta se pusiera a trabajar por volverse demócrata... Y yo: espere en esa esquina de ahí dentro de un año a partir de anteayer y verá.»

«Eso espero. Te lo mereces, Diácono. Y ahora que lo pienso...» Saqué la carta del bolsillo. «Llévala mañana a mi habitación y se la das a Shreve. Él te dará una cosa. Pero, cuidado, hasta mañana no.»

Cogió la carta y la examinó. «Está lacrada.»

«Sí. Y escrita. Hasta mañana, nada.»

«Hum», dijo. Miró el sobre, con los labios fruncidos. «¿Dice usted que me va a dar una cosa?»

«Sí. Un regalo de mi parte.»

Ahora me miraba, el sobre blanco en su mano negra, bajo el sol. Tenía los ojos dulces y sin iris y amarillentos, y de repente vi a Roskus observándome tras toda su parafernalia tomada de los blancos, uniformes, política y modales de Harvard, tímido, reservado, triste y sin saber qué decir. «¿No estará gastando una broma a este viejo negro, eh?»

«Ya sabes que no. ¿Es que alguna vez te ha gastado bromas uno del Sur?»

«Es verdad. Son buena gente. Pero no se puede vivir con ellos.»

«¿Lo has intentado alguna vez?», dije. Pero Roskus había desaparecido. Era una vez más quien él se había propuesto ser hacía mucho tiempo ante los ojos del mundo, pomposo, falso, sin llegar a ser grosero.

«Cumpliré sus deseos, hijo mío.»

«Hasta mañana no, recuerda.»

«Claro», dijo. «Comprendido, hijo mío. Bueno...»

«Espero...», dije. Me miró bondadoso, profundo. Repentinamente extendí la mano y nos las estrechamos, gravemente él, desde la pomposa altura de sus sueños municipales y militares. «Eres un buen tipo, Diácono. Espero... Has ayudado a un montón de chicos, aquí y allá.»

«He intentado tratar bien a todo el mundo», dijo. «No hago mezquinos distingos sociales. Para mí, un hombre es un hombre esté donde esté.»

«Espero que siempre tengas tantos amigos como ahora.»

«Los chicos. Me llevo bien con ellos. Y ellos tampoco me olvidan», dijo, agitando el sobre. Se lo metió en el bolsillo y se abrochó la chaqueta. «Sí, señor», dijo. «He hecho buenos amigos.»

De nuevo comenzaron las campanadas, la media hora. Permanecí sobre el vientre de mi sombra y escuché las campanadas, espaciadas y tranquilas bajo el sol, entre las hojitas inmóviles. Espaciadas y pacíficas y serenas, con esa peculiaridad otoñal perceptible siempre en las campanas incluso en el mes de las novias. *Sobre el suelo bajo la ventana gritando* La miró y se dio cuenta. En boca de los niños. *Las farolas de la calle* Cesaron las campanadas. Volví a la oficina de correos, cediendo la acera a mi sombra. *Bajan por la colina y luego suben hacia el pueblo como farolillos chinos colgados de una pared.* Padre dijo porque ella quiere a Caddy quiere a la gente por sus defectos. El Tío Maury con las piernas extendidas extendiendo las piernas frente al fuego ha de mover una mano para beber Navidad. Jason corría, con las manos en los bolsillos se cayó y permaneció allí como una gallina hasta que Versh lo levantó. *Por qué no se saca las manos de los bolsillos cuando va corriendo así se podría levantar* Dándose golpes en la cabeza contra uno y otro lado de la cuna. Caddy dijo a Jason Versh dice que la razón por la que el Tío Maury no trabaja es por haberse dado golpes en la cabeza contra la cuna cuando era pequeño.

Shreve subía por el sendero, vacilante, su obesidad toda buena fe, con las gafas centelleando como charquitos bajo las hojas oscilantes.

«Le he dado una nota al Diácono. Puede que esta tarde yo esté fuera, así que no le des nada hasta mañana, ¿eh?»

«Está bien.» Me miró. «Pero ¿qué es lo que piensas hacer hoy? Vestido de punta en blanco y remoloneando por ahí como en vísperas de un entierro. ¿Has ido esta mañana a Psicología?»

«No estoy haciendo nada. Hasta mañana no, ¿eh?»

«Pero ¿de qué se trata?»

«De nada. De un par de zapatos que les puse medias suelas. Pero hasta mañana nada, ¿me oyes?»

«Claro. Está bien. Ah, por cierto, ¿has cogido una carta de la mesa esta mañana?»

«No.»

«Pues allí estará. De Semíramis. La trajo un chófer antes de las diez.»

«Está bien. Ya la cogeré. ¿Qué querrá ahora?»

«Supongo que otro recital de la orquesta. Tachín, tachín, Gerald bla bla. "Toca el bombo un poco más fuerte, Quentin." Dios, cómo me alegro de no ser un caballero.» Continuó, sujetando un libro, un poco informe, gordo y decidido. *Las farolas*   lo crees porque uno de tus abuelos fue gobernador y tres fueron generales y los de Madre no

cualquier hombre vivo es mejor que uno muerto pero ninguno vivo o muerto es mucho mejor que cualquier otro vivo o muerto   *Sin embargo para Madre está hecho. Acabada. Acabada. Entonces todos fuimos mancillados*   estás confundiendo el pecado con la moral las mujeres no lo hacen Madre está pensando en la moral no se le ocurre pensar si es pecado o no

Jason me tengo que ir tú te quedas con los demás me llevaré a Jason a donde nadie nos conozca para que tenga oportunidad de crecer y olvidarse de todo esto los otros no me quieren nunca han querido a nadie con esa jeta de egoísmo y falso orgullo de los Compson Jason ha sido el único a quien di mi corazón sin temor

tonterías a Jason no le pasa nada creo que en cuanto te encuentres mejor tú y Caddy deberíais ir a French Lick dejando aquí a Jason sin nadie más que los negros y tú

ella le olvidará y luego cesarán las murmuraciones *no encontró la muerte en las salinas*

quizás puede buscarle un marido *no murió en las salinas*

El tranvía llegó y se detuvo. Las campanas todavía estaban dando la media. Subí y continuó amortiguándolas con su movimiento. No: eran los tres cuartos. Después serían menos diez. Abandonar Harvard *el sueño de tu madre por el que vendió el prado de Benjy*

qué habré hecho yo para tener hijos como éstos Benjamin ya fue suficiente castigo y ahora que ella no se preocupe de mí de su propia madre por ella he sufrido soñado y hecho planes y me he sacrificado he hecho todo lo posible pero desde que abrió los ojos no me ha dedicado un solo pensamiento generoso a veces la miro y me pregunto cómo puede ser hija mía menos Jason que no me ha dado un solo disgusto desde la primera vez que lo tuve en mis brazos entonces supe que sería mi alegría y mi salvación yo creía que ya tenía suficiente castigo con Benjamin por los pecados que haya cometido por haber dejado de lado mi orgullo y haberme casado con un hombre superior a mí no me quejo le he querido más que a ninguno de ellos por eso porque es mi deber aunque Jason siempre me destrozaba el corazón pero ahora veo que no he sufrido bastante ahora veo que he de pagar por tus pecados tanto como por los míos qué has hecho qué pecados ha arrojado tu alta y poderosa familia sobre mí pero tú los justificarás siempre has encontrado excusa para con tu propia sangre solamente Jason lo hace mal porque él es más Bascomb que Compson mientras que tu propia hija mi niña mi pequeña ella no es ella no es mejor tuve suerte de niña de ser solamente una Bascomb me enseñaron que no hay término medio que una mujer es una dama o no lo es pero nunca imaginé cuando la tuve en mis brazos

que una hija mía se dejaría es que no te das cuenta de que
con mirarla a los ojos puedo saber puedes creer que ella te
lo diría pero no cuenta nada es reservada no la conoces sé
de cosas que ha hecho que antes de decírtelas yo me mataría eso es sigue criticando a Jason acúsame de haberle
dicho que la espíe como si fuera un crimen mientras que
tu propia hija puede ya sé que tú no le quieres que quieres
creer sólo lo malo de él nunca has sí ridiculízale como
siempre has hecho con Maury ya no me puedes hacer más
daño del que me han hecho tus hijos y entonces me iré
y Jason sin nadie que le quiera protégele de esto todos
los días lo miro esperando ver aflorar en él la sangre de los
Compson y su hermana escapándose a ver a cómo lo llamas tú lo has visto alguna vez es que ni siquiera me vas a
dejar averiguar quién es él no por mí no podría soportar
verlo es por ti para protegerte pero quién puede luchar
contra los malos instintos no me vas a dejar intentarlo es
que vamos a quedarnos de brazos cruzados mientras que
ella no sólo arrastra tu nombre por el fango sino que corrom-
pe el aire que respiran tus hijos Jason tienes que dejar que
me vaya no puedo soportarlo déjame a Jason y tú te quedas
con los demás no son de mi carne y de mi sangre como él
extraños nada mío y me dan miedo puedo llevarme a Jason
e irnos a donde no nos conozcan me pondré de rodillas y
rezaré por la absolución de mis pecados para que él pueda
escapar de esta maldición intentaré olvidar que los demás
alguna vez fueron.

Si habían dado los tres cuartos ya no faltarían más
de diez minutos. Se acababa de marchar un tranvía y ya
había gente esperando al próximo. Pregunté, pero no supo
decirme si algún otro saldría antes del mediodía o no, pues
los interurbanos. El primero fue otro tranvía. Subí. Uno
puede percibir el mediodía. Me pregunto si hasta los mine-
ros en las entrañas de la tierra. Para eso las sirenas: por los
que sudan y encontrándose uno suficientemente lejos del
sudor no se oyen las sirenas y en Boston uno se aleja del sudor

en ocho minutos. Mi padre decía que un hombre es la suma
de sus desgracias. Se puede creer que la desgracia acabará
cansándose algún día, pero entonces tu desgracia es el tiempo dijo mi Padre. Una gaviota atrapada por un hilo invisible arrastrada por el espacio. Hacia la eternidad arrastras el
símbolo de tu frustración. Entonces las alas son más grandes
dijo Padre pero quién sabe tocar el arpa.

Siempre que se paraba el tranvía yo oía el reloj,
pero sólo a veces ya estarían comiendo   *Quién tocaría*
un   Comiendo el asunto de comer en tu interior espacio
también espacio y tiempo confundidos El estómago diciendo mediodía el cerebro diciendo la hora de la comida
en punto   Bien   Me pregunto qué hora será qué pasa.
La gente se bajaba. Ahora el tranvía ya no se paraba con
tanta frecuencia, vaciado por el almuerzo.

Ya eran pasadas. Bajé y permanecí sobre mi sombra
y un momento después llegó un tranvía subí y regresé a la
estación interurbana. Había uno a punto de salir, y encontré un asiento junto a la ventanilla y se puso en marcha y lo
observé arrastrarse monótona y lentamente sobre la blanda
llanura de la orilla, luego entre árboles. De vez en cuando
veía el río y pensé qué agradable sería estar en New London
si el tiempo y la canoa de Gerald ascendiendo solemnemen-
te por la resplandeciente mañana y me pregunté qué querría
ahora la vieja, mandándome una nota antes de las diez de
la mañana. Qué retrato de Gerald yo uno de los   *Dalton*
Ames   ah asbestos Quentin ha matado   del fondo. Con
algunas chicas. Las mujeres tienen   *su voz siempre destacan-*
do sobre los murmullos la voz que alentaba   afinidad para el
mal, para creer que ninguna mujer es merecedora de confianza, pero que algunos hombres son demasiado inocentes
para protegerse. Muchachas inocentes. Primas lejanas y ami-
gas de la familia a las que su mero conocimiento escuda en
una especie de comprometida noblesse oblige consanguí-
nea. Y ella allí sentada diciéndonos a la cara que era una
pena que Gerald hubiese heredado la belleza de la familia

porque un hombre no la necesitaba, que le iría mejor pero que, sin ella, una chica no tendría nada que hacer. Contándonos de las mujeres de Gerald con *Quentin ha matado a Herbert ha matado su voz atravesando el suelo de la habitación de Caddy* orgullosa aprobación. «Cuando tenía diecisiete años un día le dije "Qué pena que tengas semejante boca mejor estaría en el rostro de una chica" y ¿saben *las cortinas reposando sobre el crepúsculo sobre el olor del manzano su cabeza contra el crepúsculo sus brazos tras la cabeza alados como un quimono la voz que alentaba al Edén las ropas sobre la cama la nariz percibida sobre las manzanas* qué me dijo? recuerden sólo diecisiete. "Madre" dijo "normalmente lo está".» Y él allí sentado en actitud principesca mirando a dos o tres a través de las pestañas. Ellas revoloteaban como golondrinas arremolinándose ante sus pestañas. Shreve decía que siempre había *Cuidarás de Benjy y de Padre*

Cuanto menos menciones a Benjy y a Padre mejor cuándo has pensado en ellos Caddy

Prométeme

No hace falta que te preocupes de ellos te vas tan tranquila

Prométeme estoy harta tienes que prometerme querido saber quién había inventado el chiste pero que siempre había considerado a la señora Bland una mujer muy bien conservada decía que estaba preparando a Gerald para que alguna vez sedujera a una duquesa. Por dos veces ella llamó a Shreve ese canadiense gordo por dos veces me buscó otro compañero de habitación sin consultarme en absoluto, otra vez intentó que me mudara yo, una vez que

Él abrió la puerta bajo la luz crepuscular. Su cara parecía una tarta de calabaza.

«Bueno, despidámonos amistosamente. Puede que nos separe el cruel destino pero nunca amaré a otro. Nunca.»

«¿De qué estás hablando?»

«Estoy hablando de un cruel destino en forma de ocho metros de seda color albaricoque y con más kilos de

metal por metro cúbico que un galeote y de la sola y única dueña del incontestado y peripatético retrete de la difunta Confederación.» Entonces me contó que ella se había dirigido al Decano para que lo trasladasen y que el Decano había mostrado suficiente determinación como para que antes se consultase a Shreve. Entonces ella sugirió que mandasen buscar a Shreve y que lo hiciese, y él no aceptó, tras lo cual ella no se mostró precisamente cortés con Shreve. «Tengo por norma no referirme a las mujeres con palabras duras», dijo Shreve, «pero esa mujer se parece a una zorra más que ninguna otra mujer de estos Estados y dominios soberanos». Y ahora Carta sobre la mesa entregada a mano, órdenes oliendo a orquídeas de color Si ella supiera que yo había pasado casi bajo la ventana sabiéndola allí sin   Mi querida Señora no he tenido la oportunidad de recibir su comunicación pero le ruego de antemano me excuse hoy o ayer y mañana o cuando Como según recuerdo la próxima consistirá en cómo Gerald tiraba a su negro por la escalera y en cómo el negro rogaba se le permitiese matricularse en la Facultad de Teología para estar cerca de su amo amito Gerald y en cómo fue durante todo el camino de la estación corriendo junto a la calesa con lágrimas en los ojos cuando el amo Gerald se marchó Esperaré hasta el amanecer por la del marido carpintero que apareció en la puerta de la cocina con una escopeta Gerald bajó y partió la escopeta en dos y se la devolvió y se limpió las manos con un pañuelo de seda tiró el pañuelo al fuego ésa sólo la he oído dos veces
     lo mató atravesando el   te he visto entrar he esperado a tener la oportunidad y ha llegado he creído que podríamos conocernos toma un cigarro
Gracias no fumo
Pocas cosas han debido cambiar allí desde mi época te importa si enciendo
Por favor
Gracias he oído muchas cosas crees que a tu madre le importará si tiro la cerilla detrás del biombo muchas cosas

de ti Candace hablaba siempre de ti cuando estábamos en Licks   Tuve celos me decía a mí mismo quién será este Quentin tengo que averiguar qué tipo de bicho es porque sabes me dio muy fuerte en cuanto vi a la chiquilla no me importa decírtelo nunca se me ocurrió pensar que era de su hermano de quien hablaba no podría haber hablado más de ti si hubieras sido el único hombre del mundo ni siquiera de un marido seguro que no te apetece un cigarro No fumo

En ese caso no insisto aunque es una mezcla bastante aceptable me costaron veinticinco dólares el ciento comprados al por mayor a un amigo de La Habana sí supongo que las cosas han debido cambiar mucho por allí arriba siempre me digo que tengo que hacer una visita pero nunca me decido llevo ya diez años rodando por ahí no puedo dejar el banco la universidad cambia las costumbres de los chicos las cosas que parecen importantes a un estudiante bueno ya sabes cuéntame cómo van las cosas por allí

No voy a decir nada ni a mi Padre ni a mi Madre si eso es lo que quieres saber

Que no les vas a decir no les vas a ah a eso a eso te refieres a eso verdad entenderás que me importa un rábano que lo digas o no comprende que una cosa así mala suerte no un crimen no seré el primero ni el último simple mala suerte tú podrías ser más afortunado

Mientes

Tranquilo no quiero que digas nada que no quieras decir no me ofendo claro un chico de tu edad naturalmente da más importancia a una cosa así de la que le darías dentro de cinco años

Sólo conozco una forma de considerar la mentira no creo que en Harvard yo vaya a cambiar de opinión

Esto es algo más que una comedia debes creer que estás en un escenario bueno tienes razón no hace falta decírselo pelillos a la mar eh no tenemos que dejar que una cosa así se interponga entre tú y yo me gustas Quentin me gusta tu aspecto no te pareces a estos palurdos me alegro de que las cosas sean así he prometido a tu madre hacer algo por Jason pero también me gustaría echarte una mano Jason estaría aquí igual de bien pero aquí no hay futuro para un chico como tú

Gracias pero remítete a Jason te vendrá mejor que yo

Siento todo esto pero un chico como yo era además yo nunca tuve una madre como la tuya que me enseñase a apreciar las cosas ella sufriría sin motivo si lo supiera sí tiene razón no hay por qué incluyendo a Candace claro

He dicho a mi Padre y a mi Madre

Oye mírame cuánto crees que ibas a durar conmigo

No tendré que durar mucho si tú también aprendiste a pelear en la escuela inténtalo y verás lo que te duro

Maldito qué crees que vas a conseguir

Inténtalo

Dios mío el cigarro qué diría tu Madre si encontrase una quemadura en la repisa precisamente ahora eh oye Quentin vamos a hacer algo de lo que los dos vamos a arrepentirnos me gustas me gustaste desde el momento en que te vi me dije tiene que ser un buen tipo sea quien sea o no le gustaría tanto a Candace escucha ya llevo diez años rodando por ahí las cosas no tienen entonces tanta importancia ya te darás cuenta pongámonos de acuerdo tú y yo hijos de la vieja Harvard y tal supongo que ahora no la reconocería es el mejor sitio del mundo para un chico allí voy a mandar a mis hijos para darles una oportunidad mejor que la que yo tuve espera no te vayas discutamos esto es normal que un hombre tenga esas ideas en su juventud y me parece bien le vienen bien mientras está en la universidad pero cuando sale al mundo tiene que apañárselas lo mejor que puede porque advertirá que todos hacen lo mismo y maldita si dame la mano y pelillos a la mar hagámoslo por tu madre recuerda su salud vamos dame la mano eh mira recién salido de un convento mira ni una mancha ni siquiera una arruga todavía mira

Al cuerno con tu dinero

No no vamos ya soy de la familia mira ya sé lo que esto
significa para un tipo joven tiene sus propios asuntos siempre resulta difícil que su padre le dé pasta ya lo sé cómo
no lo voy a saber no hace tanto que pero ahora voy a casarme especialmente allí vamos no seas tonto escucha
cuando tengamos la ocasión de charlar en serio te quiero
contar una cosa de una viuda del pueblo

Ya me lo sé métete tu maldito dinero

Pues entonces considéralo un préstamo cierra los ojos un
segundo y tendrás cincuenta

Quítame las manos de encima más vale que quites ese
cigarro de la repisa

Cuéntalo y allá tú qué vas a conseguir con ello si no fueras
tan imbécil ya lo has visto los tengo demasiado bien aga-
rrados para que un hermanito que se cree Galahad ya me
ha contado tu madre cosas de ti con la cabeza llena de ideas
entra entra cariño Quentin y yo estábamos conociéndonos
hablando de Harvard me buscabas a mí no puedes sepa-
rarte de tu hombre verdad

Sal un momento Herbert quiero hablar con Quentin

Entra nos vamos todos de juerga y conozco a Quentin
estaba diciendo a Quentin

Vamos Herbert sal un momento

Bueno está bien me imagino que tú y el niño queréis volver a veros una vez más eh

Que quites ese cigarro de la repisa

Como siempre tienes razón muchacho entonces me voy que
se aprovechen de ti mientras puedan Quentin después de
pasado mañana se quedará tranquilo dame un besito cariño

Oh ya está bien déjalo para pasado mañana

Entonces exigiré intereses no dejes que Quentin empiece
alguna cosa que no pueda terminar ah a propósito Quentin te he contado el cuento de lo que le pasó una vez a un
loro una pena recuérdamelo que lo haga a ver si te lo apli-
cas hasta luego

Bueno

Bueno

Qué pretendes ahora

Nada

Te estás metiendo en mis asuntos otra vez es que no tuviste suficiente el verano pasado

Caddy tienes fiebre *estás enferma cómo es que estás enferma*

   Porque lo estoy no puedo pedírselo

   Mató su voz a través de

   Ese sinvergüenza no Caddy

   De vez en cuando el río centelleaba en la distancia con un brillo inesperado, taladrando el mediodía y las primeras horas de la tarde. Mucho después, aunque hubiésemos dejado atrás donde él majestuosamente remaba corriente abajo las miradas de los benignos dioses. Mejor. Los dioses. Dios también sería un canalla en Boston en Massachusetts. O quizás simplemente no un marido. Los húmedos remos le acompañaban entre centelleantes guiños y hojas de palma. Adulador. Adulador, si no fuese un marido él ignoraría a Dios. *Ese sinvergüenza, Caddy* El río continuaba brillando tras una curva inesperada.

   Me encuentro enferma tienes que prometerme

   Enferma cómo es que estás enferma

   Porque lo estoy no puedo pedírselo a nadie pero prométeme que tú lo harás

   Si necesitan cuidados es por ti cómo es que estás enferma Oíamos bajo la ventana cómo el coche marchaba hacia la estación, el tren de las 8.10. Para traer a los primos. Cabezas. Él mismo se aumentaba cabeza a cabeza pero barberos no. Manicuras. Una vez tuvimos un pura sangre. Sí, en el establo, pero un perrillo bajo el cuero. *Quentin ha matado todas sus voces a través del suelo de la habitación de Caddy*

   El tranvía se detuvo. Descendí sobre el centro de mi sombra. Una carretera cruzaba las vías. Había una marquesina de madera sobre un anciano que comía algo en una bolsa de papel, y luego también dejó de oírse el tranvía. La carretera se adentraba en los árboles, donde habría sombra, pero el follaje de junio en Nueva Inglaterra no es más espeso que el de abril en casa en Mississippi. Vi una chimenea. Volví la espalda, arrastrando mi sombra hacia el polvo. *A veces había algo terrible en mí a veces lo veía por la noche haciéndome muecas desde sus rostros ahora ha desaparecido y estoy enferma*

Caddy

No me toques sólo prométeme

Si estás enferma no puedes

Sí puedo después no pasará nada no importará no dejes que lo envíen a Jackson prométeme

Te lo prometo Caddy Caddy

No me toques no me toques

Cómo es Caddy

Qué

Lo que te hace muecas lo que hay en sus rostros

Veía la chimenea. Allí estaría el agua, encaminándose hacia el mar y hacia las tranquilas grutas. Corriendo lentamente, y cuando Él dijo Levántate solamente las planchas. Cuando Versh y yo pasábamos todo un día de caza no nos llevábamos comida y a las doce en punto yo sentía hambre. Seguía teniendo hambre hasta la una, luego, repentinamente incluso olvidaba que ya ni sentía hambre. *Las farolas de la calle bajan por la colina luego oí el coche descender por la colina. El brazo del sillón liso fresco suave bajo mi frente conformando el sillón el manzano reclinado sobre mi cabello sobre el Edén ropas percibidas por la nariz* Tienes fiebre lo noté ayer es como estar junto a un horno.

No me toques.

Caddy no puedes hacerlo si estás enferma. Ese sinvergüenza.

Con alguien tengo que casarme. *Entonces me dijeron que tendrían que volver a romper el hueso*

Por fin dejé de ver la chimenea. La carretera corría junto a un muro. Los árboles se inclinaban sobre el muro, salpicados de sol. La piedra estaba fría. Caminando a su lado se sentía frescor. Pero nuestra región no era como esta región. Había algo en el simple hecho de atravesarla. Una especie de fecundidad apacible y violenta que satisfacía hasta a los hambrientos. Flotando a tu alrededor, no protegiendo y cuidando las mezquinas piedras. Como diseñada para procurar suficiente verdor entre los árboles e incluso el azul de la distancia no aquella fecunda quimera. *Me dijeron que habrían de volver a romper el hueso y mi interior empezó a decir Ah Ah Ah y empecé a sudar. Qué me importa ya sé lo que es una pierna rota todo lo que es no será nada tendré que permanecer en casa un poco más eso es todo y los músculos de la mandíbula entumecidos y mi boca diciendo Esperad Esperad un momento a través del sudor ah ah ah entre dientes y Padre maldito caballo maldito caballo. Esperad la culpa es mía. Todos los días él venía por la cerca con una cesta hacia la cocina arrastrando un bastón por la cerca todos los días yo me arrastraba hasta la ventana con la escayola y todo y le esperaba con un trozo de carbón Dilsey decía se va a destrozar es que no se le ocurre nada mejor no hace ni cuatro días que se la ha roto. Esperad enseguida me hago a la idea esperad un momento me haré a*

Incluso el sonido parecía languidecer en este ambiente, como si se erosionase el aire al sostener sonidos durante tanto tiempo. Los ruidos de un perro llegan más lejos que los de un tren, en la oscuridad por lo menos. Y los de algunas personas. Los negros. Louis Hatcher nunca utilizaba el cuerno de caza aunque lo llevase ni aquel viejo farol. Yo dije, «Louis, ¿cuánto tiempo llevas sin limpiar ese farol?».

«Un poco. ¿Se acuerda de cuando aquella inundación se llevó a la gente por delante allá arriba? Lo limpié aquel día. La vieja y yo estábamos sentados junto al fuego aquella noche y ella dice "Louis ¿qué vas a hacer si toda esa agua llega hasta aquí?" y yo digo "Es verdad. Mejor limpio el farol". Por eso lo limpié aquella noche.»

«La inundación fue en Pennsylvania», dije. «No podría haber llegado hasta aquí.»

«Eso es lo que usted se cree», dijo Louis. «El agua digo yo puede subir así de alto y mojar Jefferson y hasta Pennsylvania. La gente que dice que las riadas no pueden llegar hasta aquí es la que aparece flotando enganchada en los postes.»

«¿Y Martha y tú salisteis aquella noche?»

«Eso hicimos. Limpié el farol y yo y ella pasamos la noche subidos en una loma que hay en la parte trasera del cementerio. Y si hubiera sabido de otra más alta, allí que hubiéramos estado.»

«¿Y desde entonces no has vuelto a limpiar el farol?»

«¿Para qué lo voy a limpiar si no hace falta?»

«Hasta que no haya otra riada.»

«De aquella bien que nos salvó.»

«Oh, vamos, Tío Louis», dije.

«Claro que sí. Usted hágalo a su manera que yo lo haré a la mía. Si creo que para escapar de una riada lo único que tengo que hacer es limpiar este farol, no voy a discutir.»

«El Tío Louis no cazaría nada aunque llevase un farol alumbrándolo», dijo Versh.

«Yo ya estaba cazando zorros por aquí cuando tú todavía no habías salido del vientre de tu madre, chico», dijo Louis. «Y bien que los cazaba.»

«Es verdad», dijo Versh. «El Tío Louis ha cazado más zorros que nadie de por aquí.»

«Naturalmente», dijo Louis. «No necesito luz para cazar zorros. Todavía no se me ha quejado ninguno. Cállate ahora. Ahí viene. Shhh.» Y nos sentábamos sobre las hojas secas que susurraban al compás de la respiración de nuestra espera y de la lenta respiración de la tierra y del ausente viento de octubre, la fragilidad del aire mancillada por el olor rancio del farol, escuchando a los perros y el eco de la voz de Louis desvaneciéndose en la distancia. Nunca gritaba, pero alguna noche apacible le hemos oído desde el porche. Cuando llamaba a los perros sonaba como el cuerno que llevaba colgando a la espalda y que jamás utilizaba, pero más nítidamente, más suave, como si su voz constituyese parte de la oscuridad y el silencio, de los que se deslizase para luego volver a adentrarse en ellos. Ehhhhh. Ehhhhh. Ehhhhh. *Con alguien tengo que casarme*

Ha habido muchos Caddy
No lo sé demasiados cuidarás de Benjy y de Padre
Entonces no sabes de quién es lo sabe él
No me toques cuidarás de Benjy y de Padre

Antes de llegar al puente comencé a sentir el agua. El puente era de piedra gris, con líquenes, moteado de mansa humedad salpicada de hongos. Bajo su sombra el agua clara y estática susurraba cloqueante centrifugando el cielo en pálidos remolinos en torno a la piedra. *Caddy ese*

Con alguien tengo que casarme Versh me habló de un hombre que se automutiló. Se adentró en los bosques y lo hizo con una navaja, sentado en el interior de una zanja. Una navaja rota lanzándolos por encima del hombro idéntico movimiento consumado la madeja sangrienta lanzada verticalmente hacia atrás. Pero no es eso. No es el no tenerlos. Es no haberlos tenido nunca yo podría decir Ah Eso Eso Es Chino Yo No Sé Chino. Y mi Padre dijo es porque eres virgen: ¿es que no te das cuenta? Las mujeres nunca son vírgenes. La pureza es un estado negativo y por tanto contrario a la naturaleza. Es la naturaleza quien te hace daño no Caddy y yo dije Sólo son palabras y él dijo Como la virginidad y yo dije no se sabe. No puede saberse y él dijo Sí. Desde el instante en que advertimos que la tragedia es de segunda mano.

Allá donde descendía la sombra del puente se veía bastante bien aunque no hasta el fondo. Cuando se deja en agua una hoja durante mucho tiempo desaparece el tejido y las delicadas fibras oscilan lentamente como un movimiento en sueños. No se rozan, sin importar lo entrelazadas que hubiesen podido encontrarse, sin importar su anterior proximidad al peciolo. Y puede que cuando Él diga Levántate también suban flotando los ojos, desde la profundidad apacible y desde el sueño, para contemplar la gloria. Las oculté bajo el extremo del puente y regresé y me apoyé sobre la barandilla.

No podía ver el fondo, pero sí bastante bien el movimiento del agua hasta donde alcanzaba la vista, y entonces vi una sombra suspendida como una gruesa flecha penetrando en la corriente. Las mariposas sobrevolaban la superficie entrando y saliendo de la sombra del puente. *Si tras eso hubiese un infierno: la llama impoluta nosotros dos más allá de la muerte. Entonces sólo me tendrías a mí entonces sólo yo entonces nosotros dos entre la maledicencia y el horror cercados por la límpida llama* Crecía la flecha inmóvil, después tras un rápido giro la trucha atrapó una mosca en la superficie con esa especie de gigantesca delicadeza del elefante al recoger cacahuetes. El debilitado vórtice se deslizó corriente abajo, oscilando delicadamente y después volví a ver la flecha, la punta en dirección de la corriente, balanceándose delicadamente con el movimiento del agua sobre la que revoloteaban las mariposillas. *Entonces solamente tú y yo entre la maledicencia y el horror cercados por la límpida llama.*

La trucha pendía, delicada e inmóvil, de las oscilantes sombras. Se acercaron al puente tres muchachos con cañas de pescar y nos reclinamos sobre la barandilla y observamos la trucha. Ellos conocían al pez. Era un personaje local.

«Llevan veinticinco años intentando pescar ese pez. En Boston hay una tienda que ofrece una caña de pescar de veinticinco dólares a quien pueda pescarla.»

«¿Y entonces por qué no la pescáis vosotros? ¿Es que no os gustaría tener una caña de veinticinco dólares?»

«Sí», dijeron. Se apoyaron en la barandilla observando la trucha. «Claro que sí», dijo uno.

«Yo no cogería la caña», dijo el segundo. «Preferiría el dinero.»

«Pero a lo mejor no aceptaban», dijo el primero. «Seguro que te obligaban a coger la caña.»

«Entonces la vendería.»

«Y no te darían por ella veinticinco dólares.»

«Entonces aceptaría lo que me diesen. Con esta caña podría pescar tantos peces como con una de veinticinco dólares.» Después todos hablaron de lo que harían con veinticinco dólares. Todos hablaban a la vez, insistentes y contradictorias sus voces, convirtiendo lo irreal en posible, luego en probable, después en hecho incontrovertible, como hace la gente al transformar sus deseos en palabras.

«Me compraría un caballo y una carreta», dijo el segundo.

«Sí, claro», dijeron los otros.

«Naturalmente. Conozco un sitio donde puedo comprármelos por veinticinco dólares. Conozco al dueño.»

«¿Quién es?»

«No te importa. Me los puedo comprar por veinticinco dólares.»

«Ya», dijeron los otros. «No lo conoce. Lo dice por hablar.»

«¿Ah, sí?», dijo el muchacho. Continuaron burlándose de él, pero no volvió a decir nada. Reclinado sobre la barandilla, observaba la trucha que él ya se había gastado, y repentinamente de sus voces desapareció el sarcasmo, el conflicto, como si para ellos también él hubiese capturado al pez y comprado el caballo y la carreta, participando también ellos del rasgo de madurez de quedar convencidos de cualquier cosa gracias a la asunción de una silenciosa superioridad. Supongo que, las personas, utilizándose unas a otras y a sí mismas mediante las palabras, son al menos consistentes atribuyendo sabiduría a una lengua inmóvil, y durante un instante pude percibir a los otros dos intentando hallar algún medio que les permitiese enfrentarse a él, apoderarse de su carreta y de su caballo.

«No te darían veinticinco dólares por la caña», dijo el primero. «Me juego lo que quieras a que no.»

«Todavía no ha pescado la trucha», dijo el tercero repentinamente, luego ambos gritaron:

«Claro, ¿qué había dicho yo? ¿Cómo se llama el dueño? A que no lo sabes. No existe».

«Oh, callaos», dijo el segundo. «Mira. Aquí vuelve.» Se apoyaron en la barandilla, inmóviles, idénticos, sus cañas proyectándose oblicuamente bajo la luz del sol, igualmente idénticas. La trucha se elevó sin prisa, una sombra levemente oscilante; de nuevo el pequeño vórtice se disolvió corriente abajo. «Eh», murmuró el primero.

«Ya ni intentamos pescarla», dijo. «Sólo nos dedicamos a mirar a la gente de Boston que viene a intentarlo.»

«¿Es el único pez de esta balsa?»

«Sí. Ha echado a todos los demás. El mejor sitio para pescar por aquí es el Remanso.»

«No, no lo es», dijo el segundo. «El molino de Bigelow es el doble de bueno.» Entonces se pusieron a discutir dónde se pescaba mejor y repentinamente se callaron para observar saltar a la trucha de nuevo y al informe remolino de agua que absorbía un trocito de cielo. Pregunté cuánto faltaba para llegar al pueblo más próximo. Me lo dijeron.

«Pero el tranvía más cercano pasa por ahí», dijo el segundo, señalando hacia la parte de la carretera a nuestras espaldas. «¿Adónde se dirige usted?»

«A ningún sitio. Estoy paseando.»

«¿Es usted de la universidad?»

«Sí. ¿Hay fábricas en este pueblo?»

«¿Fábricas?» Me miraron.

«No», dijo el segundo. «Por aquí no.» Miraron mis ropas. «¿Busca trabajo?»

«¿Y el molino de Bigelow?», dijo el tercero. «Es una fábrica.»

«Y un cuerno. Él dice una fábrica de verdad.»

«Una que tenga una sirena», dije. «Todavía no he oído que ninguna diese la una en punto.»

«Ah», dijo el segundo. «Hay un reloj en la torre de la iglesia unitaria. Por él sabrá la hora. ¿No lleva un reloj en esa cadena?»

«Se me rompió esta mañana.» Les mostré mi reloj. Lo examinaron gravemente.

«Todavía funciona», dijo el segundo. «¿Cuánto cuesta un reloj como ése?»

«Fue un regalo», dije. «Me lo regaló mi padre cuando terminé el bachillerato.»

«¿Es usted canadiense?», dijo el tercero. Era pelirrojo.

«¿Canadiense?»

«No habla como ellos», dijo el segundo. «Yo los he oído hablar. Él habla como los cómicos que hacen de negros.»

«Oye», dijo el tercero, «que te puede dar un tortazo».

«¿A mí?»

«¿No has dicho que habla como los negros?»

«Venga, anda», dijo el segundo. «Desde aquella colina verá usted la torre.»

Les di las gracias. «Espero que tengáis buena suerte. Pero no pesquéis a ésa. Se merece que la dejen tranquila.»

«Nadie puede pescarla», dijo el primero. Se apoyaron en la barandilla, mirando hacia el agua, las tres cañas proyectándose oblicuamente bajo los rayos del sol como tres hilos de fuego dorado. Caminé sobre mi sombra, arrastrándola de nuevo hacia la moteada sombra de los árboles. La carretera se curvaba, ascendiendo desde el agua. Coronaba la colina, descendiendo entre curvas, proyectando la vista, la mente hacia adelante bajo un apacible túnel verde, y la cúpula cuadrada sobre los árboles y el ojo redondo del reloj, pero suficientemente lejos. Me senté al borde de la carretera. La hierba me llegaba hasta la rodilla, espesísima. Las sombras de la carretera estaban tan inertes como si las hubiesen dibujado unos inclinados lápices de rayos de sol. Pero sólo se trataba de un tren, y un momento después murió más allá de los árboles, el prolongado sonido, y luego escuché mi reloj y la muerte del tren en la distancia, como si estuviese atravesando otro mes u otro verano en algún otro lugar, pasando velozmente bajo la suspendida gaviota y todo se precipitase. Excepto Gerald. Él estaría espléndido, remando en soledad a través del mediodía, escalando apoteósicamente el límpido aire, subiendo hacia una vertiginosa infinitud donde solamente él y la gaviota habitasen, el uno aterradoramente inmóvil, la otra con un vaivén firme y sostenido en sí mismo partícipe de la inercia, disminuyendo el mundo indigno de sus sombras bajo el sol. *Caddy ese sinvergüenza ese sinvergüenza Caddy*

Sus voces subieron por la colina y las tres estilizadas cañas como equilibrados hilos de fuego derretido. Me miraron al pasar, sin aflojar la marcha.

«Bueno», dije, «no la veo».

«Es que no hemos intentado pescarla», dijo el primero. «No se puede con ese pez.»

«Allí está el reloj», dijo el segundo, señalando. «Cuando se acerque un poco más verá qué hora es.»

«Sí», dije, «de acuerdo». Me levanté. «¿Vais todos al pueblo?»

«Vamos al Remanso a por carpas», dijo el primero.

«En el Remanso no se puede pescar», dijo el segundo.

«Supongo que no querrás ir al molino, con tanta gente chapoteando y espantando a los peces.»

«No se pesca ni un pez en el Remanso», dijo el segundo.

«No cogeremos nada en ningún sitio si no nos vamos», dijo el tercero.

«No sé por qué seguís hablando del Remanso», dijo el segundo. «Allí no hay nada que pescar.»

«No es obligatorio ir», dijo el primero. «No estás atado a mí.»

«Vamos a nadar al molino», dijo el tercero.

«Yo voy al Remanso a pescar», dijo el primero. «Vosotros podéis hacer lo que os parezca.»

«Oye, ¿cuánto tiempo hace que no sabes de nadie que haya pescado algo en el Remanso?», dijo el segundo al tercero.

«Vamos a nadar al molino», dijo el tercero. La cúpula se hundió lentamente tras los árboles, el redondo rostro del reloj todavía suficientemente lejos. Continuamos bajo la jaspeada sombra. Llegamos a un huerto, rosa y blanco. Estaba lleno de abejas; ya las oíamos.

«Vamos al molino a nadar», dijo el tercero. Un camino se bifurcaba junto al huerto. El tercer muchacho aminoró el paso y se detuvo. El primero continuó, con las vetas de sol resbalando por la caña sobre su hombro y la espalda de su camisa. «Vamos», dijo el tercero. El segundo muchacho también se detuvo. *Por qué tienes que casarte con alguien Caddy*

Es que quieres que lo diga crees que si lo digo no será

«Vamos al molino», dijo. «Vamos.»

El primer muchacho continuó. Sus pies descalzos no producían sonido alguno, al descender más suavemente que las hojas sobre el fino polvo. En el huerto las abejas sonaban como el levantar del viento, un sonido atrapado mágicamente en un prolongado crescendo. El camino continuaba junto al muro, se arqueaba, quebrándose en florescencias, disolviéndose entre árboles. Los rayos del sol descendían inclinados, esparcidos e intensos. A lo largo de la sombra revoloteaban mariposas doradas como flecos de rayos de sol.

«¿Para qué quieres ir al Remanso?», dijo el segundo muchacho. «En el molino podéis pescar si queréis.»

«Que se vaya», dijo el tercero. Se quedaron mirando al primer muchacho. Los rayos de sol resbalaban parcheando sus hombros que se alejaban, brillando sobre la caña como hormigas doradas.

«Kenny», dijo el segundo. *Díselo a Padre por favor lo haré soy el progenitor de mi padre yo lo inventé yo lo creé Díselo no será porque él dirá que yo no fui y entonces tú y yo puesto que el filoprogenitor*

«Venga, vamos», dijo el muchacho. «Ya están dentro.» Miraron hacia el primer muchacho. «Sí», dijeron de repente, «márchate, miedica. Si se baña se mojará la cabeza y le echarán una bronca». Regresaron al sendero y continuaron andando, revoloteando las mariposas doradas a su alrededor bajo la sombra.

Es porque no hay nada más yo creo que hay algo más pero puede que no y entonces yo ya te darás cuenta de que ni la injusticia merece lo que tú crees ser No me prestaba atención, el perfil de su mandíbula, el rostro un poco vuelto bajo el sombrero roto.

«¿Por qué no vas a nadar con ellos?» dije. *Ese sinvergüenza Caddy*

Estabas intentando pelearte con él verdad

Un embustero y un canalla Caddy lo echaron de su club por hacer trampas con las cartas lo expulsaron lo pillaron copiando en los exámenes trimestrales y lo expulsaron

Bueno y qué yo no voy a jugar con él a las cartas

«¿Prefieres pescar o bañarte?», dije. Disminuyó el sonido de las abejas, todavía sostenido, como si en lugar de hundirse en el silencio, simplemente el silencio creciese entre nosotros, como la pleamar del agua. La carretera volvía a doblar y se convirtió en una calle bordeada de umbrías praderas con casas blancas. *Caddy ese sinvergüenza piensa en Benjy y en Padre y hazlo no en mí*

En qué otra cosa puedo pensar en qué otra cosa he pensado El muchacho salió de la calle. Saltó una cerca de estacas sin volver la mirada y cruzó la pradera hasta un árbol y dejó la caña y trepó hasta las primeras ramas y se sentó allí de espaldas a la carretera y el sol moteando inmóvil su camisa blanca. *En qué otra cosa he pensado ni siquiera puedo llorar morí el año pasado te lo dije pero entonces no sabía lo que quería decir no sabía qué estaba diciendo* Algunos días a finales de agosto son en casa como éste, el aire fino y anhelante como éste, habiendo en él algo triste y nostálgico y familiar. El hombre la suma de sus experiencias climáticas, dijo Padre. El hombre la suma de lo que te dé la gana. Un problema de propiedades impuras tediosamente arrastrado hacia una inmutable nada: jaque mate de polvo y deseo. *Pero ahora sé que estoy muerta te lo aseguro*

Entonces por qué has de escuchar podemos irnos tú y Benjy y yo donde nadie nos conozca donde La calesa iba tirada por un caballo blanco, sus pezuñas levantando el fino polvo, las frágiles ruedas rechinando secamente, colina arriba bajo los jirones de un chal de hojas. Olmo. No: ellum. Ellum.

Con qué con tu dinero para la universidad el dinero por el que vendieron el prado para que pudieses ir a Harvard es que no te das cuenta ahora tienes que acabar si no acabas él no tendrá nada

Vendieron el prado Su camisa blanca estaba inmóvil sobre la rama, en la vacilante sombra. Las ruedas eran muy frágiles. Bajo la comba de la calesa las pezuñas nítidamente veloces como los movimientos de una dama bordando, disminuyendo sin progresar como la figura de unas aspas velozmente retiradas entre bastidores. La calle volvía a doblar. Vi la blanca cúpula, la estúpida aserción redonda del reloj. *Vendieron el prado*

Dicen que Padre estará muerto dentro de un año si no deja de beber y no lo hará no puede desde que yo desde el verano pasado y entonces enviarán a Benjy a Jackson no puedo llorar ni siquiera puedo llorar durante un segundo permaneció en la puerta al segundo siguiente él tiraba de su vestido y gritaba su voz martilleando una y otra vez entre las paredes como oleadas y ella encogiéndose contra la pared empequeñeciéndose más y más con la cara blanca los ojos

*parecían dedos clavados en su rostro hasta que él la arrojó de
la habitación su voz martilleando en oleadas como si su propio ímpetu le impidiera callar como si no hubiera lugar para
ella en silencio gritando*

Al abrir la puerta repicaba una campana, pero solamente una vez, aguda y clara y breve sobre la puerta en
la nítida penumbra, como si estuviese graduada y templa-
da para producir aquel único sonido nítido y claro que no
erosionase la campana ni requiriese disipar demasiado silencio en restaurarlo cuando la puerta se abriese sobre la
cálida fragancia del pan recién cocido; una niñita sucia
con ojos de oso de peluche y dos coletitas de charol.

«Hola, amiguita.» Su cara era como un tazón de
leche con una gota de café en el dulcemente cálido interior
vacío. «¿Hay alguien aquí?»

Pero ella se limitó a observarme hasta que se abrió
una puerta y entró la mujer. Sobre el mostrador las filas de
figuras crujientes tras el cristal su pulcro rostro gris, unas
gafas de pulcras monturas grises cabalgaban aproximándose
como sobre un alambre, como la caja registradora de una
tienda. Parecía una bibliotecaria. Algo procedente de pol-
vorientos estantes de ordenadas certidumbres largamente
divorciadas de la realidad, ajándose lentamente, como un
hálito de aire que nutre la injusticia.

«Dos de éstos, por favor, señora.»

De debajo del mostrador sacó un trozo cuadrado
de papel de periódico y lo puso sobre el mostrador y sacó
los dos bollos. La niñita los observaba con ojos inmóviles
y fijos como dos pasas que flotasen inmóviles en un tazón
de café con leche Tierra para irlandeses hogar de judíos.
Observando el pan, las pulcras manos grises, una gruesa
alianza de oro en el índice izquierdo, mantenido allí por
un nudillo purpúreo.

«¿Cuece usted el pan, señora?»

«¿Perdón?», dijo. Así. ¿Perdón? Como si estuviese
sobre un escenario. ¿Perdón? «Cinco centavos. ¿Algo más?»

«No, señora. Para mí nada. Esta damita quiere una cosa.» No era lo suficientemente alta como para alcanzar a ver por encima de las cajas, por lo que se aproximó al extremo del mostrador y miró a la niñita.

«¿La ha traído usted?»

«No, señora. Estaba aquí cuando llegué.»

«Descarada», dijo. Salió detrás del mostrador, pero no tocó a la niñita. «¿Qué te has guardado en los bolsillos?»

«No tiene bolsillos», dije. «No estaba haciendo nada. Estaba aquí de pie, esperándola a usted.»

«Entonces, ¿por qué no he oído la campana?» Me miró. Lo único que necesitaba era un montón de interruptores, una pizarra a sus espaldas tras su 2 x 2 e 5. «Se lo meten bajo el vestido y no hay quien se dé cuenta. Eh, niña, ¿cómo has entrado aquí?»

La niñita no dijo nada. Miró a la mujer, luego me lanzó una mirada fugaz, y volvió a mirar a la mujer. «Extranjeros», dijo la mujer. «¿Cómo se las habrá apañado para entrar aquí sin que sonase la campana?»

«Entró cuando yo abrí la puerta», dije. «Solamente sonó una vez por los dos. De todas formas no alcanza a coger nada. Además no creo que lo hiciese. ¿Verdad, pequeña?» La niñita me miró, misteriosa, contemplativa. «¿Qué quieres? ¿Pan?»

Extendió el puño. Húmedo y sucio, se desdobló bajo una moneda de cinco centavos, penetrando su piel sucia humedad. La moneda estaba húmeda y caliente. Yo sentí su olor ligeramente metálico.

«¿Tendría usted una barra de cinco centavos, señora, por favor?»

Sacó de debajo del mostrador un trozo cuadrado de periódico y lo colocó sobre el mostrador y envolvió una barra. Coloqué la moneda y otra más sobre el mostrador. «Y otro bollo de ésos, señora, por favor.»

Sacó otro bollo de la caja. «Deme el paquete», dijo. Se lo di y lo desenvolvió y metió el tercer bollo y lo envolvió y cogió las monedas y buscó dos centavos en su delantal y me los dio. Se los di a la niñita. Cerró los dedos sobre ellos, húmedos y calientes, como gusanos.

«¿Es que le va a dar ese bollo?», dijo la mujer.

«Sí, señora», dije. «Supongo que sus bollos le huelen a ella tan bien como a mí.»

Cogí los dos paquetes y di el pan a la niñita, la mujer gris-acerada tras el mostrador nos observaba con fría certeza. «Espere un momento», dijo. Fue a la parte trasera. La puerta volvió a abrirse y a cerrarse. La niñita me observaba, apretando el pan contra su vestido sucio.

«¿Cómo te llamas?», dije. Dejó de mirarme, pero continuaba inmóvil. Ni siquiera parecía respirar. La mujer regresó. Tenía en la mano una cosa de aspecto extraño. Lo llevaba como si fuera un ratoncito muerto.

«Toma», dijo. La niña la miró. «Cógelo», dijo la mujer, zarandeando a la niñita. «Sólo su aspecto es un poco raro. Supongo que no notarás la diferencia cuando te lo comas. Ten. No puedo quedarme aquí todo el día.» La niña lo cogió sin dejar de mirarla. La mujer se limpió las manos en el delantal. «Tienen que arreglarme la campana», dijo. Fue hacia la puerta y la abrió bruscamente. La campanilla sonó una vez, ligera, lejana e invisible. Nos dirigimos hacia la puerta donde la mujer nos daba la espalda.

«Gracias por el pastel», dije.

«Extranjeros», dijo, escrutando la oscuridad donde resonaba la campana. «Hágame caso y no se acerque a ellos, joven.»

«Sí, señora», dije. «Vamos, pequeña.» Salimos. «Gracias, señora.»

Cerró la puerta, la volvió a abrir de golpe, haciendo que la campana emitiese su breve nota solitaria. «Extranjeros», dijo, mirando la campana.

Salimos. «Bueno», dije. «¿Qué te parece un helado?» Se estaba comiendo el pastel desmigado. «¿Te gustan los helados?» Me miró inexpresiva, masticando. «Vamos.»

Llegamos a la pastelería y pedimos unos helados. Ella no soltaba la barra. «¿Por qué no la sueltas para poder comer mejor?», dije, ofreciéndome a cogerla. Pero la sujetó firmemente, masticando el helado como si fuera un bombón. El pastel mordisqueado yacía sobre la mesa. Comía el helado sin pausa, después regresó al pastel, mirando las cajas del mostrador. Terminé el mío y salimos.

«¿Por dónde vives?», dije.

Una calesa, era la del caballo blanco. Sólo que el Doctor Peabody está gordo. Ciento cincuenta kilos. Subir la colina agarrándote a su lado. Niños. Caminar es más fácil que subir la colina con él. *Visto al médico ya lo has visto Caddy*

No hace falta ahora no puedo preguntar después no importa será igual

Porque las mujeres tan delicadas tan misteriosas dijo Padre. Delicado equilibrio de periódica impureza suspendido entre dos lunas. Lunas dijo llenas y amarillas como lunas de verano sus caderas sus muslos. Fuera de ellos siempre fuera pero. Amarilla. Las plantas de los pies caminando como. Saber entonces que algún hombre que todos aquellos imperiosos misterios ocultos. Con todo ello en su interior conforman una suavidad externa que espera ser palpada. Líquida putrefacción de objetos ahogados que flotasen como pálido caucho a medio hinchar mezclándose con el olor de las madreselvas.

«Mejor llevas el pan a casa, ¿no?»

Me miró. Masticaba suavemente y sin detenerse; a intervalos regulados bajaba suavemente por su garganta una pequeña distensión. Abrí mi paquete y le di uno de los bollos. «Adiós», dije.

Continué. Después volví la mirada. Estaba detrás de mí. «¿Vives por aquí?» Ella no dijo nada. Caminaba a mi lado, casi bajo mi codo, comiendo. Continuamos. Todo estaba tranquilo, casi no había nadie a la vista *mez-*

clándose con el olor de las madreselvas Ella me lo habría dicho no dejar que me sentase en las escaleras oyendo su puerta el crepúsculo cerrarse de golpe oyendo todavía llorar a Benjy La cena ella habría bajado luego mezclándose con las madreselvas Llegamos a la esquina.

«Bueno, yo tengo que bajar por aquí», dije. «Adiós.» Ella también se detuvo. Se tragó el resto del pastel, después empezó el bollo, observándome por encima de él. «Adiós», dije. Tomé la calle y continué andando, pero llegué hasta la próxima esquina antes de detenerme.

«¿Por dónde vives?», dije. «¿Por aquí?», señalé hacia el extremo de la calle. Ella simplemente me miraba. «¿Vives por allí? Seguro que vives cerca de la estación, donde están los trenes. ¿A que sí?» Simplemente me miraba, serena, callada y masticando. Ambos lados de la calle estaban vacíos, las casas y las praderas entre los árboles silenciosas y bien cuidadas, pero vacía la calle excepto en la parte de arriba. Nos volvimos y regresamos. Dos hombres estaban sentados en unas sillas en la puerta de una tienda.

«¿Conocen a esta niña? Me ha venido siguiendo y no puedo averiguar dónde vive.»

Dejaron de mirarme y la miraron a ella.

«Debe ser de una de las familias italianas», dijo uno. Llevaba una especie de guardapolvos herrumbroso. «La he visto antes. ¿Cómo te llamas, niña?» Ella los miró inexpresiva durante unos momentos, sin dejar de mover las mandíbulas. Tragó sin cesar de masticar.

«Puede que no sepa inglés», dijo el otro.

«La han mandado a por pan», dije. «Algo debe saber hablar.»

«¿Cómo se llama tu padre?», dijo el primero. «¿Pete? ¿Joe? ¿Se llama John?» Ella dio otro mordisco al bollo.

«¿Qué hago con ella?», dije. «Me está siguiendo. Tengo que regresar a Boston.»

«¿Es usted de la universidad?»

«Sí señor. Y tengo que volver.»

«Puede ir a la parte de arriba de la calle y dejarla con Anse. Está en los establos. El alguacil.»

«Supongo que algo así tendré que hacer», dije. «Algo habrá que hacer. Se lo agradezco. Vamos, amiguita.»

Subimos por la calle, por la zona umbrosa, donde la sombra de la fachada desconchada se extendía lentamente emborronando la calle. Llegamos al establo. El alguacil no estaba allí. Un hombre que se balanceaba sobre una silla en la amplia puerta baja, donde una oscura brisa fresca que olía a amoníaco fluía de los malolientes establos, me dijo que mirase en la oficina de correos. Él tampoco la conocía.

«Extranjeros: No distingo uno de otro. Llévela al otro lado de la vía por donde éstos viven, y a lo mejor alguien la reclama.»

Fuimos a correos. De nuevo estaba en la parte baja de la calle. El hombre del guardapolvos estaba abriendo un periódico.

«Anse acaba de marcharse del pueblo», dijo. «Creo que lo mejor sería que bajase hasta la estación y se dirigiese a las casas que hay junto al río. Por allí habrá quien la conozca.»

«Bueno, eso haré», dije. «Vamos, amiguita.» Se metió el último trozo de bollo en la boca y se lo tragó. «¿Quieres otro?», dije. Me miró, masticando, con sus ojos oscuros, sin pestañear, confiada. Saqué los otros dos bollos y le di uno a ella y yo mordisqueé el otro. Pregunté a un hombre dónde estaba la estación y me lo indicó. «Vamos, amiguita.»

Llegamos a la estación y cruzamos las vías, por el río. Lo cruzaba un puente, y una calle de apelotonadas casas de madera corría paralela al río, al que daban las traseras. Una calle descuidada, pero con aire heterogéneo y lleno de vida. En el centro de un descuidado solar cercado por estacas de las que faltaban varias y el resto estaba roto se encontraba un viejo birlocho volcado y una casa desvencijada de una de cuyas ventanas superiores colgaba una prenda de un vivo color rosa.

«¿Se parece esa casa a la tuya?», dije. Me miró por encima del bollo. «¿Ésta?», dije discerniendo algo así como una afirmativa aquiescencia aunque no demasiado palpable. «¿Ésta?», dije. «Vamos entonces.» Crucé la portilla rota. Me volví a mirarla. «¿Es aquí?», dije. «¿Se parece a tu casa?»

Rápidamente afirmó con la cabeza, mirándome, royendo la media luna de pan. Continuamos andando. Un sendero de losas rotas y desperdigadas, ensartadas por ásperas hojas de hierba fresca, conducía a las desvencijadas escaleras. No se percibía en la casa ningún movimiento, y de la ventana colgaba inmóvil la prenda rosa. Había una campana con un pomo de porcelana por tirador que colgaba de un cable de unos tres metros pero dejé de llamar y golpeé la puerta. La niñita tenía una corteza atravesada en la boca y continuaba masticando.

Una mujer abrió la puerta. Me miró, luego habló rápidamente con la niña en italiano subiendo de tono, luego una pausa, interrogativa. Volvió a hablarle, la niñita la miraba por encima de la corteza del pan, que se estaba metiendo en la boca, con la sucia mano.

«Dice que vive aquí», dije. «Me la he encontrado en el centro. ¿Es para usted este pan?»

«Mí no hablar», dijo la mujer. Volvió a dirigirse a la niña. La niñita se limitaba a mirarla.

«¿Tú no vivir aquí?», dije. Señalé hacia la niña, después hacia ella, luego hacia la puerta. La mujer negó con la cabeza. Habló rápidamente. Se acercó al borde del porche y señaló hacia la parte baja de la carretera, mientras hablaba.

Yo también hice vehementes gestos negativos. «¿Usted venir y decir dónde?», dije. La cogí del brazo, señalando hacia la carretera con la otra mano. Ella hablaba velozmente señalando con el brazo. «Usted venir y decir dónde», dije, intentando hacerla bajar las escaleras.

«*Sí, sí*»[*], dijo, resistiéndose, mostrándome dónde estaba lo que me decía. Volví a hacer gestos con la cabeza. «Gracias. Gracias. Gracias.» Bajé las escaleras y me dirigí hacia la portilla, sin correr, pero muy deprisa. Llegué a la portilla y me detuve y ella me miraba con sus ojos negros y confiados. La mujer permanecía sobre los escalones observándonos.

«Vamos entonces», dije. «Antes o después daremos con la que es.»

Caminaba a mi lado a la altura de mi codo. Seguimos andando. Todas las casas parecían vacías. Ni un alma a la vista. Esa especie de desánimo que tienen las casas deshabitadas. Pero todas no podían encontrarse vacías. Tantas habitaciones diferentes, si de repente se pudiera dar un corte a las paredes. Señora, su hija, hágame el favor. No señora, por amor de Dios, su hija. Caminaba a mi lado a la altura de mi codo, sus tiesas coletitas brillantes, y entonces rebasamos la última casa y la carretera hacía una curva y se perdía de vista tras un muro, en dirección al río. La mujer emergía de la portilla rota sujetándose bajo la barbilla un chal que le cubría la cabeza. La carretera se curvaba, vacía. Me encontré una moneda y se la di a la niña. Veinticinco centavos. «Adiós, amiguita», dije. Luego eché a correr.

Corrí muy deprisa, sin mirar hacia atrás. Antes de entrar en la curva volví la mirada. Permanecía sobre la carretera, una figurilla apretando la barra de pan contra su vestidito sucio, con los ojos tranquilos y negros y sin parpadear. Continué corriendo.

De la carretera salía un camino. Lo tomé y un momento después reduje el paso y caminé deprisa. El camino cruzaba por detrás de las casas —despintadas y con aquellas prendas de sorprendente colorido tendidas a secar, un establo con la parte trasera en ruinas decayendo sosegadamente entre filas de frutales, sin podar y ahogados por

---

[*] En italiano en el original. *(N. de la T.)*

la maleza, rosas y blancos y susurrantes de sol y de abejas. Volví la vista atrás. La entrada al camino estaba vacía. Aminoré el paso todavía más, mi sombra a mi lado, arrastrando la cabeza entre la maleza que ocultaba la cerca.

El camino llegaba hasta una portilla cerrada, fenecía entre la hierba, un mero sendero difuminándose entre la hierba fresca. Salté la portilla cayendo en un depósito de maderas y llegué a otro muro y lo seguí, ahora con mi sombra tras de mí. Había enredaderas y hiedras allí donde en casa habría madreselvas. Llegaba y llegaba especialmente al atardecer cuando llovía, mezclándose con las madreselvas como si no fuera suficiente, como si ya no fuera insoportable. *Por qué le dejaste besar besar*

No le dejé le obligué mirándome poniéndose furiosa ¿Qué te creías? La marca roja de mi mano surgiendo su cara como si bajo la mano se hubiese encendido una luz brillándole los ojos

No te he abofeteado porque te estuviese besando. Los codos de las chicas de quince años dijo Padre tragas como si tuvieses una espina clavada en la garganta que te pasa y Caddy al otro lado de la mesa sin mirarme. Es porque fuese un caradura cualquiera por lo que te he abofeteado lo harás verdad supongo que ahora dirá que chiquilladas. Mi mano roja levantándose de su cara. Qué te parece ella metiendo la cabeza en. Los tallos de hierba azotando la carne escociendo ella metiendo la cabeza. Dilo chiquilladas dilo

De todas formas yo no he besado a una asquerosa como Natalie   El muro se adentró en la sombra, y mi sombra después, había vuelto a engañarla. Había olvidado que el río se curvaba paralelamente a la carretera. Escalé el muro. Y entonces ella me observó saltar, apretando la barra contra el vestido.

Permanecí entre la maleza y nos miramos durante unos segundos.

«¿Por qué no me has dicho que vivías por aquí, amiguita?» La barra se deslizaba lentamente del papel; ya requería otro envoltorio. «Bueno, vamos y enséñame la casa.» *No a una asquerosa como Natalie. Llovía lo oíamos sobre el tejado, suspirando en la dulce soledad del establo.*

¿Ahí? tocándola

Ahí no

¿Ahí? no llovía mucho pero no oíamos más que el tejado como si fuese mi sangre sobre su sangre

Me empujó por la escalera de mano y salió corriendo y me dejó fue Caddy

Fue ahí donde te hiciste daño cuando Caddy escapó fue ahí

Oh Caminaba a la altura de mi codo, su cabeza de charol, la barra deshaciéndose contra el periódico.

«Como no llegues enseguida a tu casa vas a quedarte sin barra. ¿Y qué va a decir tu mamá?» *Seguro que puedo contigo*

No puedes peso demasiado

Se ha ido Caddy se ha ido a casa desde nuestra casa no se ve el establo has probado a ver el establo desde

Fue culpa suya ella me empujó ella se ha escapado

Puedo contigo mira como sí puedo

Oh su sangre o mi sangre Oh Continuamos andando sobre el fino polvo, entre el fino polvo nuestros pasos silenciosos como el caucho allí donde de los árboles pendían lápices de luz de sol. Y de nuevo sentí el agua que corría ligera y pausada bajo la enigmática sombra.

«Vives lejos, eh. Debes ser muy lista para saber ir desde aquí al pueblo tú sola.» *Es como bailar sentado ¿nunca has bailado sentado? Oíamos la lluvia, una rata en el pesebre, el establo vacío libre de caballos. Cómo se coge para bailar se coge así*

Oh

Yo cogía así te creías que no tenía fuerza eh

Oh Oh Oh Oh

Yo cogía así es decir has oído lo que he dicho he dicho oh oh oh oh

La carretera, en calma y vacía, continuaba, el sol cada vez más inclinado. Sus coletitas tiesas estaban atadas con tiras de un trapo carmesí. Un extremo del envoltorio aleteaba un poco con su caminar, el coscurro de la barra se había deshecho. Me detuve.

«Escucha. ¿Vives por esta carretera? Llevamos casi dos kilómetros sin pasar por una casa.»

Me miró, sus ojos negros, enigmáticos y confiados.

«¿Dónde vives, amiguita? ¿No vives más atrás, en el pueblo?»

En alguna parte del bosque había un pájaro, más allá de los fragmentos de los inclinados rayos de sol.

«Tu papá se va a preocupar por ti. ¿Es que no te das cuenta de que te van a dar unos azotes por no haber vuelto directamente a casa con el pan?»

El pájaro volvió a emitir, invisible, un sonido involuntario y profundo, sin modular, que cesó como segado de una cuchillada, y luego otra vez, y aquella sensación de agua lenta y pausada corriendo sobre lugares ocultos, sentida, no vista no oída.

«Caramba, amiguita.» Casi la mitad del periódico iba colgando. «Ya no sirve para nada.» Lo quité y lo arrojé al borde de la carretera. «Vamos. Tenemos que volver al pueblo. Iremos por la orilla del río.»

Dejamos la carretera. Crecían pálidas florecillas entre el musgo, y la sensación de agua muda y oculta. *Yo solía agarrar así, quiero decir así Ella permanecía en la puerta mirándonos con las manos en las caderas*

Me has empujado tú tienes la culpa me has hecho daño

Estábamos bailando sentados seguro que Caddy no sabe bailar sentada

Cállate ya

Sólo te estaba quitando la porquería de la espalda del vestido

Quítame las manos de encima tú tuviste la culpa me has empujado te odio

No me importa ella nos miraba pues ódiame ella se marchó Comenzamos a oír gritos y chapoteos; durante un instante vi brillar un cuerpo moreno.

Pues ódiame. La camisa y el pelo se me estaban empapando. A través del tejado oyendo el tejado oyendo el tejado muy fuerte ahora veía a Natalie atravesar el jardín bajo la lluvia. Mójate espero que cojas una pulmonía vete a casa cobarde. Salté con fuerza sobre la pocilga el pestilente barro amarillento me llegó a la cintura y continué saltando hasta que me caí y me revolqué en él «¿Oyes cómo se bañan, amiguita? No me importaría imitarlos.» Si tuviera tiempo. Cuando tenga tiempo. Oía mi reloj. *el barro estaba más caliente que la lluvia olía horriblemente. Ella me daba la espalda yo me puse delante de ella. ¿Sabes qué estaba haciendo? Me dio la espalda yo me puse delante de ella la lluvia penetrando en el barro aplastándole el corpiño por debajo del vestido olía horriblemente. La estaba abrazando eso es lo que hacía. Me dio la espalda y yo me puse delante de ella. Te digo que la estaba abrazando.*

Me importa un rábano lo que estuvieses haciendo.

No no ya verás ya verás como no te importa un rábano. Me apartó bruscamente las manos con la otra mano la salpiqué de barro no sentí el húmedo golpe de su mano me quité el barro de los pantalones y lo tiré sobre su cuerpo duro y empapado que se volvía escuchando cómo sus dedos se lanzaban sobre mi cara pero no lo noté ni siquiera cuando comencé a sentir el dulzor de la lluvia sobre mis labios.

Primero nos divisaron desde el agua, hombros y cabezas. Gritaron y uno se puso en cuclillas y surgió entre los demás. Parecían castores, con el agua hasta la barbilla, gritando.

«¡Llévese a esa chica! ¿Por qué ha traído aquí a una chica? ¡Váyase!»

«No pasa nada. Sólo queremos mirar un rato.»

Chapoteaban en el agua. Nos observaban. Sus cabezas, en una piña, luego se deshizo y corrieron hacia nosotros, lanzándonos agua. Dimos unos pasos apresurados hacia atrás.

«Cuidado, chicos; no va a haceros nada.»

«¡Vete, Harvard!» Era el segundo muchacho, el que en el puente soñaba con la carreta y el caballo. «¡A por ellos, amigos!»

«Salgamos para tirarlos al agua», dijo otro. «Las chicas no me asustan.»

«¡Al agua! ¡Al agua!» Corrían hacia nosotros, salpicándonos. Dimos unos pasos hacia atrás. «¡Marchaos!», gritaron. «¡Marchaos!»

Nos fuimos. Se agruparon junto a la orilla, una fila de cabezas lustrosas contra un fondo de agua brillante. Seguimos andando. «No es cosa nuestra, ¿verdad?» Entre el musgo el sol caía verticalmente aquí y allá, cada vez más raso. «Pobrecita, si sólo eres una niña.» Las florecillas crecían entre el musgo, más pequeñas que ninguna otra que yo hubiese visto. «Sólo eres una niña. Pobrecita.» Había un camino que se curvaba paralelamente al agua. Luego el agua volvió a quedar quieta, oscura y en calma e inmóvil. «Una niña. Pobre amiguita.» *Yacimos jadeantes sobre la hierba empapada la lluvia fríos disparos sobre mi espalda. Te importa ahora eh eh*

Dios mío estamos hechos una pena levántate. Allí donde la lluvia caía sobre mi frente me comenzó a escocer mi mano estaba roja desprendiendo gotas rosadas bajo la lluvia. Te duele

Claro que me duele qué te creías

Quería sacarte los ojos Dios mío qué peste echamos más vale que nos lavemos en el arroyo «Ahí está otra vez el pueblo, amiguita. Ahora tienes que irte a tu casa. Fíjate lo tarde que se está haciendo. Ahora te irás a casa, ¿verdad?» Pero ella simplemente me miraba con sus ojos negros, enigmáticos y confiados, apretando contra el pecho la barra de pan medio deshecha. «Se ha mojado. Creo que nos apartamos a tiempo.» Saqué mi pañuelo e intenté secar la barra, pero se desprendía la corteza, así que lo dejé. «Tendremos que dejar que se seque sola. Agárralo así.» Ella lo sujetó. Parecía como si la hubieran estado royendo los ratones. *Y el agua subiendo y subiendo agachados el barro pestilente desprendiéndose flotando hacia la superficie moteando la agitada superficie como gotea la grasa en un horno caliente. Te dije que te haría*

Me importa un rábano lo que hagas

Entonces oímos que alguien corría y nos detuvimos y miramos hacia atrás y lo vimos acercarse corriendo por el camino, azotándose las piernas contra las sombras casi horizontales.

«Tiene prisa. Tendría...» entonces vi a otro hombre, un hombre de cierta edad corriendo pesadamente, con un bastón en la mano, y un muchacho desnudo de medio cuerpo, que se iba sujetando los pantalones mientras corría.

«Ése es Julio», dijo la niña, y entonces al abalanzarse sobre mí vi su rostro y sus ojos italianos. Caímos. Sus manos golpearon mi cara y dijo algo e intentó morderme, creo, y entonces me lo quitaron de encima y lo agarraron gritando jadeante y amenazador y lo sujetaron de los brazos e intentó darme patadas hasta que consiguieron mantenerlo apartado. La niña gritaba, sujetando la barra con ambos brazos. El chico medio desnudo saltaba lanzando puñetazos al aire, sin dejar de agarrarse los pantalones y alguien tiró de mí pero aún pude ver otra figura desnuda surgiendo de la plácida curva del camino que giraba en dirección opuesta sin dejar de correr, adentrándose en el bosque con un par de prendas de vestir tras él rígidas como tablas. Julio todavía forcejeaba. El hombre que había tirado de mí dijo, «Ya está bien. Te hemos cogido». Llevaba chaleco pero iba sin chaqueta. Sobre él había una chapa metálica. En su otra mano sujetaba un bastón nudoso y pulido.

«Usted es Anse, ¿verdad?», dije. «Le estaba buscando. ¿Qué sucede?»

«Le advierto que todo lo que diga será utilizado en contra suya», dijo. «Queda detenido.»

«Lo mato», dijo Julio. Forcejeaba. Lo sujetaban dos hombres. La niña no dejaba de gritar, sujetando el pan. «Usted robado mi hermana», dijo Julio. «Vamos, caballeros.»

«¿Que yo he robado a su hermana?», dije. «Pero si he estado...»

«Cierre el pico», dijo Anse. «Ya se lo contará al juez.»

«¿Que yo he robado a su hermana?», dije. Julio se soltó de los hombres y volvió a saltar sobre mí, pero el alguacil lo cogió y forcejearon hasta que los otros dos volvieron a sujetarlo de los brazos. Anse lo soltó jadeante.

«Maldito extranjero», dijo. «Tengo razones para detenerte a ti también, por asalto y agresión.» Se volvió de nuevo hacia mí. «¿Va a venir por las buenas o tengo que esposarlo?»

«Iré por las buenas», dije. «Haré lo que sea con tal de que alguien... haga algo con... Que robé a su hermana», dije. «Que robé a su...»

«Se lo he advertido», dijo Anse. «Y piensa acusarlo de asalto criminal premeditado. Oiga, que esa chica se calle de una vez.»

«Ah», dije. Entonces empecé a reírme. Otros dos chicos con el pelo pegado a la cabeza y los ojos de par en par salieron de los arbustos abrochándose sus camisas mojadas por el contacto de los brazos y de los hombros, e intenté reprimir la risa, pero no pude.

«Mira, Anse, creo que está loco.»

«Ya me callo», dije. «Enseguida se me pasa. La otra vez dijo que ja ja ja», dije riéndome. «Permítanme sentarme un momento.» Me senté, ellos me miraban, la niña con la cara llena de churretes y la barra que parecía estar roída, el agua pausada y tranquila bajo el camino. Un momento después desapareció la risa. Pero mi garganta no cesaba de intentar reír, como cuando tienes arcadas con el estómago ya vacío.

«Vale ya», dijo Anse. «Contrólese.»

«Sí», dije, estirando el cuello. Había otra mariposa dorada, como si se hubiese desprendido una manchita de sol. Un momento después ya no tuve que contraer la garganta. Me levanté. «Estoy preparado. ¿Por dónde es?»

Seguimos el sendero, los otros dos observando, Julio y la niña a nuestras espaldas. El camino corría paralelo al río hasta el puente. Lo cruzamos así como las vías, la gente salía a la puerta para vernos y se materializaba algún que otro muchacho como salido del vacío hasta que llegamos a la calle principal donde se formó una especie de procesión. Delante del almacén había un automóvil, grande, pero no los reconocí hasta que la señora Bland dijo,

«¡Pero Quentin! ¡Quentin Compson!» Entonces vi a Gerald y, como sentado sobre su nuca, a Spoade en el asiento trasero. Y a Shreve. A las dos chicas no las conocía.

«Quentin Compson», dijo la señora Bland.

«Buenas tardes», dije, quitándome el sombrero. «Estoy detenido. Siento no haber recibido su nota. ¿Se lo ha dicho Shreve?»

«¿Detenido?», dijo Shreve. «Perdón», dijo. Se irguió y se puso en pie y salió. Llevaba un par de pantalones de franela que era mío, que le sentaba como un guante. Yo no recordaba haberlos olvidado. Tampoco recordaba cuántos pliegues tenía la señora Bland en la papada. La chica más guapa estaba sentada con Gerald en el asiento delantero. Me observaban a través de sus velos, con una especie de delicado horror. «¿Quién está arrestado?», dijo Shreve. «¿Qué quiere decir todo esto, señor?»

«Gerald», dijo la señora Bland. «Di a toda esta gente que se vaya. Entre en el coche, Quentin.»

Gerald salió. Spoade no se había movido.

«¿Qué ha hecho, jefe?», dijo. «¿Ha asaltado un gallinero?»

«Cuidado», dijo Anse. «¿Conoce usted al detenido?»

«Lo conozco», dijo Shreve. «Oiga...»

«Entonces, acompáñeme a ver al juez. Está obstruyendo la acción de la justicia. Vamos.» Me cogió del brazo.

«Bueno, buenas tardes», dije. «Me alegro de haberlos visto. Siento no poder acompañarles.»

«Eh, Gerald», dijo la señora Bland.

«Escuche, oficial», dijo Gerald.

«Le advierto que está obstruyendo a un funcionario de la ley», dijo Anse. «Si tiene algo que decir, puede venir al juzgado y reconocer al prisionero.» Seguimos andando. La procesión ya era bastante larga, con Anse y yo a la cabeza. Los oía contar de qué se trataba, y a Spoade haciendo preguntas, y entonces Julio preguntó violentamente algo en italiano y miré hacia atrás y vi a la niña de pie junto a la acera, mirándome con su aspecto confiado e inescrutable.

«Tú ir a casa», gritó Julio, «que yo voy a matar a tú a palos».

Bajamos por la calle y torcimos hacia un pequeño jardín, retirado de la calle, en el que se erguía un edificio de ladrillo de una planta con cornisas blancas. Nos acercamos a la puerta por el sendero de gravilla, donde Anse hizo que todos se detuvieran excepto nosotros dos y los obligó a permanecer en el exterior. Entramos en una habitación que olía a tabaco rancio. Había una estufa de hierro en el centro de un marco de madera lleno de arena, y un mapa descolorido sobre la pared y el desvaído plano de un municipio. Tras una arañada mesa desordenada a través de sus gafas de montura metálica nos observaba un hombre con un mechón de hirsutos cabellos grises.

«¿Lo has pillado, eh, Anse?», dijo.

«Lo he pillado, señor Juez.»

Abrió un enorme libro polvoriento y se lo acercó y hundió una pluma de ave en un tintero lleno de algo que parecía polvo de carbón.

«Oiga, señor», dijo Shreve.

«Nombre del detenido», dijo el juez. Se lo dije. Lo escribió en el libro lentamente, arañando con la pluma con deliberada lentitud.

«Oiga, señor», dijo Shreve. «Nosotros conocemos a este hombre. Nosotros...»

«Orden en la sala», dijo Anse.

«Calla, amigo», dijo Spoade. «Que lo haga a su manera. Lo va a hacer de todas formas.»

«Edad», dijo el juez. Se la dije. La anotó, deletreándola con los labios mientras escribía. «Ocupación.» Se la dije. «Conque estudiante de Harvard, ¿eh?», dijo. Levantó la vista y me miró, inclinando un poco el cuello para mirarme por encima de las gafas. Tenía los ojos claros y fríos, como los de una cabra. «¿Qué se propone, viniendo aquí para secuestrar niños?»

«Se han vuelto locos, señor Juez», dijo Shreve. «Quien diga que este muchacho ha raptado...»

Julio se agitó violentamente. «¿Locos?» dijo. «¿Acaso yo no pillar? ¿Es que yo no ver con propios ojos?»

«Mentira», dijo Shreve. «Usted no ha...»

«Orden, orden», dijo Anse levantando la voz.

«Cállense ustedes», dijo el juez. «Si no se callan, échalos, Anse.» Se callaron. El juez miró a Shreve, después a Spoade, luego a Gerald. «¿Conocen a este joven?», dijo a Spoade.

«Sí, señoría», dijo Spoade. «Es un pueblerino que ha venido a la universidad. No es peligroso. Creo que el alguacil se dará cuenta de que ha cometido un error. Su padre es pastor de la Iglesia congregacionista.»

«Hum», dijo el juez. «¿Qué estaba haciendo usted exactamente?» Se lo dije, mientras me miraba con sus ojos fríos y pálidos. «¿Qué hay de cierto, Anse?»

«Puede», dijo Anse. «Estos malditos extranjeros.»

«Yo ser americano», dijo Julio. «Tener papeles.»

«¿Dónde está la chica?»

«La ha mandado a casa», dijo Anse.

«¿Estaba asustada o algo así?»

«Hasta que ese Julio se abalanzó sobre el prisionero, no. Iban charlando por el camino del río, hacia el pueblo. Unos chicos que se estaban bañando nos dijeron por dónde se habían ido.»

«Es un error, señor Juez», dijo Spoade. «Los niños y los perros le siguen siempre. No hay forma.»

«Hum», dijo el juez. Durante un momento miró hacia la ventana. Le mirábamos. Yo oía rascarse a Julio. El juez volvió a mirarnos.

«¿Está usted de acuerdo en que la chica no ha sufrido ningún daño?»

«No, no daño», dijo Julio hoscamente.

«¿Ha abandonado usted el trabajo para ir a buscarla?»

«Claro. Yo correr. Correr mucho. Mirar aquí, mirar allí, entonces hombre decir a mí que verlo dar comida a ella. Que irse con ella.»

«Hum», dijo el juez. «Bueno, hijo, supongo que debe compensar a Julio por tener que haber abandonado el trabajo.»

«Sí señor», dije. «¿Cuánto?»

«Supongo que un dólar.»

Di un dólar a Julio.

«Bueno», dijo Spoade. «Si esto es todo... ¿he de suponer que queda en libertad, señoría?»

El juez no le miró. «¿Hasta dónde lo has tenido que perseguir, Anse?»

«Por lo menos durante tres kilómetros y medio. Tardamos dos horas en pillarlo.»

«Hum», dijo el juez. Se quedó un momento pensativo. Le observábamos, el mechón tieso, las gafas cabalgando casi en la punta de la nariz. La sombra amarillenta de la ventana creció sobre el suelo, llegó hasta la pared y ascendió. Las motas de polvo bailoteaban oblicuamente. «Seis dólares.»

«¿Seis dólares?», dijo Shreve. «¿Por qué?»

«Seis dólares», dijo el juez. Durante un momento miró a Shreve, después volvió a mirarme a mí.

«Oiga», dijo Shreve.

«Cállate», dijo Spoade. «Dáselos, muchacho, y vámonos de aquí. Nos están esperando las señoras. ¿Tienes seis dólares?»

«Sí», dije. Le di seis dólares.

«Caso resuelto», dijo.

«Que te dé un recibo», dijo Shreve. «Un recibo por el dinero.»

El juez miró apaciblemente a Shreve. «Caso resuelto», dijo sin levantar la voz.

«Maldita sea...» dijo Shreve.

«Vamos», dijo Spoade, cogiéndole del brazo. «Buenas tardes, señor Juez. Muy agradecidos.» Al salir por la puerta la voz de Julio volvió a alzarse, violenta, luego cesó. Spoade me estaba mirando, con ojos burlones, un poco fríos. «Bueno, amigo, supongo que a partir de ahora te dedicarás a perseguir a las chicas de Boston.»

«Eres un imbécil», dijo Shreve. «¿Qué demonios pretendes, remoloneando por aquí, haciendo el idiota con estos malditos latinos?»

«Vamos», dijo Spoade. «Deben de estar impacientándose.»

La señora Bland les estaba hablando. Eran la señorita Holmes y la señorita Daingerfield y dejaron de escucharla y me volvieron a mirar con aquella mezcla de curiosidad y horror, los velos levantados sobre sus blancas naricitas y los ojos huidizos y misteriosos bajo los velos.

«Quentin Compson», dijo la señora Bland. «¿Qué diría su madre? Naturalmente un joven se mete en líos, pero ser detenido a pie por un alguacil. ¿Qué creían que había hecho, Gerald?»

«Nada», dijo Gerald.

«Tonterías. ¿De qué se trataba, Spoade?»

«Que estaba intentando secuestrar a la niña, pero lo pescaron a tiempo», dijo Spoade.

«Tonterías», dijo la señora Bland, pero su voz pareció desfallecer y me miró fijamente unos segundos, y las chicas parecieron quedarse sin respiración emitiendo un sonido preocupado. «Bobadas», dijo vivamente la señora Bland. «Como si no fueran cosas de estos yanquis ordinarios e ignorantes. Suba, Quentin.»

Shreve y yo nos sentamos en los transportines. Gerald dio a la manivela, subió y nos pusimos en marcha.

«Pero ahora, Quentin, díganos qué son todas estas tonterías», dijo la señora Bland. Se lo dije, Shreve se encogía furioso en su asiento y Spoade volvía a sentarse apoyando la nuca al lado de la señorita Daingerfield.

«Y lo que tiene gracia es que Quentin nos ha estado engañando todo el tiempo», dijo Spoade. «Siempre hemos creído que era un joven modelo a quien cualquiera podría confiar a su hija, hasta que la policía ha descubierto sus nefandos actos.»

«Cállese, Spoade», dijo la señora Bland. Bajamos la calle y cruzamos el puente y pasamos junto a la casa donde la prenda rosa colgaba de la ventana. «Eso le sucede por no haber leído mi nota. ¿Por qué no fue a recogerla? El señor Mackenzie dice que le advirtió que estaba allí.»

«Sí, señora. Tenía intención de hacerlo, pero no llegué a regresar a mi habitación.»

«Pues nos habría tenido sentados esperándole hasta Dios sabe cuándo de no haber sido por el señor Mackenzie. Cuando nos dijo que usted no había regresado le pedimos que ocupase el asiento vacante que quedaba. De todas formas nos alegra tenerlo con nosotros, señor Mackenzie.» Shreve no dijo nada. Tenía los brazos cruzados y miraba hacia adelante más allá de la gorra de Gerald. Era una gorra para conducir hecha en Inglaterra. Así decía la señora Bland. Pasamos aquella casa y otras tres más, y otro jardín donde la niñita se encontraba junto a la portilla. Ya no tenía el pan, y parecía que le hubiesen frotado con carbonilla la cara. Agité la mano pero ella no respondió, solamente giró la cabeza lentamente siguiendo el paso del coche, siguiéndonos con sus ojos inexpresivos. Después continuamos junto al muro, nuestras cabezas corrían sobre el muro, y un momento más tarde dejamos atrás un trozo de periódico arrugado que había junto al camino y yo comencé a reírme otra vez. Lo sentía en la garganta y desvié la vista hacia los árboles por donde descendía oblicuamente la tarde, pensando en la tarde y en el pájaro y en los muchachos nadando. Pero aun así no podía evitarlo y me di cuenta de que si trataba de evitarlo con demasiada intensidad acabaría llorando y pensé en cómo había pensado que yo no podría ser virgen, con tantas paseando en la sombra y susurrando con sus suaves voces femeninas desvaneciéndose en las zonas de oscuridad de donde procedían voces y perfume y ojos que se podían percibir mas no ver, pero si era así de sencillo hacerlo nada significaría, y si no era nada, qué era yo y entonces la señora Bland dijo «¿Quentin? ¿Es que no se siente bien, señor Mackenzie?» y entonces la regordeta mano de Shreve me tocó la rodilla y Spoade comenzó a hablar y yo dejé de intentar evitarlo.

«Si le molesta esa cesta, señor Mackenzie, hágala a un lado. He traído una cesta con vino porque creo que los caballeros deberían beber vino, aunque mi padre, el abuelo de Gerald» *alguna vez Has hecho eso alguna vez Un poco de luz en la grisácea oscuridad sus manos abrazando*

«Lo hacen cuando pueden», dijo Spoade. «¿No es cierto, Shreve?» *sus rodillas su rostro mirando hacia el cielo el olor de la madreselva sobre su rostro y su cuello*

«También cerveza», dijo Shreve. Su mano volvió a rozar mi rodilla. Volví a mover la rodilla. *como una ligera capa de pintura color lila que hablaba de él interponiéndolo*

«Tú no eres un caballero», dijo Spoade. *entre nosotros hasta que la sombra de ella se difuminó no en la oscuridad*

«No. Soy canadiense», dijo Shreve. *Hablando de él las palas de los remos haciéndole guiños guiñando la gorra de conducir hecha en Inglaterra y siempre apresuradamente y ellos dos difuminados en el otro para siempre él había estado en el ejército había matado hombres*

«Adoro Canadá», dijo la señorita Daingerfield. «Creo que es una maravilla.»

«¿Has bebido perfume alguna vez?», dijo Spoade. *Con una mano la podía levantar hasta su hombro y huir con ella huir Huir*

«No», dijo Shreve. *Huir la bestia con dos espaldas y ella difuminada entre los guiños de los remos huir la bestia de Euboleo corriendo copulando cuántos Caddy*

«Ni yo tampoco», dijo Spoade. *No lo sé demasiados había algo terrible en mí terrible en mí Padre he cometido Lo has hecho alguna vez nosotros no nosotros no lo hicimos acaso lo hicimos*

«Y el abuelo de Gerald siempre cortaba su propia menta antes de desayunar, cuando todavía no había desaparecido el rocío. Ni siquiera permitía que el viejo Wilkie la tocase lo recuerdas Gerald sino que siempre era él mismo quien la recogía y preparaba su propio julepe. Era tan puntilloso con su julepe como una vieja solterona como si tuviese en la cabeza una receta con las proporciones de los ingredientes. Solamente dio la receta a una sola persona; era» *Claro que sí cómo puedes ignorarlo si esperas un momento te contaré cómo fue fue un delito cometimos un terrible delito no puede ocultarse tú crees que sí pero espera Pobre Quentin jamás has hecho eso verdad y te contaré cómo fue se lo contaré a Padre entonces tendrá que ser así así porque tú quieres a Padre entonces habremos de irnos entre la maledicencia y el horror la límpida llama te obligaré a decir que lo hicimos soy más fuerte que tú te obligaré sabes que lo hicimos tú creíste que fueron ellos pero fui yo escúchame te he estado engañando todo el tiempo era yo tú creíste que yo estaba en casa donde esa maldita ma-*

dreselva intentando no pensar el columpio entre los cedros
las oleadas ocultas la respiración bajo llave bebiendo el
aliento salvaje el sí Sí Sí Sí   «nunca consintió que le hiciesen beber vino, pero él siempre decía que una cesta de
vino en qué libro has leído eso en el que el traje de Gerald
para remar era parte imprescindible del almuerzo campestre
de un caballero»   *los amabas Caddy los amabas Cuando*
me tocaban me moría

permaneció allí durante un segundo al siguiente él
estaba gritando tirándole del vestido entraron al vestíbulo
y subieron las escaleras gritando y él dándole empujones
a ella hacia la puerta del cuarto de baño y ella apoyó la
espalda contra la puerta y ocultándose el rostro con el brazo gritando e intentando meterla a empujones en el cuarto de baño cuando ella entró a cenar T. P. le estaba dando
de comer él empezó otra vez sólo gimiendo al principio
hasta que ella le tocó entonces él gritó ella permaneció allí
con los ojos como ratas acorraladas después yo corría por
la oscuridad grisácea olía a lluvia y a todos los perfumes
de flores que se desprendían del cálido aire y los grillos
cantando entre la hierba contando mis pasos mediante un
pequeño remanso de silencio. Fancy me observaba desde
el otro lado de la cerca difusa parecía un edredón exten-
dido sobre una cuerda de tender yo pensé maldito negro
otra vez se le ha olvidado echarle de comer corrí colina
abajo en aquel vacío plagado de grillos viajando como el
aliento a través de un espejo ella yacía en el agua con la
cabeza apoyada en una lengua de arena el agua fluía sobre
sus caderas en el agua había algo más de luz su falda medio
empapada flotaba junto a sus costados siguiendo los movimientos del agua haciendo espesas ondas sin destino que
se renovaban a sí mismas gracias a su propio movimiento
permanecí sobre la orilla olía las madreselvas sobre el remanso del agua parecía llover del aire junto con las madreselvas y el sonido estridente de los grillos una sustancia
que se podía sentir sobre la piel

está Benjy todavía llorando
no lo sé sí no lo sé
pobre Benjy
me senté sobre la orilla la hierba estaba un poco húmeda
luego me encontré con los zapatos mojados
sal inmediatamente del agua es que estás loca
pero ella no se movió su rostro era una mancha blanca
enmarcada por sus cabellos sobre la mancha de arena
sal ahora mismo
se sentó luego se levantó pegada a su cuerpo la falda cho-
rreando agua subió a la orilla la ropa pegada se sentó
por qué no la escurres es que quieres coger un resfriado
sí
el agua gorgoteaba murmurando sobre la lengua de arena
continuando en la oscuridad entre los sauces el agua se
ondulaba como un trozo de tela inmóvil tan ligera como
el agua
él ha cruzado todos los mares del mundo
entonces se puso a hablar de él abrazada a sus rodillas
húmedas el rostro inclinado hacia atrás en la oscuridad
grisácea el olor a madreselvas había luz en la habitación de
madre y en la de Benjy donde T. P. lo estaba acostando
le amas
ella extendió la mano yo no me moví descendió por mi
brazo y me cogió la mano que colocó sobre su pecho su
corazón desbocado
no no
te obligó entonces te obligó a hacerlo le dejaste él era más
fuerte que tú y él mañana lo mataré juro que lo haré padre
no tendrá por qué saberlo hasta después y entonces tú y
yo nadie tiene por qué tendrá por qué saberlo nunca podemos coger mi dinero para la universidad podemos anu-
lar mi matrícula Caddy tú le odias verdad verdad
me cogió la mano y la puso sobre su corazón desbocado
me volví y la cogí del brazo
Caddy tú le odias verdad

ella subió mi mano hasta su garganta allí martilleaba su corazón

pobre Quentin

su rostro miraba hacia el cielo estaba bajo tan bajo tan bajo que todos los olores y sonidos de la noche parecían haber sido hacinados bajo una tienda elástica especialmente las madreselvas se habían mezclado con mi aliento se encontraban sobre su rostro y su garganta como pintura su sangre palpitaba contra mi mano yo estaba apoyado sobre el otro brazo comenzó a agitarse y a dar sacudidas y hube de jadear para poder encontrar algo de aire entre aquellas espesas y grises madreselvas

sí le odio moriría por él ya he muerto por él me muero por él una y otra vez cada vez que esto pasa

cuando aparté la mano todavía sentía las ramitas y la hierba entrecruzados que me quemaban la palma

pobre Quentin

ella volvió a reclinarse sobre los brazos las manos abrazando las rodillas

tú nunca has hecho una cosa así verdad

qué he hecho qué

eso lo que yo he hecho lo que yo hice

sí sí muchísimas veces con muchísimas chicas

entonces me puse a llorar su mano volvió a tocarme y yo lloraba sobre su blusa húmeda después ella tendida de espaldas mirando más allá de mi cabeza hacia el cielo yo veía una línea blanca bajo sus iris abrí mi navaja

te acuerdas del día en que murió la Abuela cuando te sentaste en el agua y tus pantalones

sí

aproximé a su garganta la punta de la navaja

no llevará más de un segundo un segundo y entonces lo hago en la mía puedo hacerlo en la mía después

de acuerdo puedes hacerlo con la tuya

si la hoja es lo suficientemente larga Benjy está ya en la cama

sí
no llevará ni un segundo intentaré no hacerte daño
de acuerdo
cerrarás los ojos
no así tendrás que apretar más fuerte
pon la mano ahí
pero ella no se movió tenía los ojos abiertos de par en par
y miraba hacia el cielo más allá de mi cabeza
Caddy te acuerdas de cómo se enfadó Dilsey contigo porque te habías manchado los pantalones de barro
no llores
no estoy llorando Caddy
aprieta es que no vas a
pon la mano
no llores pobre Quentin
pero yo no podía evitarlo ella apoyó mi cabeza sobre su
pecho duro y húmedo yo oía su corazón latiendo firme y
lentamente sin martillear y el agua que gorgoteaba entre
los sauces en la oscuridad y oleadas de madreselvas que
invadían el aire mi cuerpo descansaba sobre mi brazo y mi
hombro
qué pasa qué haces
sus músculos se tensaron yo me senté
es la navaja se me ha caído
ella se sentó
qué hora es
no lo sé
se puso en pie yo empecé a buscar a tientas
me voy déjalo
a la casa
la sentía allí de pie olía sus ropas húmedas la sentía allí
tiene que estar por aquí
déjalo ya la encontrarás mañana vámonos
espera un momento a que la encuentre
es que tienes miedo a
aquí está aquí estaba

ah sí vámonos
me levanté y la seguí subimos por la colina los grillos callaban a nuestras espaldas
tiene gracia que te sientes y se te caiga algo y te vuelvas
loco buscándolo
gris era gris cubierto de rocío elevándose hacia el cielo gris
y más allá los árboles
malditas madreselvas ojalá desapareciesen
antes te gustaban
cruzamos la cima y continuamos hacia los árboles ella se
me acercó aminoró el paso ligeramente la zanja era una
cicatriz negra sobre la hierba gris ella volvió a aproximar-
se a mí y aflojó el paso llegamos a la zanja
vamos por aquí
por qué
vamos a ver si todavía se ven los huesos de Nancy hace
mucho tiempo que ni se me ha ocurrido mirar a ti
estaba llena de hiedras y espinos negros
estaban justamente aquí ya veremos si se ven o no
ya está bien Quentin
vamos
la zanja se estrechaba se cerraba ella se volvió hacia los
árboles
ya está bien Quentin
Caddy
volví a ponerme delante de ella
Caddy
ya está bien
la abracé
tengo más fuerza que tú
ella estaba inmóvil tensa sin ceder pero quieta
no voy a resistirme estate quieto será mejor que te estés
quieto
Caddy no Caddy
no servirá de nada es que no te das cuenta de no suéltame
las madreselvas nos envolvían nos envolvían yo oía los

grillos que nos observaban en un círculo ella dio un paso
hacia atrás me rehuyó fue hacia los árboles
vuélvete a casa no hace falta que vengas
la seguí
por qué no te vuelves a casa
malditas madreselvas
llegamos a la cerca ella la cruzó arrastrándose yo la crucé
arrastrándome cuando me levanté él salía de los árboles
hacia el gris hacia nosotros venía hacia nosotros alto y
horizontal e inmóvil incluso aunque se moviese parecía
inmóvil ella fue hacia él
éste es Quentin estoy empapada estoy completamente empapada no tienes por qué si no quieres
sus sombras una sombra ella levantó la cabeza por encima
de la de él contra el cielo más arriba las cabezas de los dos
no tienes por qué si no quieres
luego dos cabezas no la oscuridad olía a lluvia a hierba
húmeda y a hojas llloviznaba luz grisácea las madreselvas
ascendían en húmedas oleadas yo percibía su rostro difu-
so apoyado sobre su hombro él la estrechaba con un brazo
como si ella no fuera mayor que una niña él extendió el
brazo
encantado de conocerte
nos estrechamos la mano luego permanecimos allí la sombra de ella contra la sombra de él una sola sombra
qué vas a hacer Quentin
pasear un poco creo que voy a ir por el bosque hasta la
carretera y regresaré por el pueblo
me volví para irme
buenas noches
Quentin
me detuve
qué quieres
en el bosque cantaban los sapos olía a lluvia en el aire
sonaban como cajitas de música de juguete que no pudiesen cambiar de melodía y las madreselvas

ven aquí

qué quieres

ven aquí Quentin

regresé ella me tocó el hombro inclinándose hacia adelante su sombra su rostro difusos inclinándose desde la alta sombra de él di un paso atrás

cuidado

vete a casa

no tengo sueño voy a dar un paseo

espérame en el arroyo

voy a dar un paseo

enseguida estaré allí espérame espera

no me voy al bosque

no miré hacia atrás los sapos no me prestaron atención en los árboles la luz grisácea lloviznaba como musgo pero no llovía un momento después di la vuelta volví al lindero del bosque y nada más llegar comencé a oler otra vez las madreselvas veía las luces del reloj del juzgado y el resplandor del pueblo la plaza sobre el cielo y los oscuros sauces de la orilla del arroyo y la luz en las ventanas de madre y la luz todavía en la habitación de Benjy y me agaché para cruzar la cerca y atravesé corriendo el prado corría en la grisácea oscuridad entre los grillos las madreselvas cada vez más intensas y el olor a agua entonces vi el agua del color de madreselva gris me tumbé sobre la orilla mi rostro próximo a la tierra para evitar el olor de las madreselvas entonces no lo olía y yací allí sintiendo la tierra que atravesaba mis ropas escuchando el agua y un momento más tarde mi respiración era más lenta y yací pensando que si no movía la cara no tendría que forzar la respiración ni olerlas y luego no pensaba en nada ella vino por la orilla y se detuvo yo no me moví

es tarde vete a casa

qué

vete a casa es tarde

de acuerdo

sus ropas crujían no me moví dejaron de crujir
es que no vas a volver como te he dicho
no te he oído
Caddy
sí lo haré si tú quieres lo haré
me senté ella estaba sentada en el suelo con las manos
cruzadas sobre las rodillas
vete a casa como te he dicho
sí haré todo lo que quieras todo sí
ella ni siquiera me miró la tomé por los hombros y la sacudí con fuerza
cállate
la sacudí
cállate cállate
sí
ella levantó la cara y entonces vi que ni siquiera me estaba
mirando lo único que yo veía era aquella línea blanca
levántate
tiré de ella estaba fláccida la puse en pie
ahora vete
estaba Benjy todavía llorando cuando te fuiste
vete
cruzamos el arroyo entonces apareció el tejado las ventanas
de arriba
ya está dormido
tuve que detenerme y abrir la portilla ella entró bajo la luz
grisácea el olor a lluvia aunque no lloviese y las madreselvas que comenzaban a avanzar desde la cerca del jardín
que comenzaban ella entró en las sombras y yo oía sus
pasos
Caddy
me detuve ante la escalera no oía sus pasos
Caddy
entonces oí sus pasos mi mano la tocó ni fría ni caliente
sólo inmóvil sus ropas todavía un poco húmedas
es que ahora le amas

sin jadear lentamente como una respiración lejana
Caddy es que ahora le amas
no lo sé
fuera de la luz grisácea las sombras de las cosas parecían
cadáveres en agua estancada
ojalá estuvieses muerto
ah sí vas a entrar ya
estás pensando ahora en él
no lo sé
dime en qué estás pensando dímelo
calla calla Quentin
cállate cállate me oyes cállate es que no vas a callarte
está bien me callaré hacemos demasiado ruido
te mataré me oyes
salgamos al columpio aquí te van a oír
no estoy llorando crees que estoy llorando
no cállate vamos a despertar a Benjy
entra en casa vamos
ya voy no llores soy mala de todas formas no puedes evitarlo
pesa una maldición sobre nosotros no tenemos la culpa
acaso la tenemos
calla vamos ahora vete a la cama
no puedes obligarme pesa una maldición sobre nosotros
por fin lo vi iba a la barbería miró hacia fuera yo fui y le
esperé
llevo buscándote dos o tres días
querías verme
voy a verte
lió el cigarrillo diestramente con un par de movimientos
encendió la cerilla con el pulgar
aquí no podemos hablar qué tal si nos vemos en otro sitio
iré a tu habitación estás en el hotel
no eso no es bueno conoces el puente del barranco del
sí de acuerdo
a la una en punto

sí
me di la vuelta
muchas gracias
oye
me detuve miré hacia atrás
ella está bien
parecía modelado en bronce su camisa caqui
es que ella me necesita por algo ahora
estaré allí a la una
ella me oyó decir a T. P. que ensillara a Prince a la una en
punto no dejó de observarme no comió mucho ella también vino
qué vas a hacer
nada es que no puedo dar un paseo a caballo si me apetece
vas a hacer algo de qué se trata
no es asunto tuyo puta puta
T. P. tenía a Prince en la puerta lateral
no lo necesito voy a ir andando
bajé por el paseo y al otro lado de la portilla salí a la calle
entonces eché a correr antes de llegar al puente lo vi apoyado sobre la barandilla el caballo estaba atado en el bosque volvió la cabeza luego se dio la vuelta no levantó la
vista hasta que yo llegué al puente y me detuve él tenía en
las manos un trozo de corteza que rompía en pedacitos y
los tiraba al agua por encima de la barandilla
he venido a decirte que te vayas del pueblo
partió un trozo de la corteza y con deliberación lo lanzó
al agua vi cómo se alejaba flotando
he dicho que tienes que irte del pueblo
me miró
te ha enviado ella
soy yo quien dice que tienes que irte no mi padre ni nadie
lo digo yo
escucha dejemos esto un momento quiero saber si ella está bien es que han estado molestándola allí

eso no tiene por qué preocuparte

entonces me oí decir a mí mismo tienes hasta la noche para marcharte del pueblo

partió un trozo de corteza y lo lanzó al agua luego dejó la corteza sobre la barandilla y lió un cigarrillo con aquellos dos rápidos movimientos encendió el fósforo sobre la barandilla

qué vas a hacer si no me voy

te mataré no creas que porque te parezca un chiquillo

dos volutas de humo surgieron de su nariz cruzando su cara

cuántos años tienes

comencé a temblar tenía las manos sobre la barandilla pensé que si las ocultaba él iba a saber la razón

te doy hasta esta noche

escucha amigo cómo te llamas Benjy es el tonto verdad tú eres

Quentin

lo dijo mi boca yo no lo dije

te doy hasta esta noche

Quentin

cuidadosamente sacudió la ceniza del cigarrillo contra la barandilla lo hizo lentamente como afilando un lápiz mis manos habían dejado de temblar

oye no es bueno tomárselo así tú no tienes la culpa chico habría sido cualquier otro tipo

tienes hermanas las tienes

no pero todas son unas zorras

le pegué mi mano abierta rechazó el impulso de cerrarla sobre su rostro su mano se movió con la misma rapidez que la mía el cigarrillo cayó de la barandilla oscilé con la otra mano él la cogió antes de que el cigarrillo llegase al agua él había cogido mis dos muñecas con la misma mano su otra mano se dirigió velozmente hacia el sobaco bajo la chaqueta a sus espaldas el sol descendía y un pájaro en alguna parte cantaba tras el sol nos miramos mientras el pájaro cantaba me soltó las manos escucha

cogió la corteza de la barandilla y la tiró al agua salió a la superficie y la arrastró la corriente se alejó flotando su mano sobre la barandilla sujetaba la pistola relajadamente esperamos

ya puedes disparar

no

flotaba los bosques estaban en calma volví a oír el pájaro y después el agua la pistola subió no apuntó la corteza desapareció después algunos trozos volvieron a subir a flote por separado disparó hacia dos trozos más de corteza no mayores que un dólar de plata

supongo que es suficiente

sacó el tambor y sopló el cañón una leve voluta de humo se disolvió volvió a cargarla con tres balas ajustó el tambor y me la dio por el cañón

para qué no voy a intentar ganarte

por lo que has dicho la vas a necesitar te doy ésta porque ya has visto lo que puede hacer

al cuerno tu pistola

le golpeé todavía estaba intentando golpearle mucho después de que me hubo sujetado por las muñecas pero todavía lo intentaba después fue como si yo lo estuviese mirando a través de un trozo de cristal teñido yo oía mi sangre y luego volví a ver el cielo y las ramas debajo y el sol descendiendo oblicuamente entre ellas y él que me sujetaba para mantenerme en pie

me has pegado

yo no oía

qué

sí cómo te sientes

bien suéltame

me soltó me apoyé contra la barandilla

te sientes bien

déjame en paz estoy bien

puedes llegar a casa sin problemas

vamos déjame en paz

creo que será mejor que no intentes ir andando coge mi caballo

no márchate

puedes enganchar las riendas en el pomo y soltarlo regresará al establo

déjame en paz vete déjame en paz

me apoyé en la barandilla mirando al agua le oí desatar el caballo y marcharse y un momento después no oía nada más que el agua y luego otra vez al pájaro me alejé del puente y me senté con la espalda apoyada en un árbol y recliné la cabeza contra el árbol y cerré los ojos una mancha de sol descendió sobre mis ojos y me corrí un poco hacia el otro lado del árbol volví a oír el pájaro y el agua y entonces todo pareció girar y no sentí nada en absoluto casi me sentí bien después de todos aquellos días y de aquellas noches con las madreselvas subiendo desde la oscuridad hasta mi habitación donde yo intentaba dormir incluso cuando un momento después me di cuenta de que él no me había pegado de que había mentido por ella y de que yo me había desmayado como una chica pero incluso eso ya no importaba y me senté allí contra el árbol los fugaces flecos de sol barriendo mi rostro como hojas amarillentas de una ramita escuchando el agua y sin pensar en nada incluso cuando escuché que el caballo se aproximaba rápidamente me senté con los ojos cerrados y oí sus cascos barriendo la arena sibilante y unos pies que corrían y sus duras manos apresuradas

tonto tonto estás herido

abrí los ojos sus manos me recorrían la cara

no sabía dónde hasta que oí la pistola no sabía dónde no creía que él y tú escapándote

no creía que él hubiera

me cogió la cara entre las manos golpeándome la cabeza contra el árbol

basta basta

la cogí de las muñecas
quieta quieta
sabía que él no sabía que él no
ella intentó golpear mi cabeza contra el árbol
le dije que no volviera a hablarme le dije
intentó soltarse
suéltame
estate quieta tengo más fuerza que tú estate quieta ya
suéltame tengo que alcanzarle y pedirle suéltame Quentin
por favor suéltame suéltame
de repente se calmó sus muñecas quedaron inertes
sí se lo puedo decir puedo hacerle creer puedo
Caddy
no había atado a Prince podía escaparse hacia casa si le
parecía bien
me creerá en cuanto se lo diga
le amas Caddy
que si yo qué
entonces ella me miró con los ojos vacuos y parecían los
ojos de una estatua vacuos ciegos y serenos
ponme la mano en la garganta
me cogió la mano y la apoyó sobre su garganta
ahora pronuncia su nombre
Dalton Ames
percibí la primera oleada de sangre surgió en fuertes palpitaciones aceleradas
vuelve a decirlo
Dalton Ames
su sangre subió latiendo ininterrumpidamente latiendo
y latiendo bajo mi mano

Continuó corriendo durante mucho tiempo, pero
yo sentía mi rostro frío, como muerto, y mi ojo, y el corte del dedo volvió a escocerme. Oía a Shreve sacando agua
con la bomba, luego regresó con la palangana y una bur-
buja redonda de luz crepuscular que se balanceaba en su
interior, con los bordes amarillos como un globo evanes-

cente, después mi reflejo. Intenté verme la cara en él.

«¿Ya se te ha pasado?» dijo Shreve. «Dame el trapo.» Intentó quitármelo de la mano.

«Espera», dije. «Sé hacerlo yo solo. Sí, ya casi se me ha pasado.» Volví a mojar el trapo, rompiendo el globo. El trapo manchó el agua. «Ojalá estuviese limpio.»

«Necesitas un trozo de carne cruda para ponértelo en el ojo», dijo Shreve. «Ya verás como mañana tienes un cardenal. El muy hijo de puta», dijo.

«¿No le hice nada?» Escurrí el pañuelo e intenté limpiarme la sangre del chaleco.

«No te la puedes quitar», dijo Shreve. «Tendrás que mandarlo a la tintorería. Vamos, póntelo en el ojo, ¿de acuerdo?»

«Algo sí se quitará», dije. Pero no era así. «¿Cómo tengo el cuello de la camisa?»

«No lo sé», dijo Shreve. «Póntelo en el ojo. Así.»

«Espera», dije. «Ya lo haré yo. ¿Qué le he hecho?»

«Puede que le hayas hecho algo. A lo mejor yo no estaba mirando entonces o quizás yo cerrase los ojos o algo así. Te dio unos puñetazos tremendos. Te corrió a tortazos. ¿Cómo se te ocurrió pelear con él a puñetazos? Eres un idiota. ¿Qué tal te sientes?»

«Bien», dije. «¿Crees que habrá algo para limpiar el chaleco?»

«Venga. Olvídate de tu dichosa ropa. ¿Te duele el ojo?»

«Estoy bien», dije. Todo estaba como de color violeta y en calma, el cielo verdoso se difuminaba en un tono dorado más allá del pináculo de la casa y se elevaba de la chimenea una voluta de humo y no había viento. Volví a escuchar la bomba del pozo. Un hombre estaba llenando un cubo, observándonos por encima del hombro con el que estaba dando a la bomba. Una mujer cruzó la puerta, pero no miró hacia el exterior. En alguna parte mugía una vaca.

«Vamos», dijo Shreve. «Deja tu ropa en paz y ponte el trapo en el ojo. Lo primero que haré mañana por la mañana será mandar tu traje.»

«De acuerdo. Siento no haberle manchado un poco de sangre, por lo menos.»

«El muy hijo de puta», dijo Shreve. Spoade salió de la casa hablando con la mujer, creo, y atravesó el patio. Me miró con sus ojos fríos y burlones.

«Bueno, amigo», dijo, mirándome, «que me cuelguen si para divertirte no tienes que meterte en un montón de líos. Primero un rapto y después una pelea. ¿Qué haces durante las vacaciones? ¿Quemar casas?».

«Estoy bien», dije. «¿Qué ha dicho la señora Bland?»

«Está organizando un escándalo a Gerald por haberte hecho sangre. Y te lo organizará a ti en cuanto te vea por habérselo permitido. No le parecen mal las peleas, la sangre es lo que le molesta. Creo que te ha rebajado un poco de casta por no haber sabido retener la sangre mejor. ¿Cómo te encuentras?»

«Claro», dijo Shreve. «Si no puedes ser un Bland, lo único que puedes hacer es cometer adulterio con uno de ellos o emborracharte y pelearte con él, según los casos.»

«Naturalmente», dijo Spoade. «Pero yo no sabía que Quentin estuviese borracho.»

«No lo estaba», dijo Shreve. «¿Es que acaso hay que estar borracho para querer pegar a ese hijo de puta?»

«Bueno, creo que yo tendría que estar muy borracho para intentarlo después de haber visto cómo ha terminado Quentin. ¿Dónde ha aprendido a boxear?»

«Ha estado yendo a Mike todos los días, en el pueblo», dije.

«¿Sí?», dijo Spoade. «¿Lo sabías cuando le pegaste?»

«No lo sé», dije. «Supongo que sí. Sí.»

«Vuelve a mojarlo», dijo Shreve. «¿Quieres más agua fresca?»

«Ésta sirve», dije. Volví a mojar otra vez el pañuelo y me lo puse en el ojo. «Ojalá tuviese algo para limpiarme el chaleco.» Spoade seguía mirándome.

«Oye», dijo, «¿por qué le pegaste? ¿Qué fue lo que dijo?».

«No lo sé. No sé por qué lo hice.»

«Lo primero que vi fue que de repente te ponías en pie de un salto y decías "¿Tienes hermanas?, ¿eh?" y cuando él dijo No, le pegaste. Me di cuenta de que seguías mirándole, pero no parecías prestar demasiada atención a lo que decían los demás hasta que te pusiste en pie de un salto y le preguntaste si tenía hermanas.»

«Oh, estaba presumiendo, como siempre», dijo Shreve. «De sus mujeres. Ya sabes: lo que hace delante de las chicas, para que ellas no sepan con exactitud de qué está hablando. Todas sus malditas insinuaciones y mentiras e historias que no tienen sentido. Estaba hablando de una cita que tuvo en Atlantic City con una criada y de que él no fue y se marchó al hotel y se metió en la cama y que estaba tumbado pensando lo triste que ella estaría esperándole en el muelle, y él sin poder darle lo que ella iba buscando. Hablaba de la belleza del cuerpo y de los tristes fines de la misma y lo difícil que es para las mujeres, que no tienen otra cosa que hacer más que estar tumbadas con las piernas abiertas. Ya sabes, Leda en el bosque, gimiendo y llorando en busca del cisne. El muy hijo de puta. Le habría pegado yo. Sólo que yo habría agarrado la dichosa cesta de vino y le habría dado con ella.»

«Vaya», dijo Spoade, «el defensor de las damas. Chico, no sólo provocas admiración, sino horror». Me miró, frío y burlón. «Santo Dios», dijo.

«Siento haberle pegado», dije. «¿Tengo demasiado mal aspecto para volver a solucionarlo?»

«Al cuerno con las excusas», dijo Shreve, «que se vayan a hacer gárgaras. Nos vamos a la ciudad».

«Debería regresar para que supieran que pelea como un caballero», dijo Spoade. «Que sabe perder como un caballero, vamos.»

«¿Con este aspecto?», dijo Shreve. «¿Con toda la ropa llena de sangre?»

«Bueno, bueno», dijo Spoade. «Allá vosotros.»

«No puede aparecer en camiseta», dijo Shreve, «todavía no está en el último curso. Vamos, regresemos a la ciudad».

«No tienes por qué venir», dije. «Vuelve a la fiesta.»

«Que se vayan al cuerno», dijo Shreve. «Vámonos.»

«¿Qué les digo?», dijo Spoade. «¿Les digo que también os habéis peleado Quentin y tú?»

«No les digas nada», dijo Shreve. «Dile que su opción expiraba al atardecer. Vamos, Quentin. Voy a preguntar a esa mujer por dónde el próximo interurbano...»

«No», dije. «Yo no regreso a la ciudad.»

Shreve se detuvo mirándome. Al volverse, sus gafas parecían diminutas lunas amarillas.

«¿Qué vas a hacer?»

«No voy a regresar todavía a la ciudad. Vuélvete a la fiesta. Diles que yo no quería volver porque tenía la ropa sucia.»

«Oye», dijo, «¿qué te propones?».

«Nada. Estoy bien. Volveos Spoade y tú. Os veré mañana.» Crucé el patio hacia la carretera.

«¿Sabes dónde está la estación?», dijo Shreve.

«Ya la encontraré. Os veré mañana. Decid a la señora Bland que siento haberle estropeado la fiesta.» Se quedaron mirándome. Rodeé la casa. Un sendero de piedras descendía hasta la carretera. Las rosas crecían a ambos lados del sendero. Crucé la portilla, hacia la carretera. Descendía por la colina, hacia el bosque, y vislumbré el coche junto a la carretera. Subí la colina. La luz iba aumentando mientras ascendía, y antes de llegar a la cima oí un coche. Sonaba desde muy lejos entre la luz del ocaso y me detuve y escuché. Ya no veía el coche, pero Shreve estaba en pie delante de la casa, mirando hacia la parte superior de la colina. Tras él la luz amarillenta cubría el tejado de la casa como una capa de pintura. Levanté la mano y continué colina arriba, mientras escuchaba el coche. Luego desapareció la casa y me detuve bajo la luz verde y amarilla y oí el coche con creciente intensidad, hasta que al comenzar a amortiguarse cesó repentinamente. Esperé hasta volver a oírlo. Luego continué.

Al descender la luz comenzó a menguar, pero sin alterar por ello su cualidad, como si fuera yo y no la luz lo que cambiase, decreciendo, aunque incluso se hubiera podido leer un periódico cuando la carretera se adentraba entre los árboles. Enseguida llegué a un sendero. Lo tomé. Era más estrecho y oscuro que la carretera, pero cuando llegó a la parada del tranvía —otra marquesina de madera— la luz permaneció inmutable. Al terminar, el sendero parecía más brillante, como si yo hubiese caminado por el sendero bajo la noche y ahora fuese de nuevo por la mañana. El tranvía llegó enseguida. Subí, se volvían a mirarme el ojo, y encontré un asiento en la parte izquierda.

En el tranvía las luces estaban encendidas, por lo que mientras fuimos entre los árboles yo no veía otra cosa que mi rostro y a una mujer al otro lado del pasillo que llevaba un sombrero en la coronilla, con una pluma quebrada, pero cuando salimos de los árboles volví a ver la luz del crepúsculo, aquella cualidad de la luz como si el tiempo se hubiera detenido realmente durante un instante, el sol colgando bajo el horizonte, y luego pasamos junto a la marquesina donde el anciano había estado comiendo lo que sacaba de la bolsa, y la carretera continuó bajo la luz crepuscular, adentrándose en el ocaso y más allá la sensación de agua oculta e inerte. Después el coche continuó, el viento entrando dulcemente por la puerta abierta junto con el olor del verano y la oscuridad pero sin madreselvas. Creo que el de la madreselva es el más triste de los olores. Recuerdo muchísimos. El de la glicinia. En los días lluviosos cuando Madre no se sentía tan mal como para no quedarse junto a las ventanas solíamos jugar debajo de ella. Cuando Madre se quedaba en la cama Dilsey nos ponía ropas viejas y nos dejaba jugar bajo la lluvia porque decía que la lluvia nunca hacía mal a los jóvenes. Pero si Madre estaba levantada siempre empezábamos jugando en el porche hasta que ella decía que hacíamos demasiado ruido, entonces salíamos a jugar bajo el arco de glicinias.

Aquí fue donde vi el río por última vez esta mañana, aproximadamente aquí. Más allá del crepúsculo sentía el agua, la olía. Cuando la primavera florecía y llovía se olía por todas partes no se notaba tanto otras veces pero cuando llovía el olor comenzaba a entrar en casa con el crepúsculo o porque al atardecer se intensificase la lluvia o por algo que hubiera en la propia luz pero entonces era cuando el olor se tornaba más intenso hasta que ya en la cama yo pensaba cuándo acabará cuándo acabará. La corriente de aire que entraba por la puerta olía a agua, un continuo hálito de humedad. A veces yo conseguía dormirme repitiéndolo una y otra vez hasta que se mezclaba con las madreselvas todo terminó por simbolizar la noche y el desasosiego no me parecía estar despierto ni dormido mirando hacia un largo pasillo de media luz grisácea donde todas las cosas estables se habían convertido en paradójicas sombras todo cuanto yo había hecho sombras todo cuanto yo había sufrido tomando formas visibles grotescas y burlándose con su inherente irrelevancia de la significación que deberían haber afirmado pensando era yo no era yo quién no era no era quién.

Olía las curvas del río tras el crepúsculo y vi la última luz supina y serena sobre los charcos dejados por la marea como trozos de un espejo roto, después, tras ellos comenzaban las luces sobre el aire pálido, temblando un poco como mariposas que revoloteasen en la distancia. Benjamin el hijo de. Cómo solía sentarse ante aquel espejo. Infalible refugio en el que se mitigaban conflictos se reconciliaba el silencio. Benjamin el hijo de mi vejez rehén de Egipto. Oh Benjamin. Dilsey decía que era porque Madre era demasiado orgullosa para él. Entraban en las vidas de los blancos cual incisivos surcos negros que aislasen durante un instante los hechos de los blancos gracias a un axioma incontestable como bajo un microscopio; el resto del tiempo voces sencillas que ríen cuando nada hay que provoque la risa, lágrimas cuando nada provoque lágrimas. Hacen apuestas sobre si los asistentes a un funeral son pares o impares. En Memphis todo un burdel entró en trance místico y todos salieron corriendo a la calle desnudos. Tres policías fueron necesarios para controlar a uno solo de ellos. Sí Jesús Oh buen Jesús Oh hombre lleno de bondad.

El tranvía se detuvo. Me apeé, sus miradas fijas en mi ojo. Cuando el tranvía llegó iba lleno. Me quedé en la plataforma trasera.

«Hay asientos libres en la parte delantera», dijo el cobrador. Miré hacia dentro. No había asientos en el lado izquierdo.

«No voy lejos», dije. «Me quedaré aquí.»

Cruzamos el río. El puente, arqueándose lenta y orgullosamente hacia el espacio, entre el silencio y la nada donde las luces —amarillas y rojas y verdes— temblaban en el aire límpido, repitiéndose.

«Pase hacia adelante y siéntese», dijo el cobrador.

«Me voy a bajar enseguida», dije. «Dentro de un par de manzanas.»

Me apeé antes de llegar a la oficina de correos. De todas formas todos estarían sentados en alguna parte, y entonces oí mi reloj y comencé a esperar las campanadas y rocé la carta de Shreve a través de la chaqueta, las dentadas hojas de los olmos fluían sobre mi mano. Y entonces al entrar en el patio comenzaron las campanadas y proseguí mientras las notas ascendían como ondas en un estanque y me alcanzaron y prosiguieron, diciendo solamente Menos cuarto. De acuerdo. Menos cuarto.

Nuestras ventanas estaban oscuras. La entrada estaba vacía. Al entrar caminé pegado a la pared izquierda, pero estaba vacío: solamente las escaleras curvándose hacia las sombras ecos de pisadas de tristes generaciones como un ligero polvo sobre las sombras, mis pies despertándolos como polvo, levemente para volver a asentarse.

Vi la carta antes de dar la luz, apoyada en un libro sobre la mesa para que yo la viera. Llamarle mi marido. Y entonces Spoade dijo que iban a algún sitio, que no volverían hasta tarde, y que la señora Bland necesitaba otro caballero. Pero yo le habría visto y él no puede coger otro coche hasta dentro de una hora puesto que después de las seis en punto. Saqué mi reloj y escuché el tictac, que ignoraba que no podía mentir. Luego lo coloqué boca arriba sobre la mesa y cogí la carta de la señora Bland y la hice pedazos y los tiré a la papelera y me quité chaqueta, chaleco, cuello, corbata y camisa. La corbata también estaba manchada, pero los negros. Quizás un rastro de sangre le permitiese decir que aquélla era la que llevaba Cristo. Encontré la gasolina en la habitación de Shreve y extendí el chaleco sobre la mesa, donde no haría arrugas, y abrí la gasolina.

El primer coche del pueblo que una chica Chica eso era lo que Jason no podía soportar el olor a gasolina le ponía enfermo después se puso más furioso que nunca porque una chica Chica no tenía hermanas pero Benjamin Benjamin el hijo de mi dolorosa si yo hubiese tenido madre para poder decir Madre Madre Hizo falta mucha gasolina, y entonces no supe si era la mancha o solamente la gasolina. Había hecho que el corte me volviese a escocer por eso cuando fui a lavarme colgué el chaleco de una silla y tiré del cable de la bombilla hacia abajo para que la bombilla secase la mancha. Me lavé la cara y las manos, pero incluso entonces la olía mezclada con el jabón, irritándome haciendo que se me constriñeran las aletas de la nariz. Luego abrí la bolsa y saqué la camisa y el cuello y la corbata y guardé aquellos manchados de sangre y cerré la bolsa y me vestí.

Mientras me cepillaba el pelo sonó la media hora. Pero tenía hasta los tres cuartos de todas formas, excepto en el caso *viendo en la apremiante oscuridad su propio rostro ninguna pluma quebrada a no ser que dos pero dos así no yendo a Boston la misma noche entonces mi rostro el rostro de él durante un instante sobre el estallido cuando en la oscuridad dos ventanas iluminadas rígidamente estallando su rostro y el mío desapareciendo precisamente veo vi acaso no vi adiós la marquesina limpia de comida la carretera vacía en la oscuridad el silencio el puente arqueándose hacia el silencio la oscuridad el sueño el agua lenta y reposada adiós no*

Apagué la luz y entré en mi habitación, dejando atrás la gasolina aunque todavía la olía. Permanecí junto a la ventana las cortinas se movían suavemente en la oscuridad rozando mi rostro como alguien que respirase en sueños, que respirase lentamente en la oscuridad, dejando el roce tras sí. *Después de que ellos hubiesen subido Madre se reclinó en su sillón, con el pañuelo de alcanfor sobre la boca. Padre no se había movido todavía continuaba sentado a su lado tomándola de la mano los gritos martilleando a lo lejos como si no hubiera lugar para el silencio* Cuando yo era pequeño había un dibujo en uno de nuestros libros, un lugar oscuro al que descendía un débil rayo de sol bañando dos rostros que destacaban entre sombras. *¿Sabes qué haría yo si fuera Rey?* ella nunca era reina ni hada siempre era un rey un gigante o un general *entraría ahí por la fuerza los sacaría a rastras y les daría una buena paliza* estaba roto, desencuadernado. Me alegraba. Tendría que volver a mirarlo hasta que la mazmorra se convirtiese en Madre ella y Padre mirando hacia arriba hacia una débil luz tomados de las manos y nosotros perdidos en alguna parte todavía más abajo que ellos sin un rayo de luz siquiera. Entonces apareció la madreselva. En cuanto apagaba la luz e intentaba dormirme empezaba a entrar en la habitación en oleadas sucesivas hasta que yo tenía que jadear para poder encontrar aire hasta que acababa levantándome y saliendo a tientas como cuando era pequeño *las manos ven al tocar formando en la mente la puerta no vista Puerta ahora nada las manos ven* Mi nariz veía la gasolina, el chaleco sobre la cama, la puerta. El pasillo continuaba carente de pisadas de tristes generaciones en busca de agua. *Pero los ojos ciegos apretados como dientes sin desconfianza dudando incluso de la ausencia de dolor espinilla tobillo rodilla el largo flujo invisible de la barandilla donde un traspiés en la oscuridad preñada de sueño Madre Padre Caddy Jason Maury puerta no tengo miedo sólo Madre Padre Caddy Jason Maury alejándose durmiendo dormiré profundamente cuando puerta Puerta puerta* También estaba vacía, las cañerías, la porcelana, las plácidas paredes sucias, el trono de contemplación. Había olvidado el vaso, pero podía *las manos ven dedos entumecidos invisible cuello de cisne donde más fino que la vara de Moisés el cristal roce exploratorio para no martilleando cuello estilizado y entumecido martilleando enfriando el metal el vaso lleno rebosante enfriando el cristal los dedos desprendiendo sueño dejando sabor de sueños humedecidos en el largo silencio de la garganta* Regresé por el pasillo, despertando batallones de pisadas dormidas en el silencio, en la gasolina, el reloj contando su rabiosa mentira sobre la mesa oscura. Luego las cortinas respirando en la oscuridad sobre mi rostro, dejando su respiración sobre mi rostro. Todavía un cuarto de hora. Y entonces no seré. Las más pausadas palabras. Más pausadas palabras. *Non fui. Sum. Fui. Non sum.* En algún lugar una vez escuché campanas. Mississippi o Massachusetts. Fui. No soy. Massachusetts o Mississippi. Shreve tiene una botella en su baúl. *Es que ni siquiera la vas a abrir* Los señores de Jason Richmond Compson anuncian el *Tres veces. Días. Es que ni siquiera la vas a abrir* matrimonio de su hija Candace *el alcohol te enseña a confundir el fin con los medios* Soy. Bebo. Vendamos el prado de Benjy para que Quentin pueda ir a Harvard y yo pueda reconstruir mis huesos una y otra vez. Moriré en. Fue un año dijo Caddy. Shreve tiene una botella en su baúl. Señor no necesitaré la de Shreve he vendido el prado de Benjy y puedo morir en Harvard Caddy dijo en las cuevas y grutas del mar meciéndose reposadamente al ritmo de las mareas porque Harvard es un sonido tan perfecto. Un perfecto sonido muerto. Cambiaremos el prado de Benjy por un perfecto sonido muerto. Le durará mucho tiempo porque no lo oye si no lo huele   *en cuanto ella apareció en la puerta él comenzó a llorar*   Siempre creí que sólo se trataría de uno de aquellos chulos de pueblo con los que siempre le tomaba el pelo Padre hasta que. No me fijé en él más que en cualquier otro viajante desconocido o lo que fuera creí que eran camisas del ejército hasta que repentinamente me di cuenta de que él no me consideraba una potencial fuente de peligro, sino que estaba pensando en ella cuando me miró me miraba a través de ella como a través de un trozo de cristal teñido   *por qué te metes conmigo es que no te das cuenta de que no servirá de nada creía que eso se lo habrías dejado a Madre y a Jason*

   Es que Madre ha puesto a Jason a espiarte   yo no habría.

   Las mujeres solamente utilizan el código de honor de otras personas es porque ella quiere a Caddy   se quedaba abajo incluso cuando estaba enferma para que Padre no pudiera burlarse de Tío Maury delante de Jason Padre decía que Tío Maury era un clásico demasiado malo hasta para exponer la persona del ciego muchacho inmortal debería haber optado por Jason porque Jason habría cometido la misma equivocación que el propio Tío Maury habría cometido no que le pusieran un ojo morado el niño de los Patterson era más pequeño que Jason vendieron las cometas a cinco centavos cada una hasta el asunto de las finanzas Jason se buscó otro socio todavía más pequeño suficientemente pequeño de todas formas T. P. dijo que Jason todavía era el tesorero pero Padre dijo por qué iba a trabajar Tío Maury si él Padre podía mantener a cinco o seis negros que no hacía más que sentarse con los pies dentro del horno por supuesto que podía alimentar y alojar a Tío Maury de vez en cuando y prestar un poco de dinero a quien mantenía su creencia, de Padre, en la derivación celestial de sus propias especies con tan ferviente ardor entonces Madre lloraba y decía que Padre creía que su familia era mejor que la de ella que estaba poniendo a Tío Maury en ridículo a fin de enseñarnos lo que ella no entendía que Padre nos estaba enseñando que todos los hombres son acumulaciones muñecos rellenos de serrín recogido de los basureros a los que habían sido arrojados todos los muñecos precedentes el serrín fluyendo por qué herida en qué parte que por mí no murió. Yo solía imaginarme la muerte como un hombre parecido al Abuelo un amigo suyo una especie de amigo privado y especial igual que solíamos pensar en la mesa del Abuelo no tocarla ni siquiera hablar alto en la habitación donde se encontraba yo siempre pensaba en ellos como si estuviesen juntos en alguna parte esperando siempre que el viejo Coronel Sartoris bajase a sentarse con ellos esperando en algún lugar elevado por encima de los cedros el Coronel Sartoris estaba en un lugar todavía más alto observando algo a lo lejos y ellos esperaban a que terminase y que bajase el Abuelo llevaba su uniforme y oíamos el murmullo de sus voces por encima de los árboles siempre estaban hablando y el Abuelo siempre tenía razón

Comenzaron los tres cuartos. Sonó la primera nota, afinada y pausada serenamente perentoria, vaciando para la siguiente el reposado silencio y eso sería todo si simplemente se pudieran intercambiar una por otra para siempre confluir así como una llama rizándose por un instante y consumirse luego limpiamente en la fría oscuridad eterna en lugar de permanecer allí intentando no pensar en el columpio hasta que todos los cedros terminaban por tener aquel vívido olor rancio del perfume que tanto odiaba Benjy. Simplemente imaginando los árboles me parecía oír murmullos ocultos oleajes oler el pálpito de sangre caliente bajo la palpable carne salvaje alerta tras los párpados enrojecidos el sátiro desenfrenado parejas copulando apresuradamente dirigiéndose hacia el mar y él debemos permanecer alerta y contemplar por un momento la ejecución del mal mientras no siempre y yo no tiene por qué durar tanto incluso para un hombre de valor y él acaso consideras que eso es valor y yo sí señor usted no y él cada hombre es árbitro de sus propias virtudes tanto si lo consideras un acto de valor como si no tiene más importancia que el acto en sí mismo que cualquier otro acto de otro modo no serías sincero y yo usted no cree que lo digo en serio y él creo que eres demasiado serio para darme motivos de alarma de otro modo no habría hecho falta que te sintieras obligado a decirme que has cometido incesto y yo no mentía y él querías sublimar un ejemplo de natural estupidez humana mediante el horror y exorcizarlo entonces mediante la verdad y yo era para aislarla del escándalo del mundo para que nos hiciera escapar necesariamente y entonces su sonido sería como si nunca hubiera existido y él y acaso intentaste que ella lo hiciera y yo me daba miedo me daba miedo de que ella lo hiciese y entonces no habría servido de nada pero si yo le decía a usted que lo habíamos hecho habría sido así y los otros no habrían existido y entonces el mundo clamaría y él y ahora este otro ahora no estás mintiendo pero todavía estás ciego ante lo que hay en ti ante esa parte de verdad general secuencia de acontecimientos naturales y sus causas que ofusca el entendimiento de todos los hombres incluyendo a Benjy no estás pensando en la finitud estás contemplando una apoteosis en la que un estado anímico pasajero adquirirá simetría sobre la carne y conciencia de sí mismo y de la carne que no rechazará tú ni siquiera habrás muerto y yo pasajeramente y él no puedes soportar la idea de que algún día no te haga tanto daño como ahora ahora empezamos a entendernos pareces considerarlo simplemente una experiencia que hará que te salgan canas en una noche por decirlo así sin alterar tu apariencia no lo harás en esta situación será una apuesta y lo extraño es que el hombre que es concebido por accidente y de quien cada aliento es como lanzar los dados previamente cargados contra uno mismo no se enfrentará con la apuesta final que conoce de antemano ha de hacerle frente sin intentar otros recursos desde la violencia hasta trampas mezquinas que no engañarían ni a un niño hasta que algún día verdaderamente asqueado arriesgue todo a una sola carta nadie hace eso por la rabia de la desesperación o por remordimiento o por aflicción solamente lo hace cuando se ha dado cuenta de que ni la desesperación ni el remordimiento ni la aflicción son especialmente importantes para el tahúr vestido de negro y yo pasajeramente y él es difícil creer que un amor o una pena es un bono comprado impremeditadamente y que madura irresolutamente y se recuerda sin previo aviso para ser sustituido por cualquier otra cosa que se les ocurra enviar a los dioses en ese momento no tú no lo harás hasta que por fin creas que quizás ni ella merecía tu desesperación y yo nunca lo haré nadie sabe lo que yo sé y él creo que será mejor que te vayas a cambridge ahora mismo podrías pasar un mes en maine te lo podrás permitir si tiene cuidado no te vendría mal mirar por el dinero ha cicatrizado más heridas que jesús y yo suponga que me doy cuenta de lo que usted cree de que me doy cuenta allí la semana que viene o el mes que viene y él entonces recordarás que el que tú vayas a harvard ha sido el sueño de tu madre desde que naciste y ningún compson ha defraudado jamás a una dama y yo pasajeramente será mejor para mí para todos nosotros y él cada hombre es árbitro de sus propias virtudes pero no permitas que un hombre ordene el bienestar de otro hombre y yo pasajeramente y él era la más triste de las palabras no hay otra cosa en el mundo no es desesperación hasta que el tiempo no sea ni tiempo hasta que fue

Sonó la última nota. Finalmente cesó de vibrar y la oscuridad volvió a estar en calma. Entré al saloncito y encendí la luz. Me puse el chaleco. La gasolina ya era débil, apenas perceptible, y en el espejo no se veía la mancha. De todos modos, no tanto como el ojo. Me puse el chaleco. La carta de Shreve crujió bajo el paño y la saqué y examiné la dirección, y me la metí en el bolsillo lateral. Luego llevé el reloj a la habitación de Shreve y lo dejé en su cajón y fui a mi habitación y cogí un pañuelo limpio y me dirigí a la puerta y puse la mano sobre el interruptor de la luz. Entonces recordé que no me había lavado los dientes, por lo que tuve que volver a abrir la bolsa. Busqué el cepillo de dientes y cogí un poco de pasta de Shreve y salí y me lavé los dientes. Escurrí el cepillo todo lo que pude para secarlo y lo volví a poner en la bolsa y la cerré, y volví a dirigirme a la puerta. Antes de apagar la luz miré a mi alrededor para ver si había algo más, entonces vi que había olvidado el sombrero. Tendría que pasar por la oficina de correos, seguramente me encontraría con alguien, y pensarían que yo era un estudiante de Harvard que estaba intentando hacerse pasar por uno del último curso. También se me había olvidado cepillarlo, pero Shreve tenía cepillo, así que yo ya no tendría que volver a abrir mi bolsa nunca más.

Seis de abril de 1928

Es lo que yo digo, que la que ha sido una zorra siempre será una zorra. Lo que yo digo, suerte tienes si lo único que te preocupa es que no haga novillos. Lo que yo digo, que ésa debería estar ahí abajo en la cocina, en lugar de en su habitación, echándose pintura en la cara y esperando a que seis negros que ni siquiera pueden levantarse de una silla sin que un plato lleno de pan con carne los sostenga en pie le preparen el desayuno. Y Madre dice,

«Pero que las autoridades de la escuela lleguen a pensar que yo no puedo controlarla, que no puedo...»

«Bueno», digo yo, «y no puedes, ¿no? Si nunca has intentado conseguir nada de ella», digo, «¿cómo quieres comenzar a estas alturas, cuando tiene diecisiete años?».

Permaneció un momento pensativa.

«Pero hacerles pensar que... Yo ni siquiera sabía que le habían dado una nota de aviso. El otoño pasado me dijo que ya no las usaban. Y que ahora me llame por teléfono el profesor Junkin y me diga que ha vuelto a faltar otra vez, que va a tener que irse de la escuela. ¿Cómo lo hace? ¿Dónde va? Tú te pasas el día en el pueblo, tendrías que verla si está siempre por la calle.»

«Sí», digo. «Si es que está siempre por la calle. Supongo que no se escapa de la escuela para hacer lo que se puede hacer en público», digo.

«¿Qué quieres decir?», dice.

«No quiero decir nada», digo. «Sólo he contestado a tu pregunta.» Entonces volvió a echarse a llorar, diciendo que su propia carne y su propia sangre se levantaban de la tumba para maldecirla.

«Tú me has preguntado», digo.

«No me refiero a ti», dice. «Eres el único que no me reprochas nada.»

«Claro», digo, «nunca me ha dado tiempo. Nunca he tenido tiempo de ir a Harvard como Quentin o de beber hasta matarme como Padre. Yo tenía que trabajar. Pero, naturalmente, si quieres que me dedique a seguirla y a ver qué hace, puedo dejar la tienda y buscarme un empleo para trabajar por las noches. Entonces podré vigilarla durante el día y tú puedes utilizar a Ben para el turno de noche».

«Ya sé que sólo te causo problemas y que soy un estorbo», dice llorando, recostada en el cojín.

«Ya debería saberlo», digo. «Llevas treinta años diciéndome lo mismo. Hasta Ben debería saberlo ya. ¿Quieres que la diga algo al respecto?»

«¿Crees que serviría de algo?», dice.

«No si apareces tú para interferir en lo que yo me ponga a hacer», digo. «Si quieres que yo la controle, dilo y mantente al margen. Siempre que lo intento, metes las narices y ella se ríe de nosotros.»

«Recuerda que es de tu misma sangre y de tu misma carne», dice.

«Claro», digo, «precisamente en eso estaba pensando, en la carne. Y también en un poco de sangre, si me saliera con la mía. Cuando la gente se comporta como los negros, sean quienes sean, lo único que se puede hacer es tratarla como a los negros».

«Me temo que te va a hacer perder la paciencia», dice.

«Bueno», digo. «Tú no has tenido mucha suerte con tus métodos. ¿Quieres que haga algo o no? Dilo de una vez; tengo que irme a trabajar.»

«Ya sé que estás esclavizado por nuestra culpa», dice. «Ya sabes que si por mí fuera, tendrías tu propio despacho y el horario adecuado para un Bascomb. Porque, a pesar de tu apellido, eres un Bascomb. Sé que si tu padre hubiera previsto...»

«Bueno», digo. «Supongo que tenía derecho a equivocarse de vez en cuando, como todo el mundo, hasta como un Smith o un Jones.» Se puso a llorar otra vez.

«Oírte hablar de tu padre con tanto despecho», dice.

«Bueno», digo. «Bueno. Como quieras. Pero como no tengo despacho, tendré que conformarme con lo que hay. ¿Quieres que la diga algo?»

«Me temo que te va a hacer perder la paciencia», dice.

«De acuerdo», digo, «entonces no la digo nada».

«Pero habrá que hacer algo», dice. «Dejar que la gente piense que permito que no vaya a la escuela y que ande de aquí para allá por las calles, o que no puedo impedir que lo haga... Jason, Jason.» dice. «¿Cómo has podido, cómo has podido dejarme esta cruz?»

«Vamos, vamos», digo. «Te vas a poner enferma. ¿Por qué no la encierras todo el día o la dejas de mi cuenta y acabas de preocuparte de ella?»

«Mi propia carne y mi propia sangre», dice llorando. Por eso digo,

«De acuerdo. Yo me ocupo de ella. Ahora deja de llorar.»

«No pierdas la paciencia», dice. «Recuerda que sólo es una niña.»

«No», digo, «no la perderé». Salí cerrando la puerta.

«Jason», dice. No contesté. Me dirigí hacia el rellano. «Jason», dice desde el otro lado de la puerta. Bajé las escaleras. No había nadie en el comedor, entonces la oí en la cocina. Intentaba que Dilsey la dejara tomarse otra taza de café. Entré.

«Supongo que ése es tu uniforme de la escuela, ¿verdad?», digo. «¿O es que hoy es fiesta?»

«Sólo media taza, Dilsey», dice, «por favor».

«Ni hablar», dice Dilsey, «ni lo pienses. No pienso darte otra taza, una chica de diecisiete años, y menos con lo que dice la señorita Caroline. Vete a vestirte para ir a la escuela y podrás ir al pueblo con Jason. No querrás volver a llegar tarde».

«No», digo. «Ahora mismo me ocupo de que no sea así.» Ella me miró sin soltar la taza. Con la mano se apartó el pelo de la cara, el quimono dejó el hombro al descubierto. «Suelta la taza y ven aquí», digo.

«¿Para qué?», dice.

«Ven», digo. «Deja la taza en el fregadero y ven aquí.»

«¿Qué quiere usted ahora, Jason?», dice Dilsey.

«Tú te crees que puedes pasar por encima de mí como haces con tu Abuela y con todo el mundo», digo, «pero ya te darás cuenta de que yo soy otra cosa. Te doy diez segundos para que sueltes la taza y hagas lo que te he dicho».

Ella dejó de mirarme. Miró a Dilsey. «¿Qué hora es, Dilsey?», dice. «Avísame cuando pasen diez segundos. Sólo media taza, Dilsey, por...»

La cogí del brazo. Se le cayó la taza. Se quebró al caer al suelo y ella saltó hacia atrás, mirándome, pero yo la tenía cogida del brazo. Dilsey se levantó de su silla.

«Eh, Jason», dice.

«Suéltame», dice Quentin, «o te doy una bofetada».

«¿Ah, sí?», digo. «Sí, ¿eh?» Intentó abofetearme. La cogí también la otra mano y la sujeté como a un gato montés. «Sí, ¿eh?», digo. «Conque ésas tenemos.»

«Eh, Jason», dice Dilsey. La metí a rastras en el comedor. Se le desabrochó el quimono que flotaba a su alrededor, dejándola casi desnuda, la muy... Dilsey nos siguió renqueando. Me volví y le cerré la puerta en las narices de una patada.

«Fuera de aquí», digo.

Quentin estaba apoyada en la mesa ciñéndose el quimono. La miré.

«Ahora», digo, «quiero saber qué pretendes, escapándote de la escuela y contándole mentiras a tu Abuela y falsificando su firma en las notas y matándola a disgustos. ¿Qué pretendes con todo eso?».

Ella no dijo nada. Estaba cerrándose el quimono alrededor del cuello ajustándoselo, mirándome. Todavía no había tenido tiempo de pintarse y tenía aspecto de haberse frotado la cara con una bayeta. Me acerqué y la cogí de la muñeca. «¿Qué pretendes?», digo.

«No es asunto tuyo», dice. «Suéltame.»

Dilsey apareció en la puerta. «Eh, Jason», dice.

«Sal ahora mismo de aquí como te he dicho», digo, sin volverme. «Quiero saber adónde vas cuando haces novillos», digo. «¿O es que ni pisas la calle? Porque yo te veía. ¿Con quién te escapas? ¿Es que te vas al bosque con alguno de esos asquerosos niñatos? ¿Es eso?»

«¡Eres un... eres un...!» dice. Intentó soltarse pero la sujeté. «Eres un pedazo de...», dice.

«Yo te enseñaré», digo. «Quizás puedas asustar a una vieja, pero ya te enseñaré yo quién manda aquí ahora.» La sujeté con una mano, entonces dejó de forcejear y me observó con los ojos negros abiertos de par en par.

«¿Qué vas a hacer?», dice.

«Espera a que me quite el cinto y lo verás», digo quitándome el cinturón. Entonces Dilsey me cogió del brazo.

«¡Jason!», dice. «Jason, ¿es que no le da vergüenza?»

«Dilsey», dice Quentin, «Dilsey».

«No se lo permitiré», dice Dilsey, «no te preocupes, preciosa». Me tenía cogido del brazo. Entonces saqué el cinturón y me solté y la eché a un lado. Chocó contra la mesa. Era tan vieja que apenas podía moverse. Pero no importa: necesitamos que alguien en la cocina se coma lo que los jóvenes desprecian. Se interpuso torpemente entre nosotros, intentando volver a sujetarme. «Pues pégueme a mí», dice, «si lo único que quiere es pegar a alguien, pégueme a mí», dice.

«¿Crees que no sería capaz de hacerlo?», digo.

«No hay nadie peor que usted», dice. Entonces oí a Madre en la escalera. Debería haberme imaginado que no estaba dispuesta a mantenerse al margen. La solté. Retrocedió hacia la pared, sujetándose el quimono.

«Está bien», digo, «por ahora vamos a dejarlo. Pero no creas que vas a poder pasar por encima de mí. Ni soy una anciana ni una vieja negra medio muerta. Maldita zorra», digo.

«Dilsey», dice. «Dilsey, quiero ir con mi madre.»

Dilsey se acercó a ella. «Vamos, vamos», dice, «no te pondrá la mano encima mientras yo esté aquí». Madre descendió por la escalera.

«Jason», dice. «Dilsey.»

«Vamos, vamos», dice Dilsey. «No le dejaré que te toque.» Colocó una mano sobre Quentin. Ella la apartó.

«Negra de mierda», dice. Corrió hacia la puerta.

«Dilsey», dijo Madre desde la escalera. Quentin subió corriendo los escalones pasando a su lado. «Quentin», dice Madre, «oye, Quentin», Quentin no se detuvo. La oí llegar arriba, luego en el rellano. Después se oyó un portazo.

Madre se había detenido. Después continuó, «Dilsey», dice.

«Dígame», dice Dilsey, «ya voy. Váyase al coche y espere», dice, «para llevarla a la escuela».

«No te preocupes», digo. «Que la dejaré en la escuela y me cercioraré de que se queda allí. Cuando empiezo una cosa, la acabo.»

«Jason», dice Madre desde la escalera.

«Vamos, váyase», dice Dilsey, acercándose a la puerta. «¿Es que también quiere que ahora empiece ella? Ya voy, señorita Caroline.»

Salí. Las oía en la escalera. «Vuélvase a la cama», decía Dilsey, «¿no se da cuenta de que todavía no está buena para levantarse? A la cama. Ya me ocupo yo de que llegue a tiempo a la escuela».

Fui hacia la parte trasera para salir marcha atrás, luego hube de dar una vuelta completa a la casa hasta que los encontré en la entrada.

«Creí haberte dicho que metieras esa rueda en el maletero», digo.

«No me ha dado tiempo», dice Luster. «No hay quien cuide de él hasta que mi abuela termina con la cocina.»

«Claro», digo, «yo tengo que echar de comer a un regimiento de negros para que no lo pierdan de vista, pero cuando quiero que me cambien una rueda del coche, lo tengo que hacer yo».

«No tenía con quién dejarlo», dice. Entonces él comenzó a quejarse y a jimplar.

«Llévatelo a la parte de atrás», digo. «¿Cómo se te ocurre tenerlo aquí para que lo vea todo el mundo?» Los obligué a irse antes de que se pusiera a berrear en serio. Ya es suficiente los domingos, con todo el prado tan lleno de gente que ni se ve y con seis negros que alimentar dando palos a una bola de alcanfor. Y él que se pasa el día corriendo junto a la cerca, arriba y abajo, y berreando cada vez que los ve, tanto que creo que van a terminar cobrándome la entrada al golf, y entonces Madre y Dilsey van a tener que comprarse un par de picaportes de porcelana y un bastón y arreglárselas como puedan a menos que por las noches yo me ponga a jugar a la luz de un farol. A lo mejor, nos mandan entonces a todos a Jackson. Bien sabe Dios que seguramente instituirían la Semana de la Familia si eso llegase a suceder.

Volví al garaje. Allí estaba la rueda, apoyada en la pared, pero maldita si se creían que la iba a cambiar yo. Metí la marcha atrás y giré. Ella estaba junto al sendero. Yo le digo,

«Ya sé que no tienes libros: sólo quiero preguntarte qué has hecho con ellos, si es que es asunto mío. Naturalmente, no tengo ningún derecho a preguntarte», digo, «ya que simplemente me limité a pagar por ellos once dólares con sesenta y cinco centavos en septiembre».

«Mis libros los paga mi madre», dice. «Tú no te gastas ni un céntimo en mí. Antes me moriría de hambre.»

«¿Ah, sí?», digo. «Cuéntaselo a tu Abuela, a ver qué dice. No parece que estés desnuda del todo», digo, «aunque eso que llevas en la cara te tapa más que ninguna otra cosa que lleves puesta».

«¿Crees que con tu dinero o con el de ella has pagado un solo céntimo de todo esto?», dice.

«Pregúntaselo a tu Abuela», digo. «Pregúntale qué ha pasado con los cheques. Creo recordar que la has visto quemar uno.» Ni siquiera me escuchaba, la cara llena de pintura y la mirada fría como un perrillo.

«¿Quieres saber lo que haría si creyera que con tu dinero o con el de ella habéis pagado un solo centímetro de todo esto?», dice poniéndose la mano sobre el vestido.

«¿Qué harías?», digo. «¿Ponerte un saco?»

«Me lo arrancaría y lo tiraría a la calle», dice. «¿No te lo crees?»

«Claro que sí», digo. «Si no haces otra cosa.»

«Mira si no», dice. Con ambas manos cogió el cuello del vestido e hizo intención de rasgarlo.

«Como rompas el vestido», le digo, «te meto una paliza aquí mismo que no se te olvidará mientras vivas».

«Mira si no», dice. Entonces me di cuenta de que realmente estaba intentando rasgarlo, arrancárselo. Para cuando logré detener el coche y la cogí de las manos ya había como doce personas mirando. Me puse tan furioso que durante casi un minuto no supe lo que hacía.

«Como vuelvas a hacer algo parecido, te aseguro que sentirás haber nacido», digo.

«Bien que lo siento», dice. Dejó de intentarlo y sus ojos mostraron una expresión extraña y digo como te pongas a llorar en este coche, en la calle, te atizo. Te mato. Por suerte para ella, no fue así. Así que la solté los brazos y puse el coche en marcha. Afortunadamente estábamos junto a un callejón por donde podía torcer hacia una calle lateral y así evitar la plaza. Ya estaban levantando la carpa en el solar de Beard. Earl ya me había dado los dos pases para nuestros palcos. Estaba allí sentada con la cara vuelta, mordiéndose los labios. «Bien que lo siento», dice. «No entiendo por qué tuve que nacer.»

«Y yo conozco por lo menos una persona más que tampoco entiende nada de lo que sabe del asunto», digo. Me detuve frente al edificio de la escuela. Había sonado el timbre y los últimos estaban acabando de entrar. «Por una vez llegas a tiempo», digo. «¿Vas a pasar y a quedarte o tengo que entrar yo para obligarte?» Salió y cerró de un portazo. «Recuerda lo que te he dicho», digo, «porque va en serio. Que no me entere de que andas paseando por ahí a escondidas con un chulo de ésos».

Al oír esto se volvió. «Yo no me escondo», dice. «Como si alguien pudiera saber todo lo que hago.»

«Bien que lo saben», digo. «Aquí todos saben lo que eres. Pero yo no voy a aguantarlo más, ¿te enteras? A mí no me importa lo que hagas», digo, «pero yo tengo un nombre en el pueblo, y no voy a tolerar que un miembro de mi familia se comporte como una puta negra. ¿Me oyes?»

«Me da igual», dice, «soy mala y me voy a ir al infierno y me da igual. Prefiero estar en el infierno que donde estés tú».

«Si vuelvo a enterarme de que no has ido a la escuela, vas a desear estar en el infierno», digo. Ella se dio la vuelta y echó a correr a través del patio. «Ni una vez más, no lo olvides», digo. No volvió la cabeza.

Fui a correos y recogí las cartas y seguí en el coche hasta la tienda y aparqué. Earl me miró al entrar. Le di la oportunidad de que me dijera algo por haber llegado tarde, pero solamente dijo,

«Han llegado las cultivadoras. Tienes que ayudar al Tío Job a guardarlas.»

Fui a la parte trasera, donde el Tío Job las estaba desembalando, a una media de unos tres tornillos por hora.

«Deberías estar trabajando en mi casa», digo. «Todos los negros que no sirven para nada comen en mi cocina.»

«Trabajo para quien me pague los sábados por la noche», dice. «Cuando tengo trabajo, no me queda mucho tiempo para otras cosas.» Desatornilló una tuerca. «Y por aquí nadie se mata a trabajar, aparte de los gorgojos del algodón», dice.

«Pues alégrate de no ser un gorgojo con esas cultivadoras», digo. «Acabarías muerto de cansancio antes de que pudiesen pensar en cómo terminar contigo.»

«Es verdad», dice. «Los gorgojos lo pasan mal. Todos los días trabajando con este calor, con lluvia o con sol. No pueden sentarse en el porche a ver cómo engordan las sandías y para ellos los sábados no tienen nada de particular.»

«Los sábados tampoco serían nada especial para ti», digo, «si de mí dependiera que te pagaran el jornal. Saca eso de las cajas y mételo dentro».

Primero abrí su carta y saqué el cheque. Muy propio de una mujer. Seis días tarde. Pero sin embargo te pretenden hacer creer que ellas pueden llevar un negocio. Cuánto iba a durarle un negocio a quien creyese que el día seis es el primer día del mes. Y, naturalmente, cuando envíen el saldo del banco, querrá saber por qué no he ingresado mi sueldo hasta el día seis. Esas cosas nunca se le pasan a una mujer por la cabeza.

No has contestado a mi carta sobre el vestido de Quentin para el Domingo de Ramos. ¿Llegó bien? No ha contestado las dos últimas cartas que le he escrito, a pesar de que el cheque que incluí en la segunda se cobró a la vez que el anterior. ¿Es que está enferma? Házmelo saber inmediatamente o me presentaré ahí para comprobarlo por mí misma. Me prometiste que me harías saber si necesitaba algo. Esperaré a tener noticias tuyas hasta el diez. No, mejor me envías enseguida un telegrama. Estás abriendo las cartas que yo le escribo. Lo sé como si te estuviera viendo. Más te vale enviarme un telegrama a esta dirección.

En ese momento Earl se puso a dar gritos a Job, así que las escondí y fui a ver si yo lo ponía firme. Lo que este país necesita es mano de obra blanca. Que estos malditos negros de mierda pasen hambre durante un par de años y ya se darán cuenta de cómo son las cosas.

Hacia las diez me fui a la parte delantera. Había un viajante. Faltaban un par de minutos para las diez, y le invité a tomar una coca-cola en la parte de arriba de la calle. Nos pusimos a hablar de las cosechas.

«No hay nada que hacer», digo, «el algodón es cosa de especuladores. Calientan la cabeza a los agricultores y les hacen plantar una cosecha enorme y luego ellos se la cepillan en el mercado para contentar a esos chupones. ¿Cree usted que los agricultores sacan otra cosa que la nuca enrojecida y la espalda encorvada? ¿Cree usted que quienes sudan para plantarlo se llevan un centavo más de lo que necesitan para sobrevivir?», digo. «Si siembran una cosecha grande no valdrá la pena recogerla; si siembran una cosecha pequeña no tendrán suficiente para desmotar. Y ¿para quién? para una banda de asquerosos judíos del Este, no me refiero a la religión judía», digo, «que he conocido algunos judíos que eran buenos ciudadanos. Usted mismo podría serlo», digo.

«No», dice, «yo soy norteamericano».

«No he querido ofenderle», digo. «A cada uno lo suyo, sin tener en cuenta su religión ni otras cosas. No tengo nada contra los judíos como personas», digo. «Sólo contra la raza. Admitirá usted que no producen nada. Se van a cualquier país tras los pioneros y luego les venden ropas.»

«Eso será a los armenios», dice, «¿no? Porque los pioneros no necesitan ropa nueva».

«No he querido ofenderle», digo. «A nadie le echo en cara su religión.»

«Por supuesto», dice, «yo soy norteamericano. Mi familia tiene parte de sangre francesa, por eso tengo esta nariz. Soy norteamericano de pura cepa».

«Yo también», digo. «No quedamos muchos. Me refería a esos tipos de Nueva York que trabajan para los especuladores sin mover un dedo.»

«Es cierto», dice. «Los pobres no tienen con qué especular. Debería haber una ley que lo prohibiera.»

«¿No cree usted que tengo razón?», digo.

«Sí», dice, «supongo que usted tiene razón. El agricultor lleva todas las de perder».

«Ya sé que tengo razón», digo. «Hay que hacer el juego a los especuladores, a no ser que uno saque información a alguien que sepa de qué va la cosa. Yo estoy relacionado con gente que está en el ajo. Tienen a uno de los mayores especuladores de Nueva York de asesor. Que cómo lo hago», digo, «nunca arriesgo demasiado de una vez. Van tras los que creen que con tres dólares pueden sacar algo. Ésos son los que interesan al negocio».

Entonces dieron las diez. Subí hacia el edificio de telégrafos. Se había abierto un poco, tal como habían dicho. Fui a un rincón y volví a sacar el telegrama, para cerciorarme. Mientras lo estaba mirando, entró un informe. Había subido dos puntos. Todos estaban comprando. Lo deduje por lo que decían. Subiéndose al carro. Como si no supiesen que sólo podía ir en un sentido. Como si hubiese una ley que prohibiese no comprar. Bueno, supongo que los judíos del Este también tienen que vivir. Pero maldita sea si no hay que fastidiarse cuando cualquier extranjero de mierda que no sabía ganarse la vida en el país donde Dios le puso puede venir a éste y llevarse el dinero de los bolsillos de los norteamericanos. Había subido dos puntos más. Cuatro puntos. Pero, qué demonios, ellos estaban allí y bien que sabían lo que estaba sucediendo. Y si yo no iba a seguir sus consejos, para qué les estaba pagando diez dólares al mes. Salí, entonces me acordé y regresé y envié el telegrama. «Todo bien. Q escribe hoy.»

«¿Q?» dice el telegrafista.

«Sí», digo, «Q. ¿Es que no sabes escribir la Q?».

«Sólo quería estar seguro», dice.

«Tú lo envías como yo lo he escrito y te garantizo estar seguro», digo. «Envíalo a cobro revertido.»

«¿Qué estás enviando, Jason?», dice el doctor Wright, mirando por encima de mi hombro. «¿Se trata de un mensaje cifrado para que compren?»

«No pasa nada», digo. «Vosotros a lo vuestro. Que sabéis más del asunto que los de Nueva York.»

«Así debería ser», dice Doc, «yo me habría ahorrado dinero este año si hubiese plantado a dos centavos la libra».

Entró otro informe. Había bajado un punto.

«Jason está vendido», dice Hopkins. «Mirad qué cara.»

«Lo que estoy haciendo no os importa», digo. «Vosotros a lo vuestro. Que los judíos ricos de Nueva York tienen tanto derecho a la vida como cualquiera», digo.

Regresé a la tienda. Earl estaba ocupado en la parte delantera. Fui tras el mostrador y leí la carta de Lorraine. «Querido papaíto, ojalá estuvieses aquí. No hay fiestas divertidas cuando los papaítos están fuera echo mucho de menos a mi querido papaíto.» Ya me lo supongo. La última vez la di cuarenta dólares. Se los di. Nunca hago promesas a una mujer ni la digo cuánto voy a darla. Es la única manera de entendérselas con ellas. Que siempre estén haciéndose cábalas. Si no se te ocurre ninguna sorpresa las das un puñetazo en la mandíbula.

La rompí y la quemé en la escupidera. Tengo por costumbre no guardar ni un trozo de papel salido de la mano de una mujer, y nunca las escribo. Lorraine siempre está detrás de mí para que la escriba pero yo la digo cualquier cosa que haya olvidado decirte puede esperar hasta que yo vuelva a Memphis pero la digo no me importa que me escribas de vez en cuando en un sobre normal, pero si alguna vez se te ocurre llamarme por teléfono, no vas a caber en Memphis la digo. La digo que cuando estoy en Memphis soy como todos, pero que no voy a tolerar que ninguna mujer me llame por teléfono. Toma, la digo, y la doy los cuarenta dólares. Si alguna vez te emborrachas y se te ocurre la idea de llamarme por teléfono, acuérdate de esto y cuenta hasta diez antes de hacerlo.

«¿Cuándo será eso?», dice.

«¿El qué?», digo.

«¿Cuándo vas a volver?», dice.

«Ya te lo diré», digo. Entonces quiso tomarse una cerveza, pero no la dejé. «No te gastes el dinero», digo. «Cómprate un vestido con él.» A la criada también la di cinco. Después de todo, es lo que yo digo que el dinero no vale nada; lo que te compras sí. No es de nadie, así que para qué guardarlo. Es de quien lo consigue y lo tiene. Aquí en Jefferson hay un tipo que hizo un montón de dinero vendiendo a los negros cosas medio podridas, vivía en una habitación encima de una tienda del tamaño de una pocilga, y él mismo se hacía las comidas. Hace cuatro o cinco años se puso enfermo. Se llevó un susto de mil demonios así que cuando volvió a estar en pie se fue a la iglesia y se compró un misionero en China, cinco mil dólares al año. Yo suelo imaginarme lo furioso que se pondría acordándose de los cinco mil anuales si se muriese y se encontrase con que no hay cielo. Es lo que yo digo que se muera ahora y se ahorre el dinero.

Cuando acabó de quemarse del todo, estaba a punto de meterme las otras en la chaqueta cuando repentinamente algo me hizo abrir la de Quentin antes de irme a casa, pero entonces Earl empezó a darme gritos desde la parte delantera, así que las dejé y fui y esperé a que el dichoso agricultor con su nuca enrojecida se pasase quince minutos diciendo si quería un cordón de cuero de veinte centavos o uno de treinta y cinco.

«Mejor se lleva el bueno», digo. «¿Cómo quieren ustedes salir adelante, utilizando malos arreos?»

«Si éste no vale», dice, «¿por qué lo vende?».

«Yo no he dicho que no valga», digo, «he dicho que no es tan bueno como este otro».

«¿Y cómo lo sabe?», dice. «¿Los ha usado usted alguna vez?»

«Porque no piden treinta y cinco centavos por él», digo. «Por eso sé que no es igual de bueno.»

Tenía en las manos el de veinte centavos, pasándoselo entre los dedos. «Creo que me voy a llevar éste», dice. Me ofrecí a envolvérselo, pero lo hizo un ovillo y se lo metió en el mono. Luego sacó una bolsa de tabaco y finalmente la desató y tras sacudirla sacó unas monedas. Me alargó una de veinticinco centavos. «Esos quince centavos me sirven para pagarme el almuerzo», dice.

«De acuerdo», digo, «usted manda. Pero no venga quejándose el año que viene cuando tenga que comprarse otro arreo».

«Todavía no estoy con la cosecha del año que viene», dice. Por fin me libré de él, pero cada vez que sacaba la carta sucedía algo. Con la función todo el mundo estaba en el pueblo, entrando en manadas para soltar dinero por una cosa que no traía nada bueno al pueblo y que no iba a dejar nada aparte de lo que los mangantes de la oficina del Alcalde se repartiesen, y Earl de acá para allá como una gallina clueca, diciendo «Sí, señora, el señor Compson la atenderá. Jason, enseña una batidora a esta señora o sirve cinco centavos de alcayatas a esta señora.»

Bueno, a Jason le gusta el trabajo. Es lo que yo digo, que nunca he tenido la oportunidad de ir a la Universidad porque en Harvard te enseñan a ir a nadar por las noches sin que sepas nadar y en Sewanee ni siquiera te enseñan lo que es el agua. Lo que yo digo, que pueden mandarme a la Universidad del Estado; a lo mejor aprendo a detener el reloj con un vaporizador nasal y luego pueden mandar a Ben a la Marina les digo o a Caballería, eh, porque en Caballería castran a los caballos. Después, cuando ella mandó a Quentin a casa para que también yo la diese de comer, yo digo pues bueno, en vez de tener que irme al norte a buscar trabajo me envían el trabajo aquí, y entonces Madre empezó a llorar y yo digo, no es que ponga objeciones a quedarme aquí; si te produce satisfacción, dejaré el trabajo y yo mismo la criaré y, por mí, tú y Dilsey podéis ocuparos de tener la despensa llena, o Ben. Alquiládselo a unos titiriteros; en alguna parte debe haber quien pague por verle, entonces ella lloró todavía más no dejaba de decir mi pobrecito niño qué pena y yo digo sí te servirá de buena ayuda cuando acabe de crecer y sólo sea vez y media más alto de lo que yo soy ahora y ella dice que ella se morirá pronto y que entonces todos estaremos mejor y yo digo bueno, bueno, como quieras. Es tu nieta, que es más de lo que otros abuelos pueden dar por seguro. Sólo que digo que es cuestión de tiempo. Si crees que ella va a hacer lo que dice y no quieres verlo, te engañas a ti misma porque la primera vez ya ves cómo fue Madre siguió diciendo gracias a Dios que de Compson sólo tienes el apellido, porque eres el único que ya me queda, Maury y tú, y yo digo por mí sobra el Tío Maury y entonces llegaron y dijeron que estaban listos para empezar. Entonces Madre dejó de llorar. Se bajó el velo y bajamos. El Tío Maury salía del comedor tapándose la boca con el pañuelo. Hicieron una especie de pasillo y salimos por la puerta a tiempo de ver cómo Dilsey se llevaba a Ben y a T. P. por la esquina. Bajamos las escaleras y entramos. El Tío Maury no dejaba de decir pobre hermanita, como masticando algo y dando golpecitos en la mano a Madre. Sabe Dios qué andaría masticando.

«¿Te has puesto la cinta negra?», dice ella. «¿Por qué no nos vamos antes de que salga Benjamin y dé un espectáculo? Pobrecito mío. No lo sabe. Ni siquiera se da cuenta.»

«Vamos, vamos», dice el Tío Maury, dándole golpecitos en la mano, masticando algo. «Es mejor así. Que no sepa de la desgracia hasta que no sea necesario.»

«Otras mujeres tienen el consuelo de sus hijos en momentos así», dice Madre.

«Tú nos tienes a Jason y a mí», dice.

«Es tan espantoso», dice, «acabar así los dos en menos de dos años».

«Vamos, vamos», dice. Un momento después, como por casualidad, se puso la mano en la boca y lo tiró por la ventanilla. Entonces me di cuenta de qué era aquel olor. Clavo. Supongo que él pensaría que era lo menos que podía hacer en el funeral de Padre o sería que el aparador creyó que todavía se trataba de Padre y lo engatusase al pasar. Es lo que yo digo, que si tuvo que vender algo para enviar a Quentin a Harvard todos habríamos estado un millón de veces mejor si hubiese vendido el aparador y se hubiese comprado una camisa de fuerza de un solo brazo con parte del dinero. Admito las razones que dieron todos los Compson antes de pasármelo a mí, como dice Madre, se lo bebió todo. Por lo menos nunca le oí ofrecerse a vender nada para enviarme a mí a Harvard.

De modo que continuó dándola golpecitos en la mano y diciendo «Pobre hermanita», dándola golpecitos en la mano con uno de los guantes negros por los que nos mandaron la cuenta cuatro días después que era el veintiséis, el mismo día del mes en que se fue Padre y la recogió y la trajo a casa y no dijo dónde se encontraba ella ni nada y Madre lloraba y decía «¿Y ni siquiera lo has visto? ¿Ni siquiera has intentado llegar hasta él y conseguir que la dote de fondos?» y Padre dice «No ella no va a tocar ni un céntimo de su dinero» y Madre dice «Puede obligarle la ley. No puede probar nada a no ser que... Jason Compson», dice, «has sido tan estúpido que has dicho...».

«Calla, Caroline», dice Padre, entonces me mandó a ayudar a que Dilsey sacara aquella cuna vieja del desván y yo digo,

«Bueno, esta noche me ha salido un empleo en mi propia casa» porque siempre esperamos que solucionarían las cosas y que él se la quedaría porque Madre siempre decía que ella se preocuparía de la familia y no comprometería mis oportunidades después de que ella y Quentin ya hubiesen tenido las suyas.

«¿Y adónde iba a ir?», dice Dilsey, «¿quién iba a criarla más que yo? ¿Es que yo no los he criado a todos ustedes?».

«Pues sí que te ha salido bien», digo. «De todas formas ya me preocuparé de que se entere desde ahora.» Así que bajamos la cuna y Dilsey se puso a prepararla en su antigua habitación. Entonces naturalmente Madre empezó.

«Calle, señorita Caroline», dice Dilsey, «que la va a despertar».

«¿Ahí?», dice Madre, «¿para que ese ambiente la envenene? Ya será suficiente con la herencia que tiene».

«Cállate», dice Padre, «no seas tonta».

«Por qué no va a dormir ahí», dice Dilsey, «en la misma habitación donde yo acostaba a su mamá todas las noches desde que fue suficientemente grande para dormir sola».

«No te das cuenta», dice Madre «mi hija abandonada por su marido. Pobrecita niña inocente», dice mirando a Quentin. «Nunca sabrás los sufrimientos que has causado.»

«Cállate, Caroline», dice Padre.

«¿Por qué se empeña en seguir así delante de Jason?», dice Dilsey.

«He intentado protegerlo», dice Madre. «Siempre he intentado protegerlo de estas cosas. Por lo menos haré cuanto pueda para defenderla.»

«Me gustaría saber qué mal la va a hacer dormir en esta habitación», dice Dilsey.

«No puedo evitarlo», dice Madre. «Ya sé que sólo soy una vieja pesada. Pero no se puede quebrantar la ley de Dios impunemente.»

«Tonterías», dice Padre. «Ponla entonces en la habitación de la señorita Caroline, Dilsey.»

«Tú dirás que son tonterías», dice Madre. «Pero ella nunca debe saberlo. Ni siquiera debe saber su nombre. Dilsey, te prohíbo que jamás pronuncies ese nombre donde ella pueda oírlo. Yo agradecería a Dios que llegase a crecer sin saber quién fue su madre.»

«No seas estúpida», dice Padre.

«¿Acaso me he entrometido yo en la forma que tú has tenido de educarlos?», dice Madre, «pero ya no puedo más. Tenemos que decidirlo ahora, esta noche. O ese nombre no se pronuncia delante de ella, o se va ella, o me voy yo. Elige».

«Cállate», dice Padre, «lo que pasa es que estás alterada. Colócala aquí, Dilsey».

«Y usted también está enfermo», dice Dilsey. «Parece una aparición. Acuéstese y le prepararé un ponche para que pueda dormir. Seguro que lleva sin pegar ojo desde que se marchó.»

«No», dice Madre. «¿Es que no sabes lo que ha dicho el médico? ¿Por qué le incitas a que beba? Eso es lo que le pasa. Mírame, yo también sufro, pero no soy tan débil como para suicidarme con whisky.»

«Bobadas», dice Padre. «Qué sabrán los médicos. Se ganan la vida aconsejando a la gente que haga precisamente lo que no quiere hacer, lo que no es ni más ni menos que demostración de la degeneración de la especie humana. La próxima vez me vas a traer a un cura para que me coja la mano.» Entonces Madre lloró, y él salió. Bajó la escalera, y entonces oí el aparador. Me desperté y volví a oírlo bajar. Madre se había dormido o algo así, porque la casa estaba finalmente en silencio. Él también intentaba no hacer ruido, porque yo no lo oía, solamente el roce de su camisón y de sus piernas desnudas contra la parte delantera del aparador.

Dilsey preparó la cuna y la desnudó y la metió dentro. No se había despertado ni una sola vez desde que él la trajo a casa.

«Es casi demasiado grande», dice Dilsey. «Ya está. Me voy a poner un camastro al otro lado del rellano, para que no tenga usted que levantarse por la noche.»

«No pienso dormir», dice Madre. «Vete a tu casa. No importa. Estaré contenta de dedicarle el resto de mi vida, si puedo evitar...»

«Cállese ya», dice Dilsey. «Nosotros vamos a cuidar de ella. Y usted acuéstese también», me dice, «que mañana tiene que ir a la escuela».

Por eso salí, entonces Madre me llamó y se pasó un rato llorando apoyada en mí.

«Eres mi única esperanza», dice. «Todas las noches doy gracias a Dios por tenerte a ti.» «Mientras esperábamos a que empezasen ella dice Demos gracias a Dios porque me haya dejado a ti en lugar de a Quentin si tenía que llevárselo también a él. Gracias a Dios que no eres un Compson, porque lo único que ya me queda sois Maury y tú y yo digo, Por mí el Tío Maury sobra. Bueno, él siguió dándole golpecitos en la mano con su guante negro, volviendo el rostro. Se los quitó cuando le tocó coger la pala. Se puso junto a los primeros, a los que estaban cubriendo con unos paraguas, sacudieron los pies para intentar quitarse de los zapatos el barro, que se adhería de tal forma a las palas que tenían que arrancarlo, y hacía un sonido hueco al caer, y cuando retrocedí tras el simón lo vi tras una tumba, dándole otra vez a la botella. Creí que nunca iba a acabar porque yo también llevaba mi traje nuevo pero las ruedas todavía no estaban demasiado embarradas, sólo que Madre lo vio y dice No sé cuándo vas a poder comprarte otro y el Tío Maury dice, «Vamos, vamos. No te preocupes. Siempre me tendrás para lo que necesites».

Y bien que lo tenemos. Siempre. La cuarta carta era suya. Pero no hacía ninguna falta abrirla. La podría haber escrito yo mismo, o habérsela recitado a ella de memoria, añadiendo diez dólares más para no equivocarme. Pero la otra carta me daba mala espina. Tenía el presentimiento de que ella iba a jugármela otra vez. Después de la primera tomó buena nota. Se dio cuenta enseguida de que yo era de una madera distinta de la de Padre. Cuando empezó a cubrirse Madre naturalmente empezó a llorar, así que el Tío Maury subió con ella y arrancó. Me dice Ya vendrás con alguien; no les importará traerte. Yo tengo que llevarme a tu madre y casi le dije Sí deberías haberte traído dos botellas en lugar de una sólo que recordé dónde estábamos y les dejé marchar. Como si les importase que me mojara, así Madre se podría pasar todo el día preocupada por si yo pillaba una pulmonía.

Bueno, me puse a pensar en aquello y a mirar cómo le echaban tierra encima arrojándola como si fuese cemento y fuesen a levantar una cerca, y empecé a sentir algo raro y por eso decidí darme una vuelta. Pensé que si me iba hacia la ciudad me adelantarían e intentarían que subiese con alguno de ellos, así que regresé al cementerio de los negros. Me cobijé bajo unos cedros, a los que casi no atravesaba la lluvia, sólo unas gotas de vez en cuando, y desde allí los vi terminar y marcharse. Después de que se hubiesen marchado todos, esperé un momento y salí.

Para evitar mojarme con la hierba húmeda tuve que ir por el camino, así que hasta que casi estuve encima no la vi, de pie, con una capa negra, mirando las flores. Enseguida me di cuenta de quién era, antes de que se volviese y me mirase y se levantase el velo.

«Hola, Jason», dice, ofreciéndome la mano. Nos la estrechamos.

«¿Qué haces aquí», digo. «Creía que le habías prometido que nunca ibas a volver. Creía que tenías más sentido común.»

«¿Ah, sí?», dice. Volvió a mirar a las flores. Deberían haber costado unos quince dólares por lo menos. Alguien había puesto un ramo sobre la de Quentin. «¿De verdad?», dice.

«Aunque no me extraña», digo. «No me fío de ti. No te importa nadie. Todo te importa un rábano.»

«Ah», dice, «tu empleo». Miró a la tumba. «Lo siento, Jason.»

«Claro», digo. «Ahora lo sientes. Pero no tenías por qué haber vuelto. No queda nada. Pregunta al Tío Maury si no me crees.»

«No quiero nada», dice. Miró a la tumba. «¿Por qué no me lo han dicho?», dice. «Lo vi casualmente en el periódico. En la última página. Por casualidad.»

No dije nada. Permanecimos allí, mirando a la tumba, y entonces me puse a pensar en cuando éramos pequeños y en esto y en aquello y volví a sentirme raro, como furioso, pensando en que ahora tendríamos al Tío Maury todo el tiempo en casa, mangoneando todo de la misma manera en que me había obligado a regresar a casa solo bajo la lluvia. Digo,

«Mucho te importa, colándote aquí en cuanto se muere. Pero no te va a servir de nada. No creas que te vas a aprovechar de esto para volver a meterte en casa. Si no te gusta lo que tienes, peor para ti», digo. «¿Sabes una cosa? En lo que se refiere a él y a Quentin, no te conocemos», digo. «¿Te enteras?»

«Ya lo sé», dice. «Jason», dice, mirando a la tumba, «si consigues que la vea un momento, te daré cincuenta dólares».

«Más quisieras tú que tener cincuenta dólares», digo.

«¿Lo harás?», dice sin mirarme.

«A verlos», digo. «No me creo que tengas cincuenta dólares.»

La vi mover las manos bajo la capa, luego extendió la mano. Maldita si no la tenía llena de dinero. Distinguí dos o tres de color amarillo.

«¿Es que él todavía te da dinero?», digo. «¿Cuánto te manda?»

«Te daré cien», dice. «¿Lo harás?»

«Espera un momento», digo. «Y como yo diga. No consentiré que ella lo sepa ni por mil dólares.»

«Sí», dice. «Como tú digas. Sólo verla un minuto. No te voy a pedir nada. Después me marcharé.»

«Dame el dinero», digo.

«Te lo daré luego», dice.

«¿Es que no te fías de mí?», digo.

«No», dice. «Te conozco. Crecimos juntos.»

«Pues mira quién fue a decir que no se fía», digo. «Bueno», digo, «tengo que guarecerme de la lluvia. Adiós». Hice como si fuera a marcharme.

«Jason», dice. Me detuve.

«¿Sí?», digo. «Date prisa. Me estoy calando.»

«De acuerdo», dice. «Ten.» No había nadie a la vista. Me di la vuelta y cogí el dinero. Ella lo retuvo. «¿Lo harás?», dice, mirándome bajo el velo, «¿me lo prometes?».

«Suelta», digo, «¿es que quieres que venga alguien y nos vea?».

Lo soltó. Me metí el dinero en el bolsillo. «¿Lo harás, Jason?», dice. «No te lo pediría si hubiese otra forma.»

«No te equivocas en que no hay otra forma», digo. «Claro que lo haré. Te he dicho que lo haría, ¿no? Sólo que vas a tener que hacer lo que yo te diga.»

«Sí», dice, «lo haré». Así que le dije dónde tendría que estar y me fui al establo. Como me di prisa llegué cuando estaban desenganchando el simón. Pregunté si ya lo habían pagado y dijo No y le dije que a la señora Compson se le había olvidado una cosa y que lo necesitaba otra vez, así que me lo dejaron. Conducía Mink. Le regalé un puro, así que estuvimos dando vueltas por las callejuelas por las que no nos veía nadie hasta que empezó a oscurecer. Entonces Mink dijo que tenía que devolver el coche y le dije que le regalaría otro puro así que tomamos el camino y yo atravesé el patio y me acerqué a la casa. Me quedé en el vestíbulo hasta que oí a Madre y al Tío Maury en el piso de arriba, y entonces fui a la parte trasera a la cocina. Ella y Ben estaban allí con Dilsey. Dije que Madre quería verla y me la llevé a la casa. Vi la gabardina del Tío Maury y se la eché por encima y la cogí en brazos y regresé al camino y me metí en el simón. Dije a Mink que fuese a la estación. Él tenía miedo de pasar por el establo, así que tuvimos que ir por la parte de atrás y la vi de pie en la esquina bajo la luz y dije a Mink que se acercase a la acera y que cuando yo le dijese Sigue, arrease al tiro. Entonces la quité la gabardina y la acerqué a la ventanilla y Caddy la vio y dio como un salto hacia adelante.

«¡Dale, Mink!», digo, y Mink los arreó y pasamos junto a ella como si fuéramos a apagar un incendio. «Y ahora coge el tren como has prometido», digo. Por la ventanilla trasera la veía correr detrás de nosotros. «Dales otra vez», digo, «vámonos a casa». Cuando dimos la vuelta a la esquina ella todavía seguía corriendo.

Así que aquella noche volví a contar el dinero y lo guardé, y no me sentía tan mal. Digo yo que eso te enseñará. Seguro que ahora te vas a dar cuenta de que no puedes quitarme un empleo y quedarte tan tranquila. Nunca se me ocurrió pensar que rompería su promesa y que no cogería el tren. Pero es que entonces no los conocía bien; era tan estúpido que me creía lo que decían, porque a la mañana siguiente, maldita sea, apareció en la tienda, sólo que fue suficientemente lista como para llevar el velo bajado y no hablar con nadie. Era un sábado por la mañana, porque yo estaba en la tienda, y apresuradamente se dirigió directamente hacia la mesa donde yo estaba.

«Embustero», dice, «embustero».

«¿Es que te has vuelto loca?», digo. «¿Qué pretendes, apareciendo aquí de este modo?» Ella fue a hablar pero la callé. Digo, «Ya me has costado un empleo; ¿es que quieres que pierda éste también? Si tienes algo que decirme, nos veremos en cualquier parte cuando se haga de noche. ¿Qué tienes que decirme?», digo. «¿Es que no he cumplido todo lo que dije? Dije que la verías un momento ¿no? Bueno ¿acaso no la has visto?» Ella me miraba, temblando como si tuviera escalofríos, con los puños cerrados, muy agitada. «He hecho lo que dije que iba a hacer», digo, «tú eres quien ha mentido. Prometiste que cogerías el tren ¿no? ¿No lo prometiste? Si crees que vas a recuperar el dinero, inténtalo y verás», digo. «Aunque hubiesen sido mil dólares, todavía estarías en deuda conmigo después del riesgo que he corrido. Y si me entero de que sigues en el pueblo después de que salga el de las cinco», digo, «se lo diré a Madre y al Tío Maury. Y espera sentada a volver a verla». Allí estaba, mirándome, retorciéndose las manos.

«Maldito seas», dice, «maldito seas».

«Claro», digo, «muy bien. Y ahora haz lo que te digo. Después del de las cinco, se lo diré».

Después de que se hubo ido me sentí mejor. Me dije, te lo pensarás dos veces antes de dejarme sin el empleo que me prometieron. Yo entonces era un niño. Creía que la gente hacía las cosas que decía. He aprendido desde entonces. Además, es lo que yo digo, que no necesito la ayuda de nadie para salir adelante sé arreglármelas yo solo como siempre ha sido. Entonces de repente me acordé de Dilsey y del Tío Maury. Pensé que ella recurriría a Dilsey y que el Tío Maury haría lo que fuese por diez dólares. Y allí estaba yo, que ni siquiera podía irme de la tienda para proteger a mi propia Madre. Es lo que ella dice si uno de vosotros habla de irse, gracias a Dios que eres tú quien me queda puedo confiar en ti y yo digo bueno es que no puedo alejarme de la tienda tanto como para que tú me pierdas de vista. Alguien tiene que ocuparse de lo poco que nos queda, digo yo.

Así que en cuanto llegué a casa me fui a por Dilsey. Dije a Dilsey que ella tenía lepra y cogí una Biblia y la leí aquello de la carne que se pudre y la dije que si alguna vez la miraba también la cogerían Ben o Quentin. Así que yo creía tener todo arreglado hasta el día en que llegué a casa y me encontré a Ben berreando. Armando la de dios es cristo y nadie podía hacerlo callar. Madre dijo, Bueno, dadle la zapatilla. Dilsey hizo como si no lo hubiese oído. Madre volvió a decirlo y yo digo Iré yo, no puedo soportar este escándalo. Es lo que yo digo, que puedo aguantar un montón de cosas, que no puedo esperar nada de ellos, pero que si tengo que pasarme el día trabajando en una tienda de mierda creo que me merezco un poco de paz y tranquilidad a la hora de la cena. Así que digo que iría yo y Dilsey dice inmediatamente, «¡Jason!».

Bueno, me di cuenta como un rayo de lo que pasaba, pero para cerciorarme fui a por la zapatilla y la traje, y tal como yo creía, cuando él la vio uno habría creído que lo estaban matando. Así que obligué a Dilsey a confesar, luego se lo dije a Madre. Entonces tuvimos que subirla a la cama, y después de que las cosas se hubiesen tranquilizado un poco, amenacé a Dilsey con el fuego del infierno. Todo lo que se puede asustar a un negro, claro. Ése es el problema de tener criados negros, que cuando llevan mucho tiempo contigo se dan tanta importancia que no valen para nada. Se creen que mandan en toda la familia.

«Me gustaría saber qué hay de malo en que la pobre niña vea a su hija», dice Dilsey. «Si todavía estuviese aquí el señor Jason, otro gallo cantaría.»

«Lo malo es que ya no está el señor Jason», digo. «Ya sé que no vas a hacerme ni caso, pero supongo que harás lo que Madre te mande. Como sigas dándole disgustos como éste, pronto la vas a enterrar, y luego podrás llenar la casa de chusma y de eunucos. Pero ¿por qué demonios has dejado que ese idiota la vea?»

«Usted no tiene sangre en las venas, Jason», dice. «Gracias a Dios que yo sí que tengo corazón, aunque sea negro.»

«Por lo menos valgo para no dejar que se quede vacío el saco de la harina», digo. «Y como lo vuelvas a hacer, tú no volverás a probarla.»

Así que la vez siguiente la dije que si volvía a liar a Dilsey, Madre echaría a Dilsey, mandaría a Ben a Jackson, cogería a Quentin y se marcharía. Ella se quedó mirándome durante un momento. No había ninguna farola cerca y yo no la podía ver bien la cara. Pero sentía cómo me estaba mirando. Cuando éramos pequeños, cuando ella se enfadaba y no podía salirse con la suya, la temblaba el labio de arriba. Cada vez la iba dejando los dientes más al descubierto, y siempre se quedaba tan quieta como un poste, sin mover un músculo aparte del labio que cada vez la temblaba más y que la iba dejando los dientes más al descubierto. Pero ella no dijo nada. Solamente dijo,

«Está bien. ¿Cuánto?»

«Pues si un vistazo por la ventanilla trasera de un simón valió cien», digo. Así que a partir de entonces ella se portó bastante bien, solamente quiso una vez ver el saldo de la cuenta del banco.

«Ya sé que están endosados por Madre», dice, «pero quiero ver el saldo del banco. Quiero comprobar por mí misma dónde van a parar los cheques».

«Ésas son cosas particulares de Madre», digo. «Si te crees con derecho a husmear en sus asuntos, la diré que sospechas que alguien se está quedando con los cheques y que quieres una auditoría porque no te fías de ella.»

No dijo nada ni tampoco se movió. Yo la oía musitar Maldito seas ay maldito seas ay maldito seas.

«Dilo en voz alta», digo, «que no creo que sea un secreto lo que pensamos el uno del otro. A lo mejor quieres que te devuelva el dinero», digo.

«Escucha, Jason», dice. «Ahora no me mientas. Ella... No te voy a pedir ver nada más. Si no es suficiente, te mandaré más todos los meses. Pero sólo prométeme que ella... que ella... Tú puedes. Cosas para ella. Sé cariñoso con ella. Cositas que yo no puedo, que no me dejan... Pero no lo harás. Nunca has tenido sangre en las venas. Escucha», dice, «si consigues que Madre me la devuelva, te daré mil dólares».

«Tú no tienes mil dólares», digo, «sé que estás mintiendo».

«Sí, los tengo. Los tendré. Puedo conseguirlos.»

«Ya me imagino cómo los conseguirás», digo, «de la misma manera que a ella. Y cuando haya crecido lo suficiente...». Entonces creí que me iba a dar una bofetada, y luego me quedé sin saber qué iba a hacer. Durante un momento se comportó como si fuera un muñeco de cuerda pasado de rosca a punto de estallar en pedacitos.

«Ay, estoy loca», dice, «estoy mal de la cabeza. No me la puedo llevar. Quedárosla. En qué estoy pensando. Jason», dice, cogiéndome del brazo. Tenía las manos ardiendo, como si tuviera fiebre. «Tienes que prometerme que vas a cuidar de ella, que... es de tu sangre; de tu carne y de tu sangre. Prométemelo, Jason. Llevas el nombre de Padre: ¿crees que a él tendría que habérselo dicho yo dos veces? ¿O pedírselo siquiera?»

«Eso», digo. «Ya me dejó él un buen encarguito. ¿Qué pretendes que haga yo?», digo, «¿que me compre un delantal y un cochecito? Yo no te he metido en esto», digo. «Yo corro más riesgos que tú, porque tú no tienes nada que perder. Así que si esperas que...»

«No», dice, entonces se echó a reír pero intentando controlar la risa a la vez, «No. No tengo nada que perder», dice, emitiendo el sonido aquel, tapándose la boca con las manos, «na-na-nada», dice.

«Oye», digo. «¡Ya está bien! ¡Cállate!»

«Lo estoy intentando», dice, tapándose la boca con las manos. «Oh, Dios mío, oh Dios mío.»

«Me marcho», digo. «No deben verme por aquí. Ahora vete. ¿Me has oído?»

«Espera», dice, cogiéndome del brazo. «Ya me callo. No lo volveré a hacer. ¿Me lo prometes, Jason?», dice y yo sintiendo su mirada como si me tocase la cara con los ojos. «¿Me lo prometes? Madre... el dinero... que si necesita al... Si te envío a ti sus cheques, y algunos más, ¿se los darás? ¿No lo contarás? ¿Te vas a ocupar de que tenga lo que tienen otras niñas?»

«Claro», digo, «siempre que te portes bien y hagas lo que yo te diga».

Así que cuando Earl se acercó a la parte delantera con el sombrero puesto dice, «Voy a acercarme a Roger's a tomar algo. Creo que no nos va a dar tiempo a ir a comer a casa».

«¿Por qué no nos va a dar tiempo?», digo.

«¿Con la función y todo eso?», dice. «Van a hacer un pase también por la tarde, y querrán que cerremos a tiempo para ir. Mejor nos acercamos a Roger's.»

«De acuerdo», digo. «Allá usted con su estómago. Si quiere vivir esclavizado por su negocio, yo no tengo nada que decir.»

«La verdad es que tú nunca estarás esclavizado», dice.

«Nunca. A menos que se trate del negocio de Jason Compson», digo.

Así que cuando volví y la abrí, lo único que me sorprendió fue que era un giro en lugar de un cheque. No, señor. No te puedes fiar de ellos. Después de todos los riesgos que he corrido, arriesgándome a que Madre averiguase que algunas veces ella viene una o dos veces al año, y yo teniéndole que contar mentiras a Madre. A eso lo consideran gratitud. Y yo no iba a ocultar que iba a dar orden en correos de que no dejasen que lo cobrase nadie más que ella. Mandar cincuenta dólares a una chiquilla. Porque lo que es yo, no vi cincuenta dólares juntos hasta que cumplí los veintiún años, y todos los demás tenían la tarde libre y los sábados y yo trabajando en una tienda. Es lo que yo digo, que cómo querrán que nadie la controle si ella la da dinero a espaldas nuestras. Vive en la casa en que tú viviste, y recibe la misma educación, digo yo. Supongo que Madre sabe lo que ella necesita mejor que tú, que ni siquiera tienes casa. «Si quieres darla dinero», digo, «se lo mandas a Madre, no se lo des a ella. Si tengo que jugármela de vez en cuando, tendrás que hacer lo que yo te diga o se acabó».

Y por fin tuve tiempo para dedicarme a ello porque si Earl creía que yo iba a correr calle arriba para coger una indigestión a cuenta suya, iba listo. Puede que yo no me siente con los pies apoyados en una mesa de caoba pero, si me paga por lo que hago dentro de esta casa y no puedo vivir de forma civilizada fuera de ella, me iré a otro sitio donde sí que pueda hacerlo. Me basto yo solo; no necesito subirme en una mesa de caoba. Así que por fin me dispuse a empezar. Tendría que dejarlo para acercarme a vender cinco centavos de clavos o algo así a un tipo con la nuca bien roja, y Earl zampándose el bocadillo y casi a punto de llegar, como si tal cosa, y entonces me di cuenta de que se me habían acabado los cheques en blanco. Me acordé de haber tenido intención de coger más, pero ya era demasiado tarde, y entonces levanté la vista y Quentin que entraba. Por la puerta trasera. La oí preguntar al viejo Job si estaba yo. Sólo me dio tiempo a meterlos en el cajón y cerrarlo.

Ella rodeó la mesa. Miré mi reloj.

«¿Has comido ya?», digo. «Sólo son las doce; acabo de oírlas dar. Deben haberte salido alas en los pies para poder haber ido a casa y volver.»

«No voy a ir a casa», dice. «¿Me ha llegado hoy una carta?»

«¿Es que esperabas carta?», digo. «¿Acaso tienes un novio que sabe escribir?»

«De mi madre», dice. «¿He recibido carta de mi madre?», dice mirándome.

«Madre la ha recibido», digo. «No la he abierto. Tendrás que esperar a que ella la abra. Supongo que te dejará verla.»

«Por favor, Jason», dice sin hacerme caso. «¿La he recibido?»

«¿Qué pasa?», digo. «Nunca te he visto tan preocupada por nadie. Debes estar esperando dinero.»

«Ella dijo que...», dice. «Por favor, Jason», dice. «¿Sí o no?»

«Hoy hasta has debido ir a la escuela», digo, «porque has aprendido a decir por favor. Espera un momento que voy a atender a ese cliente».

Fui a atenderlo. Cuando volví estaba oculta detrás de la mesa. Eché a correr. Rodeé la mesa corriendo y la pillé sacando la mano del cajón. Le quité la carta, golpeándola los nudillos contra la mesa hasta que la soltó.

«Conque sí, ¿eh?», digo.

«Dámela», dice, «ya la has abierto. Dámela, Jason, por favor. Es mía. He visto la dirección».

«Te voy a dar de latigazos», digo, «eso es lo que voy a darte. Hurgar en mis papeles».

«¿Hay dinero?», dice, intentando cogerla. «Me dijo que me iba a mandar dinero. Me lo prometió. Dámelo.»

«¿Para qué quieres tú dinero?», digo.

«Me dijo que lo mandaría», dice, «dámelo. Por favor, Jason. Nunca más volveré a pedirte nada, si esta vez me lo das».

«Te lo daré a su debido tiempo», digo. Cogí la carta y saqué el giro y le di la carta. Ella intentó coger el giro, casi sin mirar la carta. «Primero tienes que firmarlo», digo.

«¿Por cuánto es?», dice.

«Lee la carta», digo. «Supongo que lo dirá.»

La leyó rápidamente, de un vistazo.

«No lo dice», dice, levantando la mirada. Dejó caer la carta al suelo. «¿Por cuánto es?»

«Por diez dólares», digo.

«¿Por diez dólares?», dice mirándome fijamente.

«Y ya puedes estar contenta de tenerlos», digo, «una niña de tu edad. ¿Por qué tienes de repente tanta necesidad de dinero?».

«¿Por diez dólares?», dice, como si estuviese soñando, «¿por sólo diez dólares?». Intentó quitarme el giro. «Mentira», dice. «¡Ladrón!», dice, «¡ladrón!».

«Ah, sí, ¿eh?», digo apartándola.

«¡Dámelo!», dice. «Es mío. Me lo ha mandado a mí. Quiero verlo. Dámelo.»

«¿Conque ésas tenemos?», digo agarrándola. «Conque sí, ¿eh?»

«Déjame verlo, Jason», dice. «Por favor. Nunca más volveré a pedirte nada.»

«¿Acaso crees que soy un mentiroso?», digo. «Pues no lo vas a ver.»

«Pero es que sólo diez dólares», dice. «Me dijo que... me... Jason, por favor, por favor, por favor. Necesito dinero. Lo necesito. Dámelo, Jason. Haré lo que quieras.»

«Dime para qué quieres el dinero», digo.

«Me hace falta», dice. Me estaba mirando. Entonces de repente dejó de mirarme sin apartar los ojos. Me di cuenta de que iba a contarme una mentira. «Es que debo dinero», dice. «Tengo que devolverlo. Tengo que devolverlo hoy.»

«¿A quién?», digo. Estaba como retorciéndose las manos. Yo la observaba inventarse la mentira. «¿Has vuelto a dejar cosas a cuenta en las tiendas?», digo. «Eso ni me lo digas. Si aquí das con alguien que te fíe después de lo que les he dicho...»

«A una chica», dice. «A una chica que me ha prestado dinero. Tengo que devolvérselo. Jason, dámelo. Por favor. Haré lo que quieras. Lo necesito. Mi madre te lo pagará. Le diré que te lo pague y que nunca más volveré a pedirle otra cosa. Te enseñaré la carta. Por favor, Jason. Lo necesito.»

«Dime para qué lo necesitas y yo me ocuparé de ello», digo. «Dímelo.» Pero permanecía de pie, frotándose las manos contra el vestido. «De acuerdo», digo, «si diez dólares son poco, se lo contaré a Madre y ya verás lo que pasa entonces. Naturalmente, que si eres tan rica que te sobran diez dólares...».

Pero no se movió, estaba allí mirando hacia el suelo, como murmurando algo entre dientes. «Me dijo que me mandaría dinero. Me dijo que manda dinero y tú dices que no manda. Dice que ha mandado un montón de dinero. Dice que es para mí. Que es para que me des un poco. Y tú dices que no tenemos dinero.»

«Eso lo sabes tan bien como yo», digo. «Ya has visto lo que pasa con los cheques.»

«Sí», dice, mirando al suelo. «Diez dólares», dice. «Diez dólares.»

«Y ya puedes dar gracias al cielo por los diez dólares», digo. «Toma», digo. Puse el giro boca abajo sobre la mesa, sujetándolo con la mano. «Fírmalo.»

«¿Me vas a dejar verlo?», dice. «Quiero verlo. Sea lo que sea, sólo voy a pedir diez dólares. Puedes quedarte con el resto. Sólo quiero verlo.»

«Después de cómo te has comportado, ni hablar», digo. «Tienes que enterarte de una cosa, y es que, cuando yo te diga que hagas algo, tienes que hacerlo. Pon tu nombre en esa raya.»

Cogió la pluma, pero en lugar de firmarlo se quedó allí con la cabeza baja y la pluma temblándole en la mano. Como su madre. «Dios mío», dice, «Dios mío».

«Sí», digo, «aunque sea solamente de eso, tienes que enterarte. Ahora, fírmalo, y vete de aquí».

Lo firmó. «¿Dónde está el dinero?», dice. Cogí el giro, lo doblé y me lo metí en el bolsillo. Entonces le di los diez dólares.

«Y ahora te vas otra vez a la escuela, ¿me oyes?»,
digo. No contestó. Estrujó el billete entre los dedos como
si fuera un trapo o algo así y salió por la puerta delantera
precisamente cuando entraba él. Un cliente entraba con
él y se detuvieron. Recogí las cosas y me puse el sombrero
y me dirigí hacia la puerta.

«¿Ha habido trabajo?», dice Earl.

«No mucho», digo. Miró hacia afuera.

«¿Es ése tu coche?», dice. «Será mejor que no te
vayas a comer a tu casa. Muy probablemente tengamos
jaleo otra vez antes de que empiece la función. Come en
Roger's y cárgalo a mi cuenta.»

«Muchas gracias», digo. «Creo que todavía me llega para comer.»

Y allí se quedó, vigilando la puerta como un buitre hasta que yo salí. Bueno, pues tendría que estarse al
cuidado un rato; que yo no podía hacer más. Siempre
me digo ésta es la última vez; tienes que acordarte de
coger más inmediatamente. Pero cómo va uno a acor-
darse de nada con este jaleo. Y ahora la maldita función
que tenía que ser precisamente cuando yo tenía que pasarme el día buscando un cheque en blanco por toda la
ciudad, además de todo lo demás que tenía que hacer
para ocuparme de la casa, y con Earl vigilando la puerta
como un buitre.

Fui a la imprenta y le dije que quería gastar una
broma a un tipo, pero no había. Entonces me dijo que
fuese a mirar en la antigua ópera, porque allí habían guardado un montón de papeles y trastos de cuando se fue a
pique el antiguo Banco Agrícola y Mercantil, así que seguí
cruzando callejuelas para que no me viese Earl y finalmente encontré al viejo Simmons y me dio la llave y me fui
hasta allí y me puse a rebuscar. Por fin encontré un talonario de un banco de Saint Louis. Y, naturalmente, esta
vez sería cuando ella se diera cuenta. Pues tendría que
servir. Ya no podía perder más tiempo.

Regresé a la tienda. «Se me han olvidado unos papeles que Madre necesita para ir al banco», digo. Volví a la mesa y apañé el cheque. Intentando darme prisa me digo que está bien que ella esté perdiendo vista, una mujer temerosa de Dios como Madre con esa putilla en casa. Es lo que yo digo, sabes tan bien como yo en qué se va a convertir ésa pero, me digo, es cosa tuya si por Padre quieres mantenerla y criarla en casa. Entonces ella se pone a llorar y dice que era de su carne y de su sangre así que yo digo Bueno. Como quieras. Lo que es por mí.

Apañé la carta y la volví a pegar y salí.

«Intenta no estar fuera más de lo necesario», dice Earl.

«De acuerdo», digo. Fui a la oficina de telégrafos. Allí estaban todos los enterados del pueblo.

«¿Ya habéis ganado vuestros millones?», digo.

«¿Cómo vamos a poder ganarlos estando el mercado como está?», dice Doc.

«¿Y qué le pasa?», digo. Entré a mirar. Había bajado tres puntos desde que abrió. «No dejaréis que una minucia como el mercado del algodón vaya a hundiros, ¿eh?», digo. «Yo os creía más listos.»

«Un cuerno listos», dice Doc. «A las doce en punto había bajado doce puntos. Me ha dejado limpio.»

«¿Doce puntos?», digo. «¿Por qué no me ha avisado nadie? ¿Por qué no me has avisado?», le digo al telegrafista.

«Y qué quiere que yo haga», dice. «Como si uno se dedicase a amañar apuestas.»

«Te crees muy listo, ¿eh?», digo. «Me parece que con el dinero que me dejo aquí, podías molestarte en llamarme. O, a lo mejor, esta empresa de mierda está compinchada con esos tiburones del Este.»

No dijo nada. Fingió estar ocupado.

«Me parece que te estás pasando de la raya», digo. «Bien sabes que tienes que trabajar para ganarte la vida.»

«¿Qué demonios te pasa?», dice Doc. «Todavía estás tres puntos por encima.»

«Sí», digo. «Si estuviese vendiendo. Creo no haberlo dicho todavía. ¿Os habéis quedado todos limpios?»

«Me han pillado dos veces», dice Doc. «Cambié justo a tiempo.»

«Bueno», dice I.O. Snopes. «Yo a veces gano; creo que es justo que de vez en cuando me ganen a mí.»

Así que los dejé comprando y vendiéndose entre ellos a cinco centavos el punto. Vi a un negro y lo mandé a por mi coche y me quedé esperando en la esquina. No podía ver a Earl mirando calle arriba y calle abajo, con los ojos puestos en el reloj, porque desde allí no se veía la puerta. Casi tardó una semana en llegar.

«¿Dónde diablos has estado?», digo, «¿dando una vuelta para presumir delante de esas putas?».

«He venido lo más recto que he podido», dice, «he tenido que dar la vuelta a la plaza, con tantos carromatos».

Todavía no he conocido a un solo negro que no tenga coartada para todo. Pero en cuanto les dejas un coche se ponen a presumir. Subí y rodeé la plaza. De refilón vi a Earl en la puerta al otro lado de la plaza.

Fui directamente a la cocina y dije a Dilsey que se diera prisa con la comida.

«Todavía no ha venido Quentin», dice.

«¿Y a mí qué?», digo. «Dentro de nada vas a venir diciéndome que Luster todavía no puede comer. Quentin sabe cuándo se sirven las comidas en esta casa. Y ahora, date prisa.»

Madre estaba en su habitación. Le di la carta. La abrió y sacó el cheque y se sentó con él en la mano. Fui al rincón a coger la badila y le di una cerilla. «Vamos», digo. «Termina de una vez. Dentro de nada te vas a poner a llorar.»

Cogió la cerilla pero no la encendió. Estaba sentada, mirando el cheque. Justo como yo había esperado.

«No me gusta hacer esto», dice, «añadir a Quentin a tus preocupaciones...».

«Supongo que nos las apañaremos», digo. «Vamos, termina de una vez.»

Pero ella seguía sentada con el cheque en la mano.

«Es de otro banco», dice. «Eran de un banco de Indianápolis.»

«Sí», digo. «Las mujeres tampoco lo tienen prohibido.»

«¿El qué?», dice.

«Tener dinero en dos bancos distintos», digo.

«Ah», dice. Se quedó un momento mirando el cheque. «Me alegro de saber que ella tiene tanto... de que tiene tanto... Dios sabe que yo hago lo que creo que está bien», dice.

«Vamos», digo. «Termina. Acaba con la diversión.»

«¿Diversión?», dice. «Cuando pienso...»

«Yo creía que todos los meses quemabas doscientos dólares para divertirte», digo. «Vamos. ¿Quieres que encienda yo la cerilla?»

«Yo podría llegar a aceptarlos», dice, «por mis hijos. Yo no tengo orgullo».

«No te quedarías tranquila», digo. «Ya sabes que no. Si ya lo tienes decidido, déjalo así. Ya nos las arreglaremos.»

«Dejo todo en tus manos», dice. «Pero a veces temo que al hacerlo así te estoy privando de lo que es tuyo por derecho. Quizás me castiguen por ello. Si tú quieres, me tragaré el orgullo y los aceptaré.»

«¿Y de qué va a servir empezar ahora cuando llevas quince años quemándolos?», digo. «Si continúas haciéndolo, no pierdes nada, pero si ahora empiezas a aceptarlos, habrás perdido cincuenta mil dólares. Hasta ahora nos las hemos apañado, ¿no?», digo. «Todavía no estás en el asilo.»

«Sí», dice, «nosotros los Bascomb no necesitamos de la caridad de nadie. Y desde luego no de la de una perdida».

Encendió la cerilla y prendió el cheque y lo puso en la badila, y después el sobre, y se quedó mirando cómo ardían.

«No sabes lo que es esto», dice. «Gracias a Dios que nunca sabrás cómo se siente una madre.»

«En este mundo hay muchísimas mujeres que no son mejores que ella», digo.

«Pero no son hijas mías», dice. «No es por mí», dice, «a mí no me importa aceptarla, a pesar de sus pecados, porque es de mi carne y de mi sangre. Es por Quentin».

Bueno, yo podía haber añadido que no era fácil que nadie fuese a perjudicar a Quentin, pero es lo que yo digo que no espero mucho pero que quiero poder comer y dormir sin tener en mi casa a un par de mujeres discutiendo y lloriqueando.

«Y por ti», dice. «Sé lo que sientes hacia ella.»

«Lo que es por mí», digo, «que vuelva».

«No», dice. «Eso se lo debo a la memoria de tu padre.»

«Pero si él siempre estuvo intentando convencerte para que la dejaras volver después de que Herbert la echó», digo.

«No lo comprendes», dice. «Ya sé que no quieres ponérmelo más difícil. Pero mi destino está en sufrir por mis hijos», dice. «Puedo soportarlo.»

«Pues yo creo que te metes en un montón de problemas innecesarios para conseguirlo», digo. El papel terminó de quemarse. Lo llevé a la chimenea y lo tiré. «Me parece una pena quemar el dinero», digo.

«Que yo nunca vea el día en que mis hijos tengan que aceptarlo, el salario del pecado», dice. «Casi preferiría veros muertos y enterrados.»

«Como quieras», digo. «¿Vamos a tardar en comer?», digo, «porque si es así tendré que volverme. Hoy tenemos mucho que hacer». Se levantó. «Ya se lo he dicho», digo. «Me parece que está esperando a Quentin o a Luster o a no sé quién. Ven. La llamaré. Espera.» Pero ella se acercó a la barandilla de la escalera y la llamó.

«Todavía no ha llegado Quentin», dice Dilsey.

«Bueno, pues tendré que volverme», digo. Bueno, esto volvió a hacerla empezar otra vez, y Dilsey trajinando y murmurando de acá para allá, diciendo,

«Bueno, bueno, que la sirvo lo más deprisa que puedo.»

«Intento contentaros a todos», dice Madre, «intento que las cosas sean lo más fáciles posible».

«No me estoy quejando, ¿no?», digo. «¿Es que he dicho algo aparte de que tengo que volver al trabajo?»

«Ya lo sé», dice, «ya sé que no has tenido las oportunidades que tuvieron los otros, que has tenido que enterrarte en una tienda de pueblo. Yo quería que salieses adelante. Yo sabía que tu padre nunca se daría cuenta de que eras el único con cabeza para los negocios, y entonces, cuando todo se vino abajo, yo creía que, cuando ella se casase, que Herbert... después de haber prometido...».

«Bueno, posiblemente él también nos mintió», digo. «Puede que a lo mejor ni siquiera tuviese un banco. Y si lo tenía, no creo que hubiese necesitado venir hasta Mississippi para buscar a nadie.»

Comimos enseguida. Yo oía a Ben en la cocina donde Luster le estaba dando de comer. Es lo que yo digo que si tenemos otra boca que alimentar y ella no acepta el dinero, por qué no lo mandamos a Jackson. Allí sería más feliz, rodeado de gente como él. Digo yo que bien sabe Dios qué poco sitio queda para el honor en esta familia, pero tampoco hace falta ser demasiado orgulloso para no gustarte ver a un hombre de treinta años jugando con un muchacho negro en el patio, corriendo cerca arriba y cerca abajo y mugiendo como una vaca cada vez que se ponen a jugar al golf. Digo yo que si al principio lo hubiesen mandado a Jackson hoy todos estaríamos mejor. Es lo que yo digo, que ya has cumplido con él; que ya has hecho todo lo que puede esperarse de ti y más de lo que habría hecho la mayoría, así que por qué no lo mandas allí y te beneficias de los impuestos que pagas. Entonces dice ella, «Pronto me habré ido. Ya sé que sólo soy una carga para ti» y yo digo «Llevas tanto tiempo diciéndolo que estoy empezando a creerte» sólo que digo es mejor que sea cierto y que no me hagas creer que te has ido porque estaré segura de que esa noche lo meto en el de las cinco y que conozco un sitio para meter a la otra también que no es precisamente un palacio. Entonces empezó a llorar y digo Bueno, bueno en lo que se refiere a la familia tengo tanto orgullo como cualquiera aunque no siempre sepa de dónde ha salido alguno.

Seguimos comiendo. Madre mandó a Dilsey a que mirase a ver si llegaba Quentin.

«Ya te he dicho que no va a venir a comer», digo.

«Puede irse con cuidado», dice Madre, «que no le tolero que ande por la calle y no vuelva a las horas de las comidas. ¿Has mirado bien, Dilsey?».

«Entonces prohíbeselo», digo.

«¿Cómo?», dice. «Siempre me habéis pasado por alto. Siempre.»

«Si tú no interfirieses, ya la obligaría yo a obedecer», digo. «Enderezarla no me iba a llevar más de un día.»

«Serías demasiado bruto con ella», dice. «Tienes el genio de tu Tío Maury.»

Eso me hizo acordarme de la carta. La saqué y se la pasé. «No tienes ni que abrirla», digo. «Ya sabrás por el banco cuánto es esta vez.»

«Va dirigida a ti», dice.

«Vamos, ábrela», digo. La abrió y la leyó y me la pasó a mí. «Mi querido sobrinito», dice,

Te alegrará saber que me encuentro ahora en situación de procurarme una oportunidad sobre la cual, por razones que te serán obvias, no voy a entrar en detalles hasta que tenga ocasión de hacértelo saber de forma más segura. Mi experiencia empresarial me ha enseñado a ser cauteloso al confiar cualquier cosa de naturaleza confidencial por medio alguno menos concreto que la palabra, y mi extrema precaución en este caso debería insinuarte su importancia. Ni que decir tiene que he concluido un examen exhaustivo de todas sus fases, y que no tengo la menor duda al decirte que es una oportunidad de oro que surge una vez en la vida, y que ahora percibo claramente ante mí la meta hacia la cual siempre he tendido imperturbablemente: es decir, la solidificación definitiva de mis asuntos mediante los cuales pueda yo restaurar a su debida situación a la familia de la cual tengo el honor de ser el único descendiente masculino; a la familia en la cual siempre he incluido a tu señora madre y a sus hijos.

Así pues, ya que no me encuentro en situación de procurarme por mí mismo esta oportunidad hasta el punto necesario, para lo cual habría de salir de la familia, hoy retiro del banco de tu Madre la pequeña suma necesaria para complementar mi inversión inicial, para lo cual, por la presente, adjunto, como cuestión de pura formalidad, un billete de mi propia mano del ocho por ciento anual. Ni que decir tiene que se trata de una mera formalidad, para asegurar a tu Madre, en caso de ocurrir ese acontecimiento del que el hombre siempre es juguete. Pues, naturalmente, emplearé esta suma como si mía fuese y permitiré así a tu Madre procurarse una oportunidad que mi exhaustiva investigación me ha demostrado ser bonancible —si me permites la vulgaridad— como el agua pura y los serenos rayos del sol.

Esto es una confidencia, como comprenderás, de empresario a empresario; recogeremos la cosecha de nuestros viñedos, ¿eh? Y conociendo la delicada salud de tu Madre y esa timidez que las damas del Sur sienten por naturaleza hacia las cuestiones relacionadas con los negocios, así como su encantadora tendencia a divulgar inconscientemente tales asuntos en la conversación, te sugeriría que no se lo menciones en absoluto. Pensándolo mejor, te aconsejo que no lo hagas. Podría ser más oportuno restaurar simplemente esta suma al banco en fecha futura, digamos, en bloque junto con las otras pequeñas cantidades por las que le estoy en deuda, y no decir nada sobre el asunto. Es tu deber protegerla de las materialidades del mundo todo cuanto puedas.

Tu afectuoso Tío,

MAURY L. BASCOMB

«¿Qué quieres que haga?», digo, dejándola caer sobre la mesa.

«Ya sé que me recriminas que se lo dé», dice.

«El dinero es tuyo», digo. «Si quieres echarlo a volar, es asunto tuyo.»

«Se trata de mi hermano», dice Madre. «Es el último de los Bascomb. Cuando nos vayamos no quedará nadie.»

«Alguien lo sentirá, supongo», digo. «Bueno, bueno», digo, «el dinero es tuyo. Haz lo que te parezca. ¿Quieres que diga en el banco que lo paguen?».

«Ya sé que no lo apruebas», dice. «Me doy cuenta del peso que llevas sobre tus espaldas. Cuando yo me vaya, no te resultará tan difícil.»

«Yo podría conseguir que ya me resultase más fácil», digo. «Bueno, bueno, no lo volveré a mencionar. Puedes montar aquí un manicomio si quieres.»

«Es tu propio hermano», dice, «aunque se encuentre atribulado».

«Voy a coger tu talonario», digo. «Hoy ingresaré mi cheque.»

«Te ha hecho esperar seis días», dice. «¿Estás seguro de que se trata de un negocio sólido? Me parece raro que una empresa solvente no pueda pagar puntualmente a sus empleados.»

«No pasa nada», digo. «Es tan segura como un banco. Lo que pasa es que le digo que no se preocupe por mí hasta que terminemos la recaudación mensual. Por eso tarda a veces.»

«Yo no podría soportar verte perder lo poco que he invertido en ti», dice. «A veces he pensado que Earl no es un buen negociante. Sé muy bien que no te tiene la confianza que debería garantizar tu inversión en el negocio. Voy a hablar con él.»

«No, déjalo tranquilo», digo. «Es su negocio.»

«En el que tú tienes mil dólares.»

«Déjalo tranquilo», digo, «que ya me preocupo de estar al tanto. Soy tu apoderado. Todo irá bien».

«No sabes cómo me consuelas», dice. «Siempre has sido mi orgullo y mi alegría, pero cuando insististe por tu propia iniciativa en ingresar tu sueldo en mi cuenta todos los meses, di gracias a Dios de que me quedases tú aunque hubiera de llevarse a los otros.»

«No eran malos», digo. «Hicieron lo que pudieron, supongo.»

«Cuando hablas así, sé que recuerdas con amargura la memoria de tu padre», dice. «Supongo que tienes derecho a hacerlo. Pero oírte me destroza el corazón.»

Me levanté. «Si te vas a poner a llorar», digo, «lo vas a hacer sola, porque tengo que volver. Voy a por el talonario».

«Ya voy yo», dice.

«Estate quieta», digo, «yo iré». Subí y saqué el talonario de su mesa y volví a la ciudad. Fui al banco e ingresé el cheque y el giro y los otros diez, y me detuve en la oficina de telégrafos. Estaba un punto por encima de la apertura. Yo ya había perdido trece puntos, todo porque ella tuvo que aparecer armándola a las doce, haciendo que me preocupase por la carta.

«¿A qué hora ha llegado ese informe?», digo.

«Hará una hora», dice.

«¿Hace una hora?», digo. «¿Para qué te pagamos?», digo. «¿Por informes semanales? ¿Cómo quieres que hagamos algo? Podría salir el tejado por los aires y no nos enteraríamos.»

«Yo no quiero que haga usted nada», dice. «Han derogado la ley que obliga a la gente a invertir en el mercado del algodón.»

«¿Ah, sí?», digo. «No me había enterado. Deben de haber enviado la noticia por la Western Union.»

Volví a la tienda. Trece puntos. Maldita sea si hay alguien que entienda una palabra del dichoso asunto aparte de los que están sentados en sus despachos de Nueva York esperando a que lleguen los palurdos a pedirles de rodillas que les quiten su dinero. Natural, quien solamente juega sobre seguro es que no tiene confianza en sí mismo y es lo que yo digo, que si no vas a seguir sus consejos, para qué vas a pagarlos. Además, esa gente está en el ajo; saben todo lo que pasa. Noté el telegrama en el bolsillo. Yo solamente tendría que demostrar que estaban utilizando a la compañía de telégrafos para cometer un fraude; y eso sería una estafa. Y tampoco iba yo a tener muchas dudas. Pero maldita sea si una empresa tan grande y poderosa como la Western Union no puede dar un informe bursátil a tiempo. Necesitan la mitad de tiempo para enviarte un telegrama diciéndote Cuenta cancelada. Pero qué demonios les va a importar la gente. Están compinchados codo con codo con los de Nueva York. A ver si no.

Cuando entré, Earl miró el reloj. Pero no dijo nada hasta que se fue el cliente. Entonces dice,

«¿Has ido a comer a tu casa?»

«Tenía que ir al dentista», digo porque aunque no sea asunto suyo donde yo coma, tengo que pasarme toda la tarde con él en la tienda. Y toda la tarde dándole al pico después de lo que he tenido que aguantar. Eso te pasa con un tendero de tres al cuarto que es lo que yo digo, que un tipo que tiene quinientos dólares se preocupa como si fueran cincuenta mil.

«Podrías habérmelo dicho», dice. «Te esperaba enseguida.»

«Le regalo la muela y encima le doy diez dólares», digo. «Acordamos una hora para el almuerzo», digo, «y si no le gusta, ya sabe lo que puede hacer».

«Ya hace tiempo que lo sé», dice. «De no haber sido por tu madre ya lo habría hecho. Una dama por la que siento mucha lástima, Jason. Es una pena que otras personas que conozco no puedan decir lo mismo.»

«Pues guárdesela», digo. «Cuando necesitemos su lástima, se lo haré saber con antelación.»

«Hace tiempo que vengo echándote un capote, Jason», dice.

«¿Ah, sí?», digo dejándole seguir. Escucharé lo que tenga que decir antes de cortarle.

«Creo que conozco mejor que ella la procedencia de ese automóvil.»

«Conque sí, ¿eh?», digo. «¿Y cuándo va a publicar que se lo he robado a mi madre?»

«Yo no ando hablando por ahí», dice. «Ya sé que eres su apoderado. Y que ella todavía cree que hay mil dólares en este negocio.»

«Muy bien», digo. «Ya que sabe tanto, le voy a decir algo más: vaya al banco y pregunte en qué cuenta llevo doce años depositando ciento sesenta dólares todos los primeros de mes.»

«Yo no digo nada», dice. «Sólo te pido que a partir de ahora tengas un poco más de cuidado.»

No volví a decir más. No sirve de nada. Me he dado cuenta de que cuando a alguien se le mete una cosa en la cabeza lo mejor es dejarlo tranquilo. Y que cuando se empeñan en que lo dicen por tu bien, allá ellos. Me alegro de no tener la conciencia tan delicada como para tener que tratarla con tanto cuidado como si se tratase de un gatito enfermo. Bueno iba a estar yo si me anduviese con tantos remilgos como él para sacar un ocho por ciento. Supongo que cree que le aplicarían las leyes contra la usura si se embolsase más del ocho. Qué oportunidades se van a tener, atado a semejante pueblo y a semejante negocio. Bueno, pues yo podría coger su negocio y en un año conseguir que él no tuviese que volver a trabajar, claro que éste lo donaría a la iglesia o algo así. Si hay algo que me molesta es la hipocresía. Quien crea que cuando no entiende algo es porque se trata de una cosa mala, a la primera ocasión que se le presente se sentirá moralmente obligado a contar a otros lo que no es asunto suyo. Es lo que yo digo, que si cada vez que alguien hiciese algo que yo no entendiese tuviera yo que pensar que era un sinvergüenza, supongo que no me costaría encontrar en los libros de cuentas cualquier cosa sin importancia y entonces echaría a correr a contárselo a quien yo creyese que debiera saberlo, cuando la verdad es que seguramente este otro lo sabría todo mejor que yo, y si no pues no es asunto mío y él dice, «Mis libros están a disposición de todos. Si alguien reclama algo o cree que tiene algo que reclamar puede entrar y será bien recibido».

«Claro que no va a decir usted nada», digo. «Pero así no se va a quedar con la conciencia tranquila. La traerá aquí y dejará que ella lo averigüe por sí misma. No, usted decir no dirá nada.»

«No pienso meterme en tus asuntos», dice. «Sé que hay cosas que pasas por alto, como hacía Quentin. Pero tu madre también ha llevado una vida desgraciada, y si viniese a preguntarme por qué te has marchado, yo tendría que contárselo. No es por los mil dólares. Lo sabes muy bien. Es porque no se va a ningún sitio si los hechos y los libros no cuadran. Y yo no voy a mentir, ni por mí ni por nadie.»

«Pues muy bien», digo. «Supongo que tendrá en su conciencia mejor ayudante que en mí; ésa no necesita irse a comer a su casa al mediodía. Pero no consienta que interfiera con mi apetito», digo, porque cómo voy a hacer nada a derechas con la puñetera familia y sin que ella haga el más mínimo esfuerzo para controlarla ni a la otra ni a nadie, como aquella vez que casualmente vio a uno besando a Caddy y se pasó todo el día siguiente andando por la casa vestida de luto de la cabeza a los pies y ni siquiera Padre pudo sacarla una palabra sólo lloraba y decía que su hijita había muerto y Caddy que entonces tenía unos quince años acabaría según eso llevando tres años después crinolina y papel de lija por todo atuendo. Pero es que creen que puedo consentir que ésa ande por ahí con todos los viajantes que llegan, digo yo, y que ellos corran la voz cuando hablen de Jefferson de dónde se puede encontrar una tía cachonda. No soy demasiado orgulloso, no me lo puedo permitir teniendo la cocina llena de negros que alimentar y privando al manicomio del Estado de su primera estrella. Sangre, digo yo, gobernadores y generales. Menos mal que no hemos tenido la mala pata de tener reyes y presidentes; habríamos acabado todos en Jackson cazando mariposas. Digo yo que ya habría sido malo si fuera hija mía, pero por lo menos para empezar tendría la seguridad de que era bastarda, y ahora ni siquiera Dios lo sabe probablemente con certeza.

Así que un rato después oí que la banda empezaba a tocar, y entonces la cosa empezó a bajar. Se iba a la función todo el mundo. Escatimando el precio de un cordel de veinte centavos para ahorrarse quince y luego dárselos a una pandilla de yanquis que llegan y a lo mejor hasta pagan diez dólares por semejante privilegio. Salí y me fui a la parte trasera.

«Bueno», digo, «como no tengas cuidado, ese candado se te va a pegar a la mano. Así que voy a por unas tenazas y lo quitaré yo. ¿Qué crees que van a comer los gorgojos si no sacas las cultivadoras para que les preparen la cosecha?», digo. «¿Salvia?»

«Ésos sí que saben tocar la trompeta», dice. «Me han dicho que hay un tipo que toca con un serrucho. Como si fuera un banjo.»

«Oye», digo. «¿Sabes cuánto se van a dejar los titiriteros en el pueblo? Unos diez dólares», digo. «Los diez dólares que Buck Turpin tiene ahora mismo en el bolsillo.»

«¿Y cómo es que han dado diez dólares al señor Buck?», dice.

«Por el privilegio de actuar aquí», digo. «Ya puedes figurarte lo que van a gastarse en ti.»

«O sea que les han cobrado diez dólares para poder hacer la función aquí», dice.

«Eso es», digo. «¿Y cuánto supones...?»

«Caray», dice. «O sea que ésos cobran por dejarlos venir. Yo hasta pagaría diez dólares para poder ver al tío del serrucho si hiciera falta. Supongo que por ésas mañana por la mañana todavía les deberé nueve dólares con sesenta.»

Y luego los yanquis te calientan la cabeza con que hay que hacer que los negros salgan adelante. Lo que yo digo. Tan adelante que ni con perros se pueda dar con uno al sur de Louisville. Porque cuando le conté por qué habían elegido la noche del sábado y que se iban a llevar del condado por lo menos mil dólares, dice,

«No será tanto. Yo no me gasto más de diez centavos.»

«Y un cuerno», digo. «Eso para empezar. ¿Y los diez o quince centavos que te vas a gastar en una caja de caramelos que vale dos? ¿Y qué pasa con el tiempo que estás desperdiciando ahora mismo escuchando a la banda?»

«Es verdad», dice. «Como no me muera antes, esta noche se me llevan otros diez centavos más; seguro.»

«Entonces es que eres idiota», digo.

«Bueno», dice, «tampoco lo voy a negar. Si eso fuese un delito, todas las cuerdas de presos serían de negros».

Bueno, pues precisamente en ese momento miré hacia la calleja y la vi. Cuando di un paso atrás para ver la hora no me di cuenta de quién era él porque yo estaba mirando el reloj. Eran las dos y media, cuarenta y cinco minutos antes de que todos menos yo esperasen verla por la calle. Así que cuando miré a la puerta lo primero que vi fue la corbata roja que llevaba y me puse a pensar qué clase de hombre llevaría una corbata roja. Pero ella se alejaba por la calleja, observando la puerta, así que no volví a pensar en él hasta que desaparecieron. Me preguntaba si me tendría tan poco respeto que no solamente hacía novillos cuando yo la había advertido, sino que encima pasaba por delante de la tienda arriesgándose a que yo la viera. Sólo que ella no distinguía lo que había en el interior porque la luz del sol descendía oblicuamente y era como intentar mirar hacia los faros de un automóvil, así que allí me quedé viéndola pasar, con la cara pintada como un payaso y con el pelo engominado y rizado y con un vestido que si cuando yo era joven una mujer se lo hubiese puesto en Gayoso o en la calle Beale sin otra cosa que la tapase las piernas y el trasero, la habrían metido en la cárcel. Que me aspen si no se visten como para que todos los hombres intenten echarlas mano por la calle. Así que estaba yo pensando qué mierda de tío sería capaz de ponerse una corbata roja cuando me di cuenta de que sería uno de los cómicos, seguro. Bueno, yo tengo mucho aguante; porque si no, estaría listo, así que cuando dieron la vuelta a la esquina, di un salto y me fui detrás. Sin sombrero, a aquellas horas, teniendo yo que husmear calleja arriba y calleja abajo por el buen nombre de mi madre. Es lo que yo digo, que no hay nada que hacer con una mujer así si lo lleva dentro. Si lo lleva en la sangre, no hay nada que hacer. Lo único que puedes hacer es quitártela de encima, que se largue con las que son como ella.

Continué por la calle, pero los había perdido de vista. Y allí estaba yo, sin sombrero, dando la impresión de estar también loco. Como pensaría cualquiera, uno está loco y otro se ahogó y a la otra la puso su marido en la calle,

¿por qué razón no van a estar también los demás locos? Siempre los sentía mirarme como buitres, como esperando la ocasión de decir No me extraña siempre he pensado que toda la familia estaba loca. Vender un terreno para mandarlo a Harvard y pagar impuestos para sostener la Universidad del Estado que no he visto nunca excepto en un partido de béisbol y no permitir que se pronuncie el nombre de su hija en la casa y que Padre después de cierto tiempo no volviese a venir al pueblo sino que se quedaba allí sentado todo el día con la botella yo veía la parte inferior de su camisón y las piernas desnudas y oía el tintineo de la botella hasta que finalmente se lo tenía que servir T. P. y ella dice No tienes respeto por la memoria de tu Padre y yo digo No veo por qué seguro que está bien guardada sólo que si yo también estoy loco Dios sabe lo que haré sólo ver el agua me pone enfermo y casi prefiero beber gasolina que un vaso de whisky y Lorraine les dice Puede que no beba pero si creéis que no es hombre ya os diré yo cómo podéis comprobarlo ella dice Como te pille tonteando con una de estas zorras ya sabes lo que haré dice Le daré una paliza dice La agarraré y la pegaré la pegaré mientras no se me escape y yo digo Si no bebo es asunto mío pero acaso te he fallado alguna vez la digo que la invitaré a tanta cerveza como para que si quiere se dé un baño con ella porque siento respeto por una puta honrada porque con la salud de Madre y la posición en que pretendo mantenerla sin ningún respeto por lo que intento hacer por ella más que convertir su nombre, mi nombre y el nombre de mi madre en la comidilla del pueblo.

Se me había escapado por alguna parte. Me vio venir y se escabulló por otra calleja, correteando por las calles con un cómico de mierda que llevaba una corbata roja en la que todos se iban a fijar y pensarían quién demonios puede ponerse una corbata roja. Bueno, el chaval continuaba hablándome y cogí el telegrama sin darme cuenta de que lo había cogido. No me di cuenta de lo que era hasta que me encontré firmándolo, y lo abrí sin darle demasiada importancia. Supongo que desde el principio me imaginé qué sería. Lo único que me faltaba ahora, sobre todo cuando ya había ingresado el cheque en el banco.

No comprendo cómo en una ciudad no mayor que Nueva York puede caber gente suficiente para quitarnos el dinero a los tontos de pueblo. Día tras día trabajando todo el tiempo como una mula, les mandas el dinero y consigues un trozo de papel a cambio. Su cuenta cerró a 20.62. Vaya tomadura de pelo, dejar que te hagas con un pequeño beneficio y entonces, ¡zas! Su cuenta cerró a 20.62. Y por si fuera poco, pagar diez dólares al mes para que te diga uno cómo perderlo bien rápido, uno que o no tiene ni idea o está compinchado con la compañía telegráfica. Bueno, pues se acabó. Se han aprovechado de mí por última vez. Hay que ser imbécil para creerse lo que dice un judío bien claro estaba que el mercado no dejaba de subir, con el maldito delta a punto de inundarse otra vez y de llevarse el algodón por delante como el año pasado. Eso, que se lleven las cosechas año tras año y los de Washington gastándose cincuenta mil dólares diarios manteniendo el ejército en Nicaragua o no sé dónde. Claro que habrá otra subida y entonces el algodón valdrá treinta centavos la libra. Bueno, lo único que quiero es pillarlos una vez y recuperar mi dinero. No quiero forrarme; sólo estos especuladores de pacotilla van a eso, solamente quiero que esos malditos judíos que se lo han llevado con tanta información confidencial me devuelvan mi dinero. Y entonces se acabó; ya se pueden ir dando con un canto en los dientes si creen que me van a sacar un solo centavo más.

Regresé a la tienda. Eran casi las tres y media. Ya me quedaba poco tiempo para poder hacer nada, pero estoy acostumbrado. No me ha hecho falta ir a Harvard para aprenderlo. La banda había dejado de tocar. Ahora ya tienen a todos dentro, y ya no tienen que gastar más aire. Earl dice,

«Te ha encontrado el chico ¿no? Vino a traerlo hace un rato. Creí que andabas por ahí atrás.»

«Sí», digo, «lo tengo. No han podido evitar dar conmigo. El pueblo es demasiado pequeño. Tengo que ir a mi casa un momento», digo. «Si no le parece bien me puede poner de patitas en la calle.»

«Vete», dice, «que ahora me las puedo apañar solo. Espero que no sean malas noticias».

«Vaya usted a telégrafos a preguntar», digo. «Allí tendrán tiempo de contárselo. Yo no lo tengo.»

«Sólo era una pregunta», dice. «Tu madre sabe que puede confiar en mí.»

«Se lo agradecerá», digo. «No tardaré más de lo necesario.»

«Tranquilo», dice. «Ahora me las puedo apañar solo. Vete.»

Cogí el coche y fui a casa. Una vez por la mañana, dos al mediodía y ahora otra, con ella y teniendo que buscarla por todo el pueblo y teniendo que rogarles que me dejasen probar la comida que pago yo. A veces pienso para qué. Con los precedentes que he establecido debo estar loco para seguir adelante. Y supongo que ahora llegaré a casa justo a tiempo de ir todo el camino detrás de algún carro de tomates o algo así y después tendré que regresar al pueblo oliendo como una fábrica de alcanfor para que la cabeza no me estalle sobre los hombros. No dejo de decirle que la aspirina solamente tiene agua y harina para inválidos imaginarios. Ella dice no sabes lo que es el dolor de cabeza. Yo digo crees que me pondría a jugar con ese coche de mierda si fuera por mí. Yo digo me las puedo apañar sin tenerlo he aprendido a apañármelas sin muchas cosas pero si te quieres jugar el tipo en ese birlocho desvencijado con un negro que no levanta dos palmos allá tú porque lo que yo digo, que Dios protege a los que son como Ben, bien sabe Dios que Él algo debería hacer por él pero si crees que voy a confiar una complicada máquina de mil dólares a ese negrito o a otro más grande, ya puedes ir comprándote uno porque lo que yo digo, que te gusta ir en coche y bien que lo sabes.

Dilsey dijo que Madre estaba en la casa. Fui al vestíbulo y me puse a escuchar pero no oí nada. Subí, pero al pasar por la puerta ella me llamó.

«Sólo quería saber quién era», dice. «Estoy aquí sola tanto tiempo que oigo todo.»

«No tienes por qué estar aquí», digo. «Si quisieras, podías pasarte el día de visita como hacen otras mujeres.» Ella se acercó a la puerta.

«Pensé que a lo mejor estabas enfermo», dice. «Habiendo tenido que comer tan deprisa.»

«Ya tendré otra vez más suerte», digo. «¿Qué quieres?»

«¿Es que pasa algo?», dice.

«¿Qué iba a pasar?», digo. «¿Es que no puedo venir a casa a media tarde sin que os asustéis?»

«¿Has visto a Quentin?», dice.

«Está en la escuela», digo.

«Ya son más de las tres», dice. «Oí darlas hace media hora por lo menos. Ya debería estar en casa.»

«¿Sí?», digo. «¿Cuándo la has visto aparecer antes de que sea de noche?»

«Ya debería estar en casa», dice. «Cuando yo era niña...»

«Habría alguien que te obligaría a portarte como Dios manda», digo. «A ella nadie la obliga.»

«Yo no puedo con ella», dice. «Y mira que lo he intentado.»

«Y, no sé por qué, a mí no me dejas», digo, «así que no deberías quejarte». Me fui a mi habitación. Metí la llave y me quedé allí hasta que giró el picaporte. Entonces dice,

«Jason.»

«¿Qué?», digo.

«Me ha dado la impresión de que pasaba algo.»

«Aquí no», digo. «Te has equivocado de sitio.»

«No quiero preocuparte», dice.

«Me alegro de saberlo», digo. «No estaba muy seguro. Pensaba que estaba equivocado. ¿Quieres algo?»

Un momento después dice, «No. Nada». Entonces se marchó. Bajé la caja y conté el dinero y volví a guardar la caja abrí la cerradura de la puerta y salí. Pensé en el alcanfor, pero de todos modos ya sería demasiado tarde. Y todavía me quedaba ir y volver. Ella estaba esperándome en su puerta.

«¿Quieres algo del pueblo?», digo.

«No», dice. «No quiero meterme en tus cosas. Pero no sé qué haría si te sucediera algo, Jason.»

«No me pasa nada», digo. «Un simple dolor de cabeza.»

«Me gustaría que te tomases una aspirina», dice. «Ya que no vas a dejar de usar el coche.»

«¿Qué tiene que ver el coche con esto?», digo. «¿Cómo va a darme el coche dolor de cabeza?»

«Ya sabes que la gasolina siempre te ha mareado», dice. «Desde que eras pequeño. Me gustaría que te tomases una aspirina.»

«Pues espera sentada», digo. «Te cansarás menos.»

Me metí en el coche y me dirigí al pueblo. Acababa de girar hacia la calle cuando vi un Ford que venía a toda velocidad. De repente se paró. Oí cómo chirriaban las ruedas y patinó y dio marcha atrás y giró y precisamente cuando estaba pensando qué demonios les pasa, vi la corbata roja. Entonces reconocí su cara mirando hacia atrás por la ventanilla. Giró hacia una calleja. Volví a verlo girar, a una velocidad de mil demonios.

Vi todo rojo. Cuando reconocí la corbata roja, después de todo lo que le había dicho, se me olvidó todo lo demás. No volví a pensar en mi cabeza hasta que llegué a la primera bifurcación y tuve que parar. Y mira que nos gastamos dinero y dinero en carreteras y maldita sea si esto no es igual que conducir sobre una plancha de metal rugoso. Me gustaría saber cómo pueden esperar que alguien lo soporte, ni siquiera llevando una carretilla. Me preocupo demasiado de mi coche; no pienso hacerlo pedazos como si fuera un Ford. Lo más probable es que lo hubiesen robado, así que qué más les daba. Es lo que yo digo, la sangre siempre llama. Si tienes una sangre así, harás cualquier cosa. Lo que yo digo, que tenga los derechos que tenga sobre ti ya están saldados; lo que yo digo, que de ahora en adelante solamente tú tendrás la culpa porque ya sabes lo que haría cualquier persona sensata. Es lo que yo digo, que si tienes que pasarte media vida trabajando como un detective de mierda, por lo menos que te paguen.

Así que tuve que pararme en la bifurcación. Entonces me acordé. Era como si llevase a alguien dentro dándome martillazos. Lo que yo digo, que he intentado evitar que ella te cause preocupaciones; lo que yo digo, que por lo que a mí respecta, que se vaya al infierno tan deprisa como guste y cuanto antes mejor. Es lo que yo digo, qué otra cosa esperas aparte de los viajantes y los cómicos que vengan al pueblo porque ahora hasta estos cantamañanas le gustan. No sabes lo que está pasando digo, no oyes lo que dicen como lo oigo yo y puedes estar segura de que bien que los hago callar. Yo digo aquí mi familia poseía esclavos cuando todos vosotros teníais unas tiendecillas de mierda y unas tierras que ni los negros querrían trabajar a medias.

Si es que alguna vez las han cultivado. Bien está que el Señor haya hecho algo por este país; porque los que en él viven nunca lo han hecho. Viernes por la tarde y desde aquí podía ver cinco kilómetros de tierra que ni había sido roturada, y todos los hombres capaces en el pueblo para la función. Yo podría haber sido un desconocido muerto de hambre, y no había ni un alma a la vista a quien preguntar por dónde se iba al pueblo. Y ella intentando convencerme de que me tomase una aspirina. Es lo que yo digo, que cuando coma pan lo haré en la mesa. Lo que yo digo, que siempre estás hablando de todo a lo que has renunciado por nosotros cuando te podías comprar diez vestidos al año con todo lo que te gastas en esas asquerosas medicinas. No necesito curármelos lo que necesito es un respiro para no tener que sufrirlos pero mientras tenga que trabajar diez horas diarias para poder tener la cocina llena de negros en la forma a que están acostumbrados y mandarlos a la función con todos los demás negros del país, pero éste ya llegaba tarde. Para cuando llegase, ya habría terminado.

Un momento después llegó al coche y cuando finalmente le hice entender si se había cruzado con dos personas en un Ford, dijo que sí. Así que continué, y cuando llegué hasta donde salían las rodadas vi huellas de los neumáticos. Ab Russell estaba en su parcela, pero no me molesté en preguntarle y casi se seguía viendo la granja cuando vi el Ford. Habían intentado ocultarlo. Lo había hecho tan bien como casi todo lo que ella hacía. Es lo que yo digo, que no todo me parece mal; a lo mejor ella no puede evitarlo, porque no tiene la suficiente consideración con su familia para ser discreta. Me paso el día temiendo encontrármela en mitad de la calle o debajo de un carro como una perra en celo.

Aparqué y salí. Y ahora tendría que dar un rodeo y cruzar un sembrado, el único que había visto desde que había salido del pueblo, sintiendo a cada paso como si alguien viniese tras de mí dándome con una porra en la cabeza. No dejaba de pensar que cuando atravesase el sembrado por lo menos podría andar sobre terreno llano, que no iría dando tumbos, pero cuando llegué a los árboles todo estaba lleno de maleza y tuve que pasar como pude, y luego me encontré con una zanja llena de zarzas. Seguí caminando un rato, pero eran cada vez más espesas. Y Earl probablemente sin dejar de llamar por teléfono a casa preguntando dónde estaba yo y preocupando otra vez a Madre.

Cuando por fin pasé había dado un rodeo tan grande que tuve que detenerme y ponerme a buscar el coche. Sabía que no estarían lejos, debajo del arbusto más próximo, así que me di la vuelta y fui hacia la carretera. Entonces no sabía a qué distancia estaba, así que tuve que pararme y ponerme a escuchar, y entonces, al no estárseme moviendo la sangre por las piernas, se me subió toda a la cabeza como si de repente fuese a estallarme, el sol descendiendo hasta darme directamente en los ojos y los oídos chillándome de tal forma que casi no oía nada. Continué, intentando andar despacio, entonces oí un perro o algo así y me di cuenta de que en cuanto me oliese aparecería armando la de dios es cristo, y luego se marcharía.

Estaba todo lleno de bichos y de pinchos y eso, los sentía hasta por debajo de la ropa y dentro de los zapatos, y entonces miré a mi alrededor y me di cuenta de que tenía la mano sobre unas ortigas. Lo único que no comprendí era cómo en lugar de ortigas no era una serpiente o algo así. Así que ni me molesté en quitar la mano. Me quedé allí hasta que se fue el perro. Luego continué.

Ahora sí que no tenía idea de dónde estaría el coche. No podía pensar más que en mi cabeza, y me quedé de pie preguntándome si de verdad habría visto un Ford, y ya hasta me daba igual haberlo visto o no. Es lo que yo digo, que se pase la mañana y la noche acostada con cualquier cosa del pueblo que lleve pantalones, a mí qué me importa. No debo nada a nadie que no me tenga en más consideración, qué más me daba que dejasen allí el Ford y que me hiciesen perder la tarde y Earl la llamara y la enseñara los libros sólo porque él se considera demasiado virtuoso para este mundo. Es lo que yo digo, que en el cielo se va a divertir, sin poder meter las narices en los asuntos de nadie pero que yo no te pille, digo, que me hago el tonto por tu Abuela, porque como te pille aquí una sola vez haciendo eso, donde mi madre vive. Malditos chulos de mierda, se creen que arman la de dios, ya les enseñaré yo y también a ti. Se va a enterar de que la dichosa corbata roja es el látigo del demonio, se creerá ése que puede llevarse a mi sobrina al huerto.

Con el sol dándome en los ojos y la sangre tan alterada no dejaba de pensar que la cabeza me acabaría estallando y que aquello tenía que terminar, enganchándome en los espinos y demás, y entonces llegué a la zanja arenosa donde habían estado y reconocí el árbol bajo el que estaba el coche, y precisamente cuando salí de la zanja y eché a correr oí ponerse el coche en marcha. Arrancó muy deprisa, tocando el claxon. Siguieron tocándolo, como diciendo Ya. Ya. Yaaaaaaa, mientras se perdían de vista. Llegué a la carretera justo a tiempo de ver cómo se perdía de vista.

Para cuando llegué hasta donde estaba mi coche, ya no se les veía, el claxon seguía sonando. Bueno, no se me ocurrió nada sólo Tú corre. Corre al pueblo. Corre a casa e intenta convencer a Madre de que no te he visto en el coche. Intenta hacerle creer que yo no sabía quién es ése. Intenta hacerle creer que tres metros más y no te pillo dentro de la zanja. Intenta hacerle creer que estabas de pie.

Seguía diciendo Yaaaa, Yaaaaa, Yaaaaaaaa, cada vez más distante. Entonces calló, y oí mugir una vaca en la granja de Russell. Y todavía no se me ocurrió. Me acerqué a la portezuela y la abrí y levanté el pie. Me dio la impresión de que el coche estaba más inclinado de lo que parecía estar la carretera, pero no me di cuenta hasta que entré y lo puse en marcha.

Bueno, me quedé allí sentado. Estaba empezando a ponerse el sol y yo a unos ocho kilómetros del pueblo. Ni siquiera habían tenido el valor de pincharla, de hacerle un agujero. Simplemente le quitaron el aire. Me quedé un momento de pie, pensando en la cocina llena de negros y que ni uno tenía tiempo de poner una cubierta a la rueda y apretar un par de tornillos. Tenía su gracia porque ni a ella se le habría ocurrido llevarse la bomba a propósito, a no ser que se le hubiese ocurrido mientras la desinflaba. Pero lo que posiblemente habría pasado es que alguno la habría cogido y se la habría dado a Ben para que jugase con una escopeta porque de habérselo pedido él hubiesen desmontado el coche por completo y Dilsey dice, Nadie ha tocado su coche. ¿Para qué lo íbamos a querer? y yo digo Eres una negra. Tienes suerte ¿sabes? Un día de éstos me voy a cambiar por ti porque sólo un blanco es tan estúpido que se preocupa de lo que haga una zorra.

Fui a la granja de Russell. Tenía una bomba. Supongo que se equivocaron. Pero no puedo creer que ella tuviese tal desfachatez. No dejaba de pensarlo. No sé por qué no acabo de admitir que una mujer es capaz de cualquier cosa. No dejaba de pensar, Olvidemos un momento lo que yo siento por ti y lo que tú sientes por mí: yo no te haría una cosa así. No te haría algo así me hayas hecho lo que me hayas hecho. Porque es lo que yo digo que la sangre es la sangre y no se puede evitar. No es gastar una broma que se le habría ocurrido a un chaval de ocho años, es dejar que se ría de tu tío un tipo que lleva una corbata roja. Llegan al pueblo y nos consideran unos paletos y nos tratan como de favor. Pues no sabe qué razón tiene. Y ella también la tiene. Si eso es lo que quiere, que tire para delante y buen viaje.

Me detuve a devolver la bomba a Russell y me dirigí al pueblo. Fui al bar y me tomé una coca-cola y después fui a telégrafos. Había cerrado a 12.21, cuarenta puntos por debajo. Cuarenta veces cinco dólares; anda cómprate algo con esto si puedes, y ella dirá, Los necesito los necesito, y yo diré mala suerte mira a ver con otro, yo no tengo dinero; he estado demasiado ocupado ganándomelo.

Le miré.

«Te voy a dar una noticia», digo, «te sorprenderá saber que me interesa el mercado del algodón», digo. «¿A que ni te lo habías imaginado?»

«He hecho lo que he podido para entregarlo», dice. «He ido dos veces a la tienda y he llamado a su casa, pero no sabían dónde estaba usted», dice, rebuscando en el cajón.

«¿Para entregar qué?», digo. Me entregó un telegrama. «¿A qué hora ha llegado?»

«A eso de las tres y media», dice.

«Y ahora son las cinco y diez», digo.

«He intentado entregarlo», dice. «No he podido dar con usted.»

«Yo no tengo la culpa, ¿verdad?», digo. Lo abrí, sólo para ver qué mentira me contaría esta vez. Lo deben de tener claro para bajar hasta Mississippi a robar diez dólares mensuales. Venda, dice. El mercado estará inestable, con tendencia general a la baja. No se alarme tras el informe del gobierno.

«¿Cuánto costaría un mensaje como éste?» digo. Me lo dijo.

«Está pagado», dice.

«Entonces eso que les debo», digo. «Ya lo sabía. Envíalo a cobro revertido», digo, cogiendo un impreso. Compren, escribí, el mercado a punto de saltar por los aires. Perturbaciones ocasionales adecuadas para pillar a otros patanes que no han llegado todavía a telégrafos. No se alarmen. «Envía esto a cobro revertido», digo.

Miró el mensaje, luego el reloj. «El mercado cerró hace una hora», dice.

«Bueno», digo, «tampoco es culpa mía. No me lo he inventado yo; sólo compré un poco porque tenía la impresión de que la compañía telegráfica me informaría de cómo iba la cosa».

«Se envían los informes nada más llegan», dice.

«Sí», digo, «y en Memphis lo ponen en la pizarra cada diez segundos», digo. «Esta tarde he estado a sólo ciento treinta kilómetros de allí.»

Miró el mensaje. «¿Quiere enviar esto?», dice.

«Todavía no he cambiado de opinión», digo. Escribí el otro y conté el dinero. «Y éste también, si estás seguro de saber escribir c-o-m-p-r-e-n.»

Volví a la tienda. Se oía la banda desde la parte baja de la calle. La prohibición está bien. Antes venían los sábados con un solo par de zapatos para toda la familia y los llevaba él, se iban a la oficina de correos y cogían el paquete; ahora vienen todos descalzos a la función, con los mercachifles a la puerta mirándolos pasar como una fila de tigres enjaulados. Earl dice,

«Espero que no fuese nada grave.»

«¿El qué?», digo. Miró su reloj. Luego fue hacia la puerta y miró el reloj del juzgado. «Debería comprarse un reloj de un dólar», digo. «Así no le saldrá tan caro comprobar cómo le engaña.»

«¿Cómo?», dice.

«Nada», digo. «Espero no haberle molestado.»

«No hemos tenido mucho jaleo», dice. «Se han ido todos a la función. Está bien.»

«Y si no está bien», digo, «ya sabe lo que puede hacer».

«He dicho que está bien», dice.

«Ya lo he oído», digo. «Y si no está bien, ya sabe lo que puede hacer.»

«¿Quieres despedirte?», dice.

«No es asunto mío», digo. «Lo que yo quiera no importa. Pero no crea que me está protegiendo al retenerme.»

«Serías un buen empresario si te relajaras, Jason», dice.

«Por lo menos me ocupo de mis cosas y dejo en paz a los demás», digo.

«No sé por qué estás intentando que te despida», dice. «Sabes que puedes marcharte en cuanto quieras y que no te lo tendría en cuenta.»

«A lo mejor no me voy por eso», digo. «Mientras me ocupe de mi trabajo, que para eso me paga.» Me fui a la parte de atrás a beber agua y luego a la puerta trasera. Job ya tenía las cultivadoras dispuestas. Todo estaba tranquilo, y enseguida se me calmó la cabeza. Ahora los oía cantar, y después volvió a tocar la banda. Pues que se lleven todos los centavos del condado; que no eran míos. He hecho lo que he podido; quien no sepa hasta dónde se puede llegar después de haber vivido lo que yo es que es un imbécil. Especialmente porque no es asunto mío. Si se tratase de mi propia hija, sería distinto, porque ella no tendría ocasión; tendría que ponerse a trabajar para dar de comer a unos cuantos inválidos, tontos y negros, porque cómo iba yo a tener la cara de traer a nadie aquí. Tengo demasiado respeto por cualquiera para hacerlo. Soy un hombre, puedo aguantarlo, es mi sangre y mi carne y me gustaría encontrarme cara a cara con uno que se atreviese a hablar despectivamente de cualquier amiga mía son estas mujeres de mierda quienes lo hacen me gustaría conocer a una de estas beatas temerosas de Dios que fuese la mitad de decente que Lorraine, sea puta o no lo sea. Es lo que yo digo que si fuese a casarme te subirías por las paredes y bien que lo sabes y ella dice quiero que seas feliz que tengas tu propia familia y que no te pases la vida esclavizado por nosotros. Pero pronto me marcharé y encontrarás una esposa pero nunca podrá ser digna de ti y yo digo sí que lo será. Tú te levantarías de la tumba y bien que lo sabes. Es lo que yo digo que no gracias que ya tengo suficientes mujeres y que si me echase una mujer resultaría que tendría la cabeza a pájaros o algo peor. Lo que le faltaba a la familia, digo yo.

El sol estaba ya tras la iglesia metodista, y las palomas revoloteaban alrededor de la torre, y cuando terminó la banda las oía arrullarse. Todavía no habían pasado cuatro meses desde Navidad, y sin embargo había más que nunca. Supongo que Walthall, el párroco, se estaría atiborrando. Uno creería que lo que mataban era gente o algo así, con aquellos discursos que soltaba y cuando vinieron hasta agarró a uno por la escopeta. Venga a hablar de que si paz en la tierra para todos y que ni un gorrión pueda caerse. Pero a él qué más le da las que haya, no tiene otra cosa que hacer; qué más le da la hora que sea. No paga impuestos, no tiene que soltar un céntimo para que todos los años se lleven a limpiar el reloj del juzgado para que funcione. Para que lo limpiasen tuvieron que pagar cuarenta y cinco dólares. Calculé que habría unos cien pichones en el suelo. No se les ocurriría largarse del pueblo. Estaría bien no tener más ataduras que las de una paloma, ¿eh?

Otra vez estaba tocando la banda, una canción chillona y rápida, como si estuviesen a punto de acabar. Supongo que ahora estarán contentos. Quizá tengan suficiente con la música para hacer veinticuatro o veinticinco kilómetros hasta sus casas y desenganchar los caballos en la oscuridad y echar de comer al ganado y ordeñar. Con ponerse a silbar en el establo y contar los chistes a las vacas, ya está y después pueden ponerse a echar cuentas de cuánto se habrán ahorrado por no haberse llevado también a los animales a la función. Podrían calcular que un hombre con cinco hijos y siete mulas se ahorra veinticinco centavos si se lleva a la familia a la función. Así de fácil. Earl vino con un par de paquetes.

«Esto también es para hoy», dice. «¿Dónde está el Tío Job?»

«Supongo que se habrá ido a la función», digo. «A no ser que usted se lo haya impedido.»

«No suele irse», dice. «De él puedo fiarme.»

«Hombre muchas gracias», digo.

Se dirigió hacia la puerta y se puso a mirar intentando oír algo.

«Es una buena banda», dice. «Ya va siendo hora de que acaben.»

«A menos que quieran pasar ahí la noche», digo. Ya habían salido las golondrinas y se oía cómo los gorriones empezaban a rebullir en los árboles del jardín del juzgado. De vez en cuando aparecían revoloteando sobre el tejado, luego se iban. En mi opinión son tan molestos como las palomas. Con ellos, ni te puedes sentar en el jardín del juzgado. No te has dado ni cuenta, cuando ¡zas! En el sombrero. Pero para cargárselos a cinco centavos el tiro haría falta un millonario. Con que sólo pusieran un poco de veneno en la plaza, acabarían con ellos en un día, porque si los tenderos no pueden evitar que sus animales correteen por la plaza, mejor harían dedicándose a otra cosa que a los pollos, a algo que no coma, como los arados o las cebollas. Y quien no tiene encerrados a los perros es porque no los quiere o porque ya tiene bastante con uno. Es lo que yo digo, que si todos los negocios que hay en un sitio los llevan los paletos, al final lo que pasa es que se acaba siendo igual de paleto que ellos.

«No importa que hayan acabado», digo. «Tendrán que enganchar y marcharse si quieren llegar a sus casas hacia la medianoche tal como va la cosa.»

«Bueno», dice. «Se divierten. Que se gasten el dinero en una función de vez en cuando. Arriba en las montañas los agricultores trabajan mucho y sacan muy poco.»

«No hay ninguna ley que los obligue a vivir en las montañas», digo. «Ni en ninguna otra parte.»

«¿Y dónde estaríamos tú y yo si no fuese por los agricultores?», dice.

«Yo estaría en mi casa», digo. «Acostado con una bolsa de hielo en la cabeza.»

«Estos dolores de cabeza te dan con demasiada frecuencia», dice. «¿Por qué no vas al dentista y que te vea bien la boca? ¿Te ha revisado las muelas esta mañana?»

«¿Que si qué?»

«Me has dicho que esta mañana has ido al dentista.»

«¿Es que no le parece bien que me duela la cabeza durante el tiempo que le pertenece a usted?», digo. «¿Es eso?»

Ya estaban cruzando la calleja, de regreso de la función.

«Ahí vienen», dice. «Supongo que tendré que salir.»

Se marchó. Es curioso que te pase lo que te pase, siempre viene alguien a decirte que te vean los dientes o que te cases. Siempre es alguien que no sirve para nada quien te tiene que decir cómo llevar tus asuntos. Como esos profesores de universidad que no tienen dónde caerse muertos y te dicen cómo puedes ganar un millón en diez años y esas mujeres que no consiguen pescar marido siempre diciéndote cómo cuidar de tu familia.

El viejo Job llegó con la carreta. Tardó lo suyo en enrollar las riendas al pescante.

«Bueno», digo, «¿qué tal la función?».

«Todavía no he ido», dice. «Pero de esta noche no pasa.»

«Vaya que no», digo. «Llevas fuera desde las tres. El señor Earl acaba de estar aquí buscándote.»

«He estado atendiendo mis asuntos», dice. «El señor Earl sabe dónde he estado.»

«Por mí puedes engañarlo», digo. «Que yo no me pienso ir de la lengua.»

«Pues sería al único que yo quisiese engañar de por aquí», dice. «¿Para qué voy a desperdiciar el tiempo engañando a quien no necesito ver los sábados por la tarde? A usted no lo engaño», dice. «Usted es demasiado listo para mí. Aquí no hay ni uno que se le iguale en listeza. Cómo voy a engañar a quien es hasta demasiado listo para él mismo», dice subiéndose a la carreta y desenrollando las riendas.

«¿Y quién es ése?», digo.

«El señor Jason Compson», dice. «¡En marcha, Dan!»

Una de las ruedas estaba a punto de soltarse. Esperé a ver si salía de la calleja antes de que ocurriera. Deja cualquier vehículo en manos de un negro. Es lo que yo digo, que esta tartana ofende a la vista, pero allí la tienes desde hace cien años en la cochera para que el niño vaya al cementerio una vez al mes. Digo yo que él no sería el primero en tener que hacer lo que no quiera hacer. Ya le obligaría yo a ir en coche o si no a quedarse en casa como cualquier persona civilizada. Qué sabrá adónde va o en qué va y nosotros teniendo que mantener el coche y el caballo para que él pueda ir de paseo los domingos por la tarde.

Sí que le importa a Job si la rueda se salía o no, siempre y cuando no tuviese que andar mucho para volver. Es lo que yo digo que donde deben estar es en el campo, trabajando desde el alba hasta el anochecer. No les va la prosperidad ni el trabajo fácil. Que como pasen una temporada cerca de los blancos ni para matarlos valen. Son capaces de engañarte delante de tus propias narices, como Roskus que su único error fue descuidarse un día y morirse. Vagueando y robando y liándote más y más hasta que un día los tienes que moler a palos con una estaca o algo así. Bueno, es asunto de Earl. Pero no me gustaría que la publicidad de mi negocio estuviese en el pueblo a cargo de un negro viejo lleno de achaques y de una carreta que daba la impresión de ir a descuajaringarse cada vez que daba la vuelta a una esquina.

El sol ya flotaba sobre el aire, y dentro estaba empezando a oscurecer. Fui a la parte delantera. La plaza estaba vacía. Earl estaba al fondo cerrando la caja fuerte, y entonces el reloj comenzó a dar la hora.

«Cierra la puerta de atrás», dice. Volví y cerré y regresé. «Supongo que esta noche vas a ir a la función», dice. «Ayer te di los pases, ¿no?»

«Sí», digo. «¿Es que quiere que se los devuelva?»

«No, no», dice. «No sabía si te los había dado o no. Sería una tontería desperdiciarlos.»

Echó la llave a la puerta dijo Buenas noches y se fue. Las golondrinas seguían chirleando en los árboles, pero la plaza estaba vacía, sólo había algunos automóviles. Frente al bar había un Ford, pero ni lo miré. Sé muy bien cuándo he llegado al límite. No me importa intentar ayudarla, pero sé cuándo ya no puedo más. Supongo que podría enseñar a Luster a conducir, entonces podrían pasarse el día tras ella si les parecía, y yo podría quedarme en casa a jugar con Ben.

Entré y compré un par de puros. Entonces pensé que volvería a darme el dolor de cabeza y me quedé un rato a charlar con ellos.

«Bueno», dice Mac, «supongo que este año ya te habrás sacado tu dinero con los Yankees».

«¿Y eso?», digo.

«Con la Liga», dice. «Ningún equipo que la juega puede con ellos.»

«Vaya que no», digo. «Están acabados», digo. «¿Es que crees que algún equipo puede seguir teniendo tanta suerte?»

«Yo no creo que sea suerte», dice Mac.

«Yo no apostaría por ningún equipo en que jugase ese Ruth», digo. «Incluso sabiendo que fuese a ganar.»

«¿No?», dice Mac.

«Puedo darte los nombres de una docena de tíos de cada una de las dos ligas que valen más que ése», digo.

«¿Y qué tienes contra Ruth?», dice Mac.

«Nada», digo. «No tengo nada en su contra. Que ni siquiera me gusta ver su foto.» Salí. Estaban encendiendo las luces, y por las calles la gente iba camino de su casa. Había veces en que los gorriones no se callaban hasta que oscurecía completamente. La noche en que encendieron la nueva iluminación del juzgado se despertaron y se pasaron la noche revoloteando alrededor de las farolas y chocando contra ellas. Pasó igual durante una o dos noches, luego desaparecieron una mañana. Dos meses después volvieron todos otra vez.

Fui a casa en el coche. Todavía no había luces encendidas, pero estarían todos asomados a las ventanas, y Dilsey bostezando en la cocina como si la comida que tuviese que mantener caliente hasta que llegase yo fuese suya. Oyéndola se podría pensar que en todo el mundo había solamente una cena, que era la que ella por mi culpa tenía que guardar unos minutos. Bueno, por lo menos podía volver a casa por una vez sin encontrarme a Ben y al negro colgados de la cancela, como un mono y un oso que compartiesen la misma jaula. En cuanto empieza a anochecer se marcha a la cancela como una vaca camino del establo, colgándose de ella y meneando la cabeza y gimiendo. Que aprenda. Si lo que le pasó por hacer el idiota con la puerta abierta me hubiese pasado a mí, no querría ni verlas. A veces me preguntaba en qué pensaría él, allí en la cancela, mirando cómo las chicas volvían a la escuela, intentando conseguir algo que ni siquiera podía recordar, que ni deseaba ni podría desear nunca más. Y en qué pensaba cuando lo desnudaban y por casualidad se veía y empezaba a llorar como lo hacía. Pero es lo que yo digo, que se quedaron cortos. Digo ya sé yo lo que necesitas, necesitas lo que le hicieron a Ben entonces verías lo bien que te portabas. Y si no sabes lo que fue, se lo preguntas a Dilsey.

Había luz en la habitación de Madre. Guardé el coche y fui a la cocina. Luster y Ben estaban allí.

«¿Dónde está Dilsey?», digo. «¿Preparando la cena?»

«Arriba con la señorita Caroline», dice Luster. «Buena la han armado. Desde que volvió la señorita Quentin. Mi abuelita ha subido para que no se peleen. ¿Hay función, señor Jason?»

«Sí», digo.

«Me ha parecido oír la música», dice. «Ojalá pudiese ir yo», dice. «Si tuviese veinticinco centavos iría.»

Entró Dilsey. «¿Ya está aquí?», dice. «¿Qué ha estado haciendo usted esta tarde? ¿Es que no sabe todo lo que tengo que hacer que ni se molesta en llegar a tiempo?»

«Es que a lo mejor me he ido a ver la función esa», digo. «¿Está ya la cena?»

«Ojalá pudiese ir yo», dice Luster. «Si tuviese veinticinco centavos iría.»

«A ti no se te ha perdido nada en la función», dice Dilsey. «Váyase a la casa y siéntese», dice. «No vaya a subir y que vuelvan a armarla.»

«¿Qué pasa?», digo.

«Quentin llegó hace un rato y empezó a decir que usted se había pasado la tarde persiguiéndola y entonces la señorita Caroline se puso a gritarla. ¿Por qué no la deja usted tranquila? ¿Es que no puede vivir en la misma casa que su sobrina carnal sin pelearse?»

«No puedo pelearme con ella porque no la he vuelto a ver desde esta mañana. ¿Y qué es lo que dice que le he hecho ahora? ¿Obligarla a ir a la escuela? Vaya, vaya», digo.

«Bueno, usted a sus cosas y la deje en paz», dice Dilsey, «que ya me ocuparé yo de ella si usted y la señorita Caroline me dejan. Ahora váyase y no arme escándalo hasta que tenga la cena».

«Si tuviese veinticinco centavos», dice Luster, «podría ir a la función».

«Y si tuvieses alas podrías ir volando», dice Dilsey. «No quiero volver a oír una palabra de la maldita función.»

«Ahora que me acuerdo», digo, «me han dado un par de entradas». Las saqué de la chaqueta.

«¿Va a utilizarlas?», dice Luster.

«Yo no», digo. «No iría ni aunque me diesen diez dólares.»

«Deme una, señor Jason», dice Luster.

«Te la vendo», digo, «¿qué te parece?».

«No tengo dinero», dice.

«Lo siento», digo. Hice como si fuese a salir.

«Deme una, señor Jason», dice, «para qué quiere usted las dos».

«Calla la boca», dice Dilsey, «¿es que no sabes que éste nunca regala nada?».

«¿Por cuánto la vende?», dice.

«Por cinco centavos», digo.

«No los tengo», dice.

«¿Cuánto tienes?», digo.

«Nada», dice.

«Vaya», digo. Me volví.

«Señor Jason», dice.

«Cállate», dice Dilsey. «Te está tomando el pelo. Claro que va a usar las entradas. Váyase, Jason, y déjelo en paz.»

«Yo no las quiero», digo. Regresé a la cocina. «He venido a quemarlas. Pero si me las compras por cinco centavos», digo, mirándole y levantando las arandelas del fogón.

«No los tengo», dice.

«Vaya», digo. Tiré una al fuego.

«¡Jason!», dice Dilsey. «¿Es que no le da vergüenza?»

«Señor Jason», dice, «por favor. Arreglaré las ruedas durante un mes seguido, se lo prometo».

«Necesito el dinero», digo. «Cinco centavos y es tuya.»

«Cállate, Luster», dice Dilsey. Tiró de él hacia atrás. «Venga», dice, «quémela. Venga. Termine de una vez».

«Está bien», digo. La eché dentro y Dilsey cerró la cocina.

«Un hombre hecho y derecho como usted», dice. «Salga de mi cocina. Calla», dice a Luster. «Que va a empezar Benjy. Esta noche voy a pedir veinticinco centavos a Frony para ti y podrás ir mañana por la noche. Y ahora, cállate.»

Me fui al salón. Arriba no se oía nada. Abrí el periódico. Un rato después entraron Luster y Ben. Ben fue hacia la mancha oscura de la pared donde antes estaba el espejo, frotándola con las manos gimiendo y lloriqueando. Luster se puso a atizar el fuego.

«¿Qué haces?», digo. «Esta noche no hace falta la chimenea.»

«Estoy intentando que se calle», dice. «Siempre hace frío en Pascua», dice.

«Pero no estamos en Pascua», digo. «Estate quieto.»

Dejó el atizador en su sitio y cogió el almohadón de la silla de Madre y se lo dio a Ben, y él se arrodilló frente a la chimenea y se calló.

Me puse a leer el periódico. No se había oído ni un ruido arriba cuando vino Dilsey y mandó a la cocina a Luster y a Ben y dijo que estaba lista la cena.

«Bueno», digo. Salió. Me senté, leyendo el periódico. Un rato después oí a Dilsey mirando desde la puerta.

«¿Por qué no viene usted a cenar?», dice.

«Estoy esperando a que esté la cena», digo.

«Está en la mesa», dice. «Ya se lo he dicho.»

«¿Ah, sí?», digo. «Perdona. No he oído bajar a nadie.»

«No van a bajar», dice. «Venga a cenar usted para que yo les pueda subir algo.»

«¿Es que están enfermas?», digo. «¿Qué ha dicho el médico que tienen? Espero que no sean viruelas.»

«Vamos, Jason», dice, «que tengo prisa».

«Está bien», digo, levantando el periódico otra vez. «Estoy esperando la cena.»

La sentía mirarme desde la puerta. Leí el periódico.

«¿Por qué se comporta así?», dice. «Cuando sabe la de problemas que una tiene.»

«Si Madre está peor que cuando bajó a comer, de acuerdo», digo. «Pero mientras que yo pague la comida de personas más jóvenes que yo, tendrán que bajar a la mesa a comérsela. Dime cuándo está lista la cena», digo, volviendo a ponerme a leer el periódico. La oí subir las escaleras, arrastrando los pies y gruñendo y quejándose como si entre peldaño y peldaño hubiese un metro de altura. La oí en la puerta de Madre, luego la oí llamar a Quentin, como si tuviese la puerta cerrada con llave, después volvió a la habitación de Madre y entonces Madre fue a hablar con Quentin. Luego bajaron. Yo seguí leyendo el periódico.

Dilsey volvió a la puerta. «Vamos», dice, «antes de que se le ocurra otra faena. Esta noche está usted insoportable».

Fui al comedor. Quentin estaba sentada con la cabeza baja. Había vuelto a pintarse. Tenía la nariz como si fuera de porcelana aislante.

«Me alegro de que te encuentres bien para poder bajar», digo a Madre.

«Es lo menos que puedo hacer por ti, bajar a la mesa», dice. «Da igual cómo me encuentre. Comprendo que a un hombre que se pasa el día trabajando le guste verse rodeado de su familia en la mesa a la hora de cenar. Quiero complacerte. Ojalá Quentin y tú os llevaseis mejor. Para mí sería más fácil.»

«Nos llevamos bien», digo. «No me importa que se pase el día encerrada en su habitación si eso es lo que quiere. Pero no aguanto todas estas tonterías a las horas de las comidas. Ya sé que es mucho pedirle, pero así son las cosas en mi casa. En tu casa, quiero decir.»

«Es tuya», dice, «tú eres ahora el cabeza de familia».

Quentin no había levantado la cabeza. Pasé los platos y empezó a comer.

«¿Qué tal el filete?», digo. «Si no es bueno, puedo darte otro mejor.»

No dijo nada.

«Te he preguntado si es bueno tu filete», digo.

«¿Qué?», dice.

«¿Quieres más arroz?», digo.

«No», dice.

«Anda, deja que te ponga más», digo.

«No quiero más», dice.

«De nada», digo, «de nada».

«¿Se te ha pasado el dolor de cabeza?», dice Madre.

«¿Qué dolor de cabeza?», digo.

«Creía que te estaba dando», dice, «cuando viniste esta tarde».

«Ah», digo. «No, no me dio. Esta tarde hemos tenido tanto trabajo que se me ha olvidado.»

«¿Por eso has vuelto tan tarde?», dice Madre. Yo veía cómo Quentin escuchaba. La miré. Tenía en la mano el cuchillo y el tenedor, pero la pillé mirándome, entonces volvió a mirar a su plato. Yo digo,

«No. Hacia las tres le he prestado mi coche a uno y tuve que esperar a que volviese.» Seguí comiendo.

«¿A quién?», dice Madre.

«A uno de los cómicos», digo. «El marido de su hermana andaba en un coche con una del pueblo por ahí y él fue tras ellos.»

Quentin comía sentada absolutamente inmóvil.

«No deberías prestar tu coche a esa clase de gente», dice Madre. «Eres demasiado generoso. Por eso si puedo evitarlo nunca te lo pido.»

«Eso estaba yo empezando a creer», digo, «pero regresó sin problemas. Me dijo que había encontrado lo que estaba buscando».

«¿Quién era ella?», dice Madre.

«Ya te lo diré luego», digo. «No me gusta hablar de estas cosas delante de Quentin.»

Quentin había dejado de comer. De vez en cuando tomaba un sorbo de agua, y se quedaba sentada desmigando una galleta, con la cara inclinada sobre el plato.

«Sí», dice Madre. «Supongo que las mujeres que viven enclaustradas como yo no tienen idea de lo que pasa en el pueblo.»

«No», digo. «No lo saben.»

«Mi vida ha sido tan distinta», dice Madre. «Gracias a Dios que desconozco esas iniquidades. Ni siquiera deseo saberlo. No soy como la mayoría de la gente.»

No dije más. Quentin estaba sentada, desmigando la galleta hasta que yo dejé de comer, entonces va y dice,

«¿Puedo irme ya?» sin mirar a nadie.

«¿Cómo?», digo. «Ah, sí, puedes irte. ¿Nos estabas esperando?»

Me miró. Había deshecho la galleta completamente, pero seguía moviendo los dedos como si todavía la estuviese desmigando y me miraba de hito en hito y entonces empezó a morderse los labios como si quisiera envenenarse con todo aquel plomo rojizo.

«Abuela», dice, «Abuela...».

«¿Quieres comer algo más?», digo.

«Abuela, ¿por qué me trata de este modo?», dice. «Yo nunca le he hecho nada.»

«Quiero que os llevéis bien el uno con el otro», dice Madre, «ya sois los únicos que quedáis y quiero que os llevéis mejor».

«Él tiene la culpa», dice, «no me deja tranquila, y yo quiero estarlo. Si no me quiere tener aquí, por qué no me deja volver con...».

«Ya está bien», digo, «ni una palabra más».

«Entonces, ¿por qué no me dejas en paz?», dice. «Me... me...»

«Es lo más parecido a un padre que vas a tener», dice Madre. «Tú y yo comemos de su pan. Es normal que espere que le obedezcas.»

«Él tiene la culpa», dice. Se levantó de un salto. «Me obliga. Si sólo...» nos miró, a hurtadillas, como si se sacudiese los costados con los brazos.

«¿Si yo qué?», digo.

«Tú tienes la culpa de todo lo que hago», dice. «Si me porto mal, es porque tenía que portarme mal. Tú me obligas. Ojalá me hubiese muerto. Ojalá nos hubiésemos muerto todos.» Entonces echó a correr. La oímos subir las escaleras corriendo. Luego un portazo.

«Es la primera cosa sensata que ha dicho», digo.

«Hoy no ha ido a la escuela», dice Madre.

«¿Cómo lo sabes?», digo. «¿Has estado en el pueblo?»

«Porque lo sé», dice. «Ojalá fueses más amable con ella.»

«Para serlo tendría que verla más de una vez al día», digo. «Tendrías que obligarla a venir a la mesa para comer. Entonces podría darle un trozo más de carne en cada comida.»

«Hay cositas que podrías hacer», dice.

«¿Como no hacerte caso cuando me pides que vigile si va a la escuela?», digo.

«Hoy no ha ido a la escuela», dice. «Yo sé que no ha ido. Dice que ha ido a dar un paseo en coche con un chico por la tarde y que tú la has seguido.»

«¿Cómo iba yo a poder hacerlo», digo, «si otra persona ha tenido toda la tarde mi coche? Además, si ha ido o no a la escuela, ya no importa», digo, «porque si te quieres preocupar, hazlo por lo que puede pasar el lunes que viene».

«Quería que ella y tú os llevaseis bien», dice. «Pero ha heredado toda su testarudez. También la de Quentin. En aquel momento pensé, con la herencia que ya tiene, ponerle también ese nombre. A veces creo que ella es la maldición de Caddy y Quentin que pesa sobre mí.»

«Santo cielo», digo. «Sí que estás buena. No me extraña que siempre estés enferma.»

«¿Cómo?», dice. «No te entiendo.»

«Espero que no», digo. «Una mujer decente está mejor sin saber ciertas cosas que no entiende.»

«Los dos eran iguales», dice. «Se aliaban con tu padre frente a mí cuando yo intentaba corregirlos. Él siempre decía que no necesitaban que los vigilasen, que ya sabían lo que significaban honestidad y honradez, que ya nada más tenían que aprender. Y ahora espero que esté satisfecho.»

«Bueno, tienes a Ben», digo, «alégrate».

«Me apartaron de sus vidas deliberadamente», dice, «siempre ella y Quentin. Siempre conspirando en contra mía. Y en contra tuya, aunque tú eras demasiado pequeño para darte cuenta. A ti y a mí siempre nos consideraron extraños, como a tu Tío Maury. Yo siempre dije a tu padre que tenían demasiada libertad, que estaban juntos demasiado tiempo. Cuando Quentin comenzó a ir a la escuela, hubimos de dejarla ir a ella al año siguiente, para que pudiese estar con él. Ella no podía soportar que ninguno hicieseis algo que ella no pudiese hacer. Era vanidad, vanidad y falso orgullo. Y después cuando empezó a tener problemas yo sabía que Quentin también tendría que hacer algo malo. Pero creí que no sería tan egoísta como para... ni se me pasó por la imaginación que él...».

«Puede que supiese que iba a ser una niña», digo, «y que una más ya no podría soportarla ni él».

«Él la habría controlado», dice. «Era la única persona por quien ella tenía algo de consideración. Pero supongo que eso también forma parte de la maldición.»

«Sí», digo, «la verdad es que siento no haber sido yo en lugar de él. Estarías mejor».

«Esas cosas las dices para hacerme daño», dice. «Aunque me las merezco. Cuando empezaron a vender la tierra para mandar a Quentin a Harvard dije a tu padre que debía prever las mismas cláusulas para ti. Luego cuando Herbert se ofreció a meterte en el banco, yo dije, Jason ya está provisto, y cuando los gastos comenzaron a amontonarse y yo me vi forzada a vender los muebles y el resto del prado, le escribí inmediatamente porque me dije que se daría cuenta de que tanto ella como Quentin ya habían disfrutado de su parte y también de la de Jason y que ahora le tocaba a ella compensarle a él. Me dije lo hará por respeto hacia su padre. Entonces lo creí. Pero sólo soy una pobre anciana; me educaron creyendo que las personas pasan privaciones por quienes son de su carne y de su sangre. Yo tengo la culpa. Tenías razón con tus reproches.»

«¿Es que crees que necesito que alguien me ayude para seguir adelante?», digo, «y menos una mujer que ni siquiera puede decir quién es el padre de su hija».

«Jason», dice.

«Bueno», digo. «No era ésa mi intención. Claro que no.»

«Si yo creyese que eso era posible, tras todos mis sufrimientos.»

«Claro que no lo es», digo. «Yo no quería decir eso.»

«Espero que eso me sea concedido», dice.

«Naturalmente que sí», digo, «se parece demasiado a los dos para dudarlo».

«No lo podría soportar», dice.

«Entonces deja de pensar en ello», digo. «¿Te ha vuelto a preocupar con sus escapadas nocturnas?»

«No. Le hice comprender que era por su bien y que algún día me lo agradecería. Se lleva los libros y se pone a estudiar después de que echo la llave a la puerta. Veo que algunas noches tiene la luz encendida hasta más de las once.»

«¿Y cómo sabes que está estudiando?», digo.

«No se me ocurre qué otra cosa podría hacer allí sola», dice. «Nunca le ha gustado leer.»

«No», digo. «No se te ocurre. Y bien puedes dar gracias al cielo por ello», digo. Pero para qué decirlo en voz alta. Volvería a ponérseme a llorar otra vez.

La oí subir. Entonces llamó a Quentin y Quentin dice ¿Qué? desde el otro lado de la puerta. «Buenas noches», dice Madre. Luego oí la llave en la cerradura, y Madre regresó a su habitación.

Cuando me acabé el puro y subí, todavía tenía la luz encendida. Se veía el ojo de la cerradura vacío, pero no se oía nada. Estudiaba en silencio. A lo mejor lo ha aprendido en la escuela. Di las buenas noches a Madre y me fui a mi habitación y cogí la caja y lo volví a contar. Oí al Gran Capón de los Estados Unidos roncando como una sierra mecánica. En alguna parte he leído que hacen eso con los hombres para que tengan voces de mujer. Pero puede que él no sepa lo que le han hecho. Supongo que ni sabía lo que había intentado hacer, ni por qué lo derribó el señor Burgess de un estacazo. Y si lo hubiesen mandado a Jackson mientras estaba todavía bajo los efectos del éter, no se habría dado cuenta del cambio. Pero eso habría sido demasiado sencillo para que se le ocurriera a un Compson. Ni la mitad de suficientemente complicado. Tener que esperar a hacerlo hasta que se escapó y salió por la calle detrás de una niña delante de su padre. Es lo que yo digo, que tardaron en empezar a cortar y que acabaron demasiado deprisa. Por lo menos sé de otros dos a los que les haría falta algo así, y uno de ellos no está ni a un kilómetro de aquí. Pero supongo que ni eso serviría. Es lo que yo digo, quien nace zorra sigue zorra. Y dejad que pasen veinticuatro horas sin que ningún judío de mierda de Nueva York me diga lo que va a ocurrir. Yo no quiero forrarme; sólo llevarme por delante a esos estafadores tan listos. Quiero una oportunidad de recuperar mi dinero. Y en cuanto lo consiga ya se podrán traer aquí a toda la calle Beale y convertir esto en un manicomio y en mi cama podrán dormir dos y el otro ocupar también mi sitio en la mesa.

Ocho de abril de 1928

El día amaneció nublado y frío, un móvil muro de luz gris surgido del noreste que, en lugar de disolverse en humedad, parecía desintegrarse en partículas diminutas y venenosas como polvo que, cuando Dilsey abrió la puerta de la cabaña y emergió, se ensartaron literalmente en su carne, precipitando no tanto humedad sino una sustancia que tenía algo de la cualidad de una leve grasa que no hubiese llegado a solidificarse. Llevaba un severo sombrero de paja negra encaramado sobre su turbante, y una esclavina de terciopelo castaño ribeteada de piel anónima y costrosa sobre un vestido de seda morada, y permaneció un momento en la puerta alzando su milenario rostro abatido, y una mano delgada y fláccida como el vientre de un pez para sopesar el tiempo, luego apartó la esclavina y se examinó la pechera del vestido.

El vestido le caía fláccidamente desde los hombros, sobre sus pechos caídos, se ajustaba luego sobre el vientre y volvía a caer, aglobándose un poco sobre la ropa interior, de regios colores desvaídos, de la que al llegar la primavera y los días cálidos se despojaría capa a capa. Había sido una mujer grande pero ahora se evidenciaba su esqueleto, holgadamente envuelto por una piel ajada que se tensaba sobre un vientre casi hidrópico, como si músculo y tejido hubieran sido valor y fortaleza que con los días o con los años se hubiesen consumido hasta que solamente el indomable esqueleto se erigiese como una ruina o un poste desde sus somnolientas e impenetrables entrañas, y sobre un rostro hundido que causaba la sensación de que los huesos sobresalían de la piel, se vislumbró ante la violencia del día una expresión a la vez fatalista e infantilmente decepcionada y atónita, hasta que se dio la vuelta y volvió a entrar en la casa y cerró la puerta.

La tierra más cercana a la puerta estaba desnuda. Tenía una pátina, como extendida por huellas de pies descalzos de muchas generaciones, como la plata añeja bruñida a mano de los muros de las casas mexicanas. Junto a la casa, dándole sombra en verano, se alzaban tres moreras, con hojas en plumón, que después se abrirían plácidamente como palmas de manos que brotasen del ímpetu del aire planas y undulantes. Una pareja de arrendajos surgió de la nada, revolotearon entre las ráfagas de viento como jirones de tela estridente y se recogieron en las moreras, donde se balancearon alternando sus trinos, desgañitándose entre el viento que rasgaba sus ásperos gritos, alejándose alternativamente como trozos de papel o tela. Después se les unieron tres más balanceándose y columpiándose sobre las retorcidas ramas durante unos momentos, sin dejar de graznar. La puerta de la cabaña se abrió y Dilsey volvió a emerger, esta vez con un sombrero de hombre de fieltro y un abrigo militar, bajo cuyos faldones deshilachados descendía su vestido de algodón azul en bolsas desiguales, flotando a su alrededor cuando cruzó el patio y subió las escaleras de la cocina.

Irrumpió unos instantes más tarde, llevando ahora un gran paraguas, que inclinó hacia adelante contra el viento, y se dirigió hacia la pila de leña y dejó el paraguas en el suelo, todavía abierto. Inmediatamente lo cogió, lo sujetó y se aferró a él un momento, mirando a su alrededor. Luego lo cerró y lo dejó en el suelo y formó un montón de trozos de leña sobre el brazo doblado, contra su pecho, y cogió el paraguas y finalmente lo abrió y regresó a la escalera y mantuvo la leña en precario equilibrio mientras se las ingeniaba para cerrar el paraguas, que apoyó en el rincón junto a la puerta. Arrojó la leña en un cajón tras la cocina. Luego se quitó el abrigo y el sombrero y descolgó de la pared un sucio mandil y se lo puso y encendió fuego en el fogón. Mientras lo hacía, golpeando ruidosamente la parrilla y haciendo resonar las arandelas de la placa, la señora Compson comenzó a llamarla desde la parte superior de la escalera.

Llevaba una bata acolchada de satén negro, que sujetaba bajo la barbilla. En la otra mano llevaba una bolsa de agua caliente de goma roja y permaneció en la parte superior de la escalera trasera gritando «Dilsey» monótonamente a intervalos pausados hacia la oscura escalera que descendía en total oscuridad, abriéndose después rasgada por una ventana grisácea. «Dilsey», gritaba, sin inflexión ni énfasis ni prisa, como si no estuviese esperando ninguna respuesta. «Dilsey.»

Dilsey contestó y dejó de hacer ruido en el fogón, pero antes de que pudiera cruzar la cocina la señora Compson la volvió a llamar, y antes de atravesar el comedor y aliviada sacar la cabeza bajo la mancha gris de la ventana, otra vez más.

«Bueno», dijo Dilsey, «bueno, ya estoy aquí. En cuanto haya agua caliente la lleno». Se recogió las faldas y ascendió por la escalera, bloqueando completamente la luz gris. «Déjela en el suelo y vuélvase a la cama.»

«No comprendía qué pasaba», dijo la señora Compson. «Por lo menos llevo una hora despierta sin oír nada en la cocina.»

«Déjela en el suelo y vuélvase a la cama», dijo Dilsey. Ascendía trabajosa y penosamente las escaleras, informe, respirando pausadamente. «Dentro de un momento tendré el fuego encendido, y el agua caliente dentro de dos.»

«Por lo menos llevo una hora», dijo la señora Compson. «Creía que a lo mejor estabas esperando a que bajase yo a encender el fuego.»

Dilsey llegó al final de la escalera y cogió la bolsa. «Enseguida la tengo», dijo. «Luster se ha quedado dormido, con la función de anoche. Yo encenderé el fuego. Vamos, no despierte a los demás hasta que yo esté lista.»

«Si permites que Luster haga cosas que interfieren con su trabajo serás tú quien sufra las consecuencias», dijo la señora Compson. «Si Jason se entera de esto, no le va a gustar. Bien sabes que no.»

«No se ha gastado el dinero de Jason en ir», dijo Dilsey. «Eso seguro.» Bajó la escalera. La señora Compson regresó a su habitación. Al volver a meterse en la cama oyó a Dilsey todavía descendiendo por la escalera con una especie de terrible y dolorosa lentitud que habría acabado por ser enloquecedora de no haber terminado por cesar debilitándose tras el batiente de la puerta de la despensa.

Entró en la cocina y encendió el fuego y comenzó a preparar el desayuno. En medio de ello se detuvo y se dirigió a la ventana y miró hacia afuera en dirección a su cabaña, luego fue a la puerta y la abrió y gritó hacia el frío penetrante.

«¡Luster!» gritó, permaneciendo en pie para escuchar, protegiéndose el rostro del viento. «Eh, Luster.» Se quedó escuchando, entonces, mientras se disponía a volver a llamar, Luster apareció por la esquina de la cocina.

«Diga, abuela», dijo inocentemente, tan inocentemente que Dilsey le miró inmóvil durante un instante, con algo más que simple sorpresa.

«¿Dónde estabas?», dijo.

«En ningún sitio», dijo él. «En el sótano.»

«¿Y qué estabas haciendo en el sótano?», dijo ella. «No te quedes ahí parado bajo la lluvia, idiota», dijo.

«No hacía nada», dijo. Subió las escaleras.

«No se te ocurra entrar aquí sin una brazada de leña», dijo. «Que he tenido que traer la leña yo y también encender el fuego. ¿Es que no te dije anoche que no te marcharas sin que el cajón estuviese hasta los topes?»

«Eso fue lo que hice», dijo Luster. «Llenarlo.»

«¿Y entonces dónde está?»

«No sé, abuela. No la he tocado.»

«Bueno, pues ponte a llenarlo», dijo. «Y sube a ver a Benjy.»

Cerró la puerta. Luster fue al montón de leña. Los cinco arrendajos revoloteaban alrededor de la casa, graznando, y regresaban a las moreras. Él los observó. Cogió una piedra y se la tiró. «Eh», dijo, «idos al infierno que es vuestro sitio. Que todavía no estamos a lunes».

Cargó con una pila de troncos. No veía por encima de ella, y fue dando traspiés hasta la escalera y la subió y tambaleándose fue hasta la puerta y chocó contra ella, esparciendo la leña. Entonces llegó Dilsey y le abrió la puerta y él atravesó la cocina a trompicones. «¡Luster!» gritó, pero ya había tirado la leña al cajón con un tremendo estrépito. «Ajá», dijo.

«¿Es que quieres despertar a toda la casa?», dijo Dilsey. Le dio un manotazo en el cogote. «Sube a vestir a Benjy.»

«Sí, abuela», dijo. Se dirigió hacia la puerta exterior.

«¿Dónde vas?», dijo Dilsey.

«He pensado que sería mejor que diese la vuelta a la casa y entrase por delante para no depertar ni a la señorita Caroline ni a los otros.»

«Sube por la escalera de atrás como te he dicho y pon la ropa a Benjy», dijo Dilsey. «Vamos.»

«Sí, abuela», dijo Luster. Volvió y salió por la puerta del comedor. Un momento después dejó de batir. Dilsey se dispuso a hacer galletas. Mientras cernía la harina uniformemente sobre la tabla del pan, cantaba, al principio para sí misma, algo sin melodía ni letra concretas, repetitivo, lastimero y quejumbroso, austero, mientras caía una leve, constante nube de harina sobre la tabla del pan. El fogón había comenzado a caldear la habitación y a llenarla de las rumorosas cadencias del fuego, y en este momento ya cantaba más alto, como si también se hubiese deshelado su voz gracias al aumento de temperatura, y entonces la señora Compson volvió a llamarla desde dentro de la casa. Dilsey levantó la cabeza como si con los ojos pudiese y lograse taladrar techos y paredes y ver a la anciana con su bata guateada en la parte superior de la escalera, pronunciando su nombre con mecánica regularidad.

«¡Ay, Señor!», dijo Dilsey. Dejó el cedazo y con el borde del delantal se limpió las manos y cogió la bolsa de la silla donde la había dejado y tomó con el delantal el asa de la perola donde hervía el agua que ya humeaba levemente. «Un momento», gritó, «que el agua acaba de calentarse».

No era, sin embargo, la bolsa lo que quería la señora Compson, y agarrándola por el cuello como si fuese una gallina muerta, Dilsey se dirigió al pie de la escalera y miró hacia arriba.

«¿Es que Luster no está con él?», dijo.

«Luster no ha entrado en casa. Me he quedado acostada esperando oírle. Sabía que tardaría en venir, pero esperaba que llegaría a tiempo de evitar que Benjamin molestase a Jason el único día de la semana en que Jason puede quedarse durmiendo.»

«No sé cómo espera usted que nadie duerma, estando en el vestíbulo dando gritos desde que ha amanecido», dijo Dilsey. Comenzó a subir los escalones, con gran esfuerzo. «Hace media hora que lo he mandado subir.»

La señora Compson la miraba, sujetándose la bata bajo la barbilla. «¿Qué vas a hacer?», dijo.

«Voy a vestir a Benjy y lo voy a bajar a la cocina para que no despierte a Jason ni a Quentin», dijo Dilsey.

«¿Todavía no has empezado con el desayuno?»

«También me ocuparé de eso», dijo Dilsey. «Mejor se vuelve a meter en la cama hasta que Luster la encienda la chimenea. Hace frío esta mañana.»

«Ya lo sé», dijo la señora Compson. «Tengo los pies helados. Los tenía tan fríos que me he despertado.» Observaba cómo Dilsey subía por la escalera. Tardó un buen rato. «Ya sabes cómo se pone Jason cuando tarda el desayuno», dijo la señora Compson.

«Sólo tengo dos manos», dijo Dilsey. «Vuélvase a la cama, porque esta mañana también tengo que ocuparme de usted.»

«Si vas a dejar todo para vestir a Benjamin, será mejor que baje yo y me ocupe del desayuno. Sabes tan bien como yo cómo se pone Jason cuando tarda.»

«¿Y quién se lo iba a comer?», dijo Dilsey. «¿Eh? Vamos», dijo, ascendiendo trabajosamente. La señora Compson siguió observándola subir, apoyándose en la pared con una mano, sujetándose las faldas con la otra.

«¿Y lo vas a despertar para vestirlo?», dijo.

Dilsey se detuvo. Se quedó quieta con el pie apoyado en el escalón siguiente, con la mano contra la pared y la mancha de luz gris tras ella, inmóvil e informe y confusa.

«¿Es que no está despierto?», dijo.

«No lo estaba cuando miré en su habitación», dijo la señora Compson. «Pero ya es tarde. Nunca está dormido después de las siete y media. Ya lo sabes.»

Dilsey no dijo nada. No hizo movimiento alguno, pero aunque no veía sino una figura informe y plana, la señora Compson sabía que había inclinado la cabeza y que ahora parecería una vaca bajo la lluvia, agarrando por el cuello la bolsa vacía de agua caliente.

«Tú no eres quien ha de soportarlo», dijo la señora Compson. «No es responsabilidad tuya. Puedes marcharte. No tienes por qué aguantarlo un día sí y otro no. Tú nada les debes, ni tampoco a la memoria del señor Compson. Ya sé que jamás has sentido cariño por Jason. Nunca has intentado ocultarlo.»

Dilsey no dijo nada. Lentamente se volvió y descendió, inclinando su cuerpo ante cada peldaño, como haría un niño, con la mano sobre la pared. «Váyase y déjelo tranquilo», dijo. «No vuelva a entrar. En cuanto encuentre a Luster le diré que suba. Ahora, déjelo tranquilo.»

Regresó a la cocina. Miró en el fogón, luego se tapó la cabeza con el mandil y se puso el abrigo y abrió la puerta exterior y miró por el patio. El mal tiempo le aguijoneó la piel, áspera e impalpablemente, mas el panorama estaba vacío de movimiento alguno. Descendió los escalones, cautelosamente, como intentando guardar silencio, y rodeó la esquina de la cocina. Al hacerlo Luster surgió resuelto e inocente de la puerta del sótano.

Dilsey se detuvo. «¿Qué pretendes?», dijo.

«Nada», dijo Luster, «el señor Jason quiere que averigüe por qué hay una gotera en el sótano».

«¿Y cuándo te lo ha dicho?», dijo Dilsey. «El día de Año Nuevo, ¿no?»

«Creí que sería mejor que mirase mientras estuviesen durmiendo», dijo Luster. Dilsey se dirigió a la puerta del sótano. Él se hizo a un lado y ella escrutó la oscuridad que olía a tierra rancia, y a moho y a caucho.

«Bueno», dijo Dilsey. Volvió a mirar a Luster. Se encontró con su mirada dulce, inocente y franca. «No sé lo que pretendes, pero aquí no tienes nada que hacer. Lo que quieres es ponerme hoy de mal humor igual que los demás, ¿no? Sube inmediatamente a por Benjy, ¿me oyes?»

«Sí, abuela», dijo Luster. Se dirigió con presteza hacia la escalera de la cocina.

«Oye», dijo Dilsey, «y tráeme otra brazada de leña ya que estás aquí».

«Sí, señora», dijo. Pasó a su lado en la escalera y se dirigió al montón de leña. Cuando un momento después volvió a encontrarse dando traspiés ante la puerta, de nuevo invisible y ciego tras la enorme brazada de leña, Dilsey abrió la puerta y le ayudó a cruzar la cocina con mano firme.

«Y ahora vuelve a tirarla al cajón», dijo, «anda, tírala».

«No he tenido más remedio», dijo Luster, jadeante, «no hay otra forma de echarla».

«Entonces quédate ahí un momento sin soltarla», dijo Dilsey. Comenzó a meterla trozo a trozo. «¿Qué te ha dado esta mañana? Te mando a por leña y me traes seis trozos. ¿Y ahora para qué me vas a pedir permiso? ¿Es que todavía no se han marchado los titiriteros?»

«Sí, abuela. Ya se han marchado.»

Metió en el cajón el último pedazo. «Y ahora subes a por Benjy como te he dicho», dijo. «Y no quiero oír a nadie más gritándome por las escaleras hasta que toque la campana. ¿Me has oído?»

«Sí, abuela», dijo Luster. Desapareció tras el batiente. Dilsey echó más leña en el fogón y regresó a la tabla del pan. Comenzó a cantar de nuevo.

La habitación se calentó. Pronto adquirió la piel de Dilsey un aspecto lustroso y fértil comparado con el que tanto ella como Luster presentaban antes, como cubiertos por una leve capa de ceniza, mientras se movía por la cocina de acá para allá, reuniendo comestibles, coordinando la comida. Sobre la pared, encima de un estante, invisible excepto por la noche, bajo la luz artificial e incluso evidenciando entonces una profundidad enigmática ya que solamente tenía una manecilla, un reloj de pared, tras un sonido preliminar como aclarándose la garganta, sonó cinco veces.

«Las ocho», dijo Dilsey. Se detuvo y levantó la cabeza, escuchando. Pero no había sonido alguno excepto el tictac del reloj y el rumor del fuego. Abrió el horno y observó la bandeja del pan, después, todavía inclinada, se quedó quieta mientras alguien descendía por la escalera. Oyó pisadas que cruzaban el comedor, después se abrió el batiente y entró Luster, seguido de un hombre corpulento que parecía haber sido moldeado con una sustancia cuyas partículas careciesen de cohesión unas con otras y con la figura que conformaban. Su piel era mortecina y carecía de vello; sufría hidropesía, caminaba con paso vacilante como un oso amaestrado. Su cabello era pálido y suave. Había sido cuidadosamente peinado sobre su frente como en un daguerrotipo infantil. Tenía los ojos claros, del dulce tono azulado de las violetas, sus gruesos labios entreabiertos babeaban ligeramente.

«¿Tiene frío?», dijo Dilsey. Se restregó las manos en el mandil y le tocó la mano.

«Si él no, yo sí», dijo Luster. «Siempre hace frío en Pascua. Que yo sepa nunca falla. La señorita Caroline dice que si todavía no le ha dado a usted tiempo de prepararle la bolsa de agua que ya no le hace falta.»

«Dios mío», dijo Dilsey. Acercó una silla hacia el hueco que había entre el cajón de leña y el fogón. El hombre se acercó obedientemente y se sentó. «Mira en el comedor a ver dónde me he dejado la bolsa», dijo Dilsey. Luster trajo la bolsa del comedor y Dilsey la llenó y se la dio. «Date prisa», dijo. «Ve a ver si se ha despertado Jason. Dile que ya está todo listo.»

Luster salió. Ben estaba sentado junto al fogón, absolutamente inmóvil excepto por el constante balanceo de su cabeza mientras observaba moverse a Dilsey con su dulce mirada azul. Luster regresó.

«Está despierto», dijo. «La señorita Caroline ha dicho que ponga usted la mesa.» Se acercó al fogón y extendió las manos sobre la placa con las palmas hacia abajo. «Él también se ha levantado», dijo, «y con la pierna izquierda».

«¿Y ahora qué pasa?», dijo Dilsey. «Quita de ahí. ¿Cómo voy a hacer nada si te quedas delante del fogón?»

«Tengo frío», dijo Luster.

«Pues no lo tenías para meterte en el sótano», dijo Dilsey. «¿Qué le pasa a Jason?»

«Me ha dicho que Benjy ha roto los cristales de su ventana.»

«¿Es que se han roto?», dijo Dilsey.

«Eso dice él», dijo Luster. «Dice que los he roto yo.»

«¿Cómo ibas a ser tú si la tiene todo el día cerrada con llave?»

«Dice que los he roto a pedradas», dijo Luster.

«¿Y lo has hecho?»

«No», dijo Luster.

«Niño, no me mientas», dijo Dilsey.

«Yo no he sido», dijo Luster. «Pregúnteselo a Benjy. Ni la he mirado.»

«Entonces ¿quién la ha roto?», dijo Dilsey. «Lo que quiere es despertar a Quentin», dijo, sacando del horno la bandeja de galletas.

«Supongo que sí», dijo Luster. «Qué gente más rara. Menos mal que no soy de la familia.»

«¿De qué familia?», dijo Dilsey. «Óyeme bien, negro, que eres tan mala persona como cualquiera de los Compson. ¿Estás seguro de que no eres tú el que ha roto la ventana?»

«¿Y por qué la iba a romper yo?»

«¡Y yo qué sé por qué haces tantas diabluras!», dijo Dilsey. «Ten cuidado, no vuelva a quemarse la mano mientras yo pongo la mesa.»

Se dirigió al comedor, donde se la oyó moverse, después regresó y colocó una bandeja sobre la mesa de la cocina y puso la comida. Ben la observaba, babeante, emitiendo un leve sonido de impaciencia.

«Ya voy, precioso», dijo. «Aquí tiene su desayuno. Acerca su silla, Luster.» Luster acercó la silla y Ben se sentó, gimiendo y babeando. Dilsey le ató un paño alrededor del cuello y le limpió la boca con el borde. «Y a ver si alguna vez consigues que no se manche la ropa», dijo, dando una cuchara a Luster.

Ben dejó de gemir. Observaba cómo la cuchara se aproximaba a su boca. Era como si la impaciencia dependiese también de sus músculos, y fuese inarticulada su hambre, como si él desconociese que era hambre. Luster le daba la comida con pericia e indiferencia. De vez en cuando prestaba suficiente atención como para retirar la cuchara y hacer que Ben cerrase la boca sobre el aire, pero era evidente que Luster estaba pensando en otra cosa. Tenía la otra mano apoyada sobre el respaldo de la silla y la movía sobre aquella superficie inerte como tanteándola, delicadamente, como si estuviese tarareando una inaudible melodía sobre el vacío inmóvil, e incluso llegó a olvidarse de engañar a Ben con la cuchara mientras sus dedos tamborileaban un arpegio mudo e intrincado sobre la yerta madera hasta que Ben le devolvió a la realidad volviendo a gemir.

Dilsey se movía en el comedor de un lado para otro. En un momento dado tocó una campanilla rotundamente, después desde la cocina Luster oyó que la señora Compson y Jason descendían por la escalera, y la voz de Jason, y puso los ojos en blanco mientras escuchaba.

«Cómo no voy a estar seguro de que no la han roto ellos», dijo Jason. «Claro que no. A lo mejor se ha roto con el cambio de temperatura.»

«No sé cómo», dijo la señora Compson. «Tu habitación siempre permanece cerrada con llave todo el día, tal y como tú la dejas cuando te vas al pueblo. Ninguno de nosotros entramos excepto los domingos para limpiar. No quiero que creas que yo entro donde no me importa ni que permito que nadie más lo haga.»

«Yo no he dicho que la hayas roto tú, ¿verdad?», dijo Jason.

«No se me ha perdido nada en tu habitación», dijo la señora Compson. «Tengo mucho respeto por la vida privada de todos. No cruzaría el umbral ni aunque tuviese la llave.»

«Sí», dijo Jason, «ya sé que tus llaves no sirven. Para eso hice que cambiasen la cerradura. Lo que quiero saber es cómo se ha roto la ventana».

«Luster dice que no ha sido», dijo Dilsey.

«Para eso no me hacía falta preguntar», dijo Jason. «¿Dónde está Quentin?», dijo.

«Donde todos los domingos por la mañana», dijo Dilsey. «¿Qué le pasa a usted estos días?»

«Pues que vamos a terminar con todo esto», dijo Jason. «Sube a decirle que ya está el desayuno.»

«Déjela tranquila, Jason», dijo Dilsey. «Se levanta a desayunar todos los días de la semana y Caroline la deja quedarse en la cama los domingos. Ya lo sabe usted.»

«No me puedo permitir tener la cocina llena de negros para que le den gusto, qué más quisiera yo», dijo Jason. «Vete a decirla que baje a desayunar.»

«No tienen por qué esperarla», dijo Dilsey. «Yo le guardo el desayuno caliente y...»

«¿Es que no me has oído?», dijo Jason.

«Sí que le he oído», dijo Dilsey. «A usted es al único que oigo en cuanto está en la casa. Si no es por Quentin y su mamá es por Luster y Benjy. ¿Por qué consiente que se ponga así, señorita Caroline?»

«Será mejor que hagas lo que dice», dijo la señora Compson, «que ahora él es el dueño de la casa. Está en su derecho al exigir que respetemos sus deseos. Yo lo hago así, y si yo puedo, también puedes tú».

«Pues no tiene razón en que porque esté de mal humor tenga que bajar Quentin para darle gusto», dijo Dilsey. «A lo mejor se cree que ha sido ella quien ha roto la ventana.»

«Si se le hubiese ocurrido, lo habría hecho», dijo Jason. «Y tú haz lo que te digo.»

«Si lo hubiese hecho la culpa no la tendría ella», dijo Dilsey, dirigiéndose hacia la escalera. «Con usted dándole la murga todo el tiempo cuando está en la casa.»

«Cállate, Dilsey», dijo la señora Compson, «que ni a ti ni a mí nos corresponde decir a Jason lo que tiene que hacer. Yo a veces creo que no tiene razón, pero intento cumplir sus deseos por el bien de todos. Si yo tengo fuerzas suficientes para bajar a la mesa, Quentin con más razón».

Dilsey salió. La oyeron ascender los peldaños. La oyeron subir durante un buen rato.

«¡Vaya joyas de criados que tienes!», dijo Jason. Sirvió a su madre y luego se sirvió él. «¿Alguna vez has tenido alguno que valiera la pena? Supongo que antes de que yo fuera suficientemente mayor para recordarlo, alguno habrás tenido.»

«Tengo que aguantarlos», dijo la señora Compson. «Dependo tan absolutamente de ellos. No sería así si me encontrase con fuerzas. Ojalá, ojalá pudiese ocuparme yo de todo el trabajo de la casa. Por lo menos eso que te quitaría de encima.»

«Y viviríamos en una pocilga», dijo Jason. «Date prisa, Dilsey», gritó.

«Ya sé que me echas a mí la culpa», dijo la señora Compson, «de dejarlos que hoy vayan a la iglesia».

«¿Adónde?», dijo Jason. «¿Es que todavía no se ha marchado del pueblo el maldito circo?»

«A la iglesia», dijo la señora Compson. «Los negros tienen hoy una ceremonia religiosa especial por Pascua. Hace dos semanas prometí a Dilsey que podrían salir.»

«Lo que quiere decir que la comida será fría», dijo Jason, «como mucho».

«Ya sé que es culpa mía», dijo la señora Compson. «Ya sé que lo piensas así.»

«¿La culpa de qué?», dijo Jason. «Que yo sepa tú no has resucitado a Cristo, ¿verdad?»

Oyeron a Dilsey subir el último peldaño, luego la oyeron caminando por encima de sus cabezas.

«Quentin», dijo. Cuando la llamó por vez primera, Jason dejó el cuchillo y el tenedor y él y su madre parecieron esperarse el uno al otro desde cada extremo de la mesa en idéntica actitud; uno frío y astuto, con el espeso cabello castaño rizado dividido en dos rebeldes bucles, uno a cada lado de la frente, como la caricatura de un camarero, y con los iris ribeteados de negro en sus ojos castaños, como bolas de cristal, la otra fría y quisquillosa, con el cabello absolutamente blanco y bolsas bajo los ojos contraídos y tan oscuros que parecían pupilas o solamente iris.

«Quentin», dijo Dilsey, «levántate, preciosa. Te están esperando para empezar a desayunar».

«No llego a entender cómo se ha roto la ventana», dijo la señora Compson. «¿Estás seguro de que fue ayer? Podría haber sido hace tiempo, como no ha hecho frío. La parte de arriba tras la persiana está igual.»

«Te digo por última vez que ha sido ayer», dijo Jason. «¿Es que no puedes entender que yo sepa cómo vivo? ¿Crees que yo habría podido pasarme una semana con un agujero del tamaño de un puño en la ventana...?» su voz cesó, vacilante, se quedó mirando a su madre con la mirada vacía por un instante. Era como si retuviese el aliento con los ojos, mientras su madre le miraba, el rostro fláccido y quisquilloso, interminable, lúcido y sin embargo obtuso. Mientras continuaban de este modo, dijo Dilsey,

«Quentin. No me tomes el pelo, nena. Baja a desayunar, preciosa. Que te están esperando.»

«No lo entiendo», dijo la señora Compson, «es como si hubiesen intentado entrar en la casa...». Jason se puso en pie de un salto. Su silla cayó hacia atrás con estruendo. «¿Qué...?» dijo la señora Compson, mirándole fijamente cuando pasó corriendo a su lado y empezó a subir apresuradamente las escaleras, encontrándose con Dilsey. Su rostro estaba ahora en sombras y Dilsey dijo,

«Está enfadada. Su madre de usted no la ha abierto...» Pero Jason pasó corriendo a su lado y y continuó por el pasillo hasta una puerta. No llamó. Agarró el picaporte e intentó hacerlo girar, luego se quedó con el picaporte en la mano y la cabeza un poco inclinada, como si estuviese escuchando algo mucho más alejado que la familiar habitación tras la puerta, y que ya hubiese oído. Tenía la actitud de quien recorre los ecos del sonido para ocultarse a sí mismo lo que ha oído. A su espalda la señora Compson subía por la escalera, llamándole. Entonces vio a Dilsey y dejó de llamarle y en su lugar comenzó a llamar a Dilsey.

«Ya le he dicho que todavía no había abierto usted la cerradura», dijo Dilsey.

Al oírla hablar, él se volvió y corrió hacia ella, pero su voz era tranquila, prosaica. «¿Tiene ella la llave?», dijo. «¿La tiene ahora, o sea, Ella...?»

«Dilsey», dijo la señora Compson desde la escalera.

«¿Cómo dice?», dijo Dilsey. «¿Por qué no...?»

«La llave», dijo Jason, «de esa habitación. ¿La tiene siempre ella? Mi Madre». Entonces vio a la señora Compson y bajó por la escalera hasta ella. «Dame la llave», dijo. Se inclinó para tantear los bolsillos de la ajada mañanita negra que llevaba. Ella se resistió.

«Jason», dijo, «¡Jason! ¿Es que estáis intentando entre Dilsey y tú que tenga que volver a acostarme?», dijo, intentando apartarlo, «¿es que ni siquiera puedo pasar los domingos en paz?».

«La llave», dijo Jason, tanteando, «dámela». Volvió a mirar hacia la puerta, como si esperase verla abrirse por sí sola antes de que él pudiese regresar con la llave que todavía no tenía.

«¡Eh, Dilsey!», dijo la señora Compson, cerrándose la mañanita.

«¡Dame la llave, vieja imbécil!» gritó repentinamente Jason. Le sacó del bolsillo un enorme manojo de llaves herrumbrosas sujetas por un aro de hierro de carcelero medieval y regresó corriendo por el descansillo con las dos mujeres en pos de él.

«¡Eh, Jason!», dijo la señora Compson. «No podrá dar con la que es», dijo, «Dilsey, ya sabes que nunca dejo que nadie coja mis llaves», dijo. Comenzó a lloriquear.

«¡Cállese!», dijo Dilsey. «No le va a hacer nada. Ya me ocuparé yo.»

«Pero un domingo por la mañana, en mi propia casa», dijo la señora Compson, «con lo que me ha costado educarlos cristianamente. Déjame decirte cuál es la llave, Jason», dijo. Le puso la mano sobre el brazo. Luego comenzó a forcejear con él, pero la apartó a un lado de un codazo y se volvió a mirarla con ojos fríos y acosados durante un instante, después se dedicó de nuevo a la puerta y a las inmanejables llaves.

«¡Cállese!», dijo Dilsey, «¡Jason!».

«Ha debido suceder algo espantoso», dijo la señora Compson, volviendo a lloriquear. «Lo sé. Jason», dijo, volviendo a agarrarle. «¿Es que ni siquiera me vas a dejar que te dé la llave de una habitación de mi propia casa?»

«Vamos, vamos», dijo Dilsey, «¿qué va a haber pasado? Aquí estoy yo. No le dejaré que la pegue. Quentin», dijo elevando el tono de voz, «no te asustes, nena, que estoy aquí».

La puerta se abrió hacia dentro. Él se quedó un momento en el umbral, ocultando la habitación, luego se hizo a un lado. «Entrad», dijo con voz pastosa y aturdida. Entraron. No parecía la habitación de una chica. No parecía ser la habitación de nadie, acrecentado su anonimato por un ligero olor a cosméticos baratos y unos cuantos objetos femeninos e inútiles esfuerzos para feminizarla, dándole esa transitoriedad inerte y estereotipada de las habitaciones de las casas de citas. La cama no había sido ocupada. En el suelo descansaba una prenda usada de ropa interior de seda un poco demasiado rosa; de un cajón entreabierto colgaba una sola media. La ventana estaba abierta. Allí surgía un peral, muy próximo a la casa. Estaba en flor y las ramas arañaban y se frotaban contra la casa y el aire transparente, impulsado contra la ventana, introducía en la habitación el olvidado olor de las flores.

«¿Lo ve usted?», dijo Dilsey, «¿no había dicho yo que no la pasaba nada?».

«¿Cómo que nada?», dijo la señora Compson. Dilsey entró tras ella en la habitación y la tocó.

«Venga a acostarse», dijo. «La encontraré en menos de diez minutos.»

La señora Compson la apartó. «¿Dónde está la carta?», dijo. «Quentin dejó una carta.»

«Bueno», dijo Dilsey, «ya la encontraré. Vamos, ahora váyase a su habitación».

«Yo sabía desde que la llamaron Quentin que esto sucedería», dijo la señora Compson. Se dirigió a la cómoda y comenzó a revolver entre los objetos dispersos —frascos de perfume, una polvera, un lápiz mordisqueado, un par de tijeras con una hoja partida sobre un pañuelo zurcido manchado de polvos y de carmín—. «¿Dónde está la carta?», dijo.

«Ahora la busco», dijo Dilsey. «Vamos, venga, Jason y yo la buscaremos. Vamos, venga a su habitación.»

«Jason», dijo la señora Compson, «¿dónde estás?». Se dirigió hacia la puerta. Dilsey fue tras ella por el vestíbulo, hacia otra puerta. Estaba cerrada. «Jason», llamó ante la puerta. No hubo respuesta. Intentó abrir, después volvió a llamarlo. Pero seguía sin haber respuesta, pues él estaba sacando cosas del armario: ropas, zapatos, una maleta. Entonces apareció portando un trozo cortado de una plancha de madera ensamblada y la puso en el suelo y regresó al armario y apareció con una caja de metal. La colocó sobre la cama y se quedó mirando la cerradura forzada mientras se sacaba del bolsillo un llavero del que escogió una llave, y durante un rato permaneció con la llave que había elegido en la mano, mirando la cerradura forzada, después se metió las llaves en el bolsillo y cuidadosamente volcó sobre la cama el contenido de la caja. Todavía con cuidado, ordenó los papeles, cogiéndolos de uno en uno y sacudiéndolos. Entonces volcó la caja y la sacudió y lentamente volvió a meter los papeles y luego a quedarse quieto, mirando la cerradura forzada, con la caja en la mano y la cabeza inclinada. Al otro lado de la ventana oyó graznar a los arrendajos que revoloteaban taladrando el viento con sus gritos, y pasó un automóvil a lo lejos y murió también en la distancia. Su madre volvió a decir su nombre desde el otro lado de la puerta, pero él no se movió. Oyó cómo Dilsey la conducía hacia el otro extremo del rellano, y después cerrarse una puerta. Entonces volvió a depositar la caja dentro del armario y arrojó la ropa hacia su interior y bajó a telefonear. Mientras permanecía con el receptor apoyado en el oído, esperando, Dilsey bajó por la escalera. Le miró sin detenerse y siguió andando.

Se recibió la llamada. «Aquí Jason Compson», dijo, con una voz tan ronca y espesa que hubo de repetirlo. «Jason Compson», dijo, controlándose la voz. «Prepare un coche, con un alguacil, si usted no puede ir, para dentro de diez minutos. Estará ahí... ¿qué?... robo. En mi casa. Sé quién... robo, le digo. Prepare un co... ¿cómo? ¿Es que no es usted un representante de la ley?... Sí, estoy ahí dentro de cinco minutos. Prepare el coche para salir inmediatamente. Si no lo hace, lo denunciaré al gobernador.»

Colgó el teléfono de golpe y atravesó el comedor, donde la comida apenas tocada se enfriaba sobre la mesa, y entró en la cocina. Dilsey estaba llenando la bolsa de agua caliente. Ben estaba sentado, tranquilo y ausente. Junto a él, Luster parecía un perrillo perspicaz y alerta. Tenía algo en la boca. Jason atravesó la cocina.

«¿Es que no va usted a desayunar?», dijo Dilsey. No la hizo caso. «Vaya a desayunar, Jason.» Él continuó andando. La puerta exterior dio un portazo tras él. Luster se levantó y se acercó a la ventana y miró hacia el exterior.

«Uff», dijo, «¿qué pasa ahí dentro? ¿Ha pegado a la señorita Quentin?».

«Cierra esa boca», dijo Dilsey. «Como empiece ahora Benjy por tu culpa, te mato a palos. Que se esté todo lo callado que puedas tenerlo hasta que yo vuelva.» Enroscó el tapón de la bolsa y salió. La oyeron subir por la escalera, y luego oyeron a Jason pasar junto a la casa en el coche. Después no hubo ruido alguno en la cocina aparte del murmullo del vapor del agua y el del reloj.

«¿Sabe qué creo yo?», dijo Luster. «Que le ha pegado. Seguro que le ha atizado en la cabeza y se ha ido a buscar al médico. Eso es lo que yo creo.» El tictac del reloj era solemne y profundo. Podría haber sido el agonizante latir de la decadente mansión; un momento después zumbó, se aclaró la garganta y dio seis campanadas. Ben miró hacia arriba, luego miró hacia la apepinada silueta de la cabeza de Luster ante la ventana y comenzó a balancear otra vez, babeando, la cabeza. Gimió.

«¡Cállese, memo!», dijo Luster sin volverse. «Me parece que hoy no vamos a ir a la iglesia.» Mas Ben, sentado en la silla, con sus grandes manos blandas colgando entre las piernas, gemía suavemente. Repentinamente se puso a llorar, con un aullido lento, involuntario y sostenido. «Cállese», dijo Luster. Se volvió y levantó la mano. «¿Quiere que le atice?» Pero Ben le miraba, berreando lentamente con cada espiración. Luster se le acercó y lo sacudió. «¡Cállese inmediatamente!», gritó. «Mire», dijo. Levantó a Ben de la silla y la arrastró hasta ponerla de cara al fogón y abrió la puerta del hogar y empujó a Ben contra la silla. Parecía un remolcador que tirase de un pesado petrolero hacia un angosto muelle. Ben volvió a sentarse frente a la puerta rojiza. Se calló. Entonces volvió a oírse el reloj y a Dilsey lentamente en la escalera. Cuando ella entró, él comenzó a gemir de nuevo. Después lo hizo más fuerte.

«¿Qué le has hecho?», dijo Dilsey. «¿Es que ni esta mañana lo puedes dejar en paz?»

«No le he hecho nada», dijo Luster. «Lo ha asustado el señor Jason, eso es lo que le pasa. No habrá matado a la señorita Quentin, ¿verdad?»

«Calle, Benjy», dijo Dilsey. Se calló. Ella se acercó a la ventana y miró hacia el exterior. «¿Ha dejado de llover?», dijo.

«Sí, abuela», dijo Luster. «Hace mucho rato.»

«Entonces salid un rato», dijo. «Que ya he tranquilizado a la señorita Caroline.»

«¿Vamos a ir a la iglesia?», dijo Luster.

«Ya te lo diré cuando sea la hora. Tú tenlo lejos de la casa hasta que yo te llame.»

«¿Podemos ir al prado?», dijo Luster.

«Bueno. Pero que no se acerque a la casa. Ya no puedo más.»

«Sí, abuela», dijo Luster. «¿Dónde ha ido el señor Jason, abuela?»

«Eso no es asunto tuyo, ¿no?», dijo Dilsey. Comenzó a quitar la mesa. «Calle, Benjy, que Luster le va a llevar a jugar.»

«¿Qué ha hecho a la señorita Quentin, abuela?», dijo Luster.

«Nada. Marchaos.»

«Me apuesto algo a que ella no está aquí», dijo Luster.

Dilsey le miró. «¿Y cómo sabes tú que no está?»

«Benjy y yo la vimos escaparse anoche por la ventana. ¿Verdad, Benjy?»

«¿Que la visteis?», dijo Dilsey mirándolos.

«La hemos visto escaparse todas las noches», dijo Luster, «baja por el peral».

«Negro, no me mientas», dijo Dilsey.

«No es una mentira. Pregúnteselo a Benjy.»

«Entonces, ¿por qué no has dicho nada?»

«No era asunto mío», dijo Luster. «No quiero meterme en las cosas de los blancos. Vamos, Benjy, vámonos a la calle.»

Salieron. Dilsey permaneció unos momentos junto a la mesa, después fue a llevarse del comedor las cosas del desayuno y limpió la cocina. Luego se quitó el mandil y lo colgó y fue hacia el pie de la escalera y se puso a escuchar un momento. No se oía ruido alguno. Se puso el abrigo y el sombrero y se dirigió hacia su cabaña.

La lluvia había cesado. El viento procedía ahora del sureste abriendo arriba jirones azules. Sobre las crestas de una colina más allá de los árboles y de los tejados y de las torres del pueblo yacían los rayos del sol como pálidos jirones borrosos de tela. Entre el viento llegó el tañir de una campana, después, como si fuera una señal, otras campanas recogieron el sonido y lo repitieron.

Se abrió la puerta de la cabaña y Dilsey apareció, otra vez con la esclavina de color castaño y el vestido morado, con unos sobados guantes blancos que la cubrían hasta el codo y sin el turbante. Salió al patio y llamó a Luster. Esperó un poco, después se dirigió a la casa y la rodeó hasta la puerta del sótano, caminando pegada a la pared, y miró hacia dentro. Ben estaba sentado en la escalera. Ante él Luster estaba agazapado sobre el piso húmedo. Sostenía un serrucho con la mano, y se encontraba a punto de golpear la hoja con el gastado mazo de madera con el que ella llevaba machacando galletas más de treinta años. El serrucho emitió una única vibración apagada que cesó con exánime rapidez formando la hoja una curva perfecta y tenue entre el suelo y la mano de Luster. Todavía, inescrutable, se combaba.

«Hacía así», dijo Luster. «Lo que pasa es que yo no sé con qué hacerlo.»

«Conque era eso, ¿eh?», dijo Dilsey. «Dame el mazo», dijo.

«No le he hecho nada», dijo Luster.

«Tráemelo», dijo Dilsey. «Y deja el serrucho donde estaba.»

Dejó el serrucho y le llevó el mazo. Entonces Ben volvió a gemir, con prolongada desesperación. No era nada. Solamente un ruido. Podría haber sido que mediante una conjunción planetaria todo el tiempo y la injusticia y el dolor se hicieran oír por un instante.

«Fíjese», dijo Luster. «Lleva así desde que usted nos echó de la casa. No sé qué es lo que le pasa hoy.»

«Tráemelo», dijo Dilsey.

«Vamos, Benjy», dijo Luster. Volvió a bajar los peldaños y cogió a Ben del brazo. Obedeció dócilmente, gimiendo, con el sonido áspero y lento que emiten los barcos, que parece iniciarse antes de que el propio sonido comience, y cesar antes de que el sonido haya terminado.

«Vete a por su gorra», dijo Dilsey. «No hagas ruido, no vaya a oírlo la señorita Caroline. Date prisa. Vamos a llegar tarde.»

«Va a oírlo a él como usted no consiga que se calle», dijo Luster.

«Se callará cuando nos vayamos de aquí», dijo Dilsey. «Lo está oliendo. Eso es lo que le pasa.»

«¿Qué es lo que está oliendo, abuela?», dijo Luster.

«Ve a por la gorra», dijo Dilsey. Luster se marchó. Se quedaron en la puerta del sótano, Ben un peldaño más abajo que ella. El cielo se había abierto ahora en jirones que se deslizaban arrastrando sus sombras veloces sobre el descuidado jardín y la desvencijada cerca, cruzando el patio. Dilsey acarició la cabeza de Ben, lenta y uniformemente, alisándole el flequillo. Gemía suavemente, lentamente. «Calle», dijo Dilsey, «cállese. Enseguida nos vamos. Cállese». Gemía lenta y continuadamente.

Luster regresó llevando un canotier con una cinta de colores y una gorra de paño. El sombrero parecía aislar, como lo haría un foco para un espectador, el cráneo de Luster en todos y cada uno de sus planos y ángulos. Tan curiosamente individual era su forma que a primera vista el sombrero parecía hallarse sobre la cabeza de alguien que estuviese inmediatamente detrás de Luster. Dilsey se quedó mirando el sombrero.

«¿Por qué no te has puesto el sombrero viejo?», dijo.

«No lo he encontrado», dijo Luster.

«Claro. Seguro que anoche lo escondiste para no encontrarlo hoy. Pues ése lo vas a estropear.»

«Ay, abuela», dijo Luster, «que no va a llover».

«¿Cómo lo sabes? Vete a por el sombrero viejo y guarda el nuevo.»

«Ay, abuela.»

«Entonces ve a por el paraguas.»

«Ay, abuela.»

«Elige», dijo Dilsey. «O el sombrero viejo o el paraguas. A mí me da igual.»

Luster se dirigió a la cabaña. Ben gemía suavemente.

«Vamos», dijo Dilsey, «ya nos adelantarán. Vamos a oírlos cantar». Rodearon la casa hacia la cancela. «Calla», decía Dilsey de vez en cuando mientras iban por el camino. Llegaron a la cancela. Dilsey la abrió. Luster venía tras ellos por el sendero con el paraguas. Con él venía una mujer. «Aquí están», dijo Dilsey. Cruzaron la cancela. «Vamos», dijo. Ben se calló. Luster y su madre los adelantaron. Frony llevaba un vestido de brillante seda azul y un sombrero de flores. Era una mujer delgada, con un rostro agradable e inexpresivo.

«Llevas seis semanas de trabajo encima», dijo Dilsey. «¿Qué piensas hacer si se pone a llover?»

«Supongo que mojarme», dijo Frony. «Todavía no soy capaz de detener la lluvia.»

«La abuela siempre está diciendo que va a llover», dijo Luster.

«Si yo no me preocupo de todos vosotros no habrá quien lo haga», dijo Dilsey. «Vamos, que llegamos tarde.»

«Hoy va a predicar el reverendo Shegog», dijo Frony.

«¿Sí?», dijo Dilsey. «¿Quién es?»

«Es de Saint Louis», dijo Frony. «Uno muy gordo.»

«Ah», dijo Dilsey. «Lo que hace falta es un hombre que infunda el temor de Dios a estos negros inútiles.»

«Hoy va a predicar el reverendo Shegog», dijo Frony. «Eso dicen.»

Continuaron andando por la calle. A lo largo de ella los blancos se dirigían a la iglesia en grupos de vivos colores, bajo las campanas y el viento, caminando de vez en cuando bajo el sol fortuito e intermitente. El viento soplaba a ráfagas, del sureste, frío y cortante tras algunos días de calor.

«Ojalá dejara usted de traerlo a la iglesia, madre», dijo Frony. «La gente habla.»

«¿Qué gente?», dijo Dilsey.

«Yo los oigo», dijo Frony.

«Ya sé qué clase de gente será», dijo Dilsey, «esos blancos muertos de hambre. Ésos son los que hablan. Los que creen que no vale para la iglesia de los blancos y que la iglesia de los negros no le vale a él».

«Pero hablan», dijo Frony.

«Que vengan a decírmelo a mí», dijo Dilsey. «Diles que al buen Dios no le importa si él es listo o no lo es. Sólo a esos blancos muertos de hambre les importa.»

Una calle se abría en ángulo recto descendiendo hasta convertirse en un camino de tierra. A ambos lados el terreno descendía más abruptamente; una amplia llanura salpicada de pequeñas cabañas cuyos tejados livianos se encontraban al mismo nivel que la carretera. Surgían en pequeñas parcelas resecas cubiertas de objetos rotos, ladrillos, tablones, platos, cosas que alguna vez fueron de utilidad. Lo único que crecía era una maleza exuberante y los árboles eran moreras y algarrobos y plátanos —árboles que compartían la inmunda aridez que rodeaba las casas; árboles cuyos propios brotes parecían tristes y porfiados restos de septiembre, como si la primavera hubiese pasado de largo, dejándolos nutrirse del fecundo e inconfundible olor de los negros entre los que crecían.

Desde las puertas los negros les hablaban al pasar, normalmente a Dilsey:

«Hermana Gibson. ¿Cómo se encuentra hoy?»

«Yo bien. ¿Y usted?»

«Yo muy bien, gracias.»

Surgieron de las cabañas y subieron trabajosamente el umbroso terraplén de la carretera —los hombres graves, vestidos de negro o marrón, mostrando las cadenas de oro de sus relojes y alguno que otro con bastón; los jóvenes con trajes violentamente chillones, azules o a rayas, y sombreros de perdonavidas; las mujeres un poco envaradas, sibilantes, y, vestidos con ropas de segunda mano compradas a los blancos, los niños miraban a Ben con sigilo de animales nocturnos:

«Me apuesto algo a que no vas a tocarlo.»

«¿Cómo que no?»

«Seguro que no vas. Te da miedo.»

«No hace nada a la gente. Sólo está loco.»

«¿Y desde cuándo los locos no son peligrosos?»

«Ése no. Yo lo he tocado.»

«¿A que no lo tocas ahora?»

«Es que está mirando la señora Dilsey.»

«No te atreves.»

«No es peligroso con la gente. Es sólo un loco.»

Y los mayores juiciosamente hablando con Dilsey, aunque, a no ser que fuesen ancianos, Dilsey consentía que respondiese Frony.

«Mamá no se encuentra bien esta mañana.»

«Qué mala suerte. Pero la curará el reverendo Shegog. La consolará y la aliviará.»

La carretera volvía a subir hacia un panorama semejante a un telón de fondo. Hendida en un farallón de arcilla roja coronado de robles, la carretera parecía cortada, como un trozo de cinta. A un lado se elevaba el desvencijado campanario de una iglesia tal como el cuadro de una iglesia, y todo el panorama era tan llano y tan carente de perspectiva como si estuviera dibujado sobre un cartón colocado sobre el último extremo del plano planeta Tierra, recostado contra el viento y contra el espacio soleado y contra abril y contra un mediodía lleno de campanas. Acudían en tropel hacia la iglesia con deliberada lentitud sabática. Entraron las mujeres y los niños, los hombres permanecieron en el exterior y hablaban quedamente formando grupos hasta que la campana cesó de repicar. Entonces ellos también entraron.

La iglesia estaba engalanada, con ralas flores procedentes de setos y jardines, y con guirnaldas de papel de seda de colores. Sobre el púlpito pendía una deteriorada campana navideña plegable que se doblaba. El púlpito se encontraba vacío, aunque el coro ya ocupaba su sitio, abanicándose aunque no hiciese calor.

La mayor parte de las mujeres se agrupaban en un lado de la sala. Hablaban. Entonces la campana repicó una vez y se dispersaron hacia sus asientos y la congregación, expectante, permaneció sentada durante un instante. La campana volvió a repicar otra vez. El coro se levantó y comenzó a cantar y la congregación volvió la cabeza unánimemente, mientras seis niños pequeños —cuatro niñas con apretadas trencitas atadas con tiras de tela que parecían mariposas, y dos niños con el pelo cortado casi al cero— entraban y desfilaban por el pasillo, en fila, enjaezados con cintas y flores blancas, seguidos por dos hombres en fila india. El segundo era un hombre corpulento, de ligero color café, imponente con su levita negra y su corbata blanca. Tenía la cabeza magistral y profunda, el cuello le caía en gruesos pliegues sobre el cuello de la camisa. Pero les resultaba conocido, y por eso las cabezas continuaron vueltas una vez que hubo pasado, y sólo cuando el coro dejó de cantar advirtieron que el clérigo forastero ya había entrado, y cuando vieron dirigirse al púlpito en primer lugar al hombre que había precedido a su ministro surgió un ruido indescriptible, un ruido de asombro y desilusión.

El forastero era de pequeña estatura, y llevaba un raído abrigo de alpaca. Tenía un marchito rostro negro como el de un monito viejo. Y durante todo el tiempo que el coro continuó cantando y mientras los seis niños se ponían en pie y cantaban con débiles susurros, asustados y atonales, observaron al hombre de aspecto insignificante, que paulatinamente parecía más pequeño y ordinario al sentarse junto a la imponente mole del ministro, con algo próximo a la consternación. Todavía continuaban mirándole con consternación e incredulidad cuando el ministro lo presentó con un tono opulento y resonante cuya misma unción servía para incrementar la insignificancia del forastero.

«Y a eso se han traído desde Saint Louis», susurró Frony.

«He visto al Señor utilizar instrumentos más extraños que ése», dijo Dilsey. «Cállese», dijo a Ben, «enseguida se van a poner a cantar».

Cuando el forastero se levantó a predicar pareció un hombre blanco. Su voz era modulada y fría. Parecía demasiado potente para proceder de él e inicialmente le escucharon con curiosidad, como lo habrían hecho con un mono que hablase. Comenzaron a observarlo como si se tratase de un funámbulo. Incluso se olvidaron de su insignificante apariencia gracias al virtuosismo con que recorría, oscilaba y se recogía sobre el frío y átono alambre de su voz, de tal forma que finalmente, cuando como deslizándose se posó suavemente junto al atril con un brazo descansando sobre éste a la altura del hombro y su cuerpo de mono tan carente de movimiento como una momia o un barco encallado, la congregación suspiró como si despertase de un sueño colectivo y se removió ligeramente en sus asientos. Tras el púlpito el coro no dejaba de abanicarse. Dilsey susurró, «calle, que enseguida empiezan a cantar».

Entonces una voz dijo, «Hermanos».

El predicador no se había movido. Su brazo aún descansaba sobre el atril, y aún mantuvo la misma posición mientras la voz moría entre las paredes con sonoros ecos. Era tan diferente de su tono anterior como el día de la noche, con una cualidad triste y timbrosa como la de una trompa alta, que se hundía en sus corazones y allí volvía a hablar cuando ya había cesado la acumulación de sus ecos evanescentes.

«Hermanos y hermanas», volvió a decir. El predicador levantó el brazo y comenzó a pasearse ante el atril de un lado para otro, con las manos cruzadas a su espalda, una figura magra, encorvado sobre sí mismo como la de alguien largo tiempo condenado a luchar con la tierra implacable. «¡Poseo el recuerdo y la sangre del Cordero!» Caminaba con firmeza de un lado para otro bajo las espirales de papel y la campana navideña, encorvado, con los brazos cruzados a su espalda. Era como una pequeña roca sumergida entre la sucesión de las olas de su voz. Su cuerpo parecía alimentar la voz que, cual súcubo, le hubiese clavado los dientes. Y los ojos de la congregación parecían contemplar cómo la voz le consumía, hasta reducirlo a nada y reducirlos a nada y ni siquiera quedara la voz sino que, en su lugar, sus corazones se hablasen unos a otros cantando cadencias más allá de la necesidad de la palabra, de tal forma que cuando volvió a descansar sobre el atril, levantando su carita de mono y con una total expresión de crucifijo sereno y torturado que trascendía su desaliño, surgió de ellos un quejumbroso suspiro, y una única voz femenina de soprano: «Sí, Jesús».

Mientras arriba el día huía del viento, las ventanas deslucidas se iluminaban y oscurecían en fantasmal retroceso. Un automóvil pasó por la carretera, luchando contra la arena, muriendo a lo lejos. Dilsey estaba sentada con la espalda erguida y la mano sobre la rodilla de Ben. Dos lágrimas se deslizaban por sus hundidas mejillas, surgiendo de las miríadas de fulgores de la inmolación, de la abnegación y de los siglos.

«Hermanos», dijo el ministro con un áspero susurro, sin moverse.

«Sí, Jesús», dijo la voz de la mujer, todavía en un tono suave.

«¡Hermanos y hermanas!» Su voz volvió a sonar, junto a las trompas. Levantó el brazo y permaneció erguido y elevó las manos. «¡Poseo la memoria y la sangre del

Cordero!» No advirtieron cuándo su entonación, su pronunciación adquirieron tintes negroides, simplemente permanecieron sentados, meciéndose un poco en los asientos, mientras la voz los poseía.

«Cuando los largos fríos —Oh, yo os digo, hermanos, cuando los largos fríos— ¡veo la luz y veo la palabra, pobre pecador! Murieron en Egipto las cantarinas carretas; murieron las generaciones. Era un hombre rico: ¿qué es ahora, oh hermanos? Era un hombre pobre: ¿qué es ahora, oh hermanos? Yo os digo, ¡oh, si no tenéis la leche y el rocío de la salvación cuando los largos y fríos años pasen!»

«¡Sí, Jesús!»

«Yo os digo, hermanos, y yo os digo, hermanas, que llegará el día. Pobre pecador diciendo déjame descansar junto al Señor, dejadme soltar mi carga. Y ¿qué va a decir el Señor entonces, oh hermanos? ¿Oh hermanas? ¿Poseéis la memoria y la sangre del Cordero? ¡Pues yo no he de dejar descansar los cielos!»

Rebuscó en el abrigo y sacó un pañuelo y se secó el rostro. Un ruido suave y concertado surgió de la congregación: ¡Mmmmmmmmmmmmmmmm! La voz de la mujer dijo, «¡Sí, Jesús, Jesús!».

«¡Hermanos! Mirad a los niños que ahí se sientan. Una vez Jesús fue como ellos. Su mamá sufrió la gloria y el dolor. Alguna vez lo abrazó al caer la tarde, mientras los ángeles le arrullaban para que durmiese; puede que ella mirase hacia la calle y viese pasar a la policía de Roma.» Caminaba de un lado hacia otro, enjugándose el rostro. «¡Escuchad, hermanos! Veo el día. María sentada a la puerta con Jesús en su regazo, el pequeño Jesús. Como esos niños de ahí, el pequeño Jesús. Oigo cantar a los ángeles las canciones de paz y de gloria; veo cerrarse los ojos; veo levantarse a María, veo el rostro entristecido: ¡Vamos a matar! ¡Vamos a matar! ¡Vamos a matar a tu pequeño Jesús! Oigo llorar y lamentarse a la pobre mamá sin la salvación y la palabra de Dios!»

«¡Mmmmmmmmmmmmmmmmmmmmmm! ¡Jesús! ¡Jesucristo!» y otra voz que se alzaba:

«¡Veo, oh Jesús! ¡Oh, veo!» y todavía otra más, sin palabras, como burbujas que surgieran del agua.

«¡Lo veo, hermanos! ¡Lo veo! ¡Veo el resplandor cegador de una figura! Veo el Calvario, con los árboles sagrados, veo al ladrón y al asesino y al último de ellos; oigo los insultos y las burlas: ¡Si tú eres Jesús, coge la cruz y echa a andar! Oigo los quejidos de las mujeres y las lamentaciones de la tarde; oigo llorar y gemir a Dios con el rostro vuelto: ¡Han matado a Jesús; han matado a mi hijo!»

«Mmmmmmmmmmmmmmmmmmm. ¡Jesús! Veo, oh, Jesús!»

«¡Oh, ciego pecado! Yo os digo, hermanos; yo os digo, hermanas, cuando el Señor volvió su poderoso rostro, dijo, no he de saturar los cielos. Veo padecer a Dios cerrando las puertas del cielo; veo pasar la marea que todo lo anega; veo la oscuridad y la muerte que sobrevivirán a las generaciones. ¡Cuidado, hermanos! ¡Sí, hermanos! ¿Qué veo? ¿Qué veo, oh, pecador? Veo la resurrección y la luz; veo al bondadoso Jesús diciendo Me mataron para que volviese a vivir; Yo morí para que aquel que ve y cree nunca muera. ¡Hermanos, oh, hermanos! Veo el Juicio Final y oigo trompetas de oro proclamando la gloria, y resucitar a los muertos que poseían la sangre y la memoria del Cordero!»

Entre las voces y las manos se sentaba Ben, extasiado con su dulce mirada azul. Dilsey estaba sentada a su lado con la espalda erguida, llorando austera y dulcemente con la templanza y la palabra del memorable Cordero.

Mientras caminaban bajo el mediodía resplandeciente, subiendo por la carretera con la congregación, que se iba dispersando, charlando otra vez unos grupos con otros, continuó llorando, desatendiendo la conversación.

«¡Vaya predicador! No parecía nada al principio, pero ¡vaya!»

«Él ha visto el poder y la gloria.»

«Seguro que sí. Que los ha visto. De bien cerca.»

Dilsey no emitía sonido alguno, su rostro no palpitaba al surcar las lágrimas sus cursos hundidos y tortuosos, caminando con la cabeza erguida, sin siquiera hacer esfuerzo alguno para secarlas.

«¿Por qué no se calla, mamá?», dijo Frony. «Con toda esta gente mirándola. Pronto vamos a encontrarnos con los blancos.»

«He visto al primero y al último», dijo Dilsey. «No me hagas caso.»

«¿Al primero y al último de qué?», dijo Frony.

«No me hagas caso», dijo Dilsey. «He visto el principio y ahora veo el final.»

De todas formas antes de que llegasen a la calle, se detuvo y se levantó la falda y se secó los ojos con el dobladillo de su enagua superior. Después siguieron andando. Ben caminaba vacilante junto a Dilsey, observando a Luster que iba haciendo extravagancias delante de ellos, con el paraguas en la mano y su sombrero de paja nuevo resabiadamente inclinado bajo la luz del sol, como un perro grande y estúpido que observase a otro pequeño y listo. Llegaron a la cancela y entraron. Inmediatamente Ben volvió a gemir, y durante un instante todos ellos permanecieron en la parte inferior del sendero contemplando la casa cuadrada y descolorida con el pórtico carcomido.

«¿Qué está pasando hoy ahí dentro?», dijo Frony. «Porque algo pasa.»

«Nada», dijo Dilsey. «Tú métete en tus asuntos y que los blancos se metan en los suyos.»

«Algo pasa», dijo Frony. «A él es lo primero que he oído esta mañana. Aunque no es asunto mío.»

«Yo sé qué es lo que pasa», dijo Luster.

«Tú sabes más de lo que te importa», dijo Dilsey. «¿Es que no has oído decir a Frony que no es asunto tuyo?

Llévate a Benjy a la parte de atrás y que se esté callado hasta que yo prepare la comida.»

«Yo sé dónde está la señorita Quentin», dijo Luster.

«Pues guárdatelo», dijo Dilsey. «En cuanto me entere de que Quentin necesita tus consejos, te lo diré. Ahora os vais a jugar a la parte de atrás.»

«Ya sabe lo que va a pasar en cuanto se pongan a jugar ahí detrás con la pelota», dijo Luster.

«Todavía tardarán un rato. Para entonces ya estará aquí T. P. para llevárselo a dar un paseo. Vamos, dame el sombrero nuevo.»

Luster le dio el sombrero y él y Ben se fueron atravesando el patio trasero. Ben todavía seguía gimiendo, aunque suavemente. Dilsey y Frony se dirigieron a la cabaña. Un momento después apareció Dilsey, de nuevo con el gastado traje de algodón, y se dirigió a la cocina. El fuego se había consumido. No había ruido alguno en la casa. Se puso el mandil y subió la escalera. No había ruido en parte alguna. La habitación de Quentin se encontraba como la habían dejado. Se agachó y recogió la prenda de ropa interior y metió la media en el cajón y lo cerró. La puerta de la señora Compson estaba cerrada. Dilsey permaneció un momento junto a ella, escuchando. Luego la abrió y entró en un penetrante vaho de alcanfor. Las persianas estaban bajadas, la habitación a media luz, y la cama, de tal forma que al principio pensó que la señora Compson dormía y estaba a punto de cerrar la puerta cuando ésta habló.

«¿Y bien?», dijo, «¿qué sucede?».

«Soy yo», dijo Dilsey. «¿Necesita usted algo?»

La señora Compson no contestó. Un momento después, sin mover la cabeza en absoluto, dijo: «¿Dónde está Jason?».

«Todavía no ha vuelto», dijo Dilsey. «¿Qué quiere usted?»

La señora Compson no dijo nada. Como tantas personas frías y débiles, cuando finalmente se ven ante un desastre incontrovertible, exhumó de algún sitio una especie de fortaleza, de fuerza. En su caso, una firme convicción referente al todavía insondable acontecimiento. «Bueno», dijo entonces, «¿la has encontrado?».

«¿El qué? ¿A qué se refiere?»

«A la carta. Por lo menos debería haber tenido consideración suficiente para dejar una carta. Hasta Quentin la tuvo.»

«¿Qué quiere decir?», dijo Dilsey. «¿Es que no se da cuenta de que ella está bien? Seguro que antes de anochecer entra por esa puerta.»

«Bobadas», dijo la señora Compson, «lo lleva en la sangre. De tal tío, tal sobrina. O de tal madre. No sé cuál de los dos sería peor. Me da igual».

«¿Por qué sigue diciendo esas cosas?», dijo Dilsey. «¿Por qué iba a hacer ella una cosa así?»

«No lo sé. ¿Qué motivo tuvo Quentin? En nombre de Dios, ¿qué motivo tuvo? Puede que sencillamente quiera burlarse de mí. Quienquiera que sea Dios, Él no lo permitirá. Soy una dama. Puede que con los hijos que he tenido, tú no lo creas, pero lo soy.»

«Usted espérese», dijo Dilsey. «Esta noche estará aquí, en su propia cama.» La señora Compson no dijo nada. El paño empapado en alcanfor cubría su frente. La bata negra yacía a los pies de la cama. Dilsey permaneció en pie con la mano en el picaporte.

«Bueno», dijo la señora Compson. «¿Qué quieres? ¿Vas a preparar la comida para Jason y Benjamin o no?»

«Jason no ha venido todavía», dijo Dilsey. «Voy a preparar algo. ¿Está usted segura de que no quiere nada? ¿Está la bolsa todavía caliente?»

«Podrías acercarme mi Biblia.»

«Se la di esta mañana antes de irme.»

«La pusiste en el borde de la cama. ¿Hasta cuándo pensabas dejarla ahí?»

Dilsey se dirigió hacia la cama y tanteó entre los bordes en sombras y encontró la Biblia, boca abajo. Alisó las páginas dobladas y volvió a dejar el libro sobre la cama. La señora Compson no abrió los ojos. Sus cabellos y la almohada eran del mismo color, bajo la toca del paño medicinal parecía una anciana monja en oración. «No la vuelvas a dejar ahí otra vez», dijo sin abrir los ojos. «Ahí la dejaste antes. ¿Es que quieres que tenga que levantarme de la cama para cogerla?»

Dilsey cogió el libro y lo dejó en el lado más amplio de la cama. «De todas formas no hay suficiente luz para leer», dijo. «¿Quiere usted que suba un poco las persianas?»

«No. Déjalas. Vete a preparar a Jason algo de comer.»

Dilsey salió. Cerró la puerta y regresó a la cocina. El fogón estaba casi frío. Mientras permanecía allí, el reloj de encima del aparador sonó diez veces. «La una en punto», dijo en voz alta, «Jason no va a venir. He visto al primero y al último», dijo contemplando el fogón apagado. «He visto al primero y al último.» Dispuso un poco de comida fría sobre una mesa. Mientras trajinaba de acá para allá cantaba un himno. Repitió los dos primeros versos una y otra vez hasta agotar la melodía. Preparó la comida y se dirigió a la puerta y llamó a Luster y un momento más tarde entraron Luster y Ben. Ben todavía gemía ligeramente, como para sí mismo.

«No se ha callado», dijo Luster.

«Venid a comer», dijo Dilsey. «Jason no va a venir.» Se sentaron a la mesa. Ben podía manejarse bastante bien con la comida sólida, aunque incluso ahora, con el almuerzo frío ante él, Dilsey le anudó un trapo al cuello. Él y Luster comieron. Dilsey se movía por la cocina, cantando los dos versos que recordaba del himno. «Empezad a comer», dijo, «que Jason no va a venir».

Estaba a cuarenta kilómetros de distancia en ese momento. Cuando salió de la casa se dirigió rápidamente al pueblo, adelantando a los lentos grupos sabáticos y a las terminantes campanas que rasgaban el aire. Cruzó la plaza vacía y giró hacia una estrecha calle que incluso entonces estaba sorprendentemente tranquila, y se detuvo ante una casa de madera y ascendió por el sendero bordeado de flores hasta el porche.

Había gente hablando tras la puerta de tela metálica. Al levantar la mano para llamar oyó pasos, así que retiró la mano hasta que abrió la puerta un hombre corpulento con unos pantalones de paño negro y una almidonada camisa blanca sin cuello. Tenía un vigoroso cabello gris acerado y sus ojos grises eran redondos y brillaban como los de un niño. Tomó la mano de Jason y le condujo hacia el interior de la casa sin dejar de estrechársela.

«Entra», dijo, «entra».

«¿Está ya preparado para salir?», dijo Jason.

«Pasa», dijo el otro, empujándole por el codo hacia el interior de una habitación donde estaban sentados un hombre y una mujer. «Conoces al marido de Myrtle, ¿verdad? Jason Compson, Vernon.»

«Sí», dijo Jason. Ni siquiera miró al hombre, y mientras el alguacil acercaba una silla desde el otro lado de la habitación, el hombre dijo,

«Nosotros vamos a salir para que podáis hablar. Vamos, Myrtle.»

«No, no», dijo el alguacil, «no os levantéis. Supongo que no será tan grave, ¿eh, Jason? Siéntate».

«Se lo diré por el camino», dijo Jason. «Póngase el sombrero y la chaqueta.»

«Nosotros nos vamos», dijo el hombre, levantándose.

«No os mováis», dijo el alguacil. «Jason y yo saldremos al porche.»

«Coja el sombrero y la chaqueta», dijo Jason. «Nos llevan una ventaja de doce horas.» El alguacil fue el primero en salir hacia el porche. Un hombre y una mujer que pasaban le dijeron algo. Respondió con un gesto amable y grandilocuente. Las campanas seguían repicando, desde el sector conocido como la Cañada de los Negros. «Póngase el sombrero, alguacil», dijo Jason. El alguacil acercó dos sillas.

«Siéntate y dime cuál es el problema.»

«Ya se lo he dicho por teléfono», dijo Jason sin sentarse. «Lo hice para ahorrar tiempo. ¿Es que voy a tener que recurrir a la ley para obligarle a que cumpla con su deber?»

«Siéntate y cuéntamelo», dijo el oficial. «Te atenderé perfectamente.»

«Y un cuerno me atenderá», dijo Jason. «¿A esto le llama atenderme?»

«Eres tú quien nos está retrasando», dijo el alguacil. «Siéntate y cuéntamelo.»

Jason se lo contó, cebándose en sus propios sonidos su sentimiento de dolor e impotencia, de tal modo que después de un momento se olvidó de la prisa gracias a la virulenta acumulación de autojustificación y ultraje. El alguacil le observaba persistentemente con sus ojos fríos y brillantes.

«Pero tú no sabes que lo hiciesen ellos», dijo. «Solamente lo crees.»

«¿Que no lo sé?», dijo Jason. «Después de haberme pasado dos malditos días persiguiéndola por las callejas, intentando alejarla de él, después de lo que le he dicho que le haría si la pillaba con ése, me viene usted con que no sé que ésa...»

«Vamos, vamos», dijo el alguacil. «Ya está bien. Ya basta.» Miró hacia el otro lado de la calle con las manos en los bolsillos.

«Y cuando me dirijo a usted, a un representante de la ley», dijo Jason.

«Esa compañía está en Mottson esta semana», dijo el alguacil.

«Sí», dijo Jason, «y si yo pudiese dar con un alguacil a quien no le importase un bledo la protección de las personas que le eligieron para su cargo, ya también estaría yo allí». Repitió la historia, recapitulando airadamente, pareciendo complacerse realmente en su ultraje e impotencia. El alguacil no parecía prestarle la menor atención.

«Jason», dijo, «¿qué hacías ocultando tres mil dólares en tu casa?».

«¿Qué?», dijo Jason. «Donde yo guarde el dinero es asunto mío. Lo que a usted le interesa es ayudarme a recuperarlo.»

«¿Sabía tu madre que tenías tanto en casa?»

«Oiga usted», dijo Jason, «mi casa ha sido asaltada. Yo sé quiénes lo han hecho y sé dónde están. Me dirijo a usted como servidor de la ley, y vuelvo a preguntarle, ¿va usted a hacer algo por recuperar lo que es mío o no?».

«¿Qué piensas hacer con la chica si los pillamos?»

«Nada», dijo Jason, «nada en absoluto. No le pondré la mano encima. La zorra que me dejó sin empleo, sin la única oportunidad que he tenido para salir adelante, que acabó con la vida de mi padre y que está acortando la de mi madre día a día y que ha convertido mi nombre en el hazmerreír del pueblo. No le haré nada», dijo. «Nada en absoluto.»

«Tú eres quien ha obligado a esa chica a escaparse, Jason», dijo el alguacil.

«Como yo maneje los asuntos de mi familia no es cosa suya», dijo Jason. «¿Va a ayudarme o no?»

«Tú la has echado de casa», dijo el alguacil. «Y yo tengo mis sospechas de a quién pertenece ese dinero, que nunca acabaré por comprobar si son ciertas o no.»

Jason permanecía en pie, arrugando lentamente el ala de su sombrero. Suavemente dijo: «¿Es que no va a hacer nada para atraparlos?».

«No es asunto mío, Jason. Si tuvieses alguna prueba real, yo tendría que actuar. Pero sin ella, creo que no es asunto mío.»

«Conque ésa es su respuesta, ¿eh?», dijo Jason. «Piénselo bien.»

«Ya está pensado, Jason.»

«Está bien», dijo Jason. Se puso el sombrero. «Se arrepentirá de esto. No quedaré desamparado. Esto no es Rusia. Por tener una placa de latón no se es inmune a la ley.» Bajó los escalones y se metió en el coche y puso el motor en marcha. El alguacil permaneció inmóvil mirándole arrancar, dar la vuelta, y pasar camino del pueblo por delante de su casa a toda prisa.

Las campanas volvieron a repicar, vivamente bajo la fugitiva luz solar con agudas ráfagas alborozadas. Se detuvo en una gasolinera e hizo que le revisasen los neumáticos y le llenasen el depósito.

«Se va de viaje, ¿eh?», le preguntó el negro. No contestó. «Parece que va a escampar después de todo», dijo el negro.

«Un cuerno va a escampar», dijo Jason. «A las doce estará diluviando.» Miró hacia el cielo, pensando en la lluvia, en los resbaladizos caminos de tierra, en que se quedaría atascado a kilómetros de distancia del pueblo. Con una especie de triunfo, pensó en ello, en que se iba a quedar sin comer, en que, doblegándose ante la compulsión de la premura, al salir entonces se encontraría al llegar el mediodía a la mayor distancia posible de los dos pueblos. Le parecía que, con ello, las circunstancias le daban un respiro, así que le dijo al negro:

«¿Qué diablos te pasa? ¿Es que te han dado dinero para que me tengas aquí parado el tiempo que puedas?»

«Es que esta rueda no tiene nada de aire», dijo el negro.

«Entonces lárgate de aquí y déjame la bomba», dijo Jason.

«Suba», dijo el negro, levantándose. «Ya puede ponerse en marcha.»

Jason subió, puso el motor en marcha y arrancó. Iba en segunda, el motor resoplando y jadeando, y apretó el acelerador, ahogando las válvulas y empujando y tirando violentamente del botón del aire. «Va a llover», dijo, «llévame hasta la mitad del camino y que diluvie entonces». Y así huyó de las campanas y del pueblo, imaginándose estar luchando contra el barro, buscando una carreta. «Y todos esos cerdos estarán en la iglesia.» Pensaba en cómo acabaría por encontrar una iglesia y cogería un carro y en que el dueño saldría gritándole y en que él lo derribaría a puñetazos. «Soy Jason Compson. A ver si me detiene. A ver si puede dar con el alguacil que pueda detenerme», dijo, imaginándose entrando en el juzgado con un pelotón de soldados para sacar al alguacil a rastras. «Ése se cree que puede quedarse de brazos cruzados mirando cómo me quedo sin trabajo. Ya le daré yo trabajo.» No pensaba en absoluto en su sobrina, ni en el arbitrario valor del dinero. Ninguna de las dos cosas había tenido entidad ni individualidad desde hacía diez años; ambas cosas simbolizaban conjuntamente el empleo en el banco del que se había visto privado aun antes de haberlo obtenido.

El aire era más brillante, las fugitivas manchas de sombra no tenían una procedencia desfavorable, y le pareció que el hecho de que abriese el día era otro sutil golpe de mala suerte, de la nueva batalla a la que cubierto de viejas heridas se dirigía. De vez en cuando pasaba junto a una iglesia, edificios de madera deslucida con campanarios de chapas de hierro, rodeados de carros desvencijados y automóviles deteriorados, y le parecía que cada uno de ellos era una garita desde la que la retaguardia de las circunstancias atisbaba. «Idos vosotros también al cuerno», dijo, «intentad detenerme», imaginándose a sí mismo y al pelotón de soldados precediendo al alguacil esposado, expulsando de ser necesario a la Omnipotencia de su trono, a las belicosas legiones del cielo y del infierno, a través de las que él se abría camino y ponía finalmente las manos sobre su fugitiva sobrina.

El viento soplaba del sureste. Sin pausa azotaba su rostro. Le parecía poder percibir cómo sus prolongadas ráfagas penetraban en su cráneo, y obedeciendo repentinamente a una vieja premonición pisó el freno y se detuvo y permaneció absolutamente inmóvil. Entonces se llevó una mano a la garganta y comenzó a maldecir, y así sentado permaneció, susurrando ásperas maldiciones. Cuando se veía necesitado de conducir durante cierto tiempo se ayudaba de un pañuelo empapado en alcanfor, que se anudaba al cuello cuando dejaba el pueblo atrás, inhalando de este modo los vapores, y se bajó y levantó el cojín del asiento por si casualmente hubiese olvidado allí alguno. Miró bajo ambos asientos y permaneció en pie un momento, maldiciendo, sintiéndose burlado por su propia astucia. Cerró los ojos, apoyándose en la portezuela. Podía regresar y coger el alcanfor olvidado, o podía continuar. En cualquier caso, la cabeza le estallaría, pero siendo domingo tenía la seguridad de encontrar alcanfor en su casa, mientras que no la tenía si continuaba adelante. Pero si regresaba, llevaría hora y media de retraso hasta Mottson. «Puedo ir despacio», dijo. «Puedo ir despacio, pensando en otra cosa...»

Subió y se puso en marcha. «Pensaré en otra cosa», dijo, y se puso a pensar en Lorraine. Imaginó estar con ella en la cama, pero simplemente yacía a su lado, rogándole que le ayudase, después volvió a pensar en el dinero, y en que había sido burlado por una mujer, por una chica. Si pudiese creer que fue el hombre quien le había robado. Pero que le hubiese despojado de aquello que le compensaría del empleo perdido, adquirido con tanto esfuerzo y riesgo, el propio símbolo del propio empleo, y lo peor de todo, una zorra. Siguió adelante, protegiéndose el rostro contra el viento implacable con la solapa del abrigo.

Veía las fuerzas opuestas de su destino y de su voluntad confluir ahora velozmente, hacia una conjunción que sería irrevocable; pensó con cautela. No puedo meter la pata, se dijo. Sólo existía algo cierto, sin otra alternativa: debía hacerlo. Creía que los dos le reconocerían a primera vista, mientras que él había de confiar en ser el primero en verla, a menos que el hombre todavía llevase la corbata roja. Y el hecho de tener que depender de la corbata roja le parecía el culmen de un inevitable desastre; casi podía olerlo, sentirlo sobre las palpitaciones de su cabeza.

Coronó la última colina. El humo pendía sobre el valle y sobre los tejados y un campanario o dos sobresalían por encima de los árboles. Bajó la colina y se dirigió hacia el pueblo, reduciendo la velocidad, recordándose a sí mismo la necesidad de ser precavido, para buscar en primer lugar dónde estaba la carpa. No veía con demasiada nitidez, y sabía que no era sino el desastre que continuaba recordándole que fuese a buscar algo para su cabeza. En una gasolinera le dijeron que todavía no habían levantado la carpa, pero que los vagones de los cómicos estaban en un apartadero de la estación. Se dirigió hacia allí.

En las vías se encontraban dos vagones pintados de vivos colores. Los reconoció antes de bajarse. Intentaba aspirar profundamente para que la sangre no latiese con tanta fuerza en su cerebro. Bajó y caminó por el otro lado de la tapia de la estación observando los vagones. De las ventanillas colgaban algunas prendas, fláccidas y arrugadas, como si las hubiesen lavado recientemente. En el suelo, junto a la escalerilla de uno de ellos, había tres sillas de lona. Pero no vio rastro de vida alguno hasta que un hombre con un mandil sucio apareció en la portezuela y vació un balde de agua jabonosa con gesto decidido, el sol brillando sobre el fondo del balde, y después volvió a entrar en el vagón.

Ahora tengo que pillarlo por sorpresa, antes de que los puedan advertir, pensó. Nunca se le ocurrió pensar que podrían no encontrarse allí en el vagón. Que el que no estuviesen allí, que el no depender el resultado de si él los veía primero o de si le veían primero ellos, era opuesto a la naturaleza y contrario al ritmo de los acontecimientos. Y aún más: él tenía que verlos primero, recuperar el dinero, luego lo que ellos hiciesen no le importaba, mientras que de otro modo todo el mundo sabría que a él, Jason Compson, le había robado Quentin, su sobrina, una zorra.

Volvió a inspeccionar el terreno. Después regresó al vagón y subió la escalerilla, presta y quedamente, y se detuvo en la portezuela. La cocina estaba vacía, con un espeso olor a comida rancia. El hombre era una mancha blanca, que cantaba con una temblorosa voz cascada de tenor. Un viejo, pensó, y no tan corpulento como yo. Entró en el vagón precisamente cuando el hombre levantó la cabeza.

«Oiga», dijo el hombre, cesando en su canción.

«¿Dónde están?», dijo Jason. «Vamos, diga. ¿En el coche cama?»

«¿Dónde está quién?», dijo el hombre.

«No me mienta», dijo Jason. Tropezó en la desordenada oscuridad.

«¿Cómo dice?», dijo el otro. «¿A quién está llamando usted mentiroso?» Y cuando Jason le cogió del hombro, exclamó, «¡Cuidado, amigo!».

«No me mienta», dijo Jason. «¿Dónde están?»

«Quieto, cabrón», dijo el hombre. Entre los dedos de Jason, su brazo era frágil y flaco. Intentó desasirse, luego se volvió y cayó entre los objetos que a su espalda cubrían la desordenada mesa.

«Vamos», dijo Jason. «¿Dónde están?»

«Yo le diré dónde están», chilló el hombre, «en cuanto encuentre un cuchillo».

«Oiga», dijo Jason, intentando sujetarlo, «sólo le estoy haciendo una pregunta».

«Hijo de puta», chilló el otro, revolviendo los objetos que había sobre la mesa. Jason intentó sujetarlo con los brazos, intentando contener su mezquina furia. Sintió el cuerpo del hombre tan viejo, tan frágil, pero tan fatalmente obcecado que por vez primera Jason percibió clara y nítidamente el desastre al que se encaminaba.

«Espere», dijo, «oiga, oiga, que ya me voy. Espere, que me voy».

«Llamarme mentiroso», aulló el otro, «suélteme. Suélteme y verá».

Jason escudriñó desesperadamente a su alrededor, sujetando al otro. Ahora el exterior estaba soleado y resplandeciente, vivaz y resplandeciente y solitario, y pensó en la gente que pronto volvería a sus casas para sentarse al almuerzo dominical, decorosamente festivo, y en él mismo intentando sujetar a aquel fatal viejecillo furioso a quien no se atrevía a soltar ni siquiera para darle la espalda y salir corriendo.

«¿Se va a estar quieto y me va a dejar salir?», dijo. «Por favor.» Pero el otro todavía seguía forcejeando, y Jason soltó una mano y le dio un golpe en la cabeza. Un golpe ciego y apresurado, y no fuerte, pero el otro se derrumbó inmediatamente y resbaló ruidosamente hasta el suelo entre las cacerolas y los baldes. Jason permaneció ante él, jadeante, alerta. Luego se dio la vuelta y salió corriendo del vagón. En la portezuela se contuvo y descendió con más lentitud y volvió a quedarse quieto. Su aliento hacía un ruido aj, aj, aj, y se quedó allí intentando reprimirlo, mirando escrutadoramente hacia uno y otro lado, cuando al oír un ruido a sus espaldas, se dio la vuelta a tiempo de ver abalanzarse al viejecillo torpe y furiosamente desde la plataforma, blandiendo una herrumbrosa hacheta.

Sujetó la hacheta, sin sentir sorpresa alguna, pero sabiendo que caía, pensando, De modo que esto va a acabar así, y creyó que se encontraba a punto de morir y cuando algo le golpeó en la nuca pensó ¿Cómo me ha podido dar ahí? A lo mejor me ha dado hace mucho tiempo, pensó, Y solamente me doy cuenta ahora, y pensó, Date prisa. Date prisa. Acaba de una vez, y entonces se apoderó de él un violento deseo de no morir y empezó a forcejear, escuchando los lamentos y las quejas de la voz cascada del viejo.

Todavía estaba forcejeando cuando lo levantaron y lo pusieron en pie, pero cesó cuando lo sujetaron.

«¿Estoy echando mucha sangre?», dijo. «Mi nuca. ¿Estoy sangrando?» Todavía lo decía cuando sintió que lo empujaban con fuerza, y oyó desvanecerse a su espalda la voz del anciano, furiosa y débil. «Mi cabeza», dijo, «esperen, yo...».

«Un cuerno», dijo el hombre que lo sujetaba. «Esa maldita víbora lo podría matar. Lárguese. No le pasa nada.»

«Me ha dado un golpe», dijo Jason. «¿Estoy sangrando?»

«Lárguese», dijo el otro. Llevó a Jason hasta la esquina de la tapia de la estación, hasta un andén vacío donde había un camión parado, y donde crecía rígidamente la hierba en una parcela rodeada de rígidas flores y había un anuncio eléctrico: ATENCIÓN 👁 MOTTSON, el espacio vacío cubierto por un ojo humano con la pupila eléctrica. El hombre lo soltó.

«Ahora», dijo, «lárguese de aquí y no vuelva. ¿Qué pretendía? ¿Suicidarse?».

«Estaba buscando a dos personas», dijo Jason. «Solamente le pregunté dónde estaban.»

«¿A quién busca usted?»

«A una chica», dijo Jason. «Y a un hombre. Ayer en Jefferson llevaba una corbata roja. Era uno de los cómicos. Me han robado.»

«Ah», dijo el hombre. «Es usted, ¿eh? Pues no están aquí.»

«Lo supongo», dijo Jason. Se apoyó en la tapia y se llevó la mano a la nuca y se miró la palma. «Creía que estaba sangrando», dijo. «Creía que me había dado con la hacheta.»

«Se dio con la cabeza contra la vía», dijo el hombre. «Ahora será mejor que se marche. No están aquí.»

«Sí. Ése me dijo que no estaban aquí. Yo creí que era mentira.»

«¿Y cree que yo miento?», dijo el hombre.

«No», dijo Jason. «Sé que no están aquí.»

«Les dije que se largaran con viento fresco, los dos», dijo el hombre. «No quiero cosas así en mi compañía. Yo dirijo un espectáculo respetable, con una compañía respetable.»

«Claro», dijo Jason. «¿Y no sabe usted dónde han ido?»

«No. Y no quiero saberlo. A ningún miembro de mi compañía tolero una cosa así. ¿Es usted su... hermano?»

«No», dijo Jason. «Es igual. Solamente quería verlos. ¿Está seguro de que no me ha pegado? ¿De que no hay sangre?»

«Habría habido sangre si no llego a llegar cuando llegué. No se acerque por aquí. Ese cerdo lo matará. ¿Es aquél su coche?»

«Sí.»

«Bueno, pues móntese y vuélvase a Jefferson. Si los encuentra no será en mi compañía. Yo dirijo un espectáculo decente. ¿Dice que le han robado?»

«No», dijo Jason, «es igual». Se dirigió hacia el coche y subió. ¿Qué es lo que debo hacer?, pensó. Entonces recordó. Puso el motor en marcha y lentamente recorrió la calle hasta encontrar una droguería. La puerta estaba cerrada con llave. Permaneció quieto un momento con la mano en el picaporte y la cabeza un poco inclinada. Entonces se volvió y cuando un instante después apareció un hombre le preguntó si en alguna parte había una droguería abierta, pero no la había. Entonces le preguntó cuándo pasaba el tren del norte, y el hombre le dijo que a las dos y media. Cruzó la acera y volvió a meterse en el coche y se sentó. Un momento después pasaron dos muchachos negros. Los llamó.

«¿Sabéis conducir alguno de los dos, chicos?»

«Sí, señor.»

«¿Cuánto me cobrarías por llevarme ahora mismo a Jefferson?»

Se miraron uno al otro, susurrando.

«Os doy un dólar», dijo Jason.

Volvieron a susurrar. «Por eso no vamos. Es poco», dijo uno.

«Pues ¿por cuánto?»

«¿Tú puedes ir?», dijo uno.

«Yo no puedo irme», dijo el otro. «¿Por qué no lo llevas tú? No tienes nada que hacer.»

«Sí que tengo.»

«¿El qué?»

Volvieron a susurrar, riendo.

«Os daré dos dólares», dijo Jason. «A cualquiera de los dos.»

«Yo tampoco puedo irme», dijo el primero.

«De acuerdo», dijo Jason. «Podéis iros.»

Permaneció algún tiempo allí sentado. Oyó que un reloj daba la media, luego empezó a pasar gente, vestida para el Domingo de Resurrección. Algunos le miraban al pasar, al hombre tranquilamente sentado al volante de un pequeño automóvil, rodeado de los jirones de su vida invisible como un viejo calcetín. Un momento después apareció un negro vestido con un mono.

«¿Es usted el que quiere ir a Jefferson?», dijo.

«Sí», dijo Jason. «¿Cuánto me cobras?»

«Cuatro dólares.»

«Te doy dos.»

«Por menos de cuatro no puedo ir.» El hombre del coche estaba tranquilamente sentado. Ni siquiera le miraba. El negro dijo, «¿Quiere o no quiere?».

«De acuerdo», dijo Jason, «sube».

Le hizo sitio y el negro se puso al volante. Jason cerró los ojos. En Jefferson me darán algo para esto, se dijo, acomodándose para hacer frente a los baches, allí me darán algo. Siguieron adelante, atravesando calles por las que la gente regresaba reposadamente hacia sus casas y hacia el almuerzo dominical, y finalmente fuera del pueblo. Pensó. No pensaba en su casa, donde Ben y Luster estaban comiendo un almuerzo frío en la mesa de la cocina. Algo —la ausencia de desastre, de amenaza, de cualquier constante desgracia— le permitió olvidar Jefferson como un lugar en el que hubiera habitado previamente, donde su vida habría de reanudarse.

Una vez que Ben y Luster terminaron Dilsey los envió afuera. «Y a ver si lo dejas tranquilo hasta las cuatro en punto. Para entonces T. P. ya estará aquí.»

«Sí, abuela», dijo Luster. Salieron. Dilsey comió su almuerzo y limpió la cocina. Después se dirigió al pie de la escalera y se puso a escuchar, pero no había ruido alguno. Regresó cruzando la cocina y la puerta trasera y se detuvo sobre la escalera. No se veía a Ben ni a Luster, pero mientras se encontraba allí oyó otra sorda vibración procedente de la puerta del sótano y se dirigió a la puerta y contempló a sus pies una repetición de la escena matinal.

«Hacía así», dijo Luster. Contemplaba el serrucho inmóvil con algo parecido a la desesperación y al desaliento. «Aunque todavía no he encontrado una cosa con que salga bien», dijo.

«Ni la vas a encontrar aquí abajo», dijo Dilsey. «Sácalo a que tome el sol. Los dos vais a pillar aquí una pulmonía con tanta humedad.»

Se quedó esperando a que cruzasen el patio en dirección a un grupo de cedros próximos a la cerca. Luego se dirigió a su cabaña.

«Y ahora no empiece», dijo Luster, «que ya me ha dado hoy suficientes problemas». Había una hamaca hecha con las costillas de un barril cosidas con alambres. Luster se tumbó en el columpio, pero Ben siguió adelante sin rumbo ni propósito determinados. Comenzó a gemir de nuevo. «Cállese», dijo Luster, «que le voy a dar». Se reclinó en el columpio. Ben había dejado de caminar, pero Luster le oía llorar. «¿Se va a callar o no?», dijo Luster. Se levantó y fue tras él y encontró a Ben escarbando junto a un pequeño montón de tierra. A cada uno de los extremos estaba clavada en la tierra una botella vacía de color azul que había contenido veneno. En una había una mortecina ramita de estramonio. Ben escarbaba ante ella emitiendo un gemido lento e inarticulado. Sin dejar de gemir se puso a rebuscar y encontró un palito y lo metió en la otra botella. «¿Por qué no se calla?», dijo Luster, «¿es que quiere obligarme a que le dé para que llore con razón? Ahora verá». Se arrodilló y súbitamente cogió la botella y la lanzó hacia atrás. Ben dejó de gemir. Empezó a escarbar, mirando hacia la pequeña hendidura donde había caído la botella, entonces mientras él tomaba aliento Luster volvió a sacar la botella. «¡Cállese!», susurró. «¡No se ponga a berrear! ¡No! Aquí está. ¿La ve? Mire. Como siga usted aquí, va a empezar. Vamos, vamos a ver si ya han empezado a dar a la pelota.» Cogió a Ben por el brazo y tiró de él y se dirigieron a la cerca y permanecieron allí uno junto al otro, mirando hacia la maraña de madreselva todavía sin florecer.

«Mire», dijo Luster, «por ahí vienen unos. ¿Los ve?».

Observaron jugar a las dos parejas, salir y entrar del césped, dirigirse hacia el punto de partida y lanzar. Ben miraba, gimiendo, babeando. Cuando las dos parejas se fueron los siguió desde el otro lado de la cerca, balanceando la cabeza y gimiendo. Uno dijo,

«Eh, caddie. Trae la bolsa.»

«Cállese, Benjy», dijo Luster, pero Benjy siguió hacia delante con su trotar vacilante, gimiendo con su voz ronca y desesperada. El hombre jugó y siguió adelante, siguiéndole Ben hasta que la cerca hizo un ángulo recto, y permaneció agarrado a la cerca, observando cómo la gente continuaba andando y se alejaba.

«¿Quiere callarse de una vez?», dijo Luster, «¿quiere callarse?». Sacudió el brazo de Ben. Ben se aferraba a la cerca, sin dejar de emitir roncos gemidos. «¿Es que no piensa callarse?», dijo Luster, «¿eh?». Ben miraba a través de la cerca. «Está bien», dijo Luster, «¿quiere motivos para llorar?». Miró hacia la casa por encima del hombro. Entonces susurró: «¡Caddy! Vamos, llore. ¡Caddy! ¡Caddy! ¡Caddy!».

Un momento después, entre los breves intervalos de la voz de Ben, Luster oyó que Dilsey los llamaba. Cogió del brazo a Ben y cruzaron el jardín hacia ella.

«Ya había dicho yo que no se iba a estar callado», dijo Luster.

«¡Eres de la piel del demonio!», dijo Dilsey. «¿Qué le has hecho?»

«Nada. Ya había dicho yo que empezaría en cuanto la gente se pusiese a jugar.»

«Ven aquí», dijo Dilsey. «Cállese, Benjy. Calle.» Pero no se callaba. Atravesaron el patio y se dirigieron a la cabaña y entraron. «Vete a por la zapatilla», dijo Dilsey. «Y no molestes a la señorita Caroline. Si dice algo, le dices que está conmigo. Vamos, vete; espero que sabrás hacerlo.» Luster salió. Dilsey llevó a Ben hasta la cama y lo atrajo hacia sí y lo abrazó, meciéndolo, limpiándole la boca llena de babas con el borde de su falda. «Cállese», dijo acariciándole la cabeza, «cállese, que aquí está su Dilsey». Pero él gemía suavemente, miserablemente, sin lágrimas, el sonido grave y profundo de toda la muda miseria existente bajo el sol. Luster regresó, con una zapatilla blanca de satén. Ahora estaba amarillenta, agrietada y sucia, y cuando se la pusieron en las manos Ben calló unos instantes, pero aún gemía, y enseguida volvió a subir la voz.

«¿Crees que podrás encontrar a T. P.?», dijo Dilsey.

«Ha dicho que hoy quería ir a Saint John y que volvería a las cuatro.»

Dilsey se mecía acariciando la cabeza de Ben.

«Tanto tiempo, oh Jesús», dijo, «tanto tiempo».

«Yo sé conducir el birlocho, abuela», dijo Luster.

«Y os mataríais los dos», dijo Dilsey, «eres un demonio. Si quisieras lo harías, pero no me fío de ti. Cállese», dijo. «Cállese. Cállese.»

«Que no», dijo Luster. «Lo conduzco con T. P.»
Dilsey se mecía, abrazando a Ben. «La señorita Caroline dice que como no lo haga usted callar, va a bajar ella.»

«Calle, precioso», dijo Dilsey, acariciando la cabeza de Ben. «Luster, hijito, ¿serás bueno con tu pobre abuelita y conducirás el birlocho con cuidado?»

«Sí, abuela», dijo Luster. «Lo haré como T. P.»

Dilsey acarició la cabeza de Ben, meciéndole. «Hago lo que puedo», dijo, «bien lo sabe Dios. Vete a por él», dijo levantándose. Luster salió corriendo. Ben, llorando, sujetaba la zapatilla. «Calla, que Luster ha ido a por el birlocho para llevarte al cementerio. Ni siquiera nos vamos a preocupar de tu gorra», dijo. Se dirigió hacia un armario hecho con una cortina de algodón colgada en un rincón de la habitación y cogió el sombrero de fieltro que ella había llevado antes. «Y todavía lo vamos a pasar peor de lo que la gente cree», dijo. «Pero tú eres una criatura de Dios. Y yo también, alabado sea Jesús. Ven.» Le puso el sombrero en la cabeza y le abotonó la chaqueta. Él gemía continuamente. Le quitó la zapatilla y la guardó y salieron. Llegó Luster, con un viejo caballo blanco enganchado a un desvencijado birlocho vencido hacia un lado.

«¿Vas a tener cuidado, Luster?»

«Sí, abuela», dijo Luster. Ayudó a Ben a sentarse en el asiento trasero. Había cesado en su llanto, pero volvió a gemir otra vez.

«Es que quiere la flor», dijo Luster, «espere, voy a cogerle una».

«No te levantes de ahí», dijo Dilsey. Se acercó y cogió la brida. «Vete enseguida a por una.» Luster rodeó la casa corriendo en dirección al jardín. Regresó con un solitario narciso.

«Está partida», dijo Dilsey. «¿Por qué no le has cogido una buena?»

«Era la única que había», dijo Luster. «El viernes usted cogió todas para adornar la iglesia. Espere, que lo voy a arreglar.» Así que mientras Dilsey sujetaba al caballo, Luster colocó un palito junto al tallo de la flor y dos trocitos de cuerda y se la dio a Ben. Luego montó y tomó las riendas. Dilsey aún sujetaba la brida.

«¿Sabes por dónde ir?», dijo. «Subes la calle, das la vuelta a la plaza, al cementerio, luego derechito a casa.»

«Sí, señora», dijo Luster. «Arre, Queenie.»

«¿Vas a tener cuidado?»

«Sí, señora». Dilsey soltó la brida.

«Arre, Queenie», dijo Luster.

«¡Eh!», dijo Dilsey. «Dame el látigo.»

«Ay, abuela», dijo Luster.

«Vamos, dámelo», dijo Dilsey acercándose a la rueda. Luster se lo dio de mala gana.

«Así no voy a conseguir que Queenie eche a andar.»

«No te preocupes por eso», dijo Dilsey. «Queenie sabe mejor que tú adónde va. Lo único que tienes que hacer es estarte ahí sentado sujetando las riendas. ¿Sabes por dónde ir?»

«Sí, señora. Lo mismo que hace T. P. todos los domingos.»

«Entonces tú haz igual este domingo.»

«Claro que sí. ¿Acaso no he ayudado a T. P. más de cien veces?»

«Pues ahora haz igual», dijo Dilsey. «Ya puedes irte. Y como le pase algo a Benjy, negro, no sé lo que te voy a hacer. De todos modos acabarás en la cárcel, pero te aseguro yo que te mando allí antes de lo que crees.»

«Sí, señora», dijo Luster. «Arre, Queenie.»

Azotó con las riendas el amplio lomo de Queenie y el birlocho dio una sacudida y se puso en marcha.

«¡Luster!», dijo Dilsey.

«¡Arre, arre!», dijo Luster. Volvió a sacudir las riendas. Con estruendo subterráneo Queenie trotaba lentamente sendero abajo y salió a la calle, donde Luster la obligó a tomar un paso parecido a un descenso prolongado y suspendido hacia adelante.

Mas Ben dejó de gemir. Estaba sentado en medio del asiento, sujetando erecta con el puño la flor reparada, sus ojos serenos e inefables. Directamente ante él la cabeza apepinada de Luster se volvía continuamente hacia atrás hasta que la casa se perdió de vista, entonces se apartó hacia un lado de la calle y mientras Ben le miraba se bajó y cortó de un seto una vara. Queenie bajó la cabeza y se puso a pastar hasta que montó Luster y le levantó la cabeza y la volvió a poner en movimiento, entonces ajustó los codos y levantando las riendas y la vara adoptó una actitud fanfarrona absolutamente desproporcionada en relación con el sereno clop-clop de los cascos de Queenie y de su acompañamiento interno, bajo como los tonos de un órgano. Algunos automóviles los adelantaban, y peatones; y un grupo de adolescentes negros:

«¡Eh, Luster! ¿Dónde vas, Luster? ¿A la plantación de huesos?»

«Hola», dijo Luster. «Al mismo campo de huesos en el que acabarás tú metido. Arre, burra.»

Se aproximaron a la plaza, donde el soldado confederado escrutaba con ojos vacuos bajo su mano de mármol el viento y el tiempo. Luster se irguió todavía más y dio a la impasible Queenie un azote con la vara sin dejar de mirar hacia la plaza. «Ahí está el coche del señor Jason», dijo y entonces divisó a otro grupo de negros. «Vamos a enseñar a esos negros cómo se hacen las cosas, Benjy», dijo. «¿Qué le parece?» Miró hacia atrás. Ben estaba sentado agarrando la flor con la mano cerrada, la mirada vacía y serena. Luster volvió a fustigar a Queenie y la condujo hacia la izquierda del monumento.

Durante un instante Ben se hundió en un profundo vacío. Luego gritó. Berrido tras berrido, su voz aumentaba, con escasos intervalos para respirar. En ella había algo más que asombro, era horror; sorpresa; ciega y muda agonía; simple ruido, y Luster con los ojos en blanco durante un lívido instante. «Santo Cielo», dijo. «¡Cállese!, ¡cállese!, ¡Santo Cielo!» Volvió a girar y fustigó a Queenie con la vara. Se rompió y la tiró y con la voz de Ben subiendo hacia un increíble crescendo Luster tomó el extremo de las riendas y se inclinó hacia adelante cuando Jason apareció corriendo desde el otro lado de la plaza y de un salto subió al estribo.

Con el revés de la mano echó a Luster a un lado de un golpe y tomó las riendas e hizo girar a Queenie y dobló las riendas hacia atrás y la fustigó en las ancas. La fustigó una y otra vez hasta hacerla continuar galopando, mientras la áspera agonía de Ben los envolvía en bramidos, y la llevó hacia la derecha del monumento. Entonces le dio a Luster un puñetazo en la cabeza.

«¿No tenías nada mejor que hacer que llevarlo por la izquierda?», dijo. Se inclinó hacia atrás y abofeteó a Ben volviendo a romper el tallo de la flor. «¡Cállate!», dijo. «¡Cállate!» Tiró de Queenie y se bajó de un salto. «¡Llévalo inmediatamente a casa! ¡Como vuelvas a pasar con él de la cancela, te mato!»

«¡Sí, señor!», dijo Luster. Tomó las riendas y azotó a Queenie con el extremo. «¡Vamos, vamos! ¡Benjy, por amor de Dios!»

La voz de Benjy bramaba. Queenie volvió a ponerse en movimiento, oyéndose nuevamente el persistente clop-clop de sus cascos, e inmediatamente Ben calló. Luster miró hacia atrás por encima del hombro, luego continuó adelante. La flor quebrada colgaba sobre el puño de Ben y sus ojos volvían a ser vacíos y azules y serenos mientras una vez más suavemente de izquierda a derecha fluían cornisa y fachada, poste y árbol, ventana y puerta, y anuncio, cada uno de ellos en su correspondiente lugar.

Nueva York, octubre de 1928

Apéndice
Compson: 1699-1945

IKKEMOTUBBE. Desposeído Rey norteamericano. Llamado «l'Homme» (y a veces «de l'homme») por su hermano de leche, un Caballero de Francia quien de no haber nacido demasiado tarde podría haberse encontrado entre los más brillantes de aquella deslumbrante galaxia de gallardos canallas que los mariscales de Napoleón fueron, quien de este modo tradujo el título Chickasaw que significaba «El Hombre»; cuya traducción Ikkemotubbe, en sí mismo hombre de sabiduría e imaginación, así como agudo juez de caracteres, incluyendo el suyo propio, llevó un paso adelante y lo anglizó en «Doom». Quien de su vasto dominio perdido concedió toda una milla cuadrada de tierra virgen del norte de Mississippi, tan perfectamente cuadrada como las cuatro esquinas de una mesa de naipes (arbolada entonces porque eran los viejos tiempos anteriores a 1833 cuando se veían estrellas fugaces y Jefferson, Mississippi, era un alargado edificio deteriorado de troncos y adobe de una sola planta que albergaba al Agente Chickasaw y al almacén de su factoría), al nieto de un refugiado escocés que había perdido su derecho de primogenitura por aliarse con un rey que a su vez había sido desposeído. Ello, en parte, a cambio de poder proseguir en paz, por cualesquiera medios que él y su pueblo considerasen justos, a pie o a caballo, siempre y cuando fueran caballos Chickasaw, hacia las tierras salvajes del Oeste que vendrían a llamarse Oklahoma: sin saber entonces nada del petróleo.

JACKSON. Un Gran Padre Blanco con espada. (Viejo duelista, viejo león imperecedero camorrista flaco fiero sarnoso y perdurable que antepuso el bien de la nación por encima de la Casa Blanca y por encima de ambos la salud de su nuevo partido político y sobre todo ello colocó no el honor de su esposa sino el principio de que el honor había de defenderse tanto si lo había como si no porque defendido o lo había o no lo había.) Quien patentó selló y refrendó con su propia mano la concesión en su dorada tienda india de Wassi Town, sin tampoco saber del petróleo: por lo cual un día los destituidos descendientes de los desposeídos, negligentemente bebidos y espléndidamente comatosos, pasarían sobre el polvoriento refugio concedido a sus huesos en carrozas fúnebres y coches de bomberos especialmente construidos y pintados de color escarlata.

Éstos fueron Compson:

QUENTIN MACLACHAN. Hijo de un tipógrafo de Glasgow, huérfano y criado por los parientes de su madre en las montañas de Perth. Huyó a Carolina desde los páramos de Culloden con una espada y la falda escocesa que utilizaba para cubrirse durante el día y cobijarse durante la noche, y poco más. A los ochenta años, habiendo luchado una vez contra un rey inglés y perdido, no tropezó dos veces con la misma piedra y volvió a huir una noche de 1799, con su pequeño nietecito y la falda escocesa (la espada había desaparecido, junto con su hijo, el padre del nieto, de uno de los regimientos de Tarleton hacía un año aproximadamente en un campo de batalla de Georgia), a Kentucky, donde un vecino llamado Boon o Boone ya había establecido una colonia.

CHARLES STUART. Deshonrado y proscrito en nombre y grado de su regimiento británico. Dado por muerto en una zona pantanosa de Georgia por su propio ejército en retirada y después por la avanzadilla norteamericana, equivocándose ambos. Todavía poseía la espada cuando con la pata de palo que él mismo se había hecho cuatro años después alcanzó a su padre y a su hijo en Harrodsburg, Kentucky, precisamente a tiempo de enterrar al padre y adentrarse en un largo período durante el cual sintió tener una personalidad dividida al intentar ser el maestro de escuela que creía quería ser, hasta que finalmente lo dejó y se convirtió en el jugador que en realidad era y que ningún Compson no advirtió nunca ser siempre y cuando el gambito fuese a la desesperada y durase la suerte. Finalmente consiguió no sólo jugarse su cabeza sino la seguridad de su familia y la propia integridad del nombre que dejaría tras él, uniéndose a la conspiración sediciosa encabezada por un conocido llamado Wilkinson (hombre de considerable talento e influencia e intelecto y fuerza) para segregar todo el Valle del Mississippi de los Estados Unidos y unirse a España. Huyó a su vez cuando la cosa explotó (tal y como cualquiera menos un maestro llamado Compson hubiera sabido que ocurriría), siendo él el único conspirador que hubo de abandonar el país: no por venganza y justicia del gobierno que había él intentado desmembrar, sino por la virulenta reacción de sus antiguos compañeros frenéticamente preocupados ahora de su propia seguridad. No fue expulsado de los Estados Unidos, él se autodestruyó, debiéndose su expulsión no a su traición sino a haber sido tan explícito y vociferante durante su gestación, quemando verbalmente todo puente tras él, incluso antes de llegar a donde pudiese preparar la próxima: de tal forma que no fue un alguacil ni siquiera una agencia cívica sino sus propios compinches quienes organizaron el movimiento que lo expulsaría de Kentucky y de los Estados Unidos y, de haberlo atrapado, también de este mundo. Huyó de noche, escapando, fiel a la tradición familiar, con su hijo y la vieja espada y la falda escocesa.

JASON LYCURGUS. Quien, quizás compelido por la coacción del extravagante nombre que le había sido impuesto por el sardónico, amargo e indomable padre de la pata de palo quien quizás todavía creía querer ser profesor de lenguas clásicas, subió la Pista de Natchez un día de 1811 con un par de buenas pistolas y una magra alforja montando una yegua enjuta pero fuerte de remos que definitivamente podía hacer los dos primeros estadios en menos de medio minuto y los dos siguientes en no mucho más, aunque ahí quedaba la cosa. Pero era suficiente: quien llegó hasta la agencia Chickasaw en Okatoba (que en 1860 era todavía conocido como Old Jefferson) y no continuó adelante. Quien seis meses después era ayudante del Agente y su socio doce después, oficialmente ayudante todavía pero en realidad copropietario de lo que ahora era un considerable almacén abastecido con las ganancias de la yegua al competir con los caballos de los jóvenes de Ikkemotubbe que él, Compson, tenía buen cuidado de limitar a un cuarto de milla o como mucho a tres estadios; y al año siguiente era Ikkemotubbe quien poseía la yegua y Compson toda la milla cuadrada de terreno que algún día estaría casi en el centro de la ciudad de Jefferson, arbolada entonces y todavía arbolada veinte años más tarde aunque para entonces era más parque que bosque, con sus cabañas para los esclavos y sus establos y huertos y jardines y paseos y pabellones diseñados por el mismo arquitecto que construyó la casa porticada de columnas traída en vapor desde Francia y Nueva Orleans, y la milla cuadrada aún intacta en 1840 (solamente el pueblecito blanco llamado Jefferson empezaba a rodearla, pero casi la circundaba un condado blanco porque pocos años después habrían desaparecido los descendientes y el pueblo de Ikkemotubbe, viviendo los que quedaron no como guerreros y cazadores sino como hombres blancos —desmañados agricultores o, aquí y allá, señores de lo que ellos denominaban plantaciones o amos de esclavos perezosos, algo más sucios que el hombre blanco, algo más perezosos, algo más crueles— hasta que por fin incluso la sangre salvaje desapareció, ocasionalmente percibida en el perfil de la nariz de un negro guiando un carro de algodón o de un peón blanco de una serrería o de un trampero o de un fogonero de una locomotora), conocida entonces como el Dominio de los Compson, puesto que era adecuada para engendrar príncipes, estadistas y generales y obispos, para vengar a los desposeídos Compson de Culloden y Carolina y Kentucky, conocida después como la mansión del Gobernador porque, con el tiempo, ciertamente, generó o engendró al menos a un gobernador —otra vez Quentin MacLachan, por el abuelo escocés— y todavía conocida como la mansión del Viejo Gobernador incluso después de que hubo engendrado (1861) a un general (así llamada por el pueblo y el condado enteros por acuerdo y consenso predeterminados como si incluso con antelación supieran entonces que el Viejo Gobernador sería el último Compson que no fracasaría en cualquier cosa que tocase excepto en longevidad y suicidio) el Brigadier Jason Lycurgus II quien fracasó en Shiloh en el 62 y volvió a fracasar aunque no tan gravemente en Resaca en el 64, quien por vez primera hipotecó la todavía intacta milla cuadrada a un estafador de Nueva Inglaterra en el 66, después de que el antiguo pueblo hubiese sido quemado por el General Smith del Ejército Federal y el pueblecito, a tiempo de ser poblado principalmente por descendientes no de los Compson sino de los Snopes, hubiese comenzado a rozar y luego a invadir las lindes y después su interior mientras el fracasado brigadier pasaba los siguientes cuarenta años vendiendo fragmentos para mantener la hipoteca sobre el resto: hasta que un día de 1900 murió tranquilamente en un catre del ejército en la reserva de caza y pesca de la cuenca del río Tallahatchie donde transcurrieron la mayor parte de sus últimos años.

E incluso ahora hasta el viejo gobernador estaba olvidado; lo que quedaba de la antigua milla cuadrada era ahora meramente conocido como la mansión de los Compson —restos ahogados por la maleza de los antiguos paseos y los jardines devastados, la casa que necesitaba pintura desde hacía ya demasiado tiempo, las enhiestas columnas del pórtico donde Jason III (educado para la abogacía naturalmente mantuvo un bufete en la Plaza en un segundo piso, donde enterraba en polvorientas carpetas algunos de los más antiguos apellidos del condado —Holston y Sutpen, Grenier y Beauchamp y Coldfield— año tras año se descolorían entre los insondables laberintos de la jurisprudencia: y quién sabe qué sueño en el interior del corazón de su padre, completando entonces el tercero de sus tres avatares —uno como hijo de un brillante y gallardo estadista, el segundo como líder de hombres valientes y gallardos en el campo de batalla, el tercero como una mezcla privilegiada de Daniel Boone-Robinson Crusoe que no hubiese regresado a la juventud porque en realidad nunca la hubo abandonado— de que aquella antesala de abogado haría retornar la antesala de la mansión del Gobernador y el antiguo esplendor) pasaba el día sentado con una botella de cristal tallado llena de whisky y una camada de Horacios y Livios y Catulos con orejas de perro, componiendo (se decía) satíricos y cáusticos panegíricos sobre sus conciudadanos tanto vivos como muertos, quien vendió el resto de la finca, excepto el fragmento que contenía la casa y el huerto y los semiderruidos establos y una cabaña para los criados en la que vivía la familia de Dilsey, a un club de golf por una cantidad al contado con la cual su hija Candace pudo celebrar su boda en abril y su hijo Quentin pudo terminar un curso en Harvard y suicidarse el siguiente junio en 1910, ya conocida como la mansión de los Compson incluso mientras había Compson todavía viviendo en ella en aquel anochecer de primavera de 1928 cuando la predestinada tataranieta de diecisiete años del viejo gobernador perdida y desposeída robó al único pariente masculino cuerdo que le quedaba (su tío Jason IV) su atesorado secreto pecuniario y descendió por una cañería y huyó con un saltimbanqui de un teatrillo ambulante, y todavía conocida como la vieja mansión de los Compson mucho después de que los vestigios de los Compson hubiesen desaparecido de ella: después de que la madre viuda hubiese muerto y de que Jason IV, quien ya no tenía por qué temer a Dilsey, recluyese a su hermano retrasado mental, Benjamin, en el manicomio estatal de Jackson y vendiese la casa a un vecino que la transformó en pensión para jurados y tratantes de mulas y caballos, y aún conocida como la vieja mansión de los Compson incluso después de que la pensión (y entonces también el campo de golf) hubiesen desaparecido y la antigua milla cuadrada incluso volviera a estar intacta en filas y filas de masificados chalecitos semiurbanos unifamiliares de mala calidad.

Y éstos:

QUENTIN III. Quien amaba no el cuerpo de su hermana sino vagamente algún concepto de honor Compson y (él lo sabía bien) sólo temporalmente descansando en la frágil y diminuta membrana de su doncellez semejante al equilibrio de una miniatura de la inmensidad del globo terráqueo sobre el morro de una foca amaestrada. Quien amaba no la idea del incesto que no cometería, sino algún presbiteriano concepto de su eterno castigo: él, no Dios, podría arrojarse a sí mismo y a su hermana mediante ello al infierno, donde para siempre podría guardarla y mantenerla para siempre jamás intacta entre las eternas llamas. Quien sobre todo amaba la muerte, quien sólo amaba la muerte, amó y vivió con deliberada y casi pervertida expectación tal y como ama un enamorado y deliberadamente se reprime ante el increíble cuerpo complaciente y propicio y tierno de su amada, hasta que ya no puede soportar no el reprimirse sino la prohibición y entonces se lanza, se arroja, renunciando, ahogándose. Se suicidó en Cambridge, Massachusetts, en junio de 1910, dos meses después de la boda de su hermana, esperando primero a completar el curso académico y así compensar el valor de la matrícula pagada con antelación, no porque llevase en su interior a sus abuelos de Culloden, Carolina y Kentucky sino porque el trozo que quedaba de la vieja milla de los Compson que había sido vendida para pagar la boda de su hermana y su año en Harvard había sido lo único, además de dicha hermana y el fuego de la chimenea, que su hermano pequeño, tonto de nacimiento, había amado.

CANDACE (CADDY). Maldita y lo sabía, aceptó el destino sin buscarlo ni esquivarlo. Amaba a su hermano a pesar de él mismo, le amaba no sólo a él sino en él al severo profeta e incorruptible juez inflexible de lo que él consideraba el honor y destino de la familia, tal como él creyó amar pero en verdad odiaba de ella lo que consideraba el frágil vehículo de su honor y el sucio instrumento de su desgracia; no sólo esto, ella le amaba no sólo a pesar sino por el hecho de ser él mismo incapaz de amor, aceptando el hecho de que por encima de todo él debía no valorarla a ella sino a la virginidad de la que era custodia y a la que ella no daba valor alguno: frágil constricción física que para ella no tenía mayor significado que el que podía tener en un dedo un padrastro. Sabía que el hermano sobre todo amaba la muerte y no tuvo celos, le habría (y quizá lo hiciese al calcular su matrimonio deliberadamente) puesto en la mano la hipotética cicuta. Estaba encinta de dos meses del hijo de otro hombre al cual sin importarle su sexo ya había llamado Quentin por el hermano de quien ambos (el hermano y ella) sabían estaba como muerto, cuando se casó (1910) con un joven de Indiana extremadamente deseable a quien su madre y ella habían conocido durante unas vacaciones en French Lick durante el verano anterior, el cual pidió el divorcio en 1911.

Se casó en 1920 con un magnate cinematográfico menor en Hollywood, California. Divorciados de mutuo acuerdo en México, 1925. Desaparecida en París con la ocupación alemana, 1940, todavía hermosa y posiblemente también todavía rica puesto que parecía tener quince años menos de los cuarenta y ocho que en realidad tenía, y no se volvió a saber de ella. A no ser por una mujer de Jefferson, la bibliotecaria del condado, mujer del tamaño y color de un ratón que nunca se había casado, quien había pasado por las escuelas del pueblo el mismo curso que Candace Compson y que después pasó el resto de su vida intentando mantener *Forever Amber* en su secuencia de metódicos avatares y *Jurgen* y *Tom Jones* fuera del alcance de los estudiantes del primero y del último curso del bachillerato quienes alcanzaban a cogerlos sin tener siquiera que ponerse de puntillas para llegar a los estantes más altos donde ella los había colocado subiéndose a una banqueta. Un día de 1943, tras una semana de confusión que casi llegó a rozar la desintegración, durante la cual quienes entraban en la biblioteca siempre la encontraban en trance de cerrar apresuradamente el cajón de su mesa y echarle la llave (de tal modo que las matronas, esposas de banqueros y médicos y abogados, habiendo estado alguna de ellas en la misma clase de la vieja escuela, quienes iban y venían por las tardes con ejemplares de *Forever Amber* y con los volúmenes de Thorne Smith cuidadosamente envueltos en las hojas de los periódicos de Memphis y de Jackson para ocultarlos de miradas ajenas, creyeron que quizá había perdido la cabeza), cerró y echó la llave a la puerta de la biblioteca a media tarde y con el bolso estrechamente apretado bajo el brazo y con dos manchas febriles producto de su resolución en sus habitualmente pálidas mejillas, entró en el almacén de ferretería donde Jason IV se había iniciado como dependiente y donde ahora poseía su propio negocio de compraventa de algodón, atravesando aquella tenebrosa cueva en la que únicamente entraban

los hombres —una cueva atestada y empapelada y estalag-
mitada de arados y discos y ronzales y ballestillas y yugos
y zapatos baratos y linimento para caballos y harina y me-
laza, tenebrosa no porque mostrase los bienes que contenía
sino que más bien los escondía puesto que quienes pro-
veían a los agricultores de Mississippi o al menos a los
agricultores negros a cambio de una parte de la cosecha
no deseaban, hasta que la cosecha estuviese recogida y su
valor aproximadamente computado, mostrarles lo que
podrían aprender a desear sino solamente proveerlos ante
una demanda específica de lo que no podían dejar de necesitar— y a grandes pasos entró hasta el fondo del dominio particular de Jason: un recinto cercado por una verja
atiborrada de estantes y casilleros que guardaban recetas
de ginebra y libros de cuentas y claveteadas muestras de
algodón almacenando polvo y telarañas, fétido por la mezcla de olor a queso y queroseno y grasa de arneses y la
tremenda estufa de hierro sobre la cual se había escupido
tabaco mascado durante casi cien años, y hasta el elevado
mostrador inclinado tras el que se encontraba Jason y, sin
volver a mirar al hombre con mono que paulatinamente
había dejado de hablar e incluso de mascar al entrar ella,
con una especie de desesperado desánimo abrió el bolso y
desmañadamente sacó una cosa y la extendió sobre el mostrador y permaneció estremecida y jadeante mientras Jason
la miraba —una fotografía, una lámina en colores obvia-
mente recortada de una revista ilustrada— una fotografía
rebosante de lujo y dinero y de sol —un fondo de Can-
nebière con montañas y palmeras y cipreses y el mar, un
automóvil deportivo descapotable cromado caro y potente, sin sombrero el rostro de la mujer enmarcado por un
pañuelo caro y un abrigo de piel de foca, sin edad y hermoso, frío sereno y maldito; un hombre esbelto de media-
na edad a su lado con medallas y herretes de general del
alto Estado mayor alemán— y la solterona bibliotecaria
de color ratón estremecida y despavorida ante su propia te-

meridad, con la mirada fija en el estéril solterón en el que terminaba aquella larga fila de hombres que habían albergado algo de decencia y orgullo incluso después de que su integridad hubiese comenzado a fallar y el orgullo se hubo convertido casi en autoconmiseración: desde el expatriado que había huido de su lugar de origen con poco más que su vida aunque negándose todavía a aceptar la derrota, pasando por el hombre que dos veces se jugó la vida y su buen nombre y por dos veces perdió y también declinó aceptarlo, y el que con solamente un pequeño e inteligente caballo como instrumento vengó a sus desheredados padre y abuelo y consiguió un reino, y el gallardo y brillante gobernador y el general que aunque fracasó dirigiendo en la batalla a hombres gallardos y valientes al menos también se jugó la vida con el fracaso, hasta el culto dipsómano que vendió el final de su patrimonio no para comprar bebida sino para dar a uno de sus descendientes la mejor oportunidad en la vida que pudo ocurrírsele.

«¡Es Caddy!», susurró la bibliotecaria. «¡Hemos de rescatarla!»

«Claro que es Cad», dijo Jason. Entonces se echó a reír. Estaba allí riéndose ante la fotografía, ante el rostro frío y hermoso ahora arrugado y ajado tras permanecer una semana en el cajón de la mesa y en el bolso. Y la bibliotecaria sabía el porqué de su risa, quien no le había llamado sino señor Compson durante treinta y dos años, desde el día en que Candace, abandonada por su marido, había traído a casa a su hijita y la dejó y marchó en el siguiente tren, para no regresar más, y no solamente la cocinera negra, Dilsey, sino también la bibliotecaria adivinaron por simple instinto que de algún modo Jason estaba utilizando la vida de la niña y su ilegitimidad no sólo para chantajear a la madre y tenerla lejos de Jefferson para el resto de su vida sino para que le nombrase depositario indiscutible y único del dinero que ella mandase para el mantenimiento de la niña, y se había negado a hablarle en absoluto desde aquel día de 1928 en que la hija se escapó por la cañería y huyó con el saltimbanqui.

«¡Jason!», sollozó. «¡Hemos de rescatarla! ¡Jason! ¡Jason...!» y todavía sollozaba cuando él tomó la fotografía entre el índice y el pulgar y la arrojó sobre el mostrador en dirección a ella.

«¿Que ésa es Candace?», dijo. «No me hagas reír. Esta zorra todavía no ha cumplido los treinta. La otra tiene ya cincuenta.»

Y la biblioteca todavía permaneció cerrada durante todo el día siguiente cuando a las tres en punto de la tarde, con los pies maltrechos pero aún sin darse por vencida y aún estrechando con fuerza el bolso bajo el brazo, entró en un pequeño huerto en el barrio residencial negro de Memphis y subió los escalones de la pulcra casita y tocó el timbre y se abrió la puerta y una mujer negra de su misma edad aproximadamente la miró apaciblemente. «¿Eres Frony, verdad?», dijo la bibliotecaria. «¿No me recuerdas... Melissa Meek, de Jefferson...?»

«Sí», dijo la negra. «Pase. Querrá ver a mamá.» Y ella entró en la habitación, el dormitorio pulcro aunque atiborrado de una vieja negra, con un fétido olor a viejo, a vieja, a negra vieja, donde la anciana estaba sentada en una mecedora junto a la chimenea donde incluso aunque era junio ardía el fuego —una mujer en tiempos corpulenta, con un gastado y pulcro vestido de algodón y un inmaculado turbante rodeándole la cabeza sobre los ojos legañosos y ahora aparentemente casi ciegos— y dejó el arrugado recorte en las negras manos que, como en las mujeres de su raza, todavía eran flexibles y de delicadas formas como lo fueron cuando tenía treinta años o veinte o incluso diecisiete.

«¡Es Caddy!», dijo la bibliotecaria. «¡Es ella! ¡Dilsey! ¡Dilsey!»

«¿Qué ha dicho él?», dijo la anciana negra. Y la bibliotecaria adivinó a quién se refería por «él», y la bibliotecaria se asombró no de que la anciana negra supiera que ella (la bibliotecaria) supiese a quién se había referido por «él», ni de que la anciana negra inmediatamente supiese que ella ya había enseñado la fotografía a Jason.

«¿No sabes lo que dijo?», sollozó. «Cuando se dio cuenta de que ella estaba en peligro, dijo que era ella, aunque yo no hubiese tenido la fotografía para que lo viese. Pero en cuanto se dio cuenta de que alguien, de que cualquiera, de que hasta yo, quería rescatarla, que intentaría rescatarla, dijo que no era ella. ¡Pero lo es! ¡Mírala!»

«Con estos ojos», dijo la anciana negra. «¿Cómo voy a poder ver la fotografía?»

«¡Llama a Frony!», gritó la bibliotecaria. «¡Ella la reconocerá!» Pero la anciana negra ya plegaba el recorte con cuidado por los dobleces, devolviéndoselo.

«Mis ojos ya no sirven de nada», dijo. «No lo veo.»

Y aquello fue todo. A las seis en punto penetró en la atestada terminal de autobuses, con el bolso apretado bajo un brazo y la mitad de su billete de ida y vuelta en la otra mano, y se vio arrastrada hacia el andén por la marea diurna escasa en civiles mas abundante en soldados y marineros en ruta hacia un permiso o hacia su muerte y de mujeres jóvenes sin hogar, sus compañeras, que llevaban dos años viviendo día tras día en trenes y hoteles cuando la suerte las acompañaba y en autobuses y estaciones y vestíbulos y salas de espera cuando no, descansando solamente para desprenderse de sus crías en hospicios y comisarías de policía y continuar después, y logró subir al autobús, con su escasa estatura de modo que sólo de vez en cuando sus pies tocaban el suelo hasta que una figura (un hombre de caqui, ella no pudo verlo porque ya estaba llorando) se levantó y la tomó en brazos y la colocó en un asiento junto a la ventanilla, donde sin dejar de llorar suavemente miró a la ciudad huir velozmente y quedar después atrás y en breve se encontró en casa, a salvo en Jefferson donde todavía la vida vivía con pasión y estruendo y dolor y furia y desesperación impenetrables, mas donde a las seis en punto podías cerrar sus tapas e incluso la liviana mano de un niño podría volver a colocarla entre su informe parentela sobre los estantes apacibles y eternos y echarle la llave para toda una noche de insomnio. *Sí* pensó, llorando suavemente *eso ha sido todo ella no ha querido saber si era o no era Caddy porque sabe que Caddy no quiere ser rescatada ya carece de nada que merezca la pena salvarse porque carece de todo lo que se puede perder que merezca la pena perderse*

JASON IV. El primer Compson cuerdo desde antes de Culloden y (solterón sin hijos) por lo tanto el último. Poseía una lógica racional e incluso su filosofía dentro de la vieja tradición estoica: sin pensar nada de Dios en uno u otro sentido y simplemente teniendo en cuenta a la policía y por tanto temiendo y respetando a la negra, su enemiga declarada desde que nació y su enemiga mortal desde aquel día de 1911 en que ella adivinó mediante simple clarividencia que de algún modo él utilizaría la ilegitimidad de su sobrinita para chantajear a su madre, quien preparaba los alimentos que él comía. Quien no sólo se defendió y resistió ante los Compson sino que compitió y resistió ante los Snopes que se apoderaron del pueblecíto a comienzos de siglo mientras los Compson y los Sartoris y los de su clase se desvanecían (ningún Snopes, sino el propio Jason Compson fue quien tan pronto murió su madre —la sobrina ya había huido cañería abajo y desaparecido por lo que Dilsey carecía ya de ambos asideros para frenarle— confió a su hermano menor retrasado mental al Estado y vació la vieja mansión, dividiendo las hasta ahora espléndidas habitaciones en lo que él denominaba apartamentos y vendiendo todo a un conciudadano que lo utilizó como pensión), aunque ello no resultó difícil puesto que en su opinión el resto del pueblo y del mundo y de la raza humana exceptuándose él mismo eran Compson, inexplicables pero previsibles, ya que no se podía confiar en ellos. Quien, habiéndose gastado todo el dinero procedente de la venta del prado en la boda de su hermana y en el curso de su hermano en Harvard, utilizó los escasos ahorros de su escaso sueldo de dependiente para marcharse a una escuela de Memphis donde aprendió a clasificar y graduar algodón, y estableció así su propio negocio con el cual, tras la muerte de su dipsómano padre, asumió todo el peso de su decadente familia y de su decadente casa, manteniendo al hermano retrasado mental a causa de su madre, sacrificando los placeres que habrían sido merecidos justa y correctamente e incluso necesitados por un solterón de treinta años, a fin de que la vida de su madre pudiese continuar en la forma más parecida posible a lo que había sido; ello no porque la amase sino (siempre cuerdo) sencillamente porque temía a la cocinera negra a la que ni siquiera pudo obligar a marcharse incluso cuando intentó dejar de pagarle su jornal; y quien a pesar de todo esto, todavía pudo ahorrar casi tres mil dólares (2.840 dólares con 50 centavos) según declaró la noche en que los robó su sobrina, en mezquinas y angustiosas monedas de diez y veinticinco centavos y de medio dólar, cuyo tesoro no guardaba en un banco porque un banquero para él no era sino otro Compson más, sino que lo ocultaba en un escritorio cerrado con llave en su dormitorio cuya cama se hacía y cambiaba él mismo puesto que mantenía cerrada con llave la puerta del dormitorio durante todo el día menos cuando él la atravesaba. Quien, tras un intento fallido de su hermano tonto para coger a una niña que pasaba, se hizo nombrar tutor del tonto sin que lo supiera su madre y hacer así castrar a la criatura antes de que la madre se diera cuenta de que había salido de la casa, y quien a la muerte de la madre en 1933 pudo por fin librarse no sólo del hermano tonto y de la casa sino también de la negra, trasladándose a un par de oficinas sobre un tramo de escaleras del almacén que contenía sus libros de cuentas y muestras de algodón, que había convertido en dormitorio-cocina-baño y del cual durante los fines de semana se veía entrar y salir a una gruesa pelirroja simpática, ordinaria y de rostro amable ya no demasiado joven, con pamela (cuando estaban de moda) y un abrigo de imitación de piel, viéndose a ambos, al maduro tratante de algodón y a la mujer a quien las mujeres del pueblo simplemente denominaban su amiga de Memphis, en el cine local los sábados por la noche y los domingos por la mañana subir las escaleras del apartamento con bolsas de papel de la tienda de ultramarinos conteniendo barras de pan y huevos y naranjas y latas de sopa, caseros, familiares, conyugales, hasta que el autobús de la tarde la devolvía a Memphis. Entonces estaba emancipado. Era libre. «En 1865», decía, «Abe Lincoln liberó a los negros de los Compson. En 1933, Jason Compson liberó a los Compson de los negros».

BENJAMIN. Nacido Maury por el único hermano de su madre: un atractivo solterón guapo fanfarrón y sin trabajo que tomaba dinero prestado de casi todo el mundo, hasta de Dilsey aunque fuera negra, explicándole mientras se sacaba la mano del bolsillo que a sus ojos ella no sólo era un miembro más de la familia de su hermana, sino que a los ojos de cualquiera en todas partes sería considerada una dama. Quien, cuando finalmente su madre se dio cuenta de lo que era e insistió llorando en que se le cambiase de nombre, fue rebautizado Benjamin por su hermano Quentin (Benjamín, el hermano menor, vendido a Egipto). Quien amaba tres cosas: el prado que se vendió para pagar la boda de Candace y enviar a Quentin a Harvard, a su hermana Candace y el resplandor del fuego. Quien no perdió a ninguno de ellos porque no recordaba a su hermana sino solamente su pérdida, y el resplandor del fuego tenía la misma identidad brillante que el sueño, y el prado vendido era incluso mejor que antes porque ahora él y T. P. no sólo podían contemplar indefinidamente desde el otro lado de la cerca los movimientos que ni siquiera le importaba que fueran de seres humanos blandiendo palos de golf, T. P. podía dirigirse hacia matas de hierba o de maleza donde repentinamente aparecerían en las manos de T. P. pequeñas esferillas que competían con e incluso conquistaban lo que él ni siquiera sabía eran la gravedad y todas las leyes inmutables cuando salían despedidas de la mano hacia la tarima del piso o hacia la pared ahumada o hacia la cerca de cemento. Castrado en 1913. Internado en el manicomio estatal de Jackson en 1933. Entonces nada perdió tampoco pues, al igual que con su hermana Candace, recordaba no el prado sino su pérdida, y el resplandor del fuego todavía tenía la misma forma brillante del sueño.

QUENTIN. La última. Hija de Candace. Huérfana de padre nueve meses antes de su nacimiento, sin apellido en su nacimiento y ya condenada a quedarse soltera desde el instante en que el óvulo al dividirse determinó su sexo. Quien a los diecisiete años, en el mil ochocientos noventa y cinco aniversario del día anterior a la resurrección de Nuestro Señor, se descolgó por una cañería desde la ventana de la habitación en la que su tío la había encerrado a mediodía, hasta la ventana cerrada de la habitación cerrada con llave y vacía de aquél y rompió un cristal y entró por la ventana y con el atizador de la chimenea de su tío descerrajó el cajón del escritorio y cogió el dinero (tampoco eran 2.840 dólares con 50 centavos, eran casi siete mil dólares y ello fue aquella noche causa de la ira de Jason, de la insoportable furia escarlata que aquella noche y a intervalos recurrentes con escasa o ninguna disminución durante los cinco años siguientes, le hizo creer seriamente que acabaría por destruirlo inesperadamente, dejándolo muerto instantáneamente como una bala o un rayo: que aunque le hubieran sido robados no unos insignificantes tres mil dólares sino casi siete mil no podía decirlo a nadie, porque habiendo sido robados siete mil dólares en lugar de solamente tres nunca podría recibir justificación —no quería lástima— de otros hombres tan desafortunados como para tener una zorra por hermana y otra por sobrina, ni siquiera podría dirigirse a la policía; porque habiendo perdido cuatro mil dólares que no le pertenecían ni siquiera podría recuperar los tres mil que sí puesto que aquellos primeros cuatro mil dólares eran no solamente propiedad legal de su sobrina como parte del dinero aportado por su madre para sostenerla y mantenerla durante los últimos dieciséis años, no tenían existencia alguna, habiendo sido oficialmente registrados como gastados y consumidos en los informes anuales que entregaba al Canciller del distrito, tal como se le requería como tutor y administrador por sus garantes; por lo que fue robado no solamente de sus robos sino también de sus ahorros, y por su propia víctima: había sido robado no sólo de los cuatro mil dólares por los que al adquirirlos había corrido el riesgo de la cárcel sino de los tres mil que había atesorado al precio del sacrificio y de la abnegación, casi de cinco en cinco o de diez en diez centavos, durante un período de casi veinte años: y no sólo por su propia víctima sino por una niña que lo hizo de una sola vez, sin premeditación ni plan, sin incluso saber ni importarle cuánto iba a encontrar cuando rompió el cristal de la ventana: él, quien siempre había respetado a la policía, quien nunca les había causado problemas, quien había pagado año tras año los impuestos que los mantenían en sádica y parasitaria ociosidad, no solamente eso, no se atrevía a salir él mismo tras la chica porque podría atraparla y ella hablaría, por lo que su único recurso consistía en un vano sueño que le hizo dar vueltas en la cama y sudar por las noches durante dos y tres e incluso cuatro años después del suceso, cuando ya debería haberlo olvidado: atraparla por sorpresa, saltando sobre ella en la oscuridad, antes de que se gastara todo el dinero, y asesinarla antes de que tuviese tiempo de abrir la boca) y descendió por la misma cañería al anochecer y huyó con el saltimbanqui que ya había sido condenado por bigamia. Y así desapareció; cualquier oportunidad que le hubiere surgido no habría llegado en un Mercedes cromado; cualquier instantánea no habría incluido a un general del Estado mayor.

Y eso fue todo. Estos otros no eran Compson. Eran negros:

T. P. Quien en la calle Beale de Memphis llevaba las mismas ropas chillonas baratas e intransigentes especialmente hechas para él por los explotadores de los obreros textiles de Chicago y Nueva York.

FRONY. Quien se casó con un mozo de estación y marchó a vivir a Saint Louis y después regresó a Memphis para vivir con su madre puesto que Dilsey se negó a ir más lejos.

LUSTER. Un hombre a los catorce años. Quien no solamente era capaz de cuidarse por completo y proteger a un retrasado mental que le doblaba en edad y le triplicaba en tamaño, sino que además lo mantenía entretenido.

DILSEY.
Ellos perseveraron.